Vibración

JOSÉ OVEJERO

Vibración

Galaxia Gutenberg

Publicado por
Galaxia Gutenberg, S.L.
Av. Diagonal, 361, 2.º 1.ª
08037-Barcelona
info@galaxiagutenberg.com
www.galaxiagutenberg.com

Primera edición: enero de 2024
Segunda edición: enero de 2024

© José Ovejero, 2024
© Galaxia Gutenberg, S.L., 2024

Preimpresión: Maria Garcia
Impresión y encuadernación: Romanyà-Valls
Sant Joan Baptista, 35, La Torre de Claramunt-Barcelona
Depósito legal: B 41-2024
ISBN: 978-84-19738-61-5

... y que él mismo es el espectro de su propio padre.

Ulises, JAMES JOYCE

Pone la palma de la mano contra el muro de hormigón. No es su aspereza ni el frescor lo que busca. Vibra, como la primera vez. Un zumbido continuo. Es algo eléctrico y a la vez humano. Quizá por eso imagina que el zumbido se transformará en voces distantes. Pega la mejilla al muro, con la vista ligeramente elevada hacia el techo, también de hormigón desnudo. El espacio desierto debe de tener más de mil metros cuadrados, el doble de largo que de ancho. No hay ni un mueble, ni una máquina, tampoco basura; en el centro una valla metálica que forma un cuadrado alrededor de un hueco cuyo fondo no se distingue. Mira hacia arriba y, en el ángulo del techo y el muro junto al que se encuentra, descubre nidos de golondrinas abandonados, de los que se descuelgan manchurrones blanquigrises. El suelo, sin embargo, está limpio de excrementos; sí hay polvo y algunas hojas secas e inmóviles. También, en la esquina más alejada de él, un charco oscuro simulando una profundidad imposible. No han dejado nada. Turbinas, pasarelas, tuberías gruesas y finas, manivelas y llaves de paso, cuadros eléctricos, lámparas, puertas de metal arrancadas de cuajo probablemente por chatarreros. Lo que no se llevó la empresa durante el desmantelamiento de la central lo fueron esquilmando poco a poco pero con violencia sucesivas oleadas de modestos saqueadores. Quedan las cicatrices en las paredes y el suelo, marcas herrumbrosas, desconchones, negros boquetes.

Escucha en silencio. Está convencido de que va a oír algo aunque no sabe muy bien qué, o prefiere no saberlo. No cree en espíritus. Sicofonías y ectoplasmas son paparruchas de embaucadores. Y sin embargo cuenta con oír voces; tiene la misma sensación de inminencia que cuando vuelves la cabeza porque intuyes que alguien te está mirando. El zumbido se transmite a su mejilla como hormigueo. La luz que entra por una ventana pegada al techo –un vano ridículo para una sala tan descomunal– parece sucia, ligeramente verdosa. Algo que se pudre. Agua pantanosa. De hecho, tiene la impresión de estar sumergido en un líquido muy tenue; mejor, en un gas a punto de licuarse. También el calor pegado a su cuerpo podría volverse material, una segunda piel delgada y pegajosa.

El hormigueo se está extendiendo y ahora le baja por el cuello hasta los hombros. Separa la mejilla del muro, pero mantiene la palma contra él. La vibración no desaparece.

Pasé una hora allí dentro, le diría después a Sara. Cuando caminaba, el eco parecía multiplicarse, como si proviniese de varias personas, lo que me hacía sentir aún más la soledad, el vacío a mi alrededor. La vibración atravesaba el aire, me hacía pensar en un aleteo de insectos. Y si tocaba la pared era como si estuviese recorrida en su interior por algo vivo, o por algo que quiere estar vivo. Me quedé escuchando, y te juro que al final, después de mucho rato, oí voces que provenían de debajo del edificio. Ya, ya sé que es imposible. Debajo del edificio no hay nada, o solo roca y tierra. Sin embargo, las voces venían de ahí. Intenté entender qué decían, pero eran como murmullos en un idioma extranjero.

Y a la niña, ¿la oíste? ¿Oías a la niña?

Sara tenía los ojos clavados en él, las pupilas, dilatadas como si hubiese tomado una droga o se encontrase en un lugar oscuro, cubrían casi todo el iris; era una mirada que parecía tacto, algo seco y pesado contra su rostro. Apretaba las mandíbulas. Posiblemente ni respiraba.

No, a la niña no. Eran voces de extraños. De adultos.

Yo sí la oigo, por las noches. Todas la noches.

Solo te lo imaginas.

Fue a acariciar su cabeza pero interrumpió el movimiento, dejó caer la mano para apoyarla en el borde de la mesa.

Si te digo que la oigo es que la oigo. Me habla. Pero yo tampoco sé lo que dice. Es como un soplo. Pasa de largo y ya no está. No se queda nunca. Y, cuando se va, tengo la impresión de estar sumergida en agua helada.

Al menos no llora.

No, no llora. Eso significa que a lo mejor está bien, ¿no?

Sí, supongo que sí, la niña está bien, donde sea que se encuentre.

I

Profanación

Por las tardes, cuando no hay clientes, a las cinco de la tarde nunca hay, echa monedas a la tragaperras. Las roba de la caja y si tiene suerte y se alinean tres melones o tres herraduras o tres lo que sea, las devuelve. Si no hay suerte, de todas formas un curro nunca le dura más de cinco o seis meses. Le da igual ganar o no dinero en la máquina. Juega porque le gusta ver girar las figuras. Sus sonidos de kermés. La voz metálica más alegre cuando gana un premio que ninguna de las que oye cada día. Juega como a veces mira girar la ropa en la lavadora o como echa una moneda al aire una y otra vez intentando adivinar si sale cara o cruz. Las tardes son así. Lentas e idiotas. Fuera el sol pule las superficies hasta descascarillarlas. Dentro penumbra y revoloteo de moscas.

Ella se había prometido que a los veinte años sería feliz y salvaje. No le queda mucho para alcanzar esa edad y no es ninguna de las dos cosas. Salvo que entiendas por salvaje los botellones nocturnos en el cementerio. Pero ella se había imaginado otra cosa. O no, no se había imaginado nada específico. Solo la sensación de estar viva. La vibración que la recorrería de la coronilla a la planta de los pies. Como si la atravesara un rayo suave.

Por las tardes, cuando no hay clientes y el sol araña las fachadas y el pavimento y la chapa de los coches, y en el interior la penumbra se derrama lenta como alquitrán, la Tierra gira más despacio y respirar recuerda a un bostezo desganado.

Fuera, la sombra, que unos minutos antes cubría parcialmente el suelo de la entrada, es ahora una franja brillante con los colorines de las tiras de plástico que deben impedir el paso a las moscas mientras la puerta se mantiene abierta. La sombra podría ser una mancha de petróleo evaporada por el sol.

Rebusca en uno de los armarios con puerta de contrachapado que se encuentran bajo la barra. Aparta varias botellas y coge una de ginebra, etiqueta amarilla y letras rojas, una marca cuya única justificación es que de alguna manera hay que llamar a la ginebra que contiene la botella, no porque dé prestigio al líquido ni porque nadie vaya a pedirla por su nombre para dárselas de entendedor o al menos de alguien con el suficiente carácter como para tener gustos definidos, tajantes. Si cogiese una de las ginebras más caras su tío se daría cuenta, la llamaría ladrona y puta urraca y si no fuese por el cariño que le tenía a tu madre. Pero ante la desaparición de esa botella podría hacer la vista gorda, fingir que quizá se había equivocado al calcular las existencias y no se puede culpar de todo a la chiquilla, que bastante tiene con lo que tiene.

La guarda en la mochila de color rosa que lleva como gesto irónico. Ella, tan oscura, tan de cuero y labios negros, tan de remaches, tan de qué asco me da el mundo y vuestra forma de destruirlo, de destruirnos, con ese gesto que gastáis de no estar haciendo nada malo, lo que pasa es que la vida es lo que es y de algo hay que vivir, seamos razonables, yo a tu edad también, etc. Vosotros, que aplaudisteis la construcción de una central que nos envenenaría por los siglos de los siglos amén, que depositaría en nuestra sangre isótopos como larvas, dormitando durante años hasta que la larva eclosionaría y nos devoraría.

Y como ellos compran a sus hijas neceseres de color rosa y Barbies vestidas de rosa, y zapatitos rosa, ella tiene una mochila de color rosa, como tiene ese animal de color pardo colgado del tirador de la cremallera superior de la mochila, un animal que podría ser un simio o un koala o un ser inventado que se parece a ambos, un cruce de ojos grandes y redondos tan tiernos que dan ganas de estamparlo contra la pared, de pisotearlo hasta que entre los labios asome una lengua amoratada. Con la mochila rosa y el animalito tan mono se construye el símbolo de su desprecio hacia el mundo de buenas chicas que se casarán y tendrán niños y puede que incluso vayan a la universidad y hagan carrera, porque todo es posible si te lo propones y trabajas, un mundo en el que quieren embutirla mientras sonríen como si de verdad, de verdad fuese por su bien, lo que pasa es que tú. (Pero en un cajón de la mesilla, y eso no se lo confesaría a nadie, guarda un peluche de especie también indefinida, con el que durmió hasta una edad que tampoco confesaría.)

Envuelve la ginebra con un trapo de cocina para evitar que se rompa y da un tirón del monito o lo que sea para cerrar la mochila después de introducir en ella el producto del hurto. ¿Cómo es posible que sean aún las cinco y media? El tiempo es para ella algo húmedo que se evapora demasiado despacio, al menos el tiempo en el bar es así. Por las noches transcurre de otra manera.

Araña despacio el mostrador de cinc para sentir el desagrado que le produce. Los oídos se le contraen aunque apenas oye nada; es el sonido imaginado de la uña contra el metal. Le dan ganas de masturbarse vigilando la puerta y por qué no. Desabrocha el botón de la cintura, abre la cremallera, tira hacia abajo de los pantalones –le cuesta porque le están muy ajustados– y después las bragas; no mucho, lo justo para poder alcanzar el clítoris con el dedo, y también lo justo para poder subir las dos prendas con relativa rapidez si llegara alguien. Al menos durante esos minutos se olvida que está en el bar, sumergida en penumbra y aburrimiento.

Si su tío entrara en ese momento, rodease el mostrador y la descubriese, no se excitaría ni la miraría con deseo y culpa, sino con una decepción idéntica a la que se instaló ya para siempre en los ojos de sus profesores, la decepción de quien ha depositado muchas esperanzas en alguien que se empeña en defraudarlas una tras otra; no es solo que no se hayan cumplido sus predicciones, se lo toman como algo personal, esa vocación de fracaso de una chica tan brillante solo puede deberse a que la dirige contra ellos, una forma de castigo inmerecido, un desprecio arrogante hacia lo que sienten y desean. Si su tío entrara y rodease el mostrador tampoco miraría hacia otro lado, avergonzado o para ocultar las ganas de poner el dedo donde lo tiene la sobrina, no, la miraría como un confesor piadoso que, a pesar de todo, espera que la pecadora se compadezca de su sufrimiento, porque quién no sufriría al ver condenarse a otra persona. Convivir con su tío es como convivir con una vaca.

Su tío, de cabeza cuadrada, hombros caídos y manos descomunales, que sin embargo no produce miedo, más bien un poco de lástima: las manos son tan grandes que han rebasado el límite en el que serían una amenaza, tan grandes que derriba vasos, deja caer tenedores, se revelan incapaces de abrochar o desabrochar botones, de hacerse la lazada del mandil de pescadero que lleva en el bar, a ver, tío, que ya te lo ato yo, unas manos que van a juego con la sonrisa simple, con los ojos de gominola reblandecida por el calor. Y no es que no le esté agradecida; incluso le había sorprendido que la empleara a pesar de la mala fama que la acompañaba de esquina a esquina del pueblo: el silencio repentino de las mujeres a su paso, cómo cabecean igual que alguien constataría un desperfecto en un mueble; los hombres con iris que se endurecen de pronto, cristales turbios, mientras la sonrisa parece ablandarles los labios; el puto cura que una vez, al cruzarse con ella, trazó una cruz en el aire como si ella fuere el mismísimo satanás, no me jodas, hacerme un exorcismo. El tío la regaña, la amenaza sin convicción, le pide que por favor. Pero le ha dado trabajo por las tardes, mientras él se echa la siesta y luego va a dar de comer a los guarros y a las gallinas y a las cuatro cabras que aún conserva tan solo por cariño, y eso que dan más trabajo que beneficio, igual que ella.

Casi se le había olvidado que estaba masturbándose. Notaba el roce pero no el placer; incluso cierto desagrado porque se le había secado el clítoris y el dedo la raspaba. Se sube las bragas y el pantalón. Ese día no va a poder. O lo intentará más tarde si no llega ningún cliente. Se sienta en un taburete y apoya cabeza, pecho y brazos sobre el mostrador. Si pegas el oído al cinc oyes crujidos dentro de la barra, el zumbido del frigorífico, un gorgoteo lejano, tu propio corazón bombeando sangre. Al llegar, el tío la encuentra durmiendo sobre el mostrador. La chica despierta sobresaltada y nota que se le escurre saliva por una comisura. Se limpia con el dorso de una mano; le cuesta abrir del todo los ojos, salir del estupor. Hola, tío.

Él está parado a dos metros de ella, al otro lado de la barra. Posiblemente ha pasado allí algún tiempo, contemplándola, sin decidirse a despertarla. Va inmediatamente a buscar el mando de la televisión. La enciende y cambia de canal hasta encontrar uno que al parecer considera preferible a los demás. El bar ha dejado de ser un submarino que va hundiéndose sin ruido hacia el fondo del océano. La chica siente que las voces están dirigidas contra ella. Son una forma de violencia. La arrancan de su mundo. Hacen estallar su espacio. Va a la cocina a través de un vano sin puerta que se abre detrás de un extremo de la barra. No tiene nada que hacer allí; ha fregado y recogido los cacharros, ha limpiado los azulejos y pasado una bayeta por el suelo. El aburrimiento la había llevado incluso a ordenar el interior del frigorífico industrial. Pero se siente protegida ahí dentro, las voces parecen más lejanas, dejan de hablarle directamente.

A las seis y pico va llegando gente. Hombres primero, luego alguna mujer, dos o tres amigas juntas. Ella no suele atender al público. El tío es una barrera de plexiglás entre ella y los clientes. La ven pero no le dirigen la palabra. Piden al tío, él gira la cabeza, o a veces ni eso, y repite el pedido que ella se encarga de preparar: dos cafés con leche; un carajillo; agua con gas, con hielo y una rodaja de limón. Se limita a dejarlos en la barra, cerca de su tío, y él se encarga de repartir los pedidos. A eso de las ocho le está permitido marcharse. Al tío no le gusta que se quede cuando los hombres han tenido tiempo de irse llenando de alcohol. Porque entonces atraviesan la barrera, lo ignoran, se dirigen directamente a ella con una broma que sirve para preparar el terreno. ¿Qué terreno? No existe más que en sus cabezas tupidas de sarro.

Coge la mochila con cuidado de no golpearla. Adiós, tío, dice como siempre, y como siempre le da un beso rapidísimo en la rasposa mejilla. Adiós, hija, responde él, y seguro que se queda mirándola salir, con la cabeza gacha por la preocupación y quizá evaluando el contenido de la mochila.

Pasa por casa para hacer tiempo. Le parece que hay una conexión entre el bar a las cinco de la tarde y la casa a las ocho. No es solo el silencio, tampoco la penumbra debida a las persianas bajadas; lo que conecta un sitio con otro es la sensación de que el tiempo avanza más despacio; el segundero del reloj del salón, una esfera enmarcada en chapa dorada y sujeta por columnas también doradas dentro de una urna de cristal, recorre su camino demorando cada salto de un segundo a otro, el tiempo tiene una elasticidad de pesadilla. Cuenta el número de respiraciones que realiza en un minuto: trece. Todo normal.

Su madre no está; aún en la mercería y no llegará hasta las nueve. Al pasar junto al aparador pone boca abajo la foto de boda de sus padres, que está apoyada contra el espejo. Pues sin él no habrías venido al mundo, protestaba la madre cada vez que encontraba la foto volcada. Pero no era algo por lo que le estuviese agradecida. Además, él no había querido traerla a la vida, tan solo echar un polvo. Ella era un daño colateral.

Coge también el retrato de su hermana, debía de tener dieciocho años cuando se lo hicieron. Ella sí que se lo montó bien. Nunca la ha invitado a visitarla a Alemania, como si no quisiera la menor conexión con ese pueblo del que la gente no se va: se escapa. Deja otra vez la foto en el aparador, de pie; a ella también le guarda rencor, pero no tanto como al padre, quizá porque a su hermana, aunque apenas la conoce, sí la entiende. El gato se frota contra sus piernas. Cuando se agacha a acariciarlo le bufa. Puto gato consentido. Le da una patada suave en el culo. Sin venir a cuento se pregunta cuándo fue la última vez que se tumbó en la cama junto a la madre y se dejó acariciar la cabeza. Antes permanecían así largo rato, tendidas una al lado de la otra, hablando o en silencio, y la madre le pasaba la mano por el pelo, quizá distraída y pensando en sus cosas, pero se había sentido protegida, su cuerpo perdía tensión, dejaba de estar alerta. Echa de menos aquellos momentos. No, no es cierto: no es que los eche de menos, ya no los desea, pero el recuerdo le hace sentirse bien, en casa.

Sale hacia el cementerio viejo a eso de las nueve. Ella siempre lleva la ginebra. Alfonso, los cigarrillos y a veces la marihuana; Julián, los preservativos. En esa caja de preservativos que Julián deposita con solemnidad ensayada sobre la lápida, noche tras noche, hay una esperanza, una promesa de algo que no llega nunca y no saben si desear verdaderamente que llegue. Jamás los han usado, aunque cuando ven los preservativos hacen bromas y juegan con ese sucedáneo de la excitación auténtica que recorre a los tres, pero saben que es imposible, porque son tres, y son tres para que sea imposible, porque aunque hayan pasado horas y horas juntos, si las sumases probablemente semanas, viendo porno en el ordenador, ellos no podrían participar en esa geometría que los detiene, tres vértices, tres líneas que deberían cruzarse y tocarse, pero cómo sería el día siguiente, saber que la mano de uno ha empuñado el pene del otro, o que el pene del otro haya atravesado tal o cual orificio del uno, no podrían ya saludarse de la misma manera, y el futuro se desmoronaría o disolvería dejándolos desamparados. Podrían hacerlo los tres, si supiesen que la mañana siguiente emprenderían un viaje, cada uno con destino distinto, como llevan soñando desde que dejaron la escuela, y ella desde luego ya antes. Subirte al bus con lo puesto y una mochila pequeña, esa rosa con el macaco, y entrar en una vida diferente, ser tú misma pero a la vez otra, una mujer que tendría la misma memoria que tú, pero no se dejaría condicionar por ella.

Cuando llega, sus dos amigos están sentados ya en la tumba; siempre eligen la misma porque es amplia, despejada, sin floreros de cemento o metal, y la lápida vertical, más ancha que las demás, les permite sentarse juntos apoyando la espalda contra ella, mirando hacia la verja del cementerio.

Los preservativos están ya sobre el granito, como una apuesta o un desafío. Les da dos besos a cada uno y se sienta a los pies de ambos. Me he roto un dedo, anuncia Julián. Un meñique. Tiende la mano herida hacia la chica.

¿Y qué quieres que haga, que sople y diga sana, sana, culito de rana?

Qué hija puta, no tienes compasión.

Alfonso se pone la mochila, negra, de cuero, entre las piernas; saca de ella un martillo y un cortafrío. La chica abre también su mochila y saca la ginebra. Los tres dan un trago. Julián eructa.

Luego, cuando se haga más de noche, dice la chica.

Vale, responden sus amigos a la vez.

Siguen bebiendo sin prisa. Fuman un porro que Julián ha liado con mimo. Incluso lo ha levantado y examinado antes de encenderlo para asegurarse de que ha hecho un buen trabajo.

Qué curioso: no es que el tiempo transcurra más deprisa en el cementerio con sus amigos. Es lento, también, pero como puede ser lento cuando estás tumbada en la playa o en un prado a la sombra; lento y ligero a la vez, un tiempo brisa.

¿Jugamos a las prendas?, pregunta Julián.

Tú lo que quieres es verme las tetas.

No voy a querer ver las de este.

Mi madre está en el hospital, dice Alfonso.

¿Otra vez?, pregunta la chica. Qué putada.

No es que la eche de menos, pero un poco de pena sí me da.

¿Y tu padre?

Mi padre es un trozo de corcho.

Dime uno que no lo sea, dice Julián. Bueno, el de esta, como se largó, no lo sabemos. Lo mismo era un tío guay.

Sí, por eso se fue con una que tenía mi edad hoy y nos dejó tiradas a mi madre y a mí. Requeteguay.

En realidad no tener padre es lo mejor, dice Julián. ¿Se va a curar?

¿Mi madre? No sé. Cómo lo voy a saber yo. A mí nadie me cuenta nada.

Alfonso empuña el cortafríos. Hace además de clavarlo de un martillazo en la losa. Le va dando golpes ligeros como un cantero grabando una inscripción. Aquí yace..., dice.

El futuro, responde Julián y traza las palabras con un dedo sobre el cielo estrellado.

¿Os imagináis que mi madre podría estar bajo una losa como esta en unos días?

Cualquiera de nosotros, dice ella. Eso no se sabe.

Pero nada más decirlo le suena falso, a consuelo de adulto.

En realidad no sería ya tu madre, añade. No sería nada. Ahí solo habría materia que la recordaría, un parecido pasajero.

Alfonso asiente. Golpea con más fuerza sobre el cortafríos haciendo saltar una esquirla de granito por los aires. ¿Vamos de una vez?, pregunta.

Apuran la botella de ginebra en tres tragos, uno cada uno. Se levantan y echan a andar tirando hacia abajo de los vaqueros, que les quedan justos. Ahora sí, piensa la chica, ahora el tiempo es distinto. Tiene la impresión de que todo lo que les rodea se ha ralentizado mientras ellos avanzan a cámara rápida. Están en otra dimensión espacio temporal, atraviesan una realidad amortiguada, espectros anfetamínicos. Aún no ha terminado de pensarlo cuando Alfonso está ya golpeando el candado.

Mejor la cadena, dice Julián. Va a ser más fácil separar los eslabones.

Chsss.

Los tres se quedan quietos, salvo porque Alfonso baja despacio la mano con la que empuña el martillo.

Hay alguien, dice ella.

¿Ahí dentro?

No, joder, detrás de la valla, o en el cementerio, no sé.

Crujidos, chasquidos, posibles pasos. Un viento tranquilo que les eriza la piel. La luna es apenas un arañazo de luz en lo negro. A medida que pasan los segundos se van relajando. Ha sido un susto casi placentero, una excitación aún más hermosa porque la compartían.

Venga, sigue, que no era nada. Un gato, o un tejón.

El metal suena aún más fuerte que antes, un estruendo de fragua, que reverbera contra el granito y el mármol y parece provenir de las propias tumbas.

Ya, dice Julián. Ya está.

La chica acaba de desenlazar los dos eslabones que Alfonso ha abierto a golpe de cortafrío. Tira de la cadena para sacarla de los tiradores de la puerta doble del pequeño mausoleo, una construcción que parece un templo griego en miniatura, con su frontón y sus columnas con acalanaduras y sus capiteles de hojas de acanto, idénticas a las que les enseñaron en el instituto. Es también ella quien empuja la puerta.

¿Habéis traído una linterna?, pregunta Julián.

Yo un mechero.

No, no encendáis nada, dice ella.

Sus ojos se han acostumbrado a la oscuridad exterior: las manchas más densas de los árboles, el reflejo en las lápidas de la escasa luz de la luna y las estrellas, el filtro anaranjado que parecen ponerle a todo los lejanos faroles de la carretera. Pero el mausoleo es, durante esos primeros momentos, como una galería subterránea. Una oscuridad sin forma ni contornos.

Qué pasada, dice Julián.

Los tres detenidos a la entrada, con la puerta tan solo entreabierta a sus espaldas. El espacio es tan estrecho que, hombro con hombro, alcanzan casi de pared a pared. Al fondo hay un ventanuco que debe de estar tan sucio que se ha vuelto opaco. Y sin embargo va surgiendo allí un halo que da profundidad al espacio. Y luego sucede al contrario de cuando se revela una fotografía, que del blanco del papel van saliendo sombras difuminadas y después imágenes concretas. Allí es el negro el que va aclarándose en manchas borrosas que acaban por tener contornos definidos de blancura para la que enseguida se les ocurre el adjetivo espectral. Pero todo es demasiado sólido como para pensar de verdad en fantasmas. La tumba parece más bien una cama blanquísima, de bordes redondeados. La lápida vertical con la cabeza de un hombre en relieve, como si hubiese querido emerger del mármol y hubiera quedado petrificado para siempre. Y delante la mujer, arrodillada al borde de la tumba, volcada sobre ella; cubierta tan solo de un velo que resulta increíble que sea también de mármol, que tendrías que tocarlo para convencerte, y por debajo su cuerpo desnudo. Desnudos también los pies apoyados en el suelo sobre las puntas, con el talón en el aire, y desnudos los brazos tendidos sobre la laja de mármol, como llamando o incluso intentando sujetar algo que se les escapa, retenerlo, aunque en todo el gesto del cuerpo hay un abandono de renuncia, de imposibilidad. Y sobre todo el rostro de la mujer, que van acariciando uno a uno, pasando los dedos por sus lágrimas hasta el punto de que las mejillas se les antojan húmedas; también sobre los labios entreabiertos, como rezando o suspirando.

Qué pasada, repite Julián.

Chsss, repite ella.

No quiere oír ninguna voz, no quiere hablar. Le gustaría desnudarse, arrodillarse como la mujer, volcarse ella también sobre la tumba, acompañarla en su duelo calladamente desesperado. Y ¿por qué no va a hacerlo? Desnudarse no, pero se arrodilla frente a la doliente, imita su postura, la mejilla apoyada sobre el mármol, los brazos extendidos hacia esa cabeza que no emerge, sino que se hunde en el olvido. ¿Va a llorar? La desesperación le anuda la garganta, aunque no pueda explicar por qué. Esa sensación de pérdida, de inutilidad de todo, de vida que se extingue después de ir acumulando errores, palabras equivocadas, actos de los que arrepentirse. ¿De verdad va a llorar? Se levanta casi de un salto. Se sacude la tierra de las rodillas.

Vaya culo tiene, dice Julián, y se sitúa tras la estatua. Le da un par de empellones como si se la follase. Alfonso ríe y echa mano a las tetas de mármol. Qué gilipollas sois, dice la chica.

Como tú no te dejas, dice Alfonso, pero se siente tan incómodo con su propio chiste, que murmura yo me piro y sale del mausoleo.

Venga, esto está visto, dice Julián y sigue a su amigo.

La chica pasa también los dedos por el cuerpo de piedra. Lo acaricia casi enternecida. Se arrodilla, esta vez a su lado, toma la cara entre las manos con delicadeza, como consolándola, enjugando sus lágrimas. Tiene los ojos cerrados cuando le da un beso en los labios.

Cámara lenta

Abre los ojos como si estuviese sorprendido o asustado, unos ojos igual de redondos que los de un peluche. Sus labios se fruncen antes de abrirse también, pero solo un centímetro o dos, como quien quisiera decir algo pero no sabe qué, se queda con la boca entreabierta y se hace el silencio. Me fijo en que tiene migas en las comisuras, también en que una de sus manos empuña el pomo interior de la puerta; levanta la otra despacio con dos dedos extendidos como si fuese a bendecir o a darme la paz, pero la baja de nuevo hacia el bolsillo derecho aunque no llega a esconderse en él, solo roza la costura mientras retira una pierna apenas unos centímetros hasta que el talón choca con el rodapié, y ese desplazamiento mínimo hace que su cuerpo se escore a la izquierda mostrando tras él el pasillo angosto y oscuro y la ventana del saloncito, más ancha que alta y con la persiana a medio bajar, lo que hace que a su espalda todo sea sombra, en la que casi se funden sus ropas oscuras y en la que por ello destaca aún más su rostro tan pálido, casi blanco. No retira la mano que aferra el pomo de manera que el antebrazo hace de cadena con la que me impide el paso. Yo adelanto un pie y él retrasa el otro, el más alejado de la pared, y lo hacemos de manera tan simultánea que parece el inicio de un baile. Ha girado ligeramente el tórax, los pies apuntados hacia delante, en lo que podría ser una invitación a entrar, pero la mano sigue sujetando firme el pomo. Doy otro paso hacia él poniendo la puntera del pie izquierdo en la parte baja y descascarillada de la puerta de madera negra, labrada, como una puerta de iglesia, que ahora golpea la puntera una y otra vez en un vano intento de cerrarse. Mi pie es una barrera que ahora él contempla y dice pero ¿qué?, y sigue mirándolo, los ojos aún más abiertos y redondos que antes, las cejas canosas enarcadas, un ligero temblor o solo es que niega casi imperceptiblemente con la cabeza, emitiendo un ronquido o carraspeo sordo que hace saltar chispas de saliva que se le quedan prendidas a la barba, mientras yo doy un paso más buscando dónde depositar el otro pie porque entre el mío, los suyos, la puerta aún sin abrir del todo y un movimiento que hace él para agarrar con la mano libre el borde de la puerta y empujar con más fuerza, apenas queda sitio, y mantengo un momento el pie en el aire, solo un momento, porque después avanzo con firmeza pero despacio hasta que mi pecho está tan cerca del suyo que podríamos abrazarnos. Pongo la palma de la mano contra su esternón y lo que parece que va a ser el inicio de un empujón se convierte en lo contrario, mis dedos se aferran a su pechera, tiran de ella, al mismo tiempo que echo la otra mano al bolsillo y extraigo, ya abierta, una navaja de dientes de sierra con cachas de nácar. Él bizquea hacia abajo y estira el cuello intentando descubrir qué llevo en la mano, mi mano ahora tan atrás y tan alta que ya puede ver lo que empuña, el mechón de pelo que estaba fijado a través de la calva cae hacia delante y le tapa un ojo, dice ajjj y dice jjj, me golpea con la mano que sujetaba el pomo, pero desde muy cerca, más una sucesión de empellones que de puñetazos. La puerta se abre y rebota contra el tope, choca después contra nosotros, vuelve a abrirse y ahora dejo de tirar de él, empujo, él se agacha hacia un costado, vuelve la cabeza hacia el interior, aparta la vista de lo que está sucediendo. Yo sigo empujando, aún con el brazo levantado hacia atrás, tres o cuatro pasos trastabillantes a lo largo del pasillo flanqueado de imágenes piadosas: un corazón rodeado de espinas, goteando sangre, de cuya parte superior sale algo parecido a llamas amarillas que lamen la base de una cruz; una Virgen de manto azul con el rostro vuelto hacia lo alto y una mano en el pecho, cubriendo la llaga de la que sobresalen siete largas espadas; un san Sebastián recostado contra un árbol, con un paño blanco que apenas le cubre el sexo, con dos flechas clavadas en un hombro, una en el cuello y otra en el pecho; mira al ángel adolescente que con gesto delicado, solo con dos dedos, intenta extraer la última flecha, mientras otro desata los pies del santo. Una sucesión de puñales, espadas y flechas, entre las que yo avanzo y él retrocede ahora sin resistirse, y mi navaja brilla y componemos una imagen de martirio, él la víctima de cabeza gacha (veo escamas de caspa pegadas a la base de sus cabellos), yo el verdugo que, ahora me descubro en el espejo de marco dorado que cuelga al final del pasillo, llevo el pelo revuelto, más bien, cuidadosamente despeinado, y la lengua entre los dientes, y los ojos tan enrojecidos que podría pensarse que estoy llorando. Vuelvo otra vez la cabeza hacia el frente, bajo el brazo que empuña la navaja hasta casi la vertical y él asiente aliviado, parpadea muy despacio, aspira por la nariz y expira largamente, los hombros le caen unos centímetros, inicia una sonrisa de labios apretados y entonces yo, también despacio, acerco la navaja a su vientre –él no puede verlo porque ahora me mira a los ojos con los suyos redondos, canicas de brillo muerto– y la clavo sin tomar impulso, empujo la hoja hacia su interior, tanto que mi puño toca su cuerpo, y retiro la mano y vuelvo a ahondar mientras su cara se contrae, sus dos manos se sujetan a mis hombros, la cabeza se le vuelca hacia atrás, las manos palpan, buscan nuevos asideros, en mi cabeza, otra vez los hombros, mis brazos. Un gato atraviesa de perfil la puerta del salón; ni nos mira. Pasa como una aparición. Abro la mano con la que le agarraba por el alzacuellos; él comienza a escurrirse hacia el suelo, con las piernas dobladas, aún intentando sujetarse. Yo doy un paso atrás, luego otro, de forma que él cae hacia delante, de rodillas, con una mano ensangrentada haciendo fuerza contra su vientre. La otra apoyada en la pared, en la que deja, justo debajo del san Sebastián, tres regueros de sangre. En mi puño, su alzacuellos, sorprendentemente blanco, sin una sola mancha. Continúo retrocediendo, paso a paso, sin apresurarme, mientras él se dobla aún más y queda de rodillas con una mejilla apoyada contra el suelo, un hilo de baba colgando de su boca, un temblor recorriéndolo. Salgo de espaldas, dejo caer el alzacuellos, dejo caer la navaja, que se clava en la tierra de un tiesto de cemento que adorna la entrada; empuño el pomo de la puerta y voy cerrando, tapando progresivamente la imagen de ese hombre herido o moribundo hasta que solo veo la madera oscura, a dos cuartas de mis ojos; la mirilla, a la que no me asomo; y un Cristo de latón plateado que me bendice mientras me retiro.

Necrópolis

He soñado que estábamos todos muertos y que el agua cubría nuestras tumbas. He soñado con una superficie de agua inmensa, casi tan grande como la que surcan, o eso dicen, los barcos de los griegos y los cartagineses. Y el agua era limpia y estaba tranquila. Pero no era un sueño placentero. Yo estaba echado en el fondo como un feto en el vientre de la madre. No podía moverme y por encima de mí tanta agua. Quería mirar hacia el cielo, ver al menos el azul sobre nuestros cuerpos, pero solo conseguía mirar de lado y veía al resto de los míos, también recogidos sobre sí mismos; en realidad, no los veía a ellos sino sus huesos chamuscados y aplastados en el barro. Yo respiraba trabajosamente, los demás habían dejado de hacerlo. Era el último testigo, sumergido en el agua que se iba volviendo turbia. Unas manos hurgaban entre mis huesos. ¿Qué quieren? ¿Qué buscan? ¿Será así, quedaremos sumergidos en aguas grises, olvidados salvo por quienes nos despojan? ¿Sentirán mis huesos el frío que he sentido en el sueño? ¿Cómo voy a sentir algo si no tendré carne y los huesos no entienden del tacto ni del dolor? ¿Cómo voy a ver si me faltarán los ojos? He despertado con pánico. No sé si habré gritado en sueños. He salido a la puerta de la casa y la noche era como un océano aún más oscuro que el que acabo de ver. Un océano negro y sin fondo. Aunque no sé por qué digo esto si solo sé del mar lo que me han contado.

Hace tiempo que tengo estas premoniciones. No se lo he contado a mis esposas porque no quiero preocuparlas con mis vaticinios de ruina y destrucción. Tampoco a los hombres. Podrían desear ver en mí el chamán que no soy, ese que necesitan para creer aún en algo mientras nuestras cosechas se agostan y nuestros rebaños disminuyen. Es el miedo el que ha acabado con nosotros. Los abuelos de los abuelos de nuestros abuelos no eligieron para asentarse una colina que dominara el valle, lo alto de un acantilado desde el que descubrir la aparición de invasores para enfrentarse a ellos y destruirlos antes de que pudieran hacerse fuertes. Llegaban ya como perros con el rabo entre las piernas. Habían atravesado mundos enteros a caballo, habían arrancado minerales de profundidades tenebrosas, habían aprendido a forjar armas y herramientas. Se dice de ellos que, aparte de los cascos y los escudos, combatían desnudos para mostrar sus cuerpos de dioses, sus músculos de animales salvajes. ¿Qué les sucedió? ¿Cuándo decidieron abandonar las minas y la guerra para venir a agazaparse como culebras a este recodo del río? ¿Arribaron aquí con tanto miedo que ni siquiera se atrevieron a ponerle nombre para que no pareciese que estaban reclamando su propiedad? Todavía hoy seguimos llamándolo río. Quizá porque sabemos que nunca veremos otro y no es necesario hacer distinciones. A esta corriente que nace en unos montes a los que nunca nos acercamos vinieron a parar nuestros antepasados. Mi padre me explicó que llegaron aquí tras atravesar montañas que les devoraron desde los pies hasta las rodillas y por eso caminaban sobre muñones y no podían sembrar los campos ni seguir al ganado y comían solo peces y cangrejos y ese fue el inicio de la decadencia. Mi padre hablaba mucho y dicen quienes estaban presentes que daba voces cuando se arrojó del acantilado abrazado a mi hermana pequeña. Nuestro jefe anterior, cuyo puesto he asumido, me dijo que la historia era otra: los padres de los padres de nuestros padres fueron grandes mineros. Horadaban la tierra y extraían carbón, cobre y hierro. Una cadena humana que arrancaba minerales y los transformaba y comerciaba con ellos. Pero la avaricia los llevó a olvidarse de hacer los sacrificios necesarios a los dioses del submundo, que son los propietarios de todo lo que la tierra esconde. Y por eso los castigaron ocultando sus tesoros. De un día para otro, los padres de los padres de nuestros padres, o quizá fueron los abuelos de sus abuelos, dejaron de encontrar el carbón, el cobre, el hierro. No tenían con qué comerciar. Aquella tierra no era adecuada para el cultivo. Y los dioses del submundo, no contentos con el castigo, les susurraron en sueños que si marchaban hacia el sol a mediodía, después de tanto tiempo de marcha que acabarían olvidando su lugar de origen, encontrarían nuevos yacimientos junto a un río. Y así lo hicieron. Y llegaron aquí, canjeando sus armas y herramientas por comida durante el camino. Y con lo poco que les quedaba fundaron este poblado. Tardaron mucho en entender que habían sido engañados, aquí no había más que granito y pizarra, y más aún en aceptar que se lo merecían.

En realidad no nos creemos ninguna de esas dos historias aunque nos gusta escucharlas y repetirlas. Pero lo que sí creemos, sin auténticas razones para saberlo, es que llegó otro pueblo más fuerte o más numeroso, empujando y desplazando y matando, gente quizá tan hambrienta que no le importaban ni los escudos ni las armas de hierro y bronce ni los pechos desnudos ni la valentía de los nuestros; no es posible detener un alud, no es posible enfrentarse a un temblor de tierra. Quien no huye es derribado, barrido, sepultado. No sé si los nuestros aún tenían caballos cuando se asentaron o se escondieron en esta orilla; nosotros no poseemos más que cabras, ovejas y unos pocos cerdos, ni siquiera un par de bueyes, y por eso tenemos que tirar nosotros mismos del arado, convertirnos en bestias, gruñir bajo la presión del cuero en nuestras frentes, jalar de las guías hasta que se nos descoyuntan los hombros. Somos pobres. Somos miserables. Somos los posos de un pueblo que, en algún momento, debió de estar orgulloso de serlo. Nuestra lengua es antiquísima, hay quien dice que aún más que nuestros dioses y que fuimos capaces de anotar sobre piedra nombres, cifras y deseos antes de olvidar los signos. Yo no he visto nada de eso y me pregunto si todas esas historias de un pasado glorioso no las robamos de nuestros vecinos para sentirnos menos desdichados. Yo nací a la orilla de este río sin nombre, igual que nace un lechón o un cabrito, sin conciencia de otra historia que la de sobrevivir cada día. Y si sé que vengo de un pueblo anterior, que no nacimos todos entre estos álamos y estos robles y estas piedras negras y delgadas que se erizan a nuestro alrededor como murallas, es porque adoramos a Vaélico y a Ataecina aunque nunca hemos visto una imagen suya ni sabríamos qué aspecto tienen. Solo sabemos de ellos que son los señores de ese mineral que ya no somos capaces de extraer y moldear. Lo demás son historias que nos contamos o nos cuentan. Como la historia de los griegos.

Aquí no hemos visto a los griegos. Solo hemos visto a gente que ha visto a los griegos o que ha hablado con alguien que dice haberlos visto. Vivimos todo de lejos. El mundo está lleno de voces y el viento las zarandea de un lado para otro. Son de los griegos, nos dice ese hombre en una lengua que se parece a la nuestra sin serlo, y nos tiende collares y pulseras y cuentas lisas de colores, y con eso nos paga el cereal y la cabra y el cerdo que nosotros no queremos vender. Pero detrás de él está la ciudad amurallada, detrás de él se encuentran los hombres que entierran a sus muertos bajo pasillos de piedras que ninguno de nosotros lograría mover. Nos dicen que cada uno de ellos puede llevar en brazos dos de esas piedras pero yo no lo creo. Nos dicen que podrían destruirnos lanzando desde su colina una lluvia de pedruscos que arrancan a bocados de la tierra. Todo mentiras. Lo cuentan abriendo mucho los ojos y gesticulando con sus largos brazos igual que contarías una historia con la que impresionar a un niño. No los creemos, pero son más que nosotros y están mejor alimentados, en parte gracias a nuestro cereal y nuestras cabras. Y es cierto que han sabido construir un poblado que solo nos atrevemos a mirar de lejos, con murallas y un foso y escaleras y tumbas que envidiamos, nosotros, que seremos in-

34

cinerados, enterrados en el suelo y, como mucho, cubiertos de grava que quizá desperdiguen los lobos. Nos gustaría calcular cuántos viven allí pero se nos acaban los dedos y las manos para indicar el número. Nuestra memoria no basta para hacer recuento de sus familias y guerreros. No nos separamos de nuestros pocos venablos y hachas, pero evitamos acercar la mano a ellos para que no malinterpreten el gesto. Así que aceptamos las cuentas y los collares con los que nos roban el ganado y la cebada, y fingimos aceptar que los fabricaron los griegos al otro lado de una superficie de agua tan grande que se tarda un verano en atravesarla. Asentimos maravillados. También cuando nos dicen que los abalorios fueron fabricados por cartagineses que han ido partiendo el mundo con la quilla de sus naves, el mundo que conocemos y el que no conoceremos nunca porque no somos cartagineses. Pero no sabemos qué pensar cuando nos cuentan que en aquellas regiones que atraviesan los griegos y donde nace el sol cada mañana se está formando un ejército tan increíble, una masa de hombres armados que cubre montañas y llanuras; un ejército tan inmenso que cuando los guerreros de las últimas filas alcancen el lugar en el que se encuentran las primeras, los guerreros del frente habrán muerto de viejos. Digo que no sabemos qué pensar pero no es cierto: lo creemos. Porque cuando hablan de ese ejército aterrador no hacen aspavientos ni gesticulan ni pretenden impresionarnos como a niños. Percibimos su miedo. Y por eso les preguntamos si temen que ese ejército acabe también con ellos. Y entonces se yerguen, alzan la cabeza, fingen desprecio y dicen: eso nunca, nosotros sabremos hacerles frente. Y nos alegramos para nuestros adentros porque nos damos cuenta de que sienten tanto miedo como nosotros.

Los días se están volviendo más fríos y más cortos. Se ha pasado el tiempo de cosecha; hemos separado el grano y lo hemos llevado al almacén, aunque parte la hemos escondido en una cueva para que no la descubran los moradores del alto; no necesitaremos más cuentas y collares este invierno, sino reservas para no morir de hambre. Aunque los días sean más cortos, se hacen más largos porque apenas tenemos ocupaciones. Pescamos, cuidamos el ganado pero es tan escaso que enseguida hemos terminado de alimentar y ordeñar. He pasado la mañana compactando el suelo de la casa y endureciéndolo con fuego. Y me pregunto si esto va a ser mi vida, si nunca seré capaz de abandonar esta orilla escuálida. Me gustaría llegar al mar, comprobar por mí mismo si las descripciones que hacen de él no son más que exageraciones, como la del ejército interminable. Sé que no lo haré jamás. Somos pocos, somos débiles. No podríamos atravesar territorios ocupados por otros pueblos que nos recibirían como a ladrones o invasores. Nunca veré a los griegos ni a los cartagineses. Sería un consuelo si, al menos, pudiéramos reventar la arrogancia de los moradores del alto, derribar sus murallas de pizarra y hacernos con sus mujeres. Si lo consiguiésemos, quizá nuestra suerte cambiaría, se esfumaría la maldición que nos aplasta. Porque los dioses del submundo no se conforman con haber engañado y maltratado a los padres de los padres de nuestros padres. Aún consideran que les debemos los sacrificios y por eso se llevan a nuestras mujeres, que mueren durante o tras el parto. Hace varios años que la alegría de un nuevo nacimiento queda borrada por la de una nueva muerte. Un vientre que desaparece. Una posibilidad de crecimiento y fuerza. Tengo dos mujeres y ningún hijo. Casi no nos atrevemos a tocarnos. Son tan jóvenes. Son tan pálidas y quebradizas. Y yo sé que los dioses las reclamarían a cambio de darnos un hijo, querrían para debajo de la tierra lo que camina sobre ella.

Es otra vez de noche pero me da miedo dormirme porque no quiero volver a soñar que estamos muertos bajo el agua, con barro entre los dientes. No quiero volver a ser un montón de huesos calcinados. Lo he sentido como si de verdad estuviese sucediendo. Yo, muerto. Mis amigos muertos. Mis mujeres muertas. Un zumbido de abejas atraviesa los tubos huecos que somos. Hay un fulgor que no comprendemos, allí, en la superficie. Y yo, aunque estoy muerto, hablo, no paro de hablar, como mi padre. Pero no es mi voz la que oís. Y no son gritos lo que oigo, aunque me parece sonar que aquí al lado, en la otra orilla, morirán más hombres y mujeres, habrá más guerras. Imagino cosas. Imagino a mis dos mujeres tumbadas a mi lado, sus huesos que, a pesar de todo, reconozco como suyos, los huesos que yo abracé cuando aún estaban rodeados de carne que respiraba y deseaba. Toda esta tierra está temblando. Escucho un lamento, un llanto lejano. Pego al suelo mi cráneo roto. No estoy soñando. Las sombras que veo, hace cientos de años que dejaron de estar vivas. Hundo mis dedos en la tierra, que a veces es barro y cieno, otras polvo seco. De nuestras casas no quedan muros ni tejados, solo líneas de piedra sin sentido. Veo a lo lejos un mundo que no comprendo. Un bullir de gente que no se parece a nosotros. Recorren la tierra como los padres de los padres de nuestros padres. No nos ven. No saben que estamos, que estuvimos aquí. Ellos también tienen premoniciones. También ven el futuro. También cierran los ojos para no verlo. Los compadezco.

Rencor

La estatua salió a la luz cuando se derribó un tabique de la sacristía para encontrar la causa de unas humedades. Román había dicho que por ahí detrás pasaba una tubería y que probablemente tendría una fuga en una junta. No quedó más remedio que echar mano al mazo y emprender la pequeña demolición.

El cura observaba el trabajo del albañil a unos pasos de distancia, no tanto para evitar llevarse algún golpe de la maza que Román blandía con demasiado descuido –la primera vez que la elevó a punto estuvo de golpear el aplique de cristal cuyas bombillas imitaban velas, fijado a la pared adyacente al tabique–, como para esquivar el polvo. Uno de los inconvenientes de llevar sotana era cuánto atraía la suciedad. Cristo había cargado con los pecados del mundo y él cargaba con su mugre. Pero renunciar a la sotana le parecía una forma de rendición. Si eres sacerdote no lo escondas. Un militar de servicio va de uniforme y un sacerdote siempre está de servicio.

No tardó mucho el albañil en hacer un boquete lo suficientemente grande como para entrar por él. Depositó el mazo en el suelo y miró al sacerdote con orgullo, presumiendo no se sabía si de su fuerza, de sus ganas de trabajar o de las dos cosas. Introdujo la cabeza y el torso alumbrándose con una linterna y se quedó allí tanto rato que recordaba a un mecánico inspeccionando el motor de un coche.

Padre, dijo, aún con la cabeza en el agujero. Padre, mire.

Pero no era posible mirar mientras él estuviese incrustado en el boquete. El cura le tocó la espalda para dárselo a entender. Román le puso la linterna en la mano y sacudió la cabeza como quien no acaba de resolver un acertijo. Tenía una frente ancha, como el resto de su cara; sin embargo, ojos, nariz y boca se agolpaban en tan poco espacio que apenas había distancia entre ellos. El pelo, negro, crespo y espeso le cubría la cabeza de forma tan desigual que podría haber sido cortado con un cuchillo. Hacía pensar en un habitante primitivo de los bosques.

El cura ocupó el lugar que antes ocupaba el albañil. No tuvo que buscar. Frente a él, sobre una peana de piedra, se encontraba una estatua de la Virgen con el Niño. El tabique, paralelo al muro que separaba la sacristía de una de las capillas, formaba un recinto de un metro de profundidad por dos de anchura. Para tapar las tuberías habría bastado con darle veinte o treinta centímetros de profundidad. Quien lo hizo tenía pensado esconder allí la estatua.

Está en muy mal estado, dijo Román. Si quiere se la arreglo con un poco de cemento.

Déjalo por hoy. Anda, vete.

Pero si son las doce, don Valentín. Puedo acabar antes de comer. Apaño la tubería, que está oxidada, lo habrá visto, sacamos la estatua y cierro el tabique. Y mañana vuelvo a pintar.

El cura lo bendijo trazando la señal de la cruz en el aire y se sintió estúpido haciéndolo. Estaba fuera de lugar. Pero surtió efecto. El albañil abrió la boca, la cerró y masculló un hasta mañana no muy conforme.

Valentín no quería que nadie más viese la estatua, aunque seguro que Román lo contaría en cuanto entrase en una taberna. Tendría que haberle advertido que no comentase el hallazgo. Seguramente no habría servido de nada. La necesidad de la gente de contarlo todo, más aún desde que surgieron las redes sociales, es imposible de refrenar. Pero luego les produce pudor confesarse. A veces le daban ganas de liarse a puñetazos con sus feligreses.

Valentín había oído historias de que en la iglesia hubo una estatua románica. Unos decían que una Virgen con el Niño y otros que un Jesucristo sentado, con el orbe en una mano y bendiciendo con la otra. Se decía que la imagen desapareció durante el desbarajuste de la guerra. Que estaría en Rusia. Que la robaron unos milicianos. Que se la llevó el alcalde, que era masón. Pero la madre de Valentín afirmaba que la estatua ya no estaba en la iglesia desde antes de la guerra. Cuando ella era niña el párroco de entonces les hablaba de la estatua desaparecida. Y por supuesto era mentira que los abuelos de Valentín se hubiesen quedado con ella. A nuestra familia le echan las culpas de todo lo que ha pasado en este pueblo, decía la madre; si te apuras nos acusan de haber empezado nosotros la guerra.

Si Román no la hubiese visto, a Valentín le habría gustado llevársela a casa y meterla en el cuarto con los otros objetos cuya existencia nadie debía conocer. Su hermano no habría dicho nada. Pero entonces habría tenido que soportar su sorna y sus bromas. Vaya, diría el hermano, Don Perfecto también tiene las manos largas. No entenderían que se había llevado la Virgen no, como ellos, para acumular obras de arte robadas –sí, robadas, dijesen lo que dijesen– sino para que nadie descubriese lo que había sucedido.

Valentín, nada más asomarse tras el tabique, entendió que aquello no había sido la travesura de un albañil. Tampoco que alguien la hubiese escondido ahí con el fin de robarla más tarde. Ese alguien había destrozado la cara del Niño a martillazos. La de Ella estaba intacta, salvo por el desgaste del tiempo, que se había llevado la pintura y provocado algunas grietas, y sonreía ausente y sin alegría como suelen hacerlo las estatuas románicas.

Valentín echó el cerrojo a la iglesia y se detuvo ante la imagen de san Miguel Arcángel, una estatua sin valor alguno y tan torpemente ejecutada que la cabeza del demonio parecía la de un perro de ojos saltones. Cuanto odio, dijo Valentín. ¿Quién puede hacer algo así? San Miguel no respondió; el diablo tampoco. Acostumbraba a conversar en voz alta con los santos cuando estaba solo en la iglesia. Se sentía más acompañado.

¿Para qué tanto daño gratuito?, preguntó a santa Lucía, que, aunque presentaba sus ojos en una bandeja, aún miraba al cielo con ojos intactos. Pregúntaselo a tu familia, respondió la santa y él se alejó deprisa porque si algo no quería era pensar en su familia. Ya había discutido con ellos para que al menos pidiesen perdón o resarciesen de alguna manera a las familias de las que se habían aprovechado. Hemos pagado por todo lo que tenemos, decía la madre. No es nuestra culpa que fuesen tiempos duros. También lo eran para nosotros. Y el hermano asentía.

Valentín se quitó la sotana y la dobló sobre el respaldo de un banco. Se sintió como si estuviese cometiendo un pecado al quedarse en calzoncillos y camiseta en el interior de la iglesia, pero era una idiotez. El Santísimo lo conocía desnudo y estaba al corriente de todas sus miserias. El decoro solo tenía sentido en presencia de otras personas. No quería ni imaginar lo que la gente diría si lo viesen en ropa interior allí dentro. Lo considerarían una profanación.

Al atravesar el tabique se llevó un arañazo en un muslo con el borde de un ladrillo. Se quedó a caballo sobre el tabique contemplando el hilo de sangre y la piel levantada. Pasó un dedo con saliva por encima de la herida y se introdujo en el interior del cubículo. Olía sobre todo a humedad. También pensó que olía a óxido, pero no estaba muy seguro de saber identificar ese olor; quizá lo pensó solo porque parte de la tubería estaba recubierta de escamas marrones que habían dejado un reguero del mismo color en la pared y el suelo.

La Virgen y el Niño miraban al frente, como era lo habitual en las representaciones románicas. Ninguna conversación, ninguna mirada tierna entre el Hijo y la Madre. Se solía interpretar que la Madre era el trono del Hijo, pero él sentía que había algo más o quizá algo menos en este caso, porque ni siquiera la mano de Ella rodeaba al Niño. Lo ignoraba, esa madre de pecho rígido y frío.

Valentín se sorprendió de estar pensando cosas así. Quizá fuera pecado el solo hecho de pensarlas.

Al niño le faltaba un ojo. Más bien, donde antes hubo un ojo ahora había un agujero irregular. Quizá no le habían golpeado con un martillo, como pensó al principio, sino con un cincel. También le habían roto la nariz, que parecía comida por la lepra. Y le habían arrancado la mano con la que casi seguro estaría bendiciendo al mundo, aunque el mundo llevase décadas sin ver el gesto.

Hay personas que destruyen una obra de arte buscando la notoriedad; lo habían hecho con la *Gioconda* y con el *David*, seguro que con alguna otra imagen. Sí, vagamente recordaba que alguien había rasgado un Picasso. Desequilibrados narcisistas. Algunos eran artistas fracasados, celosos de lo que ellos nunca podrían conseguir. También suponía que habría gente capaz de destruir una imagen religiosa para protestar contra la Iglesia o contra la supuesta pederastia de los sacerdotes. El odio a la religión era el contrapeso a la piedad y a veces producto de esta cuando se sentía despechada.

Pero quien hubiese destruido el rostro y la mano del Niño había ocultado su obra, luego no pretendía producir un efecto o una reacción en otras personas. Si solo hubiese hecho desaparecer la estatua se podría interpretar como una forma de perjudicar al sacerdote o a los feligreses o, en efigie, a toda la Iglesia. Pero allí había algo más. Y también le llamaba la atención que la ira se hubiese centrado solo en el Niño. ¿Por qué alguien desfiguraría al Niño y dejaría intacta a la Madre? No encontraba explicación a esa ira selectiva.

Valentín buscó en el suelo las esquirlas de piedra faltantes. Solo encontró restos de arcilla, como si alguien hubiese roto un tiesto o una maceta de terracota allí dentro. La escultura había sido mancillada en otro lugar. Se abrazó a ella e hizo un intento de levantarla. No consiguió más que desplazarla unos centímetros y la volvió a soltar temiendo que se le viniese encima y acabar de romperla.

He encontrado la estatua, le dijo a su madre. Ella no levantó la cabeza: habría sido un milagro. Sentada en un sillón al que habían fijado ruedas en las patas para poder transportarla con facilidad del salón a la cama, con un chal negro por encima del pijama, miraba con la cabeza ladeada un punto de la pared medio metro más bajo que sus ojos. Valentín no se preguntó qué vería allí porque siempre miraba con ese ángulo, independientemente de dónde se encontrara. No se sentía atraída por el movimiento, los colores y las voces si la ponía delante de la televisión. Valentín ignoraba si la causa era motriz, que no podía poner la cabeza en otra dirección ni desplazar las pupilas, o si más bien esa postura permanente se debía a que no percibía estímulos exteriores.

Su mamá nos oye, estoy segura, le había dicho la criada. Usted háblele, seguro que le hace bien. No le costaba nada así que por qué no. No era muy distinto de hablar con los santos, con Cristo, con la Virgen. Aunque tenía más fe en que ellos le escuchasen que en que lo hiciera la madre.

Han destrozado la cara del Niño. Y luego han escondido la estatua detrás de un tabique. ¿Quién habrá hecho una cosa así? ¿Y por qué?

La madre olía a jabón y colonia. La criada también le había lavado el pelo. Un hilo de baba le colgaba de los labios y Valentín se la limpió distraído con la manga.

El odio que hay en este pueblo es como un veneno. Nos vamos a ahogar en él. Tú no se lo notas si los ves en el supermercado o en la iglesia o en el café, hablan como si nada ocurriese, pero están poseídos. En cualquier momento podrían vomitar demonios. Tú ya no, supongo. Al menos no se te oye mascullar y renegar. Ahora eso lo hace tu hijo mayor. Ha salido a ti.

Valentín deseó que su madre estuviese muerta, no tener que verla todos los días, porque por mucho que tirase de sus reservas de caridad y misericordia hacia ese cuerpo inutilizado no podía olvidar quién había sido: también ella digna hija de sus padres. Todo el daño que habían hecho sin arrepentirse jamás. Si era cierto lo del pecado original, él había heredado el de los primeros padres amplificado por el de los suyos. Él era el fruto maldito de su vientre. Cargaba con la penitencia de toda esa familia de usureros. Si su madre muriese no es que él fuera a sentirse liberado de la culpa, pero sí de su recordatorio constante. Esa mujer a la que las facciones le colgaban reblandecidas, una baba de carne, pero él aún veía en ella los rasgos duros, los ojos de acero, la voz desdeñosa.

Valentín se sentó a la mesa del salón a comer los filetes rusos que había preparado la criada. A él le gustaban fríos y le había enseñado a ponerles bien de ajo y perejil. Los acompañó con una cerveza y pan. Mientras tanto vio en la televisión las noticias de la tarde sin prestarles atención. Las voces en su interior hablaban más alto que las de allí fuera. Los locutores eran marionetas de ventrílocuo: movían la boca pero apenas salían sonidos de ella. Las voces venían de otro sitio. Valentín se sorprendió pensando que tenía el corazón de madera.

Qué tontería. Dudó si abrir la biblia o echarse una siesta. O podría acabar de preparar el sermón del domingo. Iba a hablar del perdón, el castigo y la tolerancia. Partiría de María Magdalena, pero como hasta el más tonto de sus feligreses se sabía lo de quien esté libre de pecado, etc., iba a utilizar una frase diferente: «Si el Salvador la ha juzgado digna, ¿quién eres tú para despreciarla?». Estaba sacada de un evangelio apócrifo pero nadie iba a ir a quejarse al obispo. A todos les gustaban las historias de María Magdalena, quizá porque los pecados que mejor reconocían en sí mismos tenían que ver con el sexo. O por morbo. Era el tema al que más tiempo le dedicaban en la confesión; a él le asqueaba, no preguntaba cuántas veces ni con quién ni cómo, ni siquiera cuando se confesaba una mujer joven sentía la menor excitación. La castidad le costaba mucho menos esfuerzo que la templanza o la paciencia. Claro que caía alguna vez, a solas, pero le parecía menos grave que la ira que sentía con frecuencia hacia sus vecinos, su hermano, su madre.

No iba a poder dormirse, ni leer, ni mucho menos concentrarse lo suficiente como para preparar el sermón. Llevó los platos a la cocina y los dejó en el fregadero. Al cepillarse los dientes se dio cuenta de que ni siquiera se había quitado la sotana para estar más cómodo. Avisó a la criada de que iba a la iglesia, pero que si preguntaban por él no dijese que estaba allí.

¿Me va a pedir que mienta, padre?, le preguntó asomándose al salón. Tenía más de cuarenta años pero había en ella algo de infantil, de juguetón. Cuando le daba la comunión cada domingo, Valentín sentía un sobresalto al ver su rostro tan de cerca, con los ojos cerrados y la lengua asomando de entre sus labios; era como si se hubiese convertido en una extraña, no reconocía el gesto devoto, el rostro relajado. Todos sus feligreses eran desconocidos; aunque los oyese en confesión y supuestamente le contasen lo que no contaban a nadie, vivían con una caja cerrada en su interior o, mejor, los atravesaba un túnel que ni ellos mismos sabían a dónde conducía.

Lo que te pido es que digas que he salido y que no sabes cuándo vuelvo.

Está bueno, entonces no tendré que confesarme por mentirosa. ¿Me bendice antes de salir, padre?

Le hizo la señal de la cruz en la frente.

Anda, lleva a mi madre a su cuarto.

Aquí está mejor, me ve entrar y salir. Se aburre menos.

La fe de esa mujer. A él le gustaría tenerla.

Su casa solo estaba a dos calles de la iglesia y a la hora de la siesta no era probable que se encontrara con nadie. A pesar de esa comodidad, cuando muriera la madre se mudaría a la casa pegada a la iglesia que fue la residencia del cura anterior y ahora se usaba como oficina y para alojar visitas, a veces también a algún necesitado. Cuando se hizo cargo de la parroquia, no quiso instalarse allí porque estaba muy reciente el apuñalamiento de su antecesor, para colmo un pariente. Aunque no sabía si le provocaba más inquietud la violencia que había tenido lugar a la entrada (se imaginaba la escena del chico clavando una y otra vez la navaja en el vientre del sacerdote) o saber que en aquel salón o en uno de los dormitorios habían sucedido cosas tan asquerosas. Qué vergüenza para la Iglesia. Qué vergüenza para la familia.

Pero no era mejor vivir en la casa de la madre, llena de los objetos que había ido comprando a campesinos arruinados en la posguerra. En lo que llamaban los años del hambre, aquella pobre gente había vendido por cuatro duros todo lo que tenía, incluso objetos que robaban, obras de arte menores, en iglesias y ermitas. Muchas de aquellas piezas, las que no habían podido o querido vender porque eran de procedencia dudosa, estaban en la casa.

Abrió el portón de madera procurando no hacer ruido y lo cerró a sus espaldas con el mismo sigilo. A Valentín le gustaba su iglesia aunque no tuviese valor arquitectónico. Constaba de una sola nave, encalada y con techo de madera, casi tan ancha como alta. Una escalera de caracol llevaba al coro, suspendido sobre un arco muy rebajado. Le gustaba incluso que hubiese algunos desajustes en la construcción, como que la puerta de entrada no estuviera en el centro del muro ni en el centro del arco, sino desplazada poco menos de un metro hacia un lado; parecía más un error de cálculo que una decisión deliberada. Su iglesia; la consideraba suya y no solo por herencia –el párroco anterior era su tío, y el anterior a este un tío abuelo– sino porque era el espacio en el que se sentía más en paz; la iglesia era su hogar.

Se persignó frente al altar. Dispersó con los pies la suciedad que se acumulaba siempre en el mismo sitio. Las golondrinas habían construido un nido entre la viga central y las viguetas. Tenía que pedir a Román que subiese al tejado para averiguar por dónde entraban.

Valentín cogió un velón y lo encendió con el mechero que siempre llevaba en el bolsillo aunque no fumaba. Lo introdujo por el boquete. La sonrisa de la Virgen le pareció aún más inexpresiva que antes. Entró, esta vez sin quitarse la sotana, y depositó el velón junto a la imagen. Recogió del suelo los trozos de terracota y los fue depositando en el poyete de piedra sobre el que descansaba la escultura y que, antes de que se levantara el tabique, debía de haber servido también como peana a otra imagen sagrada. Poniendo en fila los fragmentos, formó una plaqueta rectangular en la que se podía leer una inscripción. Como solo había ocho o nueve pedazos, no le costó mucho recomponer el rompecabezas y leer el texto.

«Esta hija de puta no quiso salvar a mi hijo.»

No tardó en comprender la rabia de esa madre o de ese padre.

Miró al Niño Jesús con la cara destrozada.

Bien hecho, dijo, y le pareció que no era él quien lo había dicho, sino alguien que habitaba en su interior. Sintió el espanto que debían de sentir los endemoniados oyendo las atrocidades que salían de sus propias bocas. Se arrodilló y pidió perdón, con la sensación de que no tenía culpa alguna porque esas palabras habían sido pronunciadas sin su voluntad. También pidió perdón para la persona que se había vengado en el Niño Dios de la desgracia del suyo que la Virgen no quiso remediar. ¿Habría rezado aquel padre como él lo hacía ahora, durante días, de rodillas, ante la estatua rogando por la curación de su hijo? Suponía que había sido un hombre; aunque se podía imaginar a una mujer con tanta rabia tras morir su niño que la emprendiese a golpes con Dios, luego tendría que levantar el tabique, y eso era más cosa de hombres. Qué idea: dejar encerrada a la Virgen como castigo. Nadie le rezaría más, nadie acariciaría sus pies, nadie derramaría lágrimas ante ella. Perdón, dijo Valentín, esa vez sin saber muy bien por qué. Se incorporó y no se molestó en limpiarse la sotana. De haber podido, habría vuelto a cerrar el tabique para que nadie descubriese lo que había detrás. Habría respetado la voluntad del sacrílego, un pobre pecador. Tuvo él también una tentación, pero solo duró un segundo. Seguro que sería una liberación coger un martillo y golpear la estatua. Perder toda reverencia por lo que representaba y también por su antigüedad. Pim, pam, pim, pam. Contra el rostro de Ella. Romperles las manos que les quedaban.

El pensamiento que divaga engendra monstruos. Fantasear es también una forma de pasión que hay que mantener bajo control. Valentín se persignó. Lo siento, dijo esta vez y sonó más mundano pero también más sincero. Lo siento, como se lo podría haber dicho a alguien a quien había hecho daño, queriendo o sin querer.

Román estaría a punto de regresar. Le pediría que llamase a otro albañil y que llevaran la estatua a su casa hasta que le encontraran un lugar en la iglesia. Le pediría que construyese un pedestal nuevo para la Santa Madre. Y congregaría a los fieles para dar gracias por la recuperación de la talla. No estaba seguro de si debería restaurarla primero, pedir al obispado el envío de un técnico para que evaluase la posibilidad de recomponer el rostro destrozado y para devolver al conjunto el color primigenio, pues había visto restos de pigmento entre los pliegues del manto. Pero eso sería más tarde. Lo importante era sacarla de ese zulo y llevarla a casa. De pronto se le ocurrió que la dejaría en el suelo y orientaría la silla de su madre de tal forma que su mirada cayese sobre ella. Pediría a la criada que la dejase siempre así. Esa simple lo entendería como un acto piadoso. Cuánto quiere don Valentín a su madre.

Lo iba a hacer. La madre contemplaría hasta el fin de sus días a la Virgen de piedra y al niño con los rasgos hechos trizas. Día tras día.

Ese pensamiento le llenó de alegría.

Fólleme

–Fólleme.

Eso le dijo y él aún se reía contándolo, aunque ya lo había hecho muchas veces, a quien estuviese sentado a su mesa de póker del casino. Así me lo dijo, explicaba, mientras la risa se transformaba en una tos estropajosa que salía directamente de los pulmones y parecía arrastrar fragmentos de materia, diminutas cargas de tejido o flema, síntomas cuyo significado nos transmitíamos con movimientos graves de cabeza; así me lo dijo, y no sé si me sorprendió más lo que me estaba pidiendo o que para hacerlo me tratase de usted. Qué mujer. Primero no supe qué responder, y luego tuve que soltar una carcajada. Exactamente igual que cuando me preguntó si me apetecía que me enseñara mi tumba.

A él todos lo conocían, no solo en el casino; en el pueblo y, a decir verdad, en toda la comarca e incluso en la capital. Al padre también lo habían conocido. Ese sí que jugaba al póker. En una época en la que los juegos de azar estaban prohibidos –quitando los patrocinados por el Estado, como la lotería y las quinielas, porque el sello oficial concedía interés público a la actividad de ludópatas y desesperados–, organizaba partidas desaforadas en el salón de su casa, a la que acudían no solo miembros de la oligarquía regional –algunos solo por el gusto de mirar y, sobre todo, por el de poder contarlo después–, también algún jerarca de Madrid, un obispo del que se decía que se compró un palacio con el dinero ganado en la mesa de tapete verde, e incluso hombres de negocios extranjeros. El padre se llamaba Jacinto Cuerda y, aunque nadie con dos dedos de frente se crea eso de que *nomen est omen*, fue imposible no relacionar su apellido con el hecho de que se suicidara colgándose de una viga de la porqueriza. Por cierto, lo de que los cerdos se le habían comido los pies mientras estaba allí colgado es absolutamente falso, una de esas historias con las que se adornan los hechos para volverlos más dramáticos y escabrosos, como si no bastase con la realidad para desalentar al más valiente. Si lo niego con esta seguridad es porque yo estaba allí, quiero decir en el momento de descolgarlo. No, no se me habría pasado el detalle de que tuviese los pies comidos o siquiera mordisqueados, porque el detalle que sí me llamó la atención es que llevaba puestos unos botines negros tan limpios, tan lustrosos, que parecía imposible que el señor Cuerda pudiese haber atravesado el barro y los excrementos que cubrían el suelo. Como si hubiera volado hasta el lugar en el que había decidido ahorcarse. Pero no era fácil imaginarlo volando: entre tres hombres, los otros dos tan fuertes como yo, apenas fuimos capaces de descolgar el cuerpo, y solo lo logramos porque la sobrina, una chica que parecía sonreír a todas horas debido a una tirantez en los labios que la obligaba a descubrir los dientes, mientras nosotros sujetábamos el cuerpo descomunal de don Jacinto, al que la muerte parecía haber hinchado aún más de lo que estaba de vivo –ninguna persona que no fuese un fenómeno de circo habría sido capaz de rodear con los brazos el abdomen del terrateniente–, cortó la cuerda con mi navaja, sin perder esa sonrisa que no era tal pero que confieso que a mí me resultaba muy atractiva; añadiré, aunque no sea necesario para la historia, que me acabé casando con aquella chica de aspecto invariablemente alegre y que la misma sonrisa que me enamoró, al cabo de pocos años me resultaba insoportable, de puro incongruente, y porque tenía que verla a todas horas, ya hiciésemos el amor, ya estuviésemos tirándonos platos a la cabeza –imaginadla, sonriendo en medio del odio como si en realidad nuestra violencia solo fuese un juego–. Y, por no verla, solía marcharme de casa todas las tardes hasta que la sabía acostada, aunque sería injusto culparla de mi alcoholismo. Los adultos tomamos nuestras decisiones y nunca he sido de los que achacan éxitos y fracasos a los actos ajenos. Tampoco el suicidio de don Jacinto tiene más culpable que quien se subió a una banqueta, se pasó la soga por el cuello y saltó al vacío, de la misma forma que el desastre provocado por su hijo no podemos verlo como un resultado inevitable de la tragedia familiar. Las explicaciones fáciles son siempre tentadoras, tranquilizadoras, pero engañosas.

Si me interesa la historia de don Jacinto es solo para explicar que la fortuna del hijo no era tan descomunal como muchos pensaban. Es verdad que se asociaba el apellido con tierras que ocupaban buena parte de lo que hoy cubre el pantano, y no solo eso, también las dos vertientes de los montes que quedan hacia el sur, las dehesas que antes habían pertenecido a los frailes –y no sabría decir cómo llegaron a manos de la familia–, unos olivares que se extendían más de lo que nadie podría alcanzar a ver, aunque se encontraban en terreno llano, y también casas en la capital, además de tres o cuatro naves industriales. Para cuando lo descolgamos de la viga, quedaban las tierras que ahora están bajo el agua, no más de. la mitad de los olivares, el monte, que dedicaban a cacerías, y alguno de los pisos de la ciudad y también del pueblo, aunque gente que conoce la historia mejor que yo afirma que los más valiosos estaban ya en manos de bancos y de otros acreedores, lo mismo que había sucedido con las naves.

Jacintito tenía cara de bobalicón, de hombre que no había superado la simpleza de la infancia, y ni siquiera cuando paseaba por el pueblo con la camisa azul marino infundía respeto. Se decía que también alardeaba a veces con la pistola al cinto, pero ni yo lo vi ni era habitual en los años cincuenta sacar otra arma que las de caza, y él nunca fue aficionado.

Jacintito, así le seguimos llamando incluso después del primer ictus y de la pérdida de parte de la dentadura, pareció siempre dispuesto a asumir la herencia paterna y a dilapidar lo que quedaba de ella, no perdiéndola a las cartas, sino planeando negocios que por suerte su administrador solía entorpecer, augurando tantos obstáculos que la pereza natural de Jacintito terminaba por imponerse, y el hombre volvía al tapete, aunque como digo solo a jugar unas pesetas, y más como una forma de reunir en derredor suyo a tres o cuatro hombres obligados a escuchar sus historias.

Fólleme, cuenta que le pidió o exigió la enfermera que contrató tras la muerte de la esposa, quizá más para tener compañía que porque requiriese cuidados continuos. Si veías a Camila por la calle no pensabas en una enfermera, sino quizá en la dependienta de una tienda de moda o de perfumes. Llevaba, a veces a pesar del frío, faldas por encima de la rodilla y tacones altos, blusas estrechas o jerséis holgados, abrigos que quizá parecían más caros de lo que eran. Aunque para el pueblo entonces resultaba demasiado llamativa, probablemente no se distinguía mucho de otras jóvenes de la ciudad, pero aquí las modas llegaban tarde, no porque tuvieran que superar una gran distancia, sino los prejuicios, la maledicencia y sobre todo el miedo a cualquier cambio, que era el sentimiento más generalizado en este pueblo agrícola, del que los jóvenes se largaban en cuanto podían y los viejos se aferraban a sus costumbres y normas como si defendiesen un castillo asediado por el enemigo. A mí Camila me caía bien. Me parecía una chica seria, puede que más severa de lo que se esperaba juzgando por su ropa, que no daba muchas confianzas sin llegar al extremo de parecer altiva. Podía ser brusca, también.

Pero, a ver, que estamos en un pueblo: por supuesto que la gente hablaba y hacía chistes obscenos sobre los cuidados que la enfermera prodigaría a Jacintito; la envidia de los hombres y el rencor de las mujeres siempre han sabido espolear nuestras fantasías más sucias. Cuando Jacinto Cuerda hijo, ya en silla de ruedas y con la cabeza temblorosa por el párkinson, anunció en medio de una partida de póker que se casaba, la envidia y el rencor mutaron en un odio sin cuartel hacia Camila. La muy puta, mira cómo ha engatusado al viejo. Qué guarradas le habrá hecho. Yo ya sabía que esa lo que quería desde el principio era la hacienda. A mí me parece que desde que lo cuida ha empeorado muchísimo; habría que hacerle un análisis al viejo chocho, a saber qué le está dando. Mercurio, os digo yo que lo envenena con mercurio: se le están cayendo el pelo y los dientes, y no puede ni andar, y la piel, ¿habéis visto cómo se le ha puesto la piel? La muy puta. La muy puta. La grandísima puta.

¿Qué queréis que os diga? A mí Camila me seguía cayendo bien. Saludaba a quien no volvía la cabeza o se cambiaba de acera para evitarla. Siguió siendo correcta en las tiendas, en la sala de espera del médico, en Correos. Y sonreía. No era una sonrisa alegre, sino, como la mayoría de sus gestos, correcta, educada. Pero también es verdad que había algo duro en ella, o más que duro resistente, la entereza de quien ha tenido que apretar los dientes muchas veces para superar adversidades. Aunque no era de ir a misa, una tarde la vimos en la iglesia, sin velo, parada debajo de nuestro san Miguel, que atraviesa inexpresivo a un demonio con cara de perro; y allí aguantó toda la misa, sin arrodillarse cuando tocaba ni persignarse cuando debía, hasta el momento de la comunión, en el que se sumó a la fila que avanzaba despacito hacia el cura. ¿Sería un cliché decir que contuvimos el aliento? Pues que lo sea; lo contuvimos; desde luego yo lo hice. Cuando se arrodilló, esta vez sí, delante del cura, y abrió la boca, no de forma provocativa, con el gesto de seguridad y tranquilidad de quien se encuentra en paz consigo misma, y aguardó a que el sacerdote depositase la hostia sobre su lengua. El sacerdote detuvo el movimiento de la mano, parecía mostrar la oblea a los creyentes, miró el rostro que a mí me pareció virginal, aunque sea una imagen algo anticuada, de la mujer, pasó la vista por los bancos como esperando que alguien lo sacase del apuro, a punto de dar un paso atrás pero sin atreverse a hacerlo, y por fin puso la forma consagrada en esa boca que casi todos suponían capaz de pecados que nos fascinaba imaginar, y la iglesia se llenó con el aire que todos expelimos a la vez, algunos con algo similar a un gemido, otros un gruñido. El sacerdote se quedó mirando la espalda de Camila, que se alejó despacio, para nada desafiante, recogida en sí misma, y tardó casi un minuto, o digamos medio, en darse cuenta de que el siguiente fiel aguardaba de rodillas a recibir la comunión.

Cuando Jacintito murió, después de semanas sin salir de casa y sin recibir a nadie salvo a Camila –lo tiene secuestrado, decían– comenzaron a revolotear por el pueblo como murciélagos primos, sobrinos, parientes lejanos a los que llevábamos siglos sin ver. Hablaron con el cura y con el médico, se les vio en el cuartelillo de la Guardia Civil, nos abordaban por la calle y sin rodeos nos preguntaban lo que sabíamos de aquella relación, si hubo abuso o engaño, si conocíamos algo comprometedor sobre Camila, quién lo había visto la última vez y si encontró algún detalle sospechoso. Se cuenta, pero ya sabéis lo fiable que es empezar con un pronombre impersonal, que incluso encargaron una autopsia sin el consentimiento de la esposa, pero si fue así no debieron de encontrar nada, porque se fueron rechinando los dientes y escupiendo sobre esas calles en las que no descubrieron pruebas ni instrumentos para invalidar el testamento. También dejaron caer que el notario sin duda se había hecho rico, porque solo así se explicaba que hubiese dado fe del buen estado mental de Jacintito Cuerda al testar.

Camila se quedó a vivir en la casa en la que había cuidado a su marido hasta el final, causado por un nuevo ictus. Salía muy poco. Yo era uno de sus escasos visitantes, aunque mi mujer me criticaba, sonriendo, por hacerlo. La gente murmuraba sobre mi amistad con la viuda avariciosa. Ya ves tú, a mi edad. La visitaba porque los demás no lo hacían. Porque no le perdonaban haber sido guapa y correcta, pero no haber intentado nunca congraciarse con ellos. Porque había heredado a aquel hombre que, en el fondo, tampoco le caía muy bien a nadie. Jacintito el bobo, Jacintito el inútil, Jacintito el vaina. Yo no tengo nada contra la gente que no hace daño, sea lista o tonta, guapa o fea. En este pueblo es lo que más valoro, quizá por lo infrecuente: la falta de crueldad.

Cuando digo esto, mi mujer sonríe aún más de lo habitual debido al esfuerzo por no golpearme y me dice: ¿no te parece cruel llevar a un hombre enfermo a ver su tumba? ¿No te parece que es de mala persona hacerle eso?

Pero, aunque ya se encontraba en una fase en la que iba saliendo con menos frecuencia y jugar al póker contra él era un suplicio porque se olvidaba de pedir cartas, repartía mal y confundía un *full* con un trío, Jacintito se animaba al contar cómo ella lo llevó a ver la tumba que le había construido. Qué mujer, decía, qué mujer.

Lo llevó en una furgoneta que habían adquirido recientemente, una tarde de mayo, del último mayo que viviría el pobre hombre. Y a partir de aquí solo puedo imaginar la escena: Jacintito bajando de la furgoneta en su silla de ruedas eléctrica –un lujo casi inexistente entonces–, Camila avanzando a su lado hacia el mausoleo familiar, ella diciendo cierra los ojos al acercarse a la reja, ella abriendo, el chirrido del metal, el golpeteo de la cadena y el candado, avanza un poquito, pero no los abras, un poquito más, ahora.

A mí, de haber estado tan enfermo como él, me habría gustado ver que mi mujer me había erigido ese monumento funerario. Además de la lápida con el nombre y las fechas consiguientes, con unas volutas algo rebuscadas sobre las esquinas, Camila había encargado una estatua en mármol blanquísimo de una mujer llorando, recostada sobre la parte inferior de la lápida; la escultura viste una túnica también de mármol tan pegada al cuerpo que en lugar de cubrirlo lo desnuda, lo revela, lo realza, así que quien visita la tumba, incluso diría da igual que sea hombre o mujer, se queda mirando sus nalgas minerales y, sobre todo, sus pechos, con la forma de dos mitades de limón, pero de aspecto suave y, extrañamente, cálido, que dan ganas de acariciar. El último regalo que le hizo Camila a Jacintito Cuerda no fue solo arrodillar sobre su tumba a una mujer de formas a la vez suaves y exuberantes que lo llorará durante décadas si no siglos, es que además el cuerpo marmóreo era sospechosamente parecido al de ella, un cuerpo no tan diferente del que el pobre inválido había podido acariciar hasta el último ataque, que lo dejó boqueando primero y después completamente inmóvil sobre una cama tan blanca como el mármol de la estatua. Y el rostro, sobre todo el rostro, lloroso, de una tristeza que se te contagiaba aunque no quisieras, se volvía hacia un lado no tanto como si se estuviese marchando o separando del cadáver, sino tan solo para mostrar su dolor y, sobre todo, que era idéntico al de Camila.

Una obscenidad, dijo mi esposa. Esta mujer no tiene el menor sentido de la vergüenza, dijo mi madre, que nunca decía nada salvo que estuviese bisbiseando con un rosario entre las manos. Y lo que se habrá gastado.

A mí me parece un bonito detalle. Y supongo que, aunque no lo reconozcan, no solo a mí, porque más de una vez me he encontrado con el candado del mausoleo roto, o reventada la cadena. Y una vez una botella de ginebra, y no pocas veces preservativos, que eso sí me parece un poco asqueroso. Yo, como tengo llave, porque Camila me encargó que limpiara una vez al mes y pusiera flores, paso allí algunos ratos. Me siento y leo las inscripciones aunque me las sé de memoria, y converso para mis adentros con Camila y con Jacintito, y les digo que qué bien hicieron, que nadie tiene derecho a criticarlos. Y me quedo con ellos pensando en mis cosas. Y me siento en paz.

Fantasma

Tengo veintiún años y soy el más joven de mi familia, así que debería ser yo quien comete las locuras en mi casa. Pero vengo de una tradición de despropósitos y me rebelo contra ella intentando pasar por el mundo sin hacer ruido ni nada memorable que recuerden las siguientes generaciones. Si no quedasen algunas fotos mías, mis familiares ni siquiera estarían seguros de que mis padres hayan tenido un hijo y, a veces, incluso delante de las fotos, señalarán con el índice mi figura desgarbada y preguntarán: y ese, ¿quién es?

Yo seré un fantasma, una presencia que no acaba de concretarse. Esa es mi vocación.

No me voy a reproducir, eso está decidido, para evitar transmitir a mis descendientes la enfermedad que nos aqueja desde hace quizá siglos. Si no fuese por mis primos, nuestra estirpe terminaría conmigo, lo que sería una enorme contribución a la sensatez en el mundo.

Que soy un solitario, dicen. Que no estoy bien de la cabeza, todo el día por ahí rumiando pensamientos que ya deben formar una papilla agria. Pero por el día no me ven. Me encierro en casa; leo; pienso; tomo notas; me adormezco. Solo salgo por la noche. Me compadecen. Piensan que me sucede como al que prendió fuego a la casa de los ahorcados, que me reconcomen la amargura y el deseo de venganza, pero no es así. Nadie dañó a mi familia, por lo menos nunca me han contado querellas ni ataque alguno contra ella. Somos nosotros los dañinos; aunque muchos atribuyan nuestra estela destructiva a la mala suerte, yo sé que hay un poso de enfermedad transmitiéndose de generación en generación, como una nariz ganchuda, unos pies demasiado grandes, una predisposición al cáncer o la diabetes. Que no cuenten conmigo. Mi contribución a mejorar el mundo es ausentarme de él todo lo que pueda. Si no salgo por el día no se debe a mi timidez (ni siquiera podría confirmar si soy tímido porque procuro no poner a prueba mi carácter), sino para impedir que el encuentro con algún vecino lleve a una situación que se me escape de las manos. De noche no corro ese peligro. Camino solo por las calles desiertas. Mis pasos son leves. Mi mirada evita puertas y ventanas. No me interesa qué ocurre tras ellas. Sé qué calles iluminan las farolas y cuáles no. Me gustan sobre todo los caminos de tierra o que lo parecen porque el tiempo ha ido royendo el asfalto y las malas hierbas se multiplican por bordes y grietas. Son los caminos que llevaban a cuadras y rediles, ahora a los huertos, porque apenas quedan animales; es muy poco probable que alguien tenga tareas por aquellas calles a tales horas y desde luego no lo es que se transiten por diversión. Es verdad que a veces tomo el camino que lleva hasta el cementerio viejo atravesando un pequeño bosque de eucaliptos. Es mi única concesión a la curiosidad por otros seres humanos. Entonces sí que se vuelven leves mis pasos. No diría que me muevo como un felino, que para eso me falta elegancia. Pensad más bien en una culebra que atraviesa la hojarasca casi sin emitir un sonido. Voy a la valla norte, la que linda con los eucaliptos, no solo porque allí la sombra es más profunda, también porque bordea un terraplén que me permite estar tumbado y sin embargo ver el interior del cementerio.

No vienen todas las noches, pero sí la mayoría. Son tres, dos chicos y una chica, más jóvenes que yo. Se sientan siempre en la misma lápida. La primera vez supuse que estaban allí para realizar una ceremonia satánica o al menos una güija, uno de esos rituales tan atractivos para los jóvenes, a quienes seduce el contacto con lo oculto, ya que lo visible es tan decepcionante. No se toman de las manos ni encienden velas ni trazan pentagramas. Parecen estar a gusto allí, sin nadie que les controle ni critique; a salvo del mundo: los muertos son inofensivos si no los temes. Como es lógico, es ella quien más me interesa. Soy virgen. Nunca he estado con una mujer, no ya en la cama, ni siquiera sentados en un banco tomándonos de la mano. Con ella sí pienso que podría hacerlo, pero sé a dónde conducen esos pensamientos. Así que resisto la tentación y sigo observándolos de lejos.

Beben, fuman, se gastan bromas. No oigo todo lo que dicen, debido a la distancia y también a que a veces bajan la voz como para hacerse confidencias. Una pena, es la parte que más me gustaría oír: ¿qué se cuentan que no cuentan a otras personas? Así sabría mejor quiénes son. De lejos no se distinguen de otros adolescentes; adoptan sus mismas poses, su misma indiferencia fingida, esa entrega al alcohol y a la marihuana en la que ahogan la incomodidad de estar asomándose a un futuro áspero y poco atractivo. Pero son ellos quienes, en secreto, se sienten poco atractivos. De ahí sus disfraces y sus imposturas.

Habrá quien piense que, a mis veintiún años, razono como un cuarentón, pero es que quienes vivimos en soledad vivimos el doble.

Dos de mis bisabuelos maternos, los que murieron antes, yacen en ese cementerio. Los otros dos, también mis bisabuelas, en el nuevo. Nunca visito sus tumbas. A los dos que aquí reposan –seamos honestos: a los dos que aquí se pudren– no llegué a conocerlos de niño; tampoco siento ningún afecto por los que llegué a conocer. Para mí son solo un capítulo de la historia macabra de mi familia.

Las inscripciones de sus lápidas las han ido borrando el tiempo y el descuido. Mi madre no les llevaba flores ni iba a adecentar la tumba el Día de difuntos. La hiedra se ha extendido sobre la piedra como si quisiera ocultarla. De todas formas, nada se decía allí de interés; solo sus nombres y sus fechas de nacimiento. Pero no sería sobre la tumba donde estarían escritas las informaciones más relevantes: por ejemplo, que uno de mis bisabuelos bebía con ímpetu suicida. Si, a pesar de eso, me parece el más simpático de todos los miembros de mi familia es porque me contaron que, después de sus borracheras o, más bien, aún borracho, salía de madrugada a llevar pan y aceite, con suerte algo de queso, a los pocos maquis que aún no habían quedado tirados en una cuneta. Tenía, dicen, un beber alegre y fue un hombre muy querido, quizá porque era el único en el pueblo que sabía tocar la guitarra. Aprendió él solo; no consigo imaginar cómo se aprende a tocar un instrumento cuando no has visto a nadie hacerlo y antes de internet. La Guardia Civil iba a veces a buscarlo para pegarle cuatro puñetazos y a amenazarlo de muerte por sus actividades nocturnas, pero no pudieron atraparlo ayudando a los rebeldes; salían tras él en la noche pero siempre conseguía escabullirse; si lo detenían nada más salir, nunca le encontraron nada encima; debía de esconderlo por el día en algún punto del camino que tendría que recorrer.

Mi bisabuela raptó a mi bisabuelo. Él tenía estatura y constitución de jockey. Dicen que no medía más de metro cincuenta ni pesaba más de cincuenta kilos. Es cierto que algunos hombres todavía en aquella época raptaban a mujeres, aunque muchas veces solo era una apariencia de rapto, porque en realidad los amantes se habían puesto de acuerdo; las mujeres protegían así su honor, pues no se habían entregado sino que podían jurar haber sido tomadas por la fuerza, y los hombres se mostraban como personas decentes, ya que, a pesar de haber cometido un ultraje, estaban dispuestos a casarse para borrar la ofensa, que es lo que los dos querían y ya nadie podía negarles. Pero en mi familia las cosas no se hacen de la manera normal, así que fue mi bisabuela la que secuestró a mi bisabuelo. Se conocían poco, me dijo mi madre, pero mi bisabuela se había encaprichado con él. Ella era una mujerona ancha como un percherón y de humor sombrío. También me dijo mi madre que mi bisabuela había ya anunciado en la plaza, viéndolo pasar, que ese hombrecito iba a ser para ella. Él era más joven, un chico risueño que seguía a su padre y a sus dos hermanos a tres pasos y que a menudo se quedaba en casa cuando los demás hombres de la familia se marchaban a la ciudad a algún trato de ganado. Mujeres no quedaban entre ellos; una hermanita que tuvo se la llevó el tifus y la madre murió durante el siguiente embarazo. Una noche mi bisabuela, tras haber visto a los demás hombres de la casa montados en un carro de camino a la ciudad, tocó a la puerta de mi bisabuelo. Nada más abrir, lo derribó de un puñetazo, se montó encima de él, le ató las manos a la espalda y se lo echó al hombro. Regresaron ya casados y nunca explicaron qué sucedió durante los dos meses que transcurrieron entre la noche del rapto y su regreso al pueblo. Tuvieron una hija, que se parecía a mi bisabuelo: pequeña, frágil, risueña. El padre de mi bisabuelo, a pesar de la niña, no volvió a hablar con su hijo, y menos con su nuera. Y aquí empieza la tragedia de verdad, porque hasta este momento solo os he contado una anécdota costumbrista y aparentemente divertida.

Los dos hermanos de mi bisabuelo murieron con un año de diferencia. El mayor ahogado durante la crecida de un río que se empeñó en atravesar a caballo. El segundo no se sabe bien cómo; se dice que se envenenó con unas setas que había cogido en un robledal, pero también se dicen otras cosas que no merece la pena comentar; la gente se nutre de la desgracia ajena como un cachorro mama de la teta de su madre. Cuando el padre de mi bisabuelo se prendió fuego en su propia cama, donde había estado bebiendo y fumando, las habladurías ya no tuvieron fin, tampoco el escándalo cuando mis bisabuelos se mudaron a la casa del muerto. Arreglaron los desperfectos causados por las llamas en el techo del dormitorio y pintaron la casa por dentro y por fuera. Allí nació mi abuelo, cuatro años más joven que su hermanita. Allí nació mi madre. Allí nací yo y si ahora vivo en ella es porque me da cargo de conciencia vender a un incauto una casa tan rebosante de desgracias.

Nadie ha sabido explicarme por qué los dos niños –mi abuelo y mi tía abuela– fueron enviados a sendos internados. No solo era una decisión infrecuente entre personas de pueblo, tampoco se explica de dónde salió el dinero. Para los hijos de los pobres la única posibilidad de salir de casa era que el cura los enviase a una escuela religiosa y después al seminario si veía en ellos una inteligencia y una obediencia muy por encima de lo habitual. La otra posibilidad era el orfanato si los padres morían y ningún pariente se hacía cargo del huérfano.

Mi tía abuela nunca regresó al pueblo. Desapareció. Se sabe cuándo salió del internado, un 30 de junio de 1958, pero no a dónde fue ni a qué se dedicó el resto de su vida ni si falleció. Tendría ahora unos ochenta años. Me gustaría saber si logró escapar a las vicisitudes escabrosas que afectaron a todos sus parientes cercanos; quizá su desaparición fue una decisión similar a la mía. La veo en una fotografía de niña, sus ojos tristes mirando a la cámara con temor; lleva un vestido blanco que le queda grande y da la mano a un hombre que ha sido cortado de la foto. Aunque quizá a la que cortaron fue a ella y por eso encontré la fotografía bajo el hule que protegía el interior de un cajón. Pero nunca vi la otra mitad, así que todo son conjeturas. La curiosidad que me provoca esta tía abuela, sin embargo, no es suficientemente intensa como para empujarme a indagar sobre su destino. Feliz ella si encontró la vía de escape.

Mi abuelo sí regresó. No lo conocí. Y mi madre apenas. Por lo visto era un hombre gris, que no parecía ni muy bueno ni muy malo, uno de esos hombres que apenas hablan cuando se encuentran en un grupo. Tenía una ferretería en el pueblo y pegaba a mi abuela con tal ferocidad que llegó a partirle más de un hueso. Cuando, apenas a dos calles de distancia, alguien abrió otra ferretería que, además de las herramientas y la quincalla habitual vendía pequeños electrodomésticos y artículos de cocina, la suya fue vaciándose de clientes y mi abuelo llenándose de deudas. Si hasta entonces le habían comprado a él fue porque no había otra alternativa. Ni siquiera cuando quiso hacer liquidación consiguió recuperar clientela. Les daría vergüenza regresar y aprovecharse de su ruina comprándole de saldo lo que no habían querido comprarle a precio normal. Una mañana mi abuelo no alzó la persiana metálica de la ferretería; a la hora de abrir, se dirigió a la tienda de su competidor, cogió un martillo de una estantería y le reventó la cabeza a golpes. Después tomó una soga de otra estantería, la pasó por encima de una viga y se colgó allí mismo. La primera clienta del día encontró los dos cadáveres. Mi madre tenía dos años.

Dicen que la historia de la familia pesa sobre mí y por eso no soy un chico normal. Pobrecillo, dicen, qué pena, ¿cómo va a estar la criatura, con todo lo que ha ocurrido en su casa? Probablemente esperan sacar un día mi cuerpo del pantano o que pegue fuego a mi casa o, peor, que salga a la calle con la escopeta de caza de mi abuelo y, como si esto fuese Estados Unidos, me dedique a abatir vecinos hasta que me detenga el disparo de un guardia civil. No se dan cuenta de que ha sucedido un milagro: soy un chico normal, soy un chico consciente. Y porque lo soy me alejo de todos. Vivo mi vida sin que se entrecruce con las ajenas, cargo un peso que no quiero depositar en nadie.

No sé si fue ese el motivo de que mi madre abandonara durante unos años el pueblo después de nacer yo. Ese o que no quería criarme entre gente que en sus corrillos y en las colas de las tiendas seguía murmurando quién sería el padre. Tampoco a mí me lo dijo y se cogía unos enfados terribles cuando le preguntaba, y lo hacía ocasionalmente, entre otras cosas porque me lo preguntaban a mí en el colegio. A ti qué te importa, me gritaba. Nunca has tenido padre, me tienes a mí que valgo por los dos, ¿o

65

no? Es verdad que ejercía de padre extremadamente severo y, en raras ocasiones, de madre afectuosa que me cogía sobre sus rodillas incluso cuando mis pies ya tocaban el suelo. Entonces me abrazaba y me cantaba nanas que me hacían sentir embarazo. Mi madre quería a su niño pero rechazaba al hombre en el que se estaba convirtiendo.

Me habitué a responder, cuando era necesario, que mi padre murió en un accidente de tráfico poco después de nacer yo. Mi madre no me aclaró si de verdad murió, si se desentendió al saberla embarazada, o si fui el fruto de una violación que ella no denunció por vergüenza. Su silencio radical y su aborrecimiento hacia los hombres, yo incluido, siempre me hizo pensar en lo último. Creo que si un día alguien señalase a un hombre y me dijera ese es tu padre, ni siquiera me detendría a mirarlo.

Las cosas no salen como uno espera. Nunca. Porque nuestras decisiones no son nuestras. Ya han sido tomadas antes de que seamos conscientes de la necesidad de decidir. No estoy diciendo nada esotérico. Lo que quiero decir es que somos el fruto de condicionantes que ignoramos y los caminos que emprendemos han sido preparados décadas atrás. Elegimos aquello que no nos queda otro remedio que elegir. Soy consciente de que esta afirmación pone en tela de juicio mi estrategia para escapar al destino familiar y salirme de la estela destructiva que fueron tejiendo mis antepasados hasta que adquirió una consistencia que la vuelve irrompible. Precisamente porque lo sé no puedo vivir como si fuera una persona cualquiera. Mi aislamiento recuerda al monje budista que se prende fuego ante una injusticia, no porque crea que así puede detenerla, sino porque es incapaz de soportarla.

En este pueblo todo me habla sin que yo tenga que hablar con nadie. De todas formas, nadie dirige la palabra a un fantasma. Se le observa desde lejos, con aprensión, imaginando el momento en el que se acabe de materializar y pueda desatar la catástrofe sobre los vivos. La casa me cuenta sus historias. Está atravesada por un susurro que solo yo escucho. He preferido no pintar las paredes ajadas. Solo he hecho los arreglos más necesarios: las contraventanas, tan desquiciadas que era imposible cerrar alguna; reemplazar algunas tejas rotas; cambiar el sifón del lavabo; picar el yeso de la parte baja de una pared del dormitorio, que había ido cayéndose a trozos por la humedad; luego la enlucí y ya han vuelto a salir las primeras manchas. He arrinconado también muchos de los muebles en un cuarto que no uso, al fondo del pasillo. No necesito más que la cama, una mesa, una silla (sentarte a una mesa con solo una silla es ya una manera de entender la vida), un armario para la ropa y otro para los cacharros. Poco más. Cuando no estoy leyendo, comiendo o durmiendo paseo por la casa. Voy de una habitación a otra. Las siento habitadas. Hay quien deja grabadoras encendidas en las casas vacías para registrar las voces de los muertos. Yo soy mi propia grabadora. Me siento, inmóvil, y escucho. Lo que oigo está todo en mi cabeza; dialogo con quienes han vivido aquí, sus historias me acompañan y me convencen de que este es mi sitio, no ahí fuera, en el lugar donde transita quien es capaz de habitar el presente y el futuro. Donde más tiempo paso es en la habitación de mi madre.

Nunca enciendo la luz. Allí sí he dejado los muebles tal cual. La cama doble que ocupaba sola, la cómoda, el armario ropero. Lo que más me llama la atención es que en ese cuarto no muy grande hubiera tres espejos. ¿Qué quería ver, ella que no veía a nadie? Me coloco en un punto desde el que me reflejo a la vez en los tres espejos con tres perspectivas distintas. ¿Se miraría ella así? ¿Se miraría desnuda mi madre? Yo lo hago. Me paro en ese punto central y observo mi cuerpo. Luego me tumbo en su cama. La imagino tumbada exactamente donde lo estoy yo, su cuerpo ocupando el mío. E imagino también que fue aquí, en esta precisa postura, brazos y piernas ligeramente separados, donde tomó su decisión. La decisión más bestial, más inhumana que se te pueda ocurrir, una expresión de odio hacia sí misma (y hacia mí, hacia mí también) que aún me deja sin respiración al pensarlo.

Yo no me encontraba en el pueblo. Entonces aún estudiaba y, aunque casi nunca iba a clase, tuve que ir a examinarme a la ciudad. Por suerte no regresé hasta el día siguiente, cuando me llamaron para contarme lo ocurrido. Tu madre sufría de insomnio y era depresiva, me dijo su médico, la primera persona con la que hablé al llegar. Era una mujer con muchos problemas, una mujer muy infeliz. Bueno, qué te voy a contar a ti. Por eso tenía las pastillas, yo se las recetaba. Si lo hubiese sabido, de verdad, si yo hubiese sabido eso...

Mi madre no se suicidó en la cama. No dejó una nota explicativa. Supongo que porque no hay explicación posible. Hablar de depresión, de abandono, de la tristeza de una mujer que vivió sin marido y sin amigos ni amigas durante la mayor parte de su vida no aclara nada. Claro que sabía que mi madre nunca estuvo bien; cuando viví con ella de adolescente era como si yo no estuviese allí; si puedo decir que era consciente de mi presencia es porque daba un rodeo cuando su camino se cruzaba con mi cuerpo. Los antidepresivos le daban un aire sonámbulo; incluso las pocas veces que sonreía parecía hacerlo no por algo que estuviese sucediendo sino por algo que sucedió hace mucho. Yo ya imaginaba que mi madre acabaría quitándose la vida (he leído que la tendencia al suicidio pasa de padres a hijos) y que un día me la encontraría colgada o envenenada en la casa.

Una vecina me mostró el establo donde se suicidó mi madre. ¿Por qué habrá hecho esto?, me preguntó, y no se refería tanto al suicidio, un fenómeno tan recurrente en el pueblo que ya no sorprendía a nadie (algún día habrá que hacer un estudio de las causas y los patrones, por qué abundan más en algunos lugares que en otros), como a las circunstancias que lo rodeaban. Creo que de verdad esperaba una respuesta; un hijo debe ser capaz de explicar el comportamiento de su madre. Pero los hijos conocemos a los padres aún menos de lo que los padres conocen a los hijos.

Mi madre fue a uno de los pocos corrales que quedaban entonces y que hoy es un huerto mal cuidado, casi comido por las malas hierbas. No sé si eligió ese a propósito, tampoco si cuando salió de casa tenía ya un plan claro o si fue al pasar por allí cuando se le ocurrió la dramaturgia de su muerte. Liberó a las cabras y las ovejas, a un mulo y a dos caballos; abrió la jaula de las gallinas y la de los patos. Dejó salir a los cuatro conejos que tenían. No desató al perro, quizá porque le dio miedo. Era un mastín poco amistoso que, sin embargo, no ladraba; el mordisco en la garganta de uno de sus hermanos le había dejado mudo cuando era cachorro. Si no se habían deshecho de él era porque aun sin voz era capaz de reunir los rebaños más deprisa que ningún otro perro. Tampoco soltó a los cerdos.

Debió de hacerlo muy tarde en la noche y por eso los vecinos no descubrieron el estropicio hasta el final de la madrugada, cuando el panadero se dirigía a hacer el pan. Primero vio a dos cabras paradas en una esquina, con las cabezas pegadas debajo de un farol; parecían estar conversando. Cuando vi también al mulo y al caballo subiendo tranquilos hacia mí me pareció que estaba aún soñando, dijo el panadero; luego oí balar a las ovejas.

Mi madre, después de soltar a los animales, se tomó todos los antidepresivos y los somníferos que tenía –encontraron los blísteres vacíos en el corral, también una botella de agua– y entró en la cochiquera. Se tumbó sobre la paja en uno de los bordes del recinto. Es imposible saber si aún sentía cuando los cerdos empezaron a comérsela. Me dijeron que la encontraron en posición fetal, con un pulgar en la boca.

El funeral tuvo que realizarse con el ataúd cerrado.

Hoy, durante mi paseo nocturno, me he encontrado con una niña. No creo que tuviese más de seis años, aunque he tratado tan poco con niños que me cuesta calcular su edad. Caminaba por la misma calle sin iluminar en la que yo me encontraba. Nos cruzamos justo a la altura de la esquina en la que estuvo la ferretería de mi abuelo. El encuentro me desconcertó. No tengo el hábito de resolver los problemas de los demás, pero en el caso de una niña tan pequeña me sentí obligado a intervenir.

¿Te has perdido?

No, respondió sin más explicaciones.

¿Vives aquí cerca?

Señaló a sus espaldas, no a una casa concreta, un punto indefinido allí atrás. Incluso en la oscuridad relativa de la calle llamaba la atención su piel tan blanca. Seguramente su madre le ponía crema solar antes de salir durante el día. También tenía las manos y los brazos más blancos que cualquier niño del pueblo que yo hubiese visto. Ni el sol ni el frío habían abrasado su piel.

¿Saben tus padres que estás aquí?

Se encogió de hombros.

¿Y tú, te has perdido?, me preguntó.

No, respondí y tuve que contener una sonrisa. Hacía tiempo que no me sucedía.

Me tomó de la mano. Caminó en dirección opuesta a la que traía, hacia el punto que acababa de señalar. Su mano diminuta en la mía me hizo pensar en un polluelo caído del nido. Pero no tiritaba ni parecía sentir miedo, tampoco el de tener su puño en la mano de un extraño. Se detuvo ante la puerta de una casa que yo ni sabía que estaba habitada, y solo entonces me di cuenta de que las persianas no estaban echadas como lo estuvieron durante años. Se abrazó un momento a mis piernas no sé si para confortarse o para confortarme. Se llevó el índice a los labios. Abrió sigilosamente y cerró la puerta sin volverse a mirarme.

Si yo fuese una persona como las que me rodean, con el mismo sentido de lo que debe hacerse y lo que no, habría ido a la mañana siguiente a hablar con los padres de su hija noctívaga. Pero yo envidiaba a esa cría. A mí también me hubiera gustado a su edad poder escapar de casa por las noches, caminar sin rumbo, sentir el placer de la oscuridad y el placer de los tramos iluminados, oír mi propia respiración y mis propios pasos. El miedo como un descubrimiento excitante, la soledad como aventura.

Espero volver a encontrarme con la niña una noche de estas. Pero debería evitarlo. También me gustaría, en una de mis visitas al cementerio, descubrir que, sobre la lápida de siempre, está la chica que me gusta tanto, ella sola, sin sus dos amigos. Entonces saltaría la valla, me dirigiría hacia la muchacha. No te asustes, le diría, de verdad, no tienes por qué asustarte. Me sentaría a su lado. Le sonreiría y ella replicaría mi sonrisa. Nos tumbaríamos boca arriba, mirando las estrellas. Sin tocarnos; no haría falta tocarnos. Y nos quedaríamos así mucho rato. Despiertos. Los dos ya parte de la noche. Como las sombras de los eucaliptos. Sí, seríamos sombras cálidas. Y la suya y la mía se rozarían, se fundirían en una. Horas enteras así. Tumbados. Con los ojos abiertos. En silencio, para no entablar una relación que solo podría acabar mal.

Guijarros

I

Los ricos solo conocen lo suave; los pobres, lo áspero. Es áspero el jersey y es áspera la camisa del pobre, las costuras de los zapatos rozan y abren heridas, raspa la mejilla del padre y raspan los cabellos ajados de la madre, y son ásperos sus labios cuando te besan, tanto que casi podrías señalar sin mirar dónde el labio se agrieta, dónde se levanta su piel; áspera la mano encallecida que acaricia, raspan la madera de la mesa y la de la ventana, que no hubo tiempo de desbastar –demasiado trabajo, demasiados hijos–, y ya de bebé frotas tu cuerpo contra las sábanas ásperas, también desde niño pasas las manos por el cuenco de piedra sin pulir, te aprendes su minúscula orografía de rugosidades, como conoces las del mango de la azada y de la horca, y ya que hablamos de horca, aunque se tratase de una distinta, pensemos en la soga: quema la soga con la que atas al buey o a la cabra cuando se desliza por tu mano, que de puro áspera a veces te clava púas de esparto que parecen espinas, y también es áspero el papel con el que te limpias el culo, más áspera aún la piedra cuando lo haces si estás en el campo con las cabras o las ovejas, áspera la borraja y también la acelga porque hay que dejarla crecer para aprovecharla al máximo; qué aspereza la del montón de heno sobre el que descubres el amor, que ya no podrás separar del olor a establo y quizá por eso te parezca algo sucio, ásperos son incluso los codos y las rodillas del crío, áspera la lana de la oveja

aunque de lejos parezca tan suave y los niños la usen para ponerse barbas en la función de Nochebuena, áspera la cabra y la
vaca, áspera y amarga la vida aunque apenas la rozas. Y lo único
suave es el cieno en algunas charcas del río, el cieno en el que se
hunden tus pies, y porque es lo único suave pero es una suavidad
de pobres, si un día puedo, si sobrevivo, si tengo aún fuerzas,
cogeré al comandante por el cuello tan suave con mis manos tan
ásperas, lo llevaré a la orilla y hundiré su cara contra el cieno,
para que se asfixie con lo suave, para que lo respire y lo trague y
lo escupa y lo vomite, lo suave, lo propio de su clase pero también lo propio de los cerdos que se revuelcan en el barro si les
dejas.

II

Un guijarro es mejor que la hostia consagrada. La hostia se acaba enseguida, se diluye, desaparece, se convierte en saliva. Aunque envidiamos al cura cuando se come a bocados esa galleta
enorme y, sobre todo, cuando, después de la misa, devora, sin
que se le caiga un solo trozo al hijo puta, las hostias que han
sobrado porque han comulgado menos reclusos de lo que él esperaba. Somos siempre una decepción. Una banda irredimible,
la escoria de España. Por eso miramos con ansia de criminales a
ese cura que se come las hostias, busca las migas con la lengua,
se ayuda con un trago de vino. ¿Alimentará más el vino convertido en sangre? ¿La sangre reconvertida en vino? ¿Será más denso el líquido después de las transustanciaciones? Comulgamos
para al menos tener un momento algo en la boca, la oblea insípi-
da, como mascar cartón. Pero no nos dan vino. El vino es solo
para el cura y para uno de los presos que ha sido elegido mona-
guillo. Él lo prueba a escondidas, nada más que mojarse los labios porque el cura tasa y mide para evitar que la futura sangre
del Señor se derrame y derroche en una boca impía. El cura cal-

cula mal a propósito, no hay vez que no le sobren obleas; lo hace para darnos envidia, para que le veamos engullir como quien acaba con las migajas de un banquete al que no hemos sido invitados. Todos los que recibimos la absolución comulgamos, aunque el cura insiste en que no se trata de una absolución completa: eterno o no, el fuego aguarda. Nos hemos vuelto repentinamente piadosos. Éramos ateos feroces pero ahora cerramos los ojos conmovidos, sacamos la lengua, recibimos la dádiva diminuta, regresamos a nuestro sitio con recogimiento de santo. Todos comulgamos porque no hacerlo supone un precio. Los que no comulgan reciben más castigos y mueren antes. Sobrevivimos los conversos, los hipócritas, los aduladores. Aunque tememos tanto el momento de la confesión, ese insistir insidioso, ese horadar y husmear, no en nuestros pecados sino en los ajenos. ¿Quién? ¿Cuándo? Di el nombre, el nombre, sin nombre no hay absolución. Y sin absolución no hay comunión. Y sin comunión comienza el llanto y el crujir de dientes, no por la lejanía de Dios, sino por la cercanía de sus huestes.

Después de la misa solo nos quedan los guijarros. Apenas hay en esta tierra arcillosa. Las piedras que encontramos son, dice nuestro catedrático, afloraciones graníticas, mezclas de cuarzo, feldespato y mica que se desmoronan en una arenisca desagradable que hace chirriar los dientes. Y si las muerdes se te clavan en las encías. No, de nada sirve que te sangren las encías. No te llevarán al médico. Dirán «piorrea» y se encogerán de hombros. Te jodes. Haber elegido mejor tu bando. Haber sido un hombre de bien. O haberte muerto antes. Nadie te mandaba sobrevivir, no sirves ni para pagar el pan que te comes. Te jodes. Te jodes cada mañana y cada noche y el resto del día. Así que el granito no nos sirve.

Guijarros. Un bien preciado por escaso. Guijarros lisos, como si un río o las olas del mar los hubiesen desgastado, pulido, sacado brillo durante siglos. Si alguien encuentra uno escarbando en el suelo lo entierra un poco más. Espera el momento propicio. Llega tarde a la formación o al trabajo o al himno, no le importa llevarse bofetadas o patadas. Merece la pena. Cuando nadie lo ve escarba. Extrae el guijarro como si fuese una trufa, con un miedo ridículo a que se rompa. Lo pule contra la manga o la pernera, se lo lleva a la boca. Lo ideal es que no sea demasiado grande, el tamaño justo para mantenerlo en la boca y que nadie se dé cuenta. Aunque, si tienes que hablar, no hay forma de ocultarlo. Hemos aguzado el oído, nos hemos vuelto expertos en percibir si la lengua toca el paladar, en distinguir el castañeteo de dientes del contacto contra ellos del pedernal; si sospechamos de alguno forzamos la conversación y nos quedamos al acecho de cómo pronuncia las erres, escrutamos su boca con disimulo. Nos mantenemos en guardia. Buscaremos la compañía del afortunado, sobre todo a la hora de dormir. Porque no hemos caído tan bajo como para abalanzarnos sobre él, sujetarle las mandíbulas entre varios, escarbar con los dedos en la boca para extraer el tesoro. Aún conservamos la humanidad. Solo si lo descubrimos en el momento del hallazgo, cuando el guijarro aún no tiene dueño legítimo, corremos hacia él como un puñado de gallinas persiguiendo a la que encontró una lombriz, somos todo pico y espolones, cacareo amenazante. Pero si lo tiene ya en la boca nos volvemos pacientes. Quizá se le caiga mientras duerme, o quizá tan solo se ponga a roncar, separe los labios, le estorbe la piedra y la empuje hacia delante y pueda ser extraída con habilidad de carterista, dos dedos que no tocan a la persona, un acto casi respetuoso. Sofisticado. Pero eso casi nunca sucede, así que pronto nos olvidamos del guijarro en boca ajena y volvemos a mirar el suelo mientras caminamos, no porque nos sintamos vencidos, también, pero no es eso, es que con nuestro caminar una y otra vez, en círculos, aunque nuestras botas estén desgastadas o no llevemos en los pies más que trapos atados, podríamos haber ido desplazando la tierra y sacado a la luz un guijarro nuevo. Si nos hiciésemos con él y nadie nos viera, lo llevaríamos a la boca —ya digo, después de limpiarlo de tierra frotándolo como un metal precioso–, le daríamos vueltas allí dentro y eso inevitablemente nos obliga a salivar, y salivar te hace olvidar la sed, pero, más importante, te empuja a tragar de vez en cuando. Tragar se siente igual que comer. Algo que desciende por tu esófago hacia el estómago. Parece llenarlo. Hay un segundo en el que estás saciado. Un segundo cada cinco o seis minutos. Es poco. Es mucho. Menos es nada.

Si un día abandono este campo, saldré con el guijarro en la boca; buscaré un lago o un pantano, me acercaré a la orilla. Sin tocarlo con las manos, porque el guijarro es una hostia que no debes mancillar, en el guijarro está Dios y estamos todos los que comulgamos con él, lo dejaré escurrir de mi boca y caer al agua. Al entrar en ella se producirán ondas que irán ampliándose hacia la orilla y hacia el centro. Las que vayan hacia la orilla chocarán con ella, se diluirán en turbulencias sucesivas. Las que se dirijan hacia el centro se irán ampliando, tanto que no parecerán tener la misma proveniencia; delicados arcos de agua en movimiento que seguirán creciendo, y creciendo, y creciendo. Hasta llegar a vosotros, afortunados que despreciáis los guijarros.

III

Aquí no llegaba el tren, ni llega ahora ni llegará nunca. A nadie se le ocurriría tender raíles a través de este espacio en el que ninguna persona se detiene por voluntad propia. Un tren aquí sería como una de esas naves que se quedan en órbita después de una avería, surcando el espacio vacío y silencioso. Aquí no hay tren como no hay tantas cosas. Esto sigue siendo un pedregal en el que ya ni las cabras vienen a ramonear. ¿Sabrán sus escasos habitantes actuales que aquí hubo un campo de prisioneros?

Hubo un intento de convertirlo en vergel y queda aún un hotel en ruinas sobre cuyas chimeneas anidan las cigüeñas.

Y también abrió un balneario que ahora cría moho en las juntas de los azulejos y de cuyos techos se va desprendiendo el yeso. Este ni siquiera es un lugar de paso. Este ni siquiera es un lugar. Así que el tren nos dejó a treinta o cuarenta o cincuenta kilómetros de aquí. Es difícil calcular la distancia caminando cuando estás tan cansado. Y el hambre hace que todo dure más: los días, las noches, las caminatas, las esperas. Lo único que puedo decir con seguridad es que tardamos dos días en llegar, aunque eso no aclara mucho sobre la distancia, pues no sabríamos decir cuánto duraban las caminatas, que no transcurrían de sol a sol, entre otras cosas porque arrancábamos tarde. No es que nos demorase desmontar las tiendas, pues no había tiendas que desmontar –dormíamos al raso– ni equipaje que hacer –llevábamos lo puesto, y lo puesto eran un puñado de harapos y, los más afortunados, un capote– ni otra impedimenta que las llagas de nuestros pies. Pero lo primero que hicimos al levantarnos las dos mañanas fue enterrar a los muertos. El trabajo comenzaba con asegurarnos de que se habían muerto de verdad, porque con el frío de la noche algunos amanecían agarrotados y casi sin aliento, pero si les pulsabas con un dedo la vena del cuello notabas aún el latido lejano, la vida que se resiste a apagarse por completo. Luego arrastrar los cuerpos a un sitio donde enterrarlos. Nuestros muertos eran afortunados pues el capellán militar que nos acompañaba insistía en que aunque no fuésemos cristianos y valiésemos poco más que un perro, o menos según las circunstancias –un perro al menos sirve para cazar o para proteger la casa, decía el capellán– tenían que enterrarnos: éramos portadores de un alma inmortal, decía. Que ardería en el infierno, de eso no había duda, pero si Dios nos había dado alma incluso a nosotros, igual que se la había dado a los negros y a los violadores, debíamos ser enterrados dignamente, pues no era seguro en qué momento el alma abandonaba el cuerpo y por ello era preciso darnos cristiana sepultura. Así que nuestros muertos tenían la suerte de no ser abandonados en cualquier sitio a la espera de las ratas y los perros y los lobos y los cerdos –aunque los cerdos habían sido requisados y no era probable que quedase alguno suelto por ahí–, como habría querido hacer el comandante que estaba a cargo de supervisar el desplazamiento de los prisioneros. Los vivos éramos menos afortunados, porque a nosotros nos tocaba enterrar los cadáveres. No sé si, de haber podido elegir, habríamos sido tan piadosos. Solo teníamos palas cortas y un par de piquetas, pero, si nos quejábamos, el comandante, o el capitán o el sargento, nos gritaba que con los putos dientes o con las putas uñas y que el próximo que proteste no va a tener que cavar pero va a dar más trabajo a sus compañeros. Y es verdad que si no conseguíamos hacernos con una pala o una piqueta, porque no había para todos, escarbábamos con los dedos, ya ves, lo que vas a hacer con los dedos en este suelo pedregoso y aún helado tan de mañana, pero el caso era que no nos viesen desocupados. Y luego echar los cadáveres al hoyo, uno para todos, que las dos veces se nos quedó pequeño por el ansia de terminar y por la fatiga y hubo que ensanchar y, la primera mañana, cuando creíamos haber acabado, resulta que se murieron dos de hambre o cansancio o frío o las tres cosas, y hubo que agrandar un poco la zanja y pensábamos que si seguíamos así no acabaríamos nunca, pues a medida que fuésemos logrando el tamaño adecuado de la fosa se iría muriendo más gente y eso nos obligaría a seguir cavando y al final no quedaría nadie para agrandar el agujero en el que arrojar al último de nosotros. El capellán, de eso estábamos seguros, no echaría él mismo mano a la pala ni la piqueta. Mi capellán, le dije, y un sargento me dio una bofetada porque pensó que estaba de guasa, quiero decir, dije, con el sabor de la sangre sobre la lengua, padre, y me llevé otra hostia, su grado es el de capitán, me explicó el sargento. Mi capitán, ¿no podría bendecir la tumba por si hay algún creyente en ella?, pero el capellán me dio un puñetazo en la tripa que, al estar tan vacía, dolió más de lo normal, y me aclaró que a un suicida no se le bendice ni se le entierra en el camposanto, porque al matarse ha renegado de Dios, y vosotros habéis hecho lo mismo al uniros al ejército que persigue a Nuestro Señor. Y yo me acordé, sin ton ni son, de cuando iba a confesarme y el cura del pueblo me decía que cada vez que me masturbaba hacía llorar al Niño Jesús. No sé por qué estoy contando esto. Siempre he sido de despistarme y de irme por las ramas y mi tendencia se agravó en el campo de concentración. Por eso lo sobreviví. Mientras muchos compañeros no podían apartar los ojos ni la mente de las palizas, los fusilamientos, las bofetadas, los insultos, los escupitajos, a mí me daban un puñetazo y al momento estaba pensando en la masturbación y en el Niño Jesús o en cualquier otra pavada. Mi mujer se queja de que no presto atención, pero a mí me ha salvado esta capacidad para estar en las nubes.

Lo que yo quería decir era que el tren no llega a este pueblo y menos a este descampado en el que nos encerraron, y por eso vinimos caminando kilómetros y kilómetros, y no sabría decir cuántos murieron en el trayecto, pero no menos de treinta –treinta en dos días– y yo creí que sería uno de ellos porque además de fiebre –el teniente decía que eso era bueno porque así no notaba tanto el frío– tenía una infección en las vías urinarias que me hacía sentir como que meaba clavos. Pero aguanté. Este lo aguanta todo, dice mi mujer, y a veces es un elogio y a veces es una crítica.

Pasé tres semanas en el primer campo y casi seis meses en el siguiente, apenas a diez kilómetros. Seis meses se dice pronto, pero si el purgatorio es así prefiero irme directamente al infierno. Y no había ferrocarril. A mí me habría gustado mucho que lo hubiera, porque entonces, en los pocos ratos libres que teníamos, cuando dejaban de gritarnos y de sacudirnos y de atosigarnos, me habría acercado a la valla –sin apoyarme en ella para que el centinela no me pegase un tiro– y habría mirado pasar los trenes. Eso me habría aliviado mucho. Escuchar su sonido ya a lo lejos me haría sentir expectación, deseo de ver aquello que se anuncia en la distancia, y era tan difícil sentir expectación en un lugar en el que todo lo que podía ocurrirte era malo. Y luego, al verlo pasar, habría sentido alegría, porque era una novedad, y se movía y en su interior la gente iba pensando en sus cosas pero también miraría por la ventanilla y me vería allí saludando, me miraría, eso es importante, porque sería gente que tan solo sentiría curiosidad, no habría rabia ni rencor en sus ojos, como mucho o como poco habría una blanda indiferencia, ¿quién será ese?, se preguntarían, o mira ese hombre detrás de la valla, ¿qué hará ahí? Sería hermoso saber que me miran, que me ven, que no soy solo una carga o un enemigo, tan solo un hombre parado al otro lado de una valla, con su historia y sus deseos, también con un futuro, porque ellos no sabrían que allí mi vida podría acabar en cualquier momento, sino que pensarían que si quería echaría a andar y me pondría a hacer mis cosas, las que fuesen, como ellos las harían cuando llegasen a su destino.

Pero lo más importante es que luego el tren iría desapareciendo de mi vista y yo lo acompañaría en mis pensamientos, viajaría a lugares remotos, me apearía en ciudades en las que nunca he estado, conocería a otras gentes, entraría en bares, buscaría trabajo; yo, con ese tren, saldría de detrás de la valla, y aunque no fuese así, sentiría al menos nostalgia, no del pasado que me quitaron, que esa ya la siento, sino del futuro que nunca pude tener.

Pero han transcurrido cincuenta años y aquí sigue sin haber trenes. Nunca los ha habido ni los habrá jamás. De eso estoy seguro.

IV

Jajajajajajá. No podemos parar de reír. Los ojos nos lloran pero no es por la tristeza ni por las penurias. Hacemos todo lo posible por contenernos; trabamos los dientes hasta que nos rechinan, contenemos la respiración, intentamos pensar en nuestras mujeres, o en nuestras casas, o en nuestros hijos. Jajajajajajá. El primero en reírse fue Martín y no es para menos. Comenzó a llamarnos a grandes voces desde las letrinas aunque no se le entendía ni mucho ni poco, solo eran evidentes las risotadas. Al principio no comprendíamos porque lo que nos enseñaba con tanta hilaridad no eran más que cagarrutas de cabra. Cagarrutas, mira tú qué divertido. Otro que se ha vuelto loco, pensamos todos. Pobre Martín. Hasta que más por señas que por palabras nos hizo entender que aquellos excrementos eran suyos. Sonreímos como se sonríe ante un chiste malo, por cortesía, para no hacer sentirse mal a la persona que acaba de contarlo. Nos fuimos retirando poco a poco y le dejamos con sus risotadas. Hubo quien intentó calmarle, porque aquí la diversión no está bien vista y te llevas dos hostias en cuanto pareces contento. No fue posible, seguíamos oyéndole reír incluso después del toque de queda, a pesar de que apretaba un trapo contra la boca para que no se enterasen nuestros guardianes. A la mañana siguiente las carcajadas provenían de todas las esquinas del campo. Yo también me reía, lo confieso. Cuando me bajé los pantalones y empecé a expulsar cagarrutas de cabra o de oveja no supe hacer otra cosa. Nuestros guardianes se pusieron muy nerviosos. Apuntaban con los fusiles aquí y allá pero no dábamos muestras de rebelarnos ni siquiera de desobedecer. Tú, imbécil me dijo uno: ve a limpiar las letrinas. Y allá que me fui partiéndome de risa. Tú, ponte a desbrozarme ese trozo de campo, lo quiero sin una hierba, le dijeron a Jorge Pérez, ese que es filósofo y al que hasta hace poco oíamos llorar por las noches; y Jorge se fue a quitar malas hierbas descojonándose como si se tratase del trabajo más divertido del mundo. La verdad es que ni ellos ni nosotros sabíamos qué hacer. Ni siquiera nos golpeaban cuando de pronto nos bajábamos los pantalones en cualquier sitio, nos acuclillábamos —más tarde empezamos a hacerlo también de pie— y nos entreteníamos expulsando bolitas negras por el ano. Jajajajajajá. El capellán recorría el campo con el aire desconcertado de una persona a la que un brujo o un genio ha transportado en un segundo a miles de kilómetros de distancia. Enseguida aparecieron los suboficiales, que dudaban entre reírse también o liarse a tiros. Por fin llegó el comandante. Fue acercándose a cada uno de nosotros, ya entregados sin recato a producir nuestros minúsculos excrementos. Nos miraba como se mira un sapo de una especie que no conoces. Se volvió al capellán esperando una explicación de aquello que tenía que proceder del ámbito de lo milagroso, aunque se tratara de un prodigio tan chabacano. Ya ve, padre, se lo tengo dicho; los rojos no son humanos, son animales. ¿O necesita otra prueba? Entonces ordenó que nos subiésemos todos los pantalones y gritó que si volvía a oír una risa comenzaba a fusilarnos por docenas. Jajajajajajá. Cumplimos la orden de subirnos los pantalones, pero dejar de reír estaba fuera de nuestras posibilidades. Nos sujetábamos el estómago, nos metíamos un puño en la boca, procurábamos no mirar a los compañeros para intentar ahogar aquella hilaridad. Ah, ¿no obedecéis? Escoja a diez de estas bestias, a bulto, las que sean y me las forma delante de aquella pared.

Cogieron a diez. Los pusieron en línea. Nombraron un pelotón de diez soldados, tú, tú y tú. El comandante dijo preparados, apunten. Jajajajajajá. Uno de los que iban a ser fusilados, Cosme, zapatero en su pueblo que es el mío, comenzó a sacudir una pernera del pantalón y delante de él se formó un montoncito de cagarrutas. Uno quisiera estar erguido cuando lo fusilan. Pero Cosme se doblaba sobre sí mismo mientras se daba sonoras palmadas en los muslos. Fuego, gritó el capitán con tanta dureza que la palabra podría haberle roto los dientes. Cayeron diez hombres. El comandante amenazó con que seguiría fusilando a todo el que se riese. Dejen de reír inmediatamente, es una orden. El hombre daba casi pena. Estaba a punto de implorarnos. El capellán juró que acabaría con aquella abominación, que éramos hijos de Satanás, el gran cabrón, y que si el comandante flaqueaba él mismo empuñaría la pistola. Y nosotros, qué íbamos a hacer sino reír. Reíamos. Reíamos cada vez más enloquecidos. Rcíamos y entre nuestras lágrimas el campo se difuminaba y desaparecía. Reíamos como no habíamos reído nunca. Aún seguimos riendo. Jajajajajajajá.

V

Pero ¿es que no lo oís?, dijo. Él era uno de los pocos a los que estaba permitido dormir en la tienda de lona. Solo habían levantado una, para los que habían hecho algún mérito. Los demás dormíamos al raso. Las estrellas eran cristales de hielo, y eso que estábamos en abril. Las noches te atravesaban como cuchillas. Los huesos eran maderas a punto de quebrarse. No me quejo. Él estaba peor. ¿De verdad no lo oís? Se daba golpes en la sien. Cumplía las órdenes. Cavaba o cubría zanjas. Cocinaba o fregaba. Se ponía firme cuando se lo ordenaban. Pero siempre encontraba un segundo para mirarnos entre perplejo y asustado. ¿No lo oís?, gritaba por el día. ¿No lo oís?, susurraba por la noche. Una de ellas un guardia entró en la tienda y se puso a golpearle con la culata del fusil. Que te calles, le ordenaba, te he dicho que te calles o te mato. A él le castañeteaban los dientes. Yo no estaba, me lo han contado. También que le decía al guardia: es horrible, es horrible. Y el guardia acabó marchándose con tanta urgencia, que se enredó con los vientos y casi derriba la tienda. Se tapaba los oídos, como si se le hubiese metido dentro del cráneo lo mismo que a nuestro compañero. Yo no oía nada. Preguntaba a los demás. ¿Vosotros oís algo? Tampoco. Oíamos órdenes, insultos, gruñidos; las quejas de los enfermos; suspiros de desesperación; ladridos de perros;

una vez un lobo. Pero él negaba y decía: no es eso. Es... Y se quedaba en suspenso, incapaz de definir lo que oía a todas horas. Eso se llama acúfeno, diagnosticó el médico de campaña al que por fin logramos que llevasen a nuestro compañero. Se pasará solo, dijo. O no se pasará nunca. Depende. Si no se te pasa, te jodes, no hay nada que pueda hacer. Pero alguien tiene que poder hacer algo, dicen que dijo. Nadie, respondió el médico, nadie puede hacer nada. Pegaba el oído al suelo. O se llevaba la mano a un oído. Tapaba. Destapaba. Después al otro. A los dos. Cuando me muera seguiré oyéndolo, decía. Estábamos detrás de las letrinas. Fumábamos. Yo le había dado a un soldado mi ración a cambio de tres cigarrillos. Prefiero fumar a comer. Me quita el hambre y me moriré antes; dos ventajas a la vez. No es que tenga prisa. Es solo que me da igual y fumar siempre me ha gustado. Él también dio un par de caladas pero parecía solo pensar en una cosa. Yo intentaba hablar del rancho o de que se decía que nos iban a llevar a un campo más grande con otros prisioneros, o de la posibilidad de una fuga. Él solo respondía: estaré en la tumba, un amasijo de huesos mondos, pero seguiré oyéndolo. Ya nunca saldrá de mi cabeza. ¿De verdad no lo oyes?

Todos estábamos flacos. Habíamos perdido la grasa y el músculo. Me miraba los brazos y me parecía que eran de otra persona, alguien a quien no conocía. Yo siempre he sido de brazos fuertes; piernas delgadas pero brazos fuertes. Ya no. Es incomprensible que aún sea capaz de levantar un saco de arena. De golpear con un pico. Él estaba más flaco que ninguno de nosotros. Hueso y pellejo, y no es una manera de hablar. No había más. Y unos ojos enormes, de cuento de aparecidos. Ojos inmensos en una cara de ratón hambriento. Nos miraba. Nos miraba. Nos miraba a todas horas. ¿No lo oís? Escuchad. Y levantaba un dedo que dejaba en el aire. Ahora, ahora, decía. Tenéis que oírlo.

Lo oigo, dijo uno, no recuerdo quién. No lo recuerdo porque después se fueron sumando más y no sé cuál fue el primero. Yo también lo oigo, es como... como una corriente de agua subterránea, añadió otro. No, no es eso. Negaban con la cabeza. Se quedaban escuchando.

El médico nos hizo formar a todos. Diez filas y otras tantas hileras de hombres, si es que aún se nos podía llamar hombres. Un paso al frente quienes oigan..., quienes oigan algo extraño. Hubo movimientos tímidos. Tres o cuatro se atrevieron a dar el paso. Después otros seis o siete. Se los llevaron fuera del campo, no sé adónde. También desaparecieron algunos de nuestros guardianes. Los que quedaron parecían inquietos. Mantenían el dedo pegado al gatillo del fusil. Intercambiaban miradas como si esperasen un amotinamiento. Pero nosotros seguimos haciendo lo que hacíamos cada día. Trabajos inútiles. Pasar hambre. Soportar golpes y gritos. Ir a misa obligatoria los domingos. Esperar sin esperar nada. Y espiar a esos guardianes que uno tras otro iban adquiriendo la expresión espantada que ya conocíamos. Los ojos tan abiertos. Los labios temblorosos. Aquella forma de interrogarse sin hacer la pregunta: ¿no lo oís? Lo mismo nos sucedía a nosotros. Y ya era ese el centro de toda nuestra atención. Lo único que importaba. Independientemente de la actividad que estuviésemos realizando, nuestra preocupación estaba en otro sitio. Todos concentrados, a la escucha. Espectros que atraviesan las cosas sin tocarlas. También el médico deambulaba entre nosotros. Ausente y a la vez atento. Y yo, yo pegaba el oído al suelo, a los árboles. Me tapaba y destapaba los oídos. Sacudía con fuerza la cabeza como si el sonido fuese agua en mi cráneo. Necesitaba expulsarlo. Que mi cerebro descansase un momento. Dejar de oír. Pero estaba ahí, el sonido. Está ahí. Ahora lo oímos todos. Nuestros guardianes ya no nos guardan. Nosotros no intentamos escapar. Estamos todos juntos en este campo de concentración, todos pendientes, a la escucha. Oímos lo mismo.

Ese ruido indescriptible que viene de muy lejos. No sé si del pasado o del futuro. Lo oímos. Somos iguales. Estamos todos juntos en esto. Ya no siento hambre. Ni siquiera miedo. Solo quiero saber qué es. Solo queremos saber qué es. Nos atraviesa. Nos destruye pero aun así lo buscamos. Contenemos la respiración para seguir oyéndolo. Es lo único que importa. Lo oímos, también durante los raros momentos que conciliamos el sueño. Ese sonido de fondo. Ese sonido continuo. Atraviesa el mundo. El universo. Mi cuerpo es una caja de resonancia. Ya ni nos miramos buscando confirmación. No hace falta. Lo oímos todos. A todas horas. Es insoportable. Es necesario. Lo oímos. Y vosotros, ¿también lo estáis oyendo?

Karaoke

Aparcaron el Audi de segunda mano debajo de un ciruelo para aprovechar su escuálida sombra. Los frutos eran pequeños, prietos, redondos, de un color casi idéntico al del coche, un color al que ni Paula ni Marvin habrían podido dar un nombre. Malva, violeta, morado, lila, púrpura. Marvin decía que morado, pero a ella le parecía que morado viene de mora y es mucho más oscuro que las ciruelas y que el coche. Ciruela, dijo Marvin. Color ciruela. Ella le besó en los labios.

Cruzaron la calle y se dirigieron a la puerta del hotel. La otra acera, si es que se podía llamar acera a la estrecha franja de adoquines de cemento en parte rotos y levantados, estaba cubierta de higos espachurrados. Como oyeron voces, se desviaron del camino y, en lugar de entrar por la puerta principal, empujaron la verja de metal negro, que daba a un jardín y, a juzgar por el olor a cloro, más fuerte que el de la higuera, a una piscina.

Cerraron tras de sí, sobre todo para que no se escapara el perro tumbado en el césped cerca de la verja, un mastín de cabeza enorme que no la levantó cuando entraron, pero sí los siguió con la mirada de su único ojo sano; el otro estaba cubierto de un velo blanquecino.

Marvin parecía recién salido de una película de traficantes de cocaína en Miami de los años setenta: traje blanco con pantalones campana, un sombrero de paja tipo panamá –aunque no era de paja, sino de algún material sintético y lo había comprado en un chino–, patillas que le llegaban a la mitad del mentón y gafas de sol con montura dorada. A juzgar por cómo caminaba, los zapatos de rejilla, incongruentemente azules, le hacían daño. Ella también iba de blanco. Un vestido de ganchillo escotado que se pegaba a su cuerpo, en particular al culo y los pechos, pero también a la pequeña barriga, probablemente un poco más de lo que a ella le habría gustado; sandalias blancas de tacón alto con ribetes dorados, un sinfín de pulseras en los dos brazos, también en el tobillo izquierdo, gafas de sol a juego con las de Marvin, uñas decoradas con franjas blancas y negras en manos y pies, y una melena rubia lisa de la que ella estaba particularmente orgullosa: soy de origen celta, le dijo a Marvin la primera vez que se vieron, en una fiesta en casa de la hermana de él, hacía ya tres años.

A pesar de lo cuidado de su atuendo, o quizá por eso, ofrecían un aspecto extraño al avanzar sobre el césped, los dos con paso desigual, él por el roce de los zapatos, ella porque se le clavaban los tacones en el suelo recién regado. Sus amigos estaban alrededor de la piscina, en tumbonas o sobre toallas en las baldosas. Llevaban desde el día anterior en el hotel, que habían alquilado entero para el fin de semana. Paula y Marvin llegaban más tarde porque ella había tenido guardia en el hospital y no pudo cambiarla con ninguna de sus compañeras.

Una joven a la que no conocían se acercó a ellos con una bandeja de *gin-tonics*. No dijo una palabra. Llevaba los pechos al aire y una expresión de asombro divertido que les hizo sonreír. Se quedó esperando a que dieran el primer trago. Después balanceó la bandeja sobre una sola mano y extendió la otra con dos pastillas de color rosa que debía de haber llevado todo el tiempo en ella. Las tomaron y ella los besó en las mejillas antes de girar sobre sus pies descalzos y alejarse.

Ninguno de sus amigos se levantó de la hamaca o del suelo. Marvin y Paula se iban agachando, daban una palmada o un beso, estrechaban manos, alborotaban cabellos. Estaban todos en bañador; una pareja, más retirada junto al seto de aligustre, completamente desnuda, ella tumbada encima de él. Tenían que ir con cuidado mientras hacían la ronda de saludos porque había vasos por todas partes, uno roto al borde de la piscina. ¿Por qué no hay música?, preguntó Paula a Marvin, aunque no podía saberlo. Él miró a su alrededor como si así pudiera encontrar la respuesta. Después, la música después, dijo Juan, el cuñado de Paula, desde su hamaca y señaló hacia la casa sin abrir los ojos.

Rondaban todos entre los veinticinco y los treinta y cinco, salvo la chica que les había llevado las bebidas, que debía de ser bastante más joven. Habían pasado la noche anterior cantando en el karaoke, bebiendo, tomando pastillas, haciendo el amor, cada uno con su pareja, porque a pesar de la apariencia orgiástica propiciada por el alcohol, las pastillas y los cuerpos descubiertos, eran todos personas dispuestas a divertirse pero no de manera que pusiese patas arriba sus proyectos y sus costumbres, su deseo de tener una familia con hijos, aunque no demasiado pronto para poder disfrutar un poco, y una profesión que les permitiese vivir con holgura. Y si el alcohol y la droga pueden ser un paréntesis agradecido para la rutina y las ambiciones, abrir la cama a la pareja de tu amigo podría hacer tambalearse demasiadas certezas; esa inseguridad te la llevas de regreso a casa. Se habían acostado bien entrada la madrugada y solo porque una pareja de la Guardia Civil había llamado a la puerta para pedirles, con más amabilidad de la que habrían imaginado, que fuesen terminando la fiesta porque los vecinos se quejaban. Ya les había advertido el dueño del hotel que debían poner la música baja y quitarla como tarde a las dos. Pero, como comentaron entre sí, ¿para qué abres un karaoke al aire libre si no quieres molestar a los vecinos? Esa noche, probablemente, volverían a poner la música a todo volumen hasta que regresase la Guardia Civil. De todas formas, la multa sería para el propietario.

O eso pensaban, porque el propietario, que antes de abrir el hotel había tenido un negocio de piensos y una empresa de producción de lino, jugaba al pádel todos los domingos con el presidente de la Diputación y era primo hermano del comandante de la Guardia Civil del pueblo. Y había tenido el buen juicio de usar las subvenciones europeas obtenidas en sus actividades previas, de manera no siempre legal, para fomentar las buenas relaciones no solo con el presidente y el comandante, sino también con funcionarios que le pareció que algún día podrían ser útiles. Tenía fama de generoso y de agradecido. Así que las quejas y denuncias que provocaba el funcionamiento del hotel acababan extraviadas en algún cajón de las numerosas instancias que debían recorrer y nunca produjeron resultado alguno. Y si un vecino, por ejemplo, aquella particularmente beligerante porque sus niños no pegaban ojo por la noche y ella además tenía que madrugar para ir al trabajo, se presentaba en el hotel con tono agresivo, era su mujer la que se encargaba, mucho más dotada que su marido para la confrontación verbal y física si era necesario. También la denuncia que presentó la vecina quedó en nada, porque, a pesar de la ceja partida y el labio amoratado, no se encontró ningún testigo que probase la agresión.

Paula y Marvin se dirigieron al escenario adosado a una de las paredes del hotel. No habían reservado habitación porque tenían que regresar a casa esa misma noche. Él cogía un avión temprano para reunirse con su jefe en Barcelona, aunque habría podido llegar a tiempo madrugando lo suficiente; la razón principal de no hacer noche en el hotel era que a ella no le gustaba dormir fuera, sobre todo en hoteles o pensiones. Le producía angustia. Una manía que había dado lugar a más de una discusión, porque él no acababa de entender, o no quería aceptar; una fobia que convertía en fuentes de tensión viajes que habrían podido ser placenteros. Marvin había acabado por resignarse a regresos a casa, a veces de cientos de kilómetros y a horas imposibles, cuando ya estaban cansados y a menudo bebidos a cambio de que ella se comprometiese a viajar con él al menos dos veces al año para vacaciones largas. ¿Se habría emparejado con ella si le hubiese contado al principio que le daban ataques de angustia y de pánico en las habitaciones de los hoteles? Puede que no, pero ella lo ocultó durante los primeros meses de relación y después ya era uno de los muchos defectos a los que te acabas acostumbrando, una de esas taras que silenciamos ante la persona de la que nos enamoramos, aunque, pensaba Marvin, era precisamente a esa persona a la que deberíamos revelárselas, pues era quien tenía más probabilidades de compartir la vida con uno y de estar obligado a aguantárselas. Pero, para ser honestos, él le había ocultado tanto su afición, que no adicción, a la cocaína como un sentido compulsivo del orden que provocaba discusiones mucho más frecuentes que la aversión de Paula a los hoteles. El paño de cocina mal colgado –y que por tanto guardaba la humedad y vete tú a saber qué bacterias–, los cedés sin guardar en sus estuches después de escuchados, la almohada tirada en el suelo junto a la cama; todos los pequeños conflictos desatados por el desorden de Paula, o, según se mire, por el carácter obsesivo de Marvin, provocaban, sumados día a día, muchos más desacuerdos en la pareja que los viajes. No me extraña que estés siempre estreñido, le decía Paula cuando quería fastidiarle después de una de sus discusiones, por ejemplo porque no dejaba el jabón en la jabonera sino al lado. ¿Y eso qué tiene que ver?, respondía él, aunque de alguna forma él también encontraba una secreta relación entre su necesidad de orden y sus dificultades para defecar. Le encolerizaba que ella utilizase un conocimiento tan íntimo para hacerle daño.

El escenario del karaoke constaba de una pantalla gigante y de un estrado de no más de treinta centímetros de alto, cubierto con una moqueta roja que habría necesitado una limpieza a fondo, con el frente chapado en plástico negro. Había tres micrófonos de pie y, a un lado, fuera del estrado, el equipo de sonido, conectado a dos columnas con varios altavoces. Una estructura metálica servía de sujeción al proyector.

¿Nos damos un baño?, preguntó Marvin.

Regresó al coche a buscar los bañadores y las toallas. A la vuelta el mastín se acercó a olisquearlo y lo siguió unos pasos sin mucho interés. Se dejó caer en una sombra.

Pidieron a Maribel, una prima lejana de Paula, que les prestase su habitación para cambiarse. Estaba en el segundo piso y daba al jardín con la piscina. Desde ella se oían las voces de sus amigos, más animadas que antes, y alguien empezó a probar el micrófono emitiendo sonidos silbantes. Después anunció que el karaoke se abriría en media hora.

Media hora, dijo Marvin.

Sí, ¿y?

Que podríamos follar.

¿Aquí?

Claro. Aquí. Ahora mismo.

Ella echó un vistazo por la ventana. Fue a la puerta, sacó el cartel de no molestar y echó el cerrojo.

Bajaron media hora exacta más tarde. Maribel recibió las llaves con una sonrisa.

Qué bien os ha sentado, traéis muy buena cara, dijo. Los dos rieron incómodos y se arrojaron a la piscina a un tiempo.

El agua estaba tibia y tenía un fuerte olor a cloro. Paula podía hacer pie en todas partes, aunque de puntillas en la zona más profunda; a Marvin, unos centímetros más bajo, aun de puntillas el agua le cubría hasta el nacimiento del pelo. En la superficie flotaban insectos y hojas de un chopo cercano, pero al menos el agua estaba transparente y no había rastro de verdín. Se acodaron en el borde y observaron los preparativos. Sus amigos iban acercando sillas y hamacas al escenario, y, con ayuda de alguien que podía ser la propietaria –de unos cincuenta, pelo de color y aspecto estropajoso, brazos fuertes, caminar tan decidido que resultaba agresivo–, colocaron unas burras de madera y tendieron un tablero encima que cubrieron con un mantel.

¿Vais a cantar también?

Era la chica que les había servido la bebida cuando llegaron y que debía de haberse metido en la piscina sin que se diesen cuenta. Aprovechó el espacio que había entre los dos para introducir su cuerpo y rodeó sus cinturas con los brazos. Marvin pensó que seguramente estaba desnuda. Una chica así siempre se baña desnuda. Notó que a Paula se le había puesto la piel de gallina y, aunque no podía verlo ni quiso agacharse para comprobarlo, supuso que también tenía una mano de la chica en la cadera. Acercó una pierna a ella hasta tocarla y se arrimó un poco más aún a su cuerpo; sí estaba desnuda. De haberse atrevido, habría bajado una de las manos con las que se agarraba al borde y se la habría puesto un poco por debajo de la cintura, de forma que pudiera entenderse como casual. Le parecía excitante la idea, allí, mientras todos iban y venían a su alrededor, mientras Paula miraba el ajetreo en silencio. Se dio cuenta de que una de las manos de su mujer se había retirado del borde y también una de la chica; se preguntó si las habrían entrelazado o si estarían tocándose. Tampoco se atrevió a comprobarlo. Se dio cuenta de que no habían respondido a la pregunta.

Sí, claro que vamos a cantar. ¿Tú?

Hemos venido a eso, ¿verdad?

Aunque no le dio ninguna entonación especial y se limitó a mirarlo brevemente con el mismo aire asombrado de antes, Marvin creyó distinguir una invitación o un desafío.

¿Qué otra cosa se puede hacer, si no?, dijo Marvin sin mirarla. Ella se apoyó con fuerza en el borde de la piscina y, en un solo movimiento, se dio impulso para salir, chorreando, de ella. No pareció importarle que, obviamente, al realizar ese movimiento, ellos podían contemplar su culo y su sexo.

¿Quién es?, preguntó Marvin.

Ni se te ocurra averiguarlo.

Demasiado golfa para mi gusto.

Te gustan recatadas, como yo.

Me gustan recatadas y un poco golfas, como tú.

Se juntaron para cerrar el espacio que había creado la chica entre ellos. Chus, la hermana de Paula, se acercó y se acuclilló ante los dos. ¿No vais a salir? Esto empieza en un momento. Parecía bebida, quizá por eso más alegre y afectuosa de lo que era habitual en ella.

Se secaron, pero no fueron a cambiarse de nuevo. La tarde, que empezaba a ser noche, era cálida. Paula olfateó esperando encontrar algún aroma en el aire tibio, a flores o quizá un olor que viniese del pantano, musgo o algo así. Pero solo podía oler el cloro en el cuerpo de Marvin. La hermana de Paula fue la primera en subirse al escenario; el lunes era su cumpleaños y la fiesta, su celebración adelantada. Chus dio las gracias a sus amigos, dijo un par de lugares comunes sobre la noche tan romántica. Se reía en medio de cada frase como si estuviese haciendo un discurso particularmente cómico. No lo era pero la gente estaba dispuesta a divertirse y participaba también con risas o con comentarios que pretendían ser graciosos. Luego ella se puso solemne diciendo que dos días más tarde cumpliría treinta años, que vale, no eran tantos, ¿o sí?, y coincidían con un cambio de vida, porque ahora tocaba mudanza y...

Marvin dejó de escuchar.

Somos como cuarenta, ¿no? ¿Ha alquilado ella el hotel?

Mi hermana es demasiado tacaña para eso. Y si lo ha hecho, seguro que se lo ha pagado mi madre. Uno de sus sobornos.

Debe de costar un dineral. Con las bebidas, la cena... todo.

Paula se echó a reír.

¿Qué ha dicho?, preguntó Marvin.

El perro, respondió.

Marvin miró hacia abajo y descubrió al mastín lamiendo una pierna de su mujer. Al mismo tiempo oyó que Chus llamaba al escenario a su hermanita Paula y al pibón de su marido.

Tendríamos que vestirnos antes.

Venga, no seas soso. Qué más da.

Subieron al escenario entre silbidos y más comentarios graciosos. Desde ahí arriba parecían todos particularmente felices. Estaban muy juntos, como podrían estarlo en un concierto. Con vasos en la mano, muchos agarrados a su pareja. Paula pensó que la mayoría de ellos tenían hipotecas, y varios, lo sabía muy bien, letras sin pagar. La euforia del 92 ya ni la recordaban. En el trabajo las cosas no estaban fáciles; alguno lo había perdido y no había encontrado otro o solo un empleo peor pagado y menos gratificante. Pero allí estaban; habían acudido a la llamada como cuando tenían veinte años y el presente era líquido y con burbujas, no se había solidificado aún, no los aprisionaba. Entonces parecían siempre a punto de escapar a un lugar deseado. Ahora solo podían huir por un fin de semana, por unas horas. Después el presente los absorbería otra vez con su fuerza pegajosa. Pensó que los quería, a todos ellos, aunque era un cariño triste. Muchos habían sido parte esencial de su vida, un refugio, una compañía acogedora. Y, aunque a la mayoría no los veía casi nunca, el recuerdo de lo que habían sido la seguía acompañando; lo que habían sido ellos y lo que había sido ella. Ahora Marvin cumplía esa función. Hacía planes con él, se apoyaban mutuamente, se consolaban. Pero era una sensación distinta. Ella notaba en sí una sequedad que no estaba ahí antes. Como si sus esperanzas se dirigiesen hacia lo mínimo imprescindible, mientras que antes el mundo le parecía abierto y disponible, un lugar que conquistar alegremente; antes le sobraban la fuerza y la energía; ahora tenía que economizarlas. Aunque «antes» era un periodo muy breve, porque de adolescente pocas veces tuvo la sensación de que se abriera frente a ella un futuro extraordinario; más bien temía no ser nunca capaz de escapar a la mirada más vigilante que cariñosa de sus padres y sobre todo a la sensación de que su familia cargaba con un peso que impedía cualquier forma de ligereza. Aún se avergonzaba de haber tardado tanto en descubrir cuál era ese peso, como si fueran culpa o ineptitud suyas no haberlo averiguado por mucho que los demás callasen. Pero es así en todas las familias, ¿no?, cargan con secretos que un día salen a la luz y su revelación produce casi tanto horror como alivio: el miedo, las premoniciones que atravesaban a los hijos tenían una causa, una justificación. Esa misma mañana había tenido una discusión terrible con la madre, otra, esta definitiva. Era tan terrible ser culpable sin haber hecho nada. Pero no quería pensar en ello. Nunca más. Le daba vértigo la decisión de no volver a verla porque era como renunciar a una parte de sí misma. Nunca, nunca más, se dijo, miró a su hermana y sintió pena por ella; Chus aguantaba todo con la mandíbula trabada, esforzándose en ser la hija irreprochable, era como una niña intentando tragar lo que le dan de cenar aunque sienta náuseas. Paula no, ella no podía seguir fingiendo. Y no le había contado nada a Marvin porque quería que la decisión fuese solo suya, que él no se inmiscuyese. Aunque al mismo tiempo se sabía sin fuerzas. Así se sentiría la gente que lleva mucho tiempo en quimioterapia: le costaba reír, alegrarse, hacer planes, proyectarse al futuro, con Marvin, con la hija o el hijo que tendrían.

¿Qué, empezamos o no?, preguntó Marvin. Como sigamos aquí parados nos van e empezar a tirar los vasos.

Comenzaron con «Escuela de calor», ya casi un clásico. Luego irían pasando a Madonna, Whitney Houston, Michael Jackson, Cindy Lauper y, si el ambiente era bueno, y si se sentían con ánimo, porque era más difícil, alguna de Prince. Después cederían el escenario a la pareja siguiente.

No era una actividad nueva para ellos. Frecuentaban un karaoke cercano a su apartamento; un salón con pantalla, equipo de sonido y diez mesas que se podía alquilar por horas. A veces invitaban a amigos; otras se limitaban a disfrutar ellos dos de la diversión que les producía cantar juntos. Ambos tenían buen oído, sabían solfeo y habían aprendido a tocar un instrumento aunque llevasen años sin practicarlo –clarinete, él, flauta travesera, ella– y eso hacía que les produjese tanto placer cantar a dúo, repartirse las voces, probar falsetes, incluso dar algún paso de baile mientras lo hacían. Aunque en los últimos meses, quizá ya más de un año, apenas habían encontrado el tiempo para dedicarse a eso que había sido, por encima de la televisión, los deportes o los libros, más que un pasatiempo: eso que compartían y los convertía en una pareja distinta de las demás.

Brillaban. Cuando cantaban otros, provocaban carcajadas por los gallos, los desajustes, las equivocaciones en las letras, los desafinados, pero si ellos estaban en el escenario la actuación se convertía en algo casi profesional. Por eso les habían pedido que inaugurasen el karaoke. Más tarde la gente, con todo tipo de productos legales e ilegales en el cuerpo, no tendría ganas de escuchar, sino de berrear, de hacer el payaso, incluso de cantar mal a propósito y de hacer gestos histriónicos que recordasen a los artistas cuyas actuaciones imitaban. Paula y Marvin bajaron del escenario sudorosos, excitados. Recibieron besos y abrazos, felicitaciones. Cogieron dos copas que les entregó una amiga de la infancia de Paula que resultaron ser otra vez *gin-tonics*, y un porro que compartieron mientras escuchaban a un trío de hombres, compañeros de instituto de Paula, que se habían puesto falda y tetas postizas para ir entonando, o desentonando, los grandes éxitos de Madonna.

Marvin buscó con la vista a la chica de la piscina pero no la encontró.

Podríamos quedarnos, dijo.

Habíamos decidido regresar.

No lo habíamos decidido, es lo que tú quieres.

Ya sabes que no me sienta bien.

Qué pereza volver esta noche. Yo quiero seguir bebiendo.

Pues conduzco yo. Dejo de beber y conduzco. Lo prefiero. Venga, no seas así.

Voy a subir a cambiarme. Me estoy quedando frío.

Yo estoy bien.

La recepción estaba desierta así que cogió él mismo las llaves. Había intuido que la chica lo estaría esperando o que lo seguiría, pero no se encontró con nadie en los pasillos. Visto desde arriba, el grupo que estaba en el jardín, bailando, bebiendo, cantando, resplandeciendo con el halo azul de la piscina iluminada, parecía compuesto de completos desconocidos, invitados de una fiesta ajena. Y lo era. Él no pertenecía a ese círculo, o solo lo hacía por su relación con Paula; eran amigos y parientes de ella, no suyos. Bueno, él se había ido abriendo un sitio, nunca le habían hecho el vacío y procuraban integrarlo en sus fiestas o cuando salían a cenar; pero sabía que, si se divorciaban, no volvería a ver a ninguno y no lo echaría de menos. No los unía un pasado compartido, él no tenía vínculos con ese pueblo ni con el pantano ni con los montes que lo rodeaban. Su infancia y su adolescencia los había pasado en el extrarradio de una gran ciudad. Nadie empezaba con él una conversación con un «¿te acuerdas de...?». Y es la memoria la que hace que los vínculos resistan el desgaste del tiempo, de la distancia y de los cambios en la situación personal.

Habías dicho que no ibas a beber más, dijo a Paula cuando se reunió con ella en el jardín. Ella levantó el vaso como para mostrar su transparencia.

Es solo tónica, apenas he echado ginebra.

La música se detuvo y la pareja de Chus –Paula apenas lo conocía– se subió al escenario. Tomó uno de los micrófonos derribando el soporte. Cuando se agachó a recogerlo derribó el micrófono contiguo. Nadie subió a ayudarle. Mirad, dijo, y agitó el micrófono en el aire provocando que se acoplase. El chirrido hizo que todos se estremecieran. Mirad, repitió, hoy es el cumpleaños de Chus, bueno, hoy no, pero lo celebramos hoy. Y son treinta años, una fecha especial así que tenemos que hacer algo también especial. El karaoke está bien, pero yo quiero, Chus, ¿dónde estás?, ven aquí conmigo.

Para subir al escenario, Chus tuvo que apoyarse con la mano en el borde y después con una rodilla, como si estuviese franqueando una altura excesiva para sus piernas. Al llegar a su lado, le dio un beso largo en la boca. Hubo aplausos, exclamaciones. Yo quiero, continuó él, algo inolvidable para mi Chus. Así que ahora mismo nos vamos todos a bañar al pantano. ¿Habéis visto la luna?

Se oyó algún sí poco convencido.

Repito, ¿habéis visto la luna? Luna llena, tíos. Nos vamos a bañar al pantano con luna llena. Y no admito réplicas.

¿Nos vamos?, preguntó Paula.

No podemos irnos ahora.

¿Por qué?

No sé, pero tu hermana se molestaría.

Mi hermana ni se va a enterar.

A mí me apetece bañarme en el pantano de noche.

Vale, pero después nos vamos a casa.

Paula se había bañado muchas noches en el pantano cuando aún iba al instituto, también más tarde algún verano que regresaba al pueblo, antes de conocer a Marvin. Durante los años de instituto solía hacerlo con Mabel, una amiga con la que había ido perdiendo el contacto desde que se fue a trabajar a Alemania. Últimamente solo se comunicaban mediante *whatsapps* esporádicos en sus respectivos cumpleaños, en navidades, y también, con frecuencia decreciente, cuando se acordaban una de la otra. Se sentaban a la orilla a fumar y a conversar, casi siempre sobre otra gente del pueblo: compañeros de clase, profesores, familiares. Pero en realidad estaban hablando de sí mismas. Al establecer sus relaciones con los demás, sus aprecios y desprecios, intentaban darse un contorno, una forma, que aún no sentían del todo como suya. También se bañaban, pero a menudo ni eso. De los recuerdos de Paula, quizá su relación nocturna con el pantano era el más intenso. La sensación de poder decir lo que de verdad quería decir, el tiempo remansado, la oscuridad no como amenaza sino como protección, la intimidad generada también porque podían pasar ratos hablando casi en susurros, menos por miedo a ser escuchadas que por el deseo de no perturbar la paz, como si voces demasiado elevadas hubiesen podido romper la sensación de haberse sustraído al curso rápido y a veces accidentado de sus vidas. Y cuando se bañaban no era salpicando y riendo y empujándose y haciéndose aguadillas como habría sido el caso en una piscina por el día, sino tan despacio que apenas provocaban ondas en la superficie del agua. Después nadaban con el suave escalofrío que produce a menudo adentrarse de noche en aguas profundas y, entonces sí, el roce con un alga o con cosas inidentificables que podían ser un pez o un plástico o tan solo una corriente más fría que producía la sensación de algo vivo alrededor de las piernas, provocaba un gritito y una risa contenida, tía, qué susto.

Otra cosa que recordaba, y siempre le arrancaba una sonrisa casi secreta, fue la vez que se besaron en la orilla. No sabría decir de quién fue la iniciativa y apenas tuvo algo sexual ese beso en los labios, que terminó con un breve y dulce mordisco a su amiga. Fue un acto de ternura más que de deseo, la necesidad de expresar lo que significaba estar juntas aquella noche. Luego lo recordarían como algo jocoso, algo que había que desactivar de alguna forma. Me diste un muerdo, tía. Qué dices, loca, fuiste tú. Paula estaba convencida de que Mabel se acordaba aún y probablemente con el mismo agradecimiento que ella. No es fácil llegar a tanta ternura y tanto bienestar con otra persona sin que se infiltre alguna forma de deseo. Recordaba a Mabel, el pantano, la noche, los susurros, los cuerpos confiados y volvía a ella una paz que rara vez había conseguido después.

Por eso no quería bajar al pantano con todos. Sería un asunto bullicioso, histriónico, una competición por decir la tontería más gorda, un correr y saltar y empujarse y provocarse, y los tíos a ver quién nada más lejos, a ver quién aguanta más sumergido, o arrastrándolas a ellas hacia el interior de las aguas y ellas defendiéndose y gritando, cada uno tan en su papel.

Y fue así. Marvin al principio se quedó un poco al margen del alboroto pero acabó lanzándose también de cabeza a su centro, palmeando el agua, salpicando a otros, forcejeando con hombres y mujeres. Le pareció verlo jugando con la chica de los *gin-tonics*, pero a pesar de la luz de la luna, que, flotando sobre la sierra, parecía más grande de lo habitual, no estaba segura. Ella no quiso entrar en el agua. No es que le pareciese una profanación del recuerdo; sencillamente no tenía ganas ni de sumarse a la turba de sus amigos ni de alejarse para bañarse sola. Le daba miedo. Era una de las fobias que había adquirido en los últimos años: dormir fuera de casa, nadar por la noche en aguas abiertas, las mariposas nocturnas, los ascensores.

No hemos bajado toallas, dijo Marvin cuando regresó junto a ella y la salpicó a propósito, una costumbre que le molestaba pero no había manera de que dejase de hacerlo. Esa pequeña provocación le hacía feliz. ¿Por qué sería? ¿Le gustaba sacarla de su propio mundo, irrumpir en él para exigir que lo compartiese?

Está buenísima, dijo Marvin.

Supongo que te refieres al agua.

¿Cómo?

Pero no indagó más. Sonreía mirando a los que aún continuaban en el agua. Cuando asomaban de ella parecían brillar, no como antes con los reflejos azulados de la piscina; era como si una luz blanca saliese de su interior, recubriéndolos con una capa muy fina.

Nos vamos ya, ¿verdad?

Qué pesada. Son casi tres horas en coche.

Ya te he dicho que conduzco yo.

No es eso. Es que podríamos quedarnos.

Yo me voy.

¿De verdad te irías sin mí?

¿De verdad querrías quedarte sin mí?

A Paula no le molestaba discutir con Marvin. Rara vez ponían auténtico interés. Sus discusiones eran más bien una rutina, una manera de mantener el contacto cuando no encontraban otra. Lo que le costaba sobrellevar eran los silencios. Y Marvin los usaba para castigarla, o así lo sentía ella.

Sabes que lo pasaría muy mal.

Que sí, ya he dicho que nos vamos.

No lo has dicho.

Pues lo digo ahora. Volvemos al hotel, nos vestimos, cogemos el puto coche y conducimos dos horas y media en lugar de seguir divirtiéndonos y de salir mañana temprano, que podríamos hacerlo.

Joder, Marvin.

Que sí, que ya está. Venga, despídete de quien tengas que despedirte.

¿Y tú?

Yo nada.

La atmósfera del jardín era extraña. Alguien había apagado las luces de la piscina pero no del escenario. Sobre la mesa de bebidas y canapés se acumulaban las botellas abiertas, vacías o medio vacías, vasos usados, platos sucios, servilletas hechas un gurruño. Marvin rebuscó hasta encontrar dos vasos que parecían limpios; sirvió ginebra y tónica. De la cubitera rescató algunos trozos de hielo a medio derretir.

Limón no queda, dijo.

¿Cantamos la última?

Marvin se encogió de hombros, pero sonrió.

¿Cuál?

Paula fue al ordenador. Buscó mientras bebía. Marvin se acercó a ella y le echó un brazo por la cintura.

«No hago otra cosa que pensar en ti», pero la original, la de Serrat.

Nos va a dar un bajonazo.

Venga, que esa es muy bonita.

Pusieron la música al volumen imprescindible para escucharla. Se acercaron los dos al mismo micrófono. Era como si se cantasen el uno al otro, como si no hubiese nadie más en la Tierra a quien cantarle. No necesitaban mirar la pantalla para recordar la letra y cuándo atacar cada verso. Tres minutos en los que el mundo se fue apagando poco a poco hasta dejar de existir. El jardín, la piscina, los amigos eran apenas recuerdos lejanos. Tenían las cabezas casi pegadas. Sus voces temblaban y dudaban en los momentos justos. Incluso la ironía parecía natural. Como fue natural que nada más terminar se besasen mientras bailaban despacio más allá de los últimos acordes.

Sois buenísimos.

Entretanto se había vestido. Llevaba unos vaqueros ajustados y una camiseta de tirantes. Iba descalza pero tenía unas sandalias en la mano que no sujetaba su vaso.

Marvin se separó enseguida y regresó a su *gin-tonic*. A Paula le volvió a la cabeza el momento en la piscina, cuando le había parecido sentir un roce entre las piernas, tan rápido que ni siquiera estaba segura y desde luego no estaba segura de si había sido premeditado. Entonces cayó en que conocía a esa chica. Antes no la había mirado lo suficiente a la cara pero sus rasgos eran un recuerdo, en una versión dura, rabiosa, de los de Mabel. Se le debían de haber pasado los efectos de la droga y no quedaba en ella ningún resto de maravilla ni de asombro. Si tuviese que definir su manera de plantarse delante de ellos, balanceando despacio las sandalias, bebiendo con algo parecido a la desgana, su forma de mirar solo de pasada, como quien no encuentra motivos para fijarse en un punto concreto, tendría que usar la palabra desdeñosa. Ni siquiera había verdadero desprecio en ella porque, dijese lo que dijese, incluso cuando los había alabado, no parecía conceder suficiente atención a nada.

¿Cómo te llamas?

La chica no respondió. Rebuscó como había hecho Marvin entre los restos de bebida y acabó cogiendo un vaso que alguien había dejado a medio acabar.

Deberíamos haber cantado «Fiesta», dijo Marvin sin dirigirse a nadie en especial, con el tono de quien habla solo. Nos iríamos más animados.

¿Puedo ir con vosotros?

¿A dónde?, preguntó Paula tan deprisa que parecía haber estado esperando la pregunta pero también que le molestaba que la hiciese.

A vuestra casa no, no te asustes. Digo si me lleváis hasta la entrada de la ciudad. No hace falta que os desviéis. Luego yo me busco la vida. Es que no quiero despertarme mañana aquí. Me da mal rollo.

Tú trabajabas en el bar, ¿verdad?

Y tú eres la amiga de mi hermana.

Claro que te puedes venir con nosotros, dijo Marvin. ¿Verdad, Paula?

Solo llevaba una mochila como de niña, que no pegaba ni con su indumentaria ni con su actitud. Según entró en el coche se acomodó en el asiento trasero con la espalda contra uno de los costados, la nuca apoyada en la ventanilla.

Puedes dormirte si quieres, dijo Marvin. Te avisamos cuando lleguemos.

Qué asco de pájaros, dijo Paula antes de sentarse al volante. Mira cómo han dejado el techo.

Ya lo lavaré, sube de una vez, dijo Marvin desde el asiento del copiloto. Y también dijo: si quieres conduzco yo, estoy bien. Pero se notaba que no tenía la menor gana de hacerlo. Se volvió a medias hacia el asiento trasero. ¿Cuántos años tienes?

La chica elegía a qué preguntas merecía la pena responder, y esta no era una de ellas. A Paula la irritaba esa especie de soberbia que en el fondo reconocía de su propia adolescencia. Los adultos solo estaban ahí para ser utilizados, pero no tenían el menor interés; sobre todo si eran personas cercanas.

Dejó rodar el coche cuesta abajo sin arrancar.

¿Qué haces?

¿Estás conduciendo tú o yo?

Al cabo de unos segundos Paula metió segunda y el coche dio un par de tirones antes de que se pusiera en marcha el motor. Tomó la carretera que bordeaba el pantano. No circulaba nadie más a esas horas y alrededor del agua no se veía ninguna luz, salvo, a lo lejos, las de las farolas que iluminaban el puente que la atravesaba, una línea anaranjada casi en el horizonte. Estaba despierta aunque era dada a dormirse temprano. Despierta y rabiosa; no habría podido decir la causa de lo segundo. Contra Marvin, a pesar de que había cedido, un auténtico sacrificio porque a él le habría gustado tanto quedarse. Quizá por eso: porque preferiría quedarse en lugar de regresar a casa con ella, tumbarse los dos en la cama, cotillear sobre los demás asistentes a la fiesta. El pelo ahuecado de Chus, tan de señora; la cara de boba de la chica que llevaban en el coche, su pretenciosidad; la dueña del hotel, que recordaba a un bulldog, paticorta y musculosa...

¿Os sabéis «Lucía»? Mi tío la pinchaba mucho en el bar, bueno, «pinchar» no es la palabra. Me parece que le ponía melancólico. Si os gusta Serrat tenéis que saberos esa.

Comenzó a cantar: «Vuela esta canción, para ti Lucía, la más triste historia de amor que tuve y tendré...». Tenía una voz más cálida de lo que habría podido imaginarse, una mezzosoprano con timbre muy limpio. Paula notó que Marvin la miraba de reojo, como esperando una señal. Paula tuvo la tentación de apagar las luces y atravesar la noche sin perturbarla, como si se sumergiese en un líquido con los ojos cerrados. Tenía ganas de relajar los músculos, de respirar despacio, de no oír absolutamente nada. Unas ganas tremendas de estar sola a la orilla del pantano. O con Mabel cuando eran jóvenes. La rabia se había disipado y sentía congoja, una tonta melancolía que no venía a cuento.

Marvin metió la cabeza entre los dos asientos y comenzó a cantar mirando a la chica. Las dos voces se acoplaban bien y, según ganaban confianza, fueron subiendo el volumen. «No hay nada más bello que lo que nunca he tenido.» Marvin cantaba con sentimiento, como si de verdad la letra fuese importante y encerrase un mensaje que resumiese sus emociones. Paula se preguntó si sería cierto que Marvin añoraba lo que nunca había tenido, si eso que faltaba era más bello que lo que tenían los dos. También se preguntó si a ella le ocurría lo mismo. Debería haberse ido a Alemania con Mabel, como habían planeado. Se quedarían un tiempo en casa de un conocido de su amiga hasta encontrar trabajo. Solo necesitaban algo de dinero para el avión, o el bus si andaban escasas, y luego para mantenerse unas semanas. Ese había sido el plan. Cortar de verdad con su vida, con ese pasado de pueblo que llevaba pegado como una costra de grasa. Cortar sobre todo con su familia, salir de ella como una mariposa de la crisálida, nueva, distinta.

Había creído que con Marvin lo conseguiría, pero ni siquiera había salido de verdad del pueblo: sus aspiraciones eran pueblerinas, limitadas, sin alcance alguno. No es que no se hubiesen cumplido sus sueños, es que nunca había soñado nada que no estuviese ya al alcance de su mano. Y no estaba segura siquiera de que Marvin soñase.

La chica se había inclinado hacia delante y los dos cantaban a pocos centímetros uno del otro, echándose el aliento, sin apartar la vista. La chica ahora, Paula podía verlo por el retrovisor, casi sonreía, su tono se había vuelto irónico, como si exagerase el sentimiento, mientras que Marvin cantaba cada vez con más emoción. Ni se daba cuenta de que estaba haciendo el ridículo.

Paula no sentía celos ni rabia, solo tristeza. Un grumo de desconsuelo indefinido en la garganta. Veía el futuro ante sí y le parecía una continuación de todo lo que nunca deseó. Tenía la sensación de haber sido empujada por una pendiente y a cada segundo que transcurría le resultaba más difícil frenar o al menos cambiar de rumbo. ¿Cuándo fue la última vez que había tomado ella una decisión? Sí, bueno, había decidido no volver a ver a su madre, pero eso era como quien vomita porque no puede evitarlo. Pero sabía que eso no iba a cambiar gran cosa. Y el único cambio importante que iba a producirse en su vida ni siquiera era buscado. No le había dicho nada a Marvin porque no sabía cómo decírselo. Él se alegraría si le diese la noticia. Se alegraría pero luego no podría contar con él, tendría que cargar ella con todas las responsabilidades. Y cómo le iba a explicar que no tenía fuerzas para lo que les esperaba. Arrastraba un cansancio no de años, de siglos. Como si no hubiese vivido solo su propia vida, sino también la de todos sus antepasados. Cargaba con sus derrotas y decepciones. Era la depositaria de toda su mezquindad.

Cuando llegó al puente apagó las luces. Los otros dos estaban tan embebidos que ni se dieron cuenta. Aceleró y una sucesión de luces y sombras barrió el interior del coche a gran velocidad. Imaginó no tanto dar un volantazo como inducir un suave cambio de trayectoria, atravesar el quitamiedos –en su cabeza incluso eso sucedía en silencio–, el breve instante de caída, el coche, con ellos dentro, planeando hacia el fondo del pantano.

Marvin y la chica terminaron la canción y se sintió un vacío en el interior del vehículo, una ausencia. Los dos la miraron, confusos primero, después con miedo.

No, dijo Marvin.

No, dijo la chica.

Pero solo en la voz de Marvin había auténtica súplica.

Vacía

Está vacía, como el pueblo.

No es que el pueblo esté vacío del todo, se oyen voces. Pero en realidad no hay nadie.

Así se siente ella. Es una casa abandonada en la que solo suenan ecos.

Los recuerdos reverberan contra las paredes. Del papel pintado quedan jirones en los que aún se descubre el patrón original. Es difícil, de todas maneras, hacerse una idea de cómo era la casa antes. ¿Antes de qué exactamente? Antes de que el papel comenzase a despegarse, de que la cal atascase las tuberías, de que solo un hilo de agua saliese de la ducha. Antes. Mucho antes.

Mira su propio interior y descubre los muebles cubiertos por sábanas. Inutilizados. Ya no se ve el brillo de las superficies. Ya no se aprecian las formas ni los materiales. Los contornos son aproximados. Podrían ser esto u otra cosa. Y ella se dice: yo también podría ser otra. Soy esto, pero ya no sé en qué consiste, no me reconozco. Incluso en el espejo tengo los ojos turbios. Absorben la luz en lugar de reflejarla.

Ella atraviesa las calles del pueblo, a veces saluda.

Todos la encuentran muy amable. Una mujer cariñosa, aunque un poco triste. Les da pena, pero también experimentan la alegría de los supervivientes, se les nota el alivio de seguir en pie tras el bombardeo.

Años atrás había pensado que el nacimiento de su hija disiparía la tristeza. La niña llenaría el vacío. Su preocupación por ella disolvería otras preocupaciones. Ese cuerpo, esa vida, le devolverían a ella su cuerpo y su vida.

El marido seguía allí. Bebía cerveza a sorbitos pequeños. Sentado en un sillón, murmuraba frente a la televisión, mantenía una conversación constante con los personajes de programas de cotilleo. Frotaba los pies contra el suelo. Se hurgaba la nariz. Esa era su vida. Ese era su cuerpo.

Ella no dormía nunca más de cuatro horas.

La niña lloraba poco. Crecía. Adquiría una personalidad, un carácter. La mirabas y veías un futuro, feliz o desgraciado no se sabía. La niña al crecer se iba volviendo proyecto. Se extendía. Ramificaba.

El tiempo transcurría.

Ella, sin embargo, no sentía que le ocurriese nada. Hacía las cosas que tenía que hacer. Tomaba nota de los cambios a su alrededor. Pero ella no cambiaba. Como esos matorrales en el desierto que dejan de crecer y transformarse. Espinos.

Sí se deterioraba de forma invisible, una planta que se va secando desde dentro: aún ves las hojas verdes y en apariencia sanas y nadie se da cuenta de que la savia está dejando de fluir.

Iba al médico. Coleccionaba especialistas.

Miraba el mundo con el pasmo de quien acaba de despertar y no sabe dónde se encuentra.

No era miedo. Era una forma de angustia. Porque todo pasaba pero a ella no le pasaba nada. Solo síntomas. Su vida era una acumulación de síntomas.

Se escuchaba. Se auscultaba. Se espiaba.

La niña estaba siempre molesta. Recriminaba. Exigía. La niña ya no era niña pero ella no se había dado cuenta de la transformación.

Obedecía porque estaba acostumbrada a hacerlo. A los padres. Al marido. A la hija.

Era la empleada sin sueldo. Cumplía sus obligaciones.

Habría sido distinto si hubiera podido estudiar. Le habría gustado tanto acabar la escuela. Ir a la universidad. Lo hacen muchos, ella no. Las pocas veces que lo contaba, la gente se sorprendía. Quién lo iba a pensar, que una mujer así hubiera querido hacer una carrera. Estudiar. Investigar. Escuchar a gente que explicaba cosas. Esa atención. Tomar notas. Releerlas después. Que su vida se expandiese en aquellas notas, en aquel mundo que le hablaba de lo desconocido. Las partes de una célula. La órbita de un planeta. La composición de un antibiótico. Eso que existe a tu alrededor sin que te des cuenta.

Pero a los seis años estaba cuidando cabras. Y fregando. Y haciendo camas. Y barriendo. Y zurciendo. La tarea no se acababa nunca. Terminar era empezar. Cada día la misma cuesta empinada.

El hermano sí fue al colegio. Pocos años, pero fue.

A ella no le había tocado nada en el reparto de la vida salvo obligaciones. Expectativas. Qué trabajadora, decían. Qué descanso para una madre. Cómo ayuda.

Todo lo que aprendía era para servir a otros.

Ahora también sirve. Al marido, que sigue bebiendo cerveza a sorbitos, para que le dure mucho, y repitiendo sus idioteces sobre los políticos. Un viejo insufrible que todavía cree que tiene derecho a ser quien es. Da órdenes. Se siente dueño de la casa; ha trabajado toda su vida. Desde los catorce. Así que ahora no es demasiado pedir que le sirvan. La cerveza en vaso frío; cacahuetes. Un pinchito de algo, lo que sea, no es exigente.

A la hija también le sirve. Y al nieto.

Cuando nació el nieto pensó que era su última oportunidad. Cuidar al niño sería como cuidarse. Devolverse la felicidad que ella misma se había arrebatado. Ahora sí, se decía. El niño te dará lo que nunca has tenido. Lamentaba no poder amamantarlo.

La hija trabaja, así que deja al niño con la madre. Se lo entrega no como quien pide un favor sino como quien hace un regalo. Debería estar agradecida. Es verdad que se siente en deuda. Y la hija es la acreedora.

Pero ella lo cuidaba aterrorizada porque lo sentía tan frágil. Era imposible que sobreviviese. Lo miraba y veía un ratón recién nacido, ciego aún. De niña encontró en la cámara del grano un rebujo de tiras de trapo, lana de oveja, hilos, paja. Dentro había cinco ratoncitos casi blancos. Los párpados, un velo rosa sobre los ojos. La madre o el padre los había matado. Todos tenían un mordisco en el cráneo. Muertos antes de abrir los ojos a la vida.

Mira el pasado como quien mira un sueño. Mira los sueños como si fuesen malos augurios.

Siente que se acaba de despertar y la vida ha terminado también para ella. Ha pasado todo tan deprisa, a pesar de que el tiempo no transcurre. Una paradoja que no sabe resolver.

Lo único que le sienta bien es caminar. Si no tuviese dolores de cabeza que la obligan a tumbarse en lo oscuro pasaría los días enteros caminando. Lo hace cuando puede. Cuando la dejan. Porque a él no le gusta que ande sola, que salga, no saber dónde está. Él quiere que esté en casa. Aunque no hablen. Él en su cuarto con la televisión o la radio encendida. Ella mordiéndose los padrastros o arrancándose la costra de una herida. Mirando por la ventana. Aunque parece que en realidad no mira nada. Da la impresión de que todo lo que ve ha sucedido ya. No mira. Recuerda.

Coge las llaves de repente.

¿A dónde vas?, le pregunta él.

Por ahí.

Por ahí andan los perros, le dice.

Inventa recados. Inventa tareas para escapar.

Que voy a donde la Adriana a que me devuelva el mantel.

Pues si lo ha cogido prestado que venga ella a devolverlo, dice él.

Al menos no fuma, eso sí que lo agradece. Que la casa no huela a tabaco. Y que no se emborrache. No es que no le guste el alcohol. Es que el médico le ha dicho que su hígado le va a dar un disgusto. Bebe a sorbitos. Con miedo. Como quien camina por un río helado. Cada paso te acerca a la desgracia.

Qué bien, le dicen otras al parecer con menos suerte; un hombre que no se pasa las tardes en el bar y no vuelve borracho y no te pega.

Eso es verdad. Todo es verdad. Apreciar la omisión, dar gracias por lo que no sucede. Conformarse con que no te hagan como a otras.

Camina. Coge la cuesta abajo que lleva al pantano pasando por la iglesia. Luego la nacional hasta girar en la glorieta para asomarse a la farmacia y coger los somníferos. Subir la cuesta por el antiguo camino del cementerio.

Qué pálida está la Amparo, dicen. Es un manojo de nervios. Su hija no le perdona la palidez, tampoco los dolores de cabeza. Los siente como dirigidos contra ella. Algo malo que le hace. Cómo puede estar triste si tiene un nieto. Con las alegrías que da un niño.

Y ella sabe que debería estar alegre y cantar cinco lobitos y jugar a que se esconde y aparece de golpe, que le causa tanta risa, y llevarlo de la manita. Si durmiese mejor quizá sería más feliz. Aunque a veces va a misa, no se confiesa nunca. Siente tanta culpa que no sabría ponerla en palabras. No puede decir: perdóneme, padre, porque he pecado. No hay penitencia que la absuelva de su infelicidad.

Si durmiese. Si al menos pudiese dormir. Así debe de ser el limbo; no pensar ni recordar. No soñar.

Llega a casa sin el mantel, pero él no dirá nada.

Hará la cena.

Discutirán por la noche porque ella no puede comer, se le hace un grumo en la garganta. Una vez le dice que le pasa como a los gatos, que se ponen a dar arcadas, y se curvan, y todo su cuerpo se tensa para expulsar la bola de pelo. Eso es, siente que tiene una bola de pelo en la garganta. Y no es capaz de expulsarla.

Él dirá que si lo que quiere es morirse. Que no puede estar sin comer. Que es todo hueso y pellejo. Es como vivir con un cadáver. Mira qué ojeras, le dice. No me extraña que te duela la cabeza.

Y la hija la lleva de un médico a otro. En el coche que compró cuando aprobó la oposición a maestra.

Análisis de sangre.

Análisis de orina.

Ecografías.

Radiografías.

Tomografías.

Ella se siente un poquito más culpable cada vez que no le encuentran nada.

Y la hija la mira con reprobación, como si, al menos, debiera poder presentar un cáncer o un riesgo de embolia, como mínimo una carencia vitamínica. Anemia. Bilirrubina.

Todo está en tu cabeza, le dice.

Precisamente eso es lo terrible, que todo está en su cabeza. Todo. Unas gachas que ocupan el cráneo por completo.

¿Quiere morirse?

No, nunca lo ha deseado. Que no haya nada después le da miedo y frío. Lo que querría es romper eso que la oprime, un «eso» indefinido. Le preguntan qué le sucede y no sabe qué responder. No hay una causa concreta para su malestar. No puede señalar, acusar, poner el dedo ahí donde duele.

Se imagina como un árbol al que va cubriendo la hiedra. Dentro de poco ni siquiera se verán sus ramas. Perderá casi todas las hojas. Solo en lo más alto todavía algo respira y brota. Pero el resto está debajo. Encerrado. Asfixiado.

La hiedra se va adhiriendo a su corteza con tentáculos diminutos. Millones de ellos incrustándose en el tronco, y los tallos leñosos la rodean, como si quisieran estrangularla muy, muy, muy despacio. Sin que ella lo sienta. Por eso camina. Escapa. Mientras se mueve aún hay esperanza. Recorre esta calle y aquella otra. Solo se detiene si alguien se dirige a ella. Da noticias del marido, de la hija, del nieto. Sí, muy rico. Llega otra vez al pantano. Nunca le ha gustado. No conoció el tiempo en el que esa extensión estaba ocupada por huertas y bosques atravesados por caminos de tierra.

No le gusta el pantano porque no puede cruzarlo. No sabe caminar sobre las aguas como Jesucristo. Quizá sigue habiendo caminos allí abajo. Si se retirasen las aguas podría recorrerlos. Llegar al otro lado del valle. Contemplar, desde el monte de enfrente, el pueblo repechado en la colina.

Dejaría de caminar.

Se sentaría en una piedra.

Sacaría del bolsillo un puñado de bellotas o de castañas.

Las iría pelando, sin prisa, y comiéndolas distraída.

Allí sentada, por encima de las copas de los eucaliptos y los alcornoques, vería las calles que ha recorrido antes. La que sube a la iglesia, fácil de distinguir porque el campanario se eleva por encima del pueblo. La glorieta de la farmacia abajo, a la derecha. Al fondo callejas entre cuadras. Podría distinguir la calle en la que se encuentra su casa. Incluso reconocería el tejado, con una chimenea encalada, con una cubierta en dos alturas.

Y pensaría:

Ahí, en el interior de la casa, está mi marido, bebiendo cerveza a sorbitos, viendo la televisión, restregando los pies contra el suelo, quizá imaginando que camina, pero sin levantarse del sitio.

Mi hija está en la cocina preparándose un café y pensando que quiere cambiar de instituto, enseñar en uno más grande, en la ciudad; y comprar un coche nuevo; y decirle a su marido que por qué no tienen otro hijo. Mientras, el niño juega solo en su cuartito. Levanta aviones que a veces surcan sin esfuerzo el cielo inmenso y otras se desploman y se estrellan contra el suelo. En sus ojos hay luz, más asombro que alegría. Se pone en pie y corretea en círculos cada vez más amplios, explorador, conquistador.

Y yo también estoy allí. No me muerdo los padrastros ni me arranco una costra con la uña. La hiedra no me asfixia. Tan solo estoy, como están un perro o un ciervo. Existo. Venteo el aire fresco. Salgo de casa sin decir nada. Sin llaves. Camino calle abajo.

Desde esta piedra en la que estoy sentada, veo mi cuerpo como un hilo descender con pasos seguros. No me había dado cuenta de que estoy tan delgada ni de que camino un poco encorvada, como si los músculos no lograran sostenerme. Siento piedad por mi cuerpo descarnado. Pero camino ligera, con un propósito. Llego al valle. Lo atravieso entre jaras y retamas florecidas. Oigo mirlos y jilgueros, el tableteo del picapinos. Subo la cuesta y, a la mitad, vuelvo la cabeza hacia el pueblo, mucho más lejos de lo que pensaba.

Y yo, acomodada en este monte como si fuese mi hogar, me maravillo de que no me duela la cabeza. Tiendo la mano hacia la mujer que ahora jadea por el esfuerzo de los últimos metros. Bienvenida, me digo. Siéntate aquí, a mi lado.

Le hago sitio.

Me siento.

Me tomo de la mano.

No volveremos nunca, decimos las dos a un tiempo.

El dolor de cabeza ha desaparecido. También las prisas.

Tenemos tanto de qué hablar.

1. Amor

A Miguel le habría dado vergüenza comprar los preservativos en la farmacia o en el supermercado del pueblo y no quería pedirle a su hermano el favor para que no lo acribillara con bromas y preguntas, así que aprovechó el viaje a la capital acompañando a su madre a hacerse unas pruebas médicas. Pasó por delante de varias farmacias hasta que encontró una en la que no había ninguna mujer atendiendo. El farmacéutico lo miró como calculando su edad y le preguntó si de tres, de doce o de veinticuatro, si con sabores o neutros, si muy sensibles o muy seguros contra enfermedades de transmisión sexual.

Era un hombre de unos sesenta años, en bata blanca, con grandes cejas grises que se enarcaban por encima de las gafas. El grosor de los vidrios le hacía parecer un personaje de cómic de ojos desorbitados. Miguel pensó que le estaba poniendo a prueba o riéndose de él. Pero no había el menor atisbo de sonrisa en los labios carnosos del farmacéutico.

Normales, dijo Miguel. Y también dijo, de doce, aunque andaba muy justo de dinero, no solo por previsión –si las cosas iban bien esperaba usar todos con el tiempo– también sintió que pedir solo tres era un poco infantil. Un adulto compraría más. El farmacéutico repitió, normales, asintió y desapareció por una puerta situada detrás del mostrador. Lo vio sacar unos largos cajones corredizos de armarios tan blancos como el resto de la farmacia. Las cajas de medicamentos y los botes de champú y jabones destacaban en aquella blancura que hacía pensar en un laboratorio.

Oía al farmacéutico decir ajá y ejem mientras rebuscaba. Miguel echaba ojeadas a la puerta temiendo que entrase una mujer. Sobre todo le habría dado vergüenza que una chica joven se pusiese detrás de él mientras terminaba la compra, más aún si al farmacéutico se le ocurría traer varias cajas y explicarle las diferencias, sus ventajas e inconvenientes. Había visto situaciones así en comedias de instituto. En realidad era una tontería avergonzarse o sentirse incómodo haciendo algo que todo el mundo hacía en algún momento, pero habría acabado sonrojándose o tartamudeando como un idiota.

Había guardado los condones en el fondo del cajón de la ropa interior. Su madre dejaba la ropa lavada encima de la cama y era él quien debía ordenarla. Nunca tocaba sus cajones. Aprovechó que no había nadie en casa para abrir uno de los envoltorios para probar a ponerse un condón y así no quedar en ridículo cuando estuviese con Julia. No la vería hasta el sábado siguiente. Leyó las instrucciones y descubrió que tenía que ponérselo cuando ya estuviese empalmado. Para lograrlo, imaginó en detalle lo que harían Julia y él cuando estuviesen solos.

Julia iba a un instituto privado, católico, a treinta kilómetros del pueblo. Su padre la llevaba y traía por las mañanas porque no había un bus directo y era la única manera de que no se pasase tres horas de viaje todos los días. Ella decía que preferiría ir al público, al del pueblo, como todos, pero Miguel no acababa de creerla. Y a lo mejor se había enamorado de ella precisamente porque no era como todos; tenía algo delicado, no frágil, no era eso; pero sí hablaba con menos palabrotas, se ensuciaba menos, no hacía gestos obscenos, no abría y cerraba la boca al mascar chicle. Llevaba carmín y uñas de colores suaves, en lugar de negras o de rojo violento como varias de sus compañeras. A veces la hacía rabiar diciéndole que se parecía a las chicas de las películas americanas que viven en chalés con un césped muy verde delante; chicas de pelo largo y rubio que llevan medias blancas. Incluso su padre iba siempre con traje y corbata, igual que los padres de esas chicas del cine, que a veces dicen «papá, te amo», lo que a él siempre le hacía reír. Él nunca había dicho algo así a su padre, ni siquiera a su madre y, de haberlo hecho, ellos no habrían sabido cómo reaccionar. Julia tampoco se lo había dicho nunca a él.

Normalmente se veían los fines de semana. A diario ella solía llegar demasiado tarde a casa, no tanto por el trayecto, como porque casi siempre tenía actividades extraescolares; voleibol, piano, pintura. Chateaban todos los días varias veces, pero él no podía decirle las cosas que le gustaría decir; ella sospechaba que su padre le controlaba el teléfono. Así que cómo estás, qué tal el día, te ha salido bien el examen. A ella los exámenes siempre le salían bien; él tampoco era de los más torpes, aunque procuraba no pasar por empollón.

Ese sábado Julia había dicho a sus padres que iba a ayudar a una amiga a hacer los deberes. La amiga se iba a quedar sola con su hermano el fin de semana porque los padres habían ido a visitar a no sé quién a otra provincia y estaba avisada de la mentira. Miguel y Julia aprovecharían para estar solos. Como no querían que los viesen en el pueblo, irían a dar un paseo en barca por el pantano.

Miguel pidió a su hermano la llave del candado con que se sujetaba la cadena que amarraba la barca al embarcadero. El hermano respondió que a lo mejor salía él a pescar por la tarde.

Pero si nunca sales a pescar por las tardes, dijo Miguel.

Con eso no había contado. Se puso a buscar argumentos para convencerle de que se la prestase pero no se le ocurrió ninguno sin contarle para qué la quería. Estaba a punto de echarse a llorar.

El hermano sacó un cigarrillo, no le ofreció como hacía a veces. Lo encendió y dejó de prestar atención a la moto que estaba reparando. Pasaba sus ratos libres limpiando el carburador, engrasando y tensando la cadena, enderezando la horquilla, acelerando y desacelerando con la rueda trasera girando en el vacío mientras prestaba atención a cada ruido; escuchaba el motor subiendo y bajando las revoluciones con el mismo gesto que el médico cuando le ponía el fonendoscopio en el pecho. Miguel pensaba que siempre recordaría a su hermano así: con las manos sucias de grasa, un cigarrillo renegrido en la boca, con vaqueros y camiseta negra, junto a una moto y con un trapo de color indefinible en el suelo sobre el que iba depositando piezas y herramientas. Por la noche, cuando estaba en casa, y después de haberse lavado –aunque siempre tenía grasa en las arrugas de las manos y en las uñas– seguía tutoriales de mecánica por internet.

A Miguel no le interesaban las motos pero fingía que sí, porque los únicos momentos en los que podía conversar con él eran cuando le echaba una mano en las tareas más sencillas. Mientras él limpiaba bujías o lavaba los guardabarros, el hermano iba transmitiéndole conocimientos que a Miguel le parecían imprescindibles para pasar por adulto, primero, y para volverse adulto, después. La mayoría de esos conocimientos tenían que ver con el alcohol, la droga y las mujeres. Alguno también con el trabajo y las mejores maneras de ganar dinero. Aunque, aparte del empleo en la ferretería del pueblo, su única forma de ganar dinero era revender las motos que compraba de segunda mano después de haber pasado semanas reparándolas y lustrándolas.

¿Para qué quieres la barca?, le preguntó.

Es que había quedado para salir en barca por el pantano.

¿Con una chica?

Con amigos.

¿Con amigos o con una chica? No me cuentes historias.

Con una chica.

Pues la próxima vez, antes de quedar, me preguntas a mí. ¿O no sabes que la barca es mía y que podría necesitarla yo?

Ya, no lo pensé.

No lo pensaste. ¿Está buena, al menos?

Miguel rio y se sintió culpable por aquella risa, en la que intuyó algo parecido a la traición. No quería hablar así de Julia. Pues que no se te escape, tú dale fuerte, hasta bien dentro. No me vayas a dejar mal. ¿O te has enamorado? Qué va. Bueno, me gusta. Te has puesto rojo hasta las orejas, tontaina. Toma. No la vayas a perder.

Pero en lugar de entregarle la llave dejó la mano en alto y extendió el índice de la otra.

Qué.

Con una condición.

Miguel intuyó una broma y sonrió ya incómodo, ladeando la cabeza.

A ver, qué condición.

Que luego me cuentes cómo fue.

Venga ya.

Somos hermanos, ¿no? Yo te presto la barca para que te estrenes, porque supongo que es la primera vez, y luego me lo cuentas. No hay secretos.

Tú no me has contado tu primera vez.

Porque se me ha olvidado. Las primeras se te olvidan. Al menos si no la preñas. Anda, vete. Pásalo bien. Acuérdate de llevar condones. Y un par de porros. Las relaja.

Miguel se fue sin responder, con la llave en la mano. La conversación con su hermano le había quitado parte de la alegría. Como si aquello que iba a ser absolutamente único, por completo diferente a lo que hubiesen hecho otras personas, otras parejas, fuese, en realidad, una rutina olvidable, incluso ligeramente sucia. Algo que podrías hacer con cualquiera, más parecido a hacerse una paja que a eso que él pensaba que debía ser estar con una chica a la que quieres de verdad.

Para quitarse la sensación desagradable de encima se forzó a imaginarse a Julia. Cómo cerraba los ojos al reírse, su manera de echar detrás de la oreja el mechón rebelde, su piel, más blanca de lo normal, visible entre los dos botones abiertos de la blusa. Lo que más le gustaba recordar era que, cuando estaban sentados a solas, ella siempre le cogía una mano, la depositaba sobre su palma y le acariciaba el dorso. También los besos, muy tímidos al principio, luego ya profundos, sin reparos, cuando daban un paseo por el bosque de eucaliptos, protegidos, aunque había que estar alerta, de las miradas ajenas. Pero no habían hecho más que eso, caricias, besos, apretar un cuerpo contra otro. Él no era tan virgen como pensaba su hermano. Aunque nunca se había acostado con una chica, había estado a punto más de una vez. En las fiestas pasadas, en un callejón cerca del taller de electrodomésticos, una con la que acababa de bailar le dejó que le metiese mano, no solo a las tetas, también por dentro de las bragas. Y ella le abrió la bragueta y se la meneó. Al día siguiente se acabaron las fiestas y no volvió a verla, pero seguro que si se hubiese quedado habrían acabado haciéndolo todo. Mejor así, porque había bebido tantos calimochos que todas las sensaciones eran borrosas y, a pesar de la excitación, tenía la sensación de estar como fuera de su cuerpo, bueno, no era fácil de explicar, pero su propio cuerpo lo sentía acorchado, y él se miraba hacer las cosas. Movía el dedo con rapidez pero no sabía si lo estaba haciendo bien. Con Julia sería distinto.

Entró en casa. Su madre estaba en la cocina.

¿Qué hay de comer?, gritó.

Filetes de hígado, respondió la madre.

Puaj.

Era una vieja broma entre los dos, todos los días, cuando preguntaba, la misma respuesta.

Se acercó por detrás a su madre y le dio un beso en la mejilla. En el mostrador de mármol, filetes de merluza rebozados y otros por rebozar. La madre iba pasándolos por un montón de harina y luego los sumergía en el huevo batido del plato. La madre le amenazó con las manos enharinadas y pringosas. Él fingió asustarse y salió corriendo de la cocina. Otra broma que se mantenía desde que él era niño.

En el dormitorio, sacó tres preservativos de la caja; cogió un cuarto después de dudar, por si se le rompía alguno o lo ponía mal. Mejor que sobrasen.

Esta tarde salgo, gritó desde allí.

Pero te quedas a comer.

Eso sí.

La madre apareció en la puerta con las manos en alto con el dorso hacia fuera, como un cirujano que espera a que la enfermera le calce los guantes de látex. Las llevaba aún llenas de harina y huevo.

¿A dónde vas?

Si le decía que al pantano, pensaría que iría con lo que ella llamaba «la panda» y que harían el bruto y enseguida imaginaría accidentes, ahogados, tragedias. Pero no quería contarle que iba con Julia.

No sé aún, creo que al circuito de karts.

Ten cuidado, no hagas el tonto, que luego os picáis y ya se sabe lo que pasa.

Mamá, si esos karts son una mierda, no van a más de treinta.

Pues eso ya es mucho, porque tus amigos tienen más hormonas que neuronas.

Miguel sonrió. Esa no se la había oído nunca.

Salió sorteando el cuerpo de su madre que casi bloqueaba la puerta. Le dio otro beso al pasar. Ella no pudo resistir la tentación y le tocó la nariz con un dedo pringoso.

¡Mamá!

Durante la comida pusieron el telediario, como era habitual, así que no hablaron mucho. El padre de todas formas apenas abría la boca y el hermano casi solo lo hacía para meterse con «su hermanito pequeño», como le decía para hacerle rabiar. La madre intentaba sacar conversaciones pero enseguida el padre o el hermano decían shhh, como si les interesase lo que se decía en las noticias. Otro incendio. A esos pirómanos habría que colgarles de un pino por los huevos. Y luego prenderle fuego a ver si eso también le gusta. Ese era el tipo de comentarios habituales del padre y normalmente a ninguno le apetecía seguirle la corriente ni discutir. Papá es más espeso que el hormigón con el que trabaja, decía su hermano. Cuando le criticaban delante de la madre, ella siempre decía cosas del estilo de «vuestro padre es un hombre honrado; a ver si llegáis vosotros a lo mismo». Pero Miguel sabía que el padre hacía chapuzas en negro; si se lo recordaba a la madre ella se ponía a explicar lo difícil que es sacar una familia adelante. Las conversaciones en esa casa se repetían de forma tan predecible que Miguel podría haber interpretado el papel de los cuatro adivinando la parte de cada uno. Sería capaz incluso de reproducir los gestos y el tono.

Salió después de comer sin despedirse y fue derecho al embarcadero. Habían quedado allí directamente porque Julia prefería que no los viesen mucho juntos –juntos y sin otros amigos cerca–. Miguel habría deseado que los viesen. También contar que estaban saliendo. Le dolía pensar que lo mismo ella se avergonzaba de andar con uno de la pública, hijo de albañil. ¿Cómo iba a salir una chica como Julia con el hijo de alguien al que apodaban «el Pajarero»? Mucha gente, al menos entre los que no venían de familias del pueblo, ni siquiera sabía su verdadero nombre. Una vez, pasando por delante del bar, había oído que alguien decía en el interior: «el Pajarero es muy trabajador. Bruto, pero muy trabajador, eso hay que dejárselo». Miguel no se atrevió a entrar para saber quién estaba hablando.

La tarde se había nublado. No eran nubes de tormenta; más bien un velo gris nada habitual en el pueblo. Allí, cuando llovía parecía que el agua iba a arrastrar los árboles y las casas y hasta el monte entero. No había término medio: o diluviaba o el sol reventaba hasta los lagartos. Día gris, sin viento. Ideal para salir en barca.

Julia se había hecho rogar. No se sentía segura en una barca en el pantano.

Pero sabes nadar, ¿no?

Claro que sé nadar.

Entonces no tienes por qué preocuparte.

No me gusta el pantano.

¿No te gusta el pantano? Joder, vives al lado de uno.

Prefiero nadar en el mar.

Julia prefería cosas que él nunca se había planteado. ¿Qué más daba el mar o un pantano? Es agua, nadas, te diviertes, ya está. A veces le molestaban esos remilgos de chica mimada, pero no se lo decía. Julia también prefería el bonito al atún. Joder, había dicho Miguel, yo ni sabía que eran bichos distintos.

Venga, es solo un rato, insistió. Y así estamos solos.

Los pantanos me dan miedo, dijo Julia y quitó importancia a la confesión echando el pelo hacia atrás e iniciando una risa que cortó enseguida. ¿No te pasa? Es como si debajo hubiese algo peligroso, algo que te atrae hacia el fondo. ¿Te he contado que hace dos años estuvimos en Nicaragua? Y papá nos llevó a bañarnos a un lago en el cráter de un volcán. Yo apenas me alejé de la orilla. Me imaginaba esa profundidad y me ponía a temblar.

Pero el mar es más profundo.

Es distinto. Allí era igual que aquí. Hay algo maligno.

Qué tontería. En el mar te puede atacar un tiburón. Aquí solo te puede dar un bocado un lucio.

Y, curvando los cuatro dedos frente al pulgar, los cerraba y abría, diciendo ñac, ñac, ñac, y fingía mordiscos en las caderas de Julia. Ella se reía pero con el ceño fruncido. Él continuó el juego porque no desaprovechaba ocasión para tocarla.

Eres idiota.

Y tú una pija. Se fue con sus papás a Nicaragua a bañarse a un volcán, dijo con voz atiplada.

Miguel se dio cuenta de que eso sí le había dolido, pero no encontró las palabras para disculparse. Le acarició el pelo. Imitó a un perrito lloriqueando. Se dio una bofetada con la mano de ella.

Anda, por favor. Siempre hacemos lo que tú quieres. Salimos en la barca un rato. Y, si no te gusta, nos volvemos, ¿vale?

Ella se quedó mirando en dirección al pantano aún con el ceño fruncido, aunque desde el banco de la plaza donde estaban sentados no podía verlo. A veces hacían solo eso: se sentaban en un banco y hablaban. Si había más gente era peor, porque entonces se sentaban a un metro de distancia, como si hubiesen coincidido allí por casualidad y conversaban con la vista al frente casi todo el tiempo. Parecían los protagonistas de una película de espías. Por eso prefería quedar con ella justo después de comer, cuando apenas había alguien por las calles.

Julia acabó aceptando. Pero no se lo digas a nadie. Sonó más a orden que a ruego.

Por supuesto, Miguel no le había contado la parte final del plan. Eso es algo que no se dice a una chica. Pero, aunque a veces le entrasen dudas, ella le quería, y si le quería estaría también deseando hacerlo con él. No hablaban nunca de ello pero él lo pensaba todo el tiempo. Miguel entendía las caricias, los besos, apretarse uno contra otro –y ella tenía que notar su excitación, a veces incluso la mancha de humedad en la bragueta– como preliminares del momento importante, también como una forma de asegurarse de que les apetecía a los dos, y Julia se entregaba a esos momentos con una ternura y un deseo que no eran fingidos. Sin embargo, no se había atrevido a decirle claramente lo que pretendía. Una vez más, la diferencia de Julia con otras chicas lo cohibía. Ante sus amigas de clase podía hacer chistes y alusiones soeces. De haber salido con alguna de ellas estaba seguro de que un día le habría mostrado un preservativo y se habrían reído, sí, un poco cortados, pero enseguida ella habría dicho, por ejemplo, a ver si te va a quedar grande, ¿lo has probado?, y él, o pequeño, lo comprobamos el domingo. Miguel echaba de menos esa ligereza, quitarse de encima la tensión con una broma. Julia habría fruncido el ceño, el gesto habitual con el que expresaba descontento o irritación. Y estaba seguro de que, si lo hubieran hablado claramente, y aunque lo desease tanto como él, no habría aceptado el paseo en barca. En el mundo de Julia todo era indirecto. Se le ocurrió que ella hacía las cosas como si estuviese sentada a una mesa con mantel blanco y cubiertos para cada plato, poniendo cuidado en no saltarse la etiqueta. Mientras que en casa de Miguel no se cortaba el pan sino que se arrancaba a pedazos con las dos manos. No era natural cómo vivía Julia, le faltaba autenticidad, pensó. Pero enseguida tuvo que corregirse: Julia era más sincera que él. Le contaba sus emociones, sentimientos que él escondería. Por ejemplo, el miedo al pantano, la sensación de que había algo maligno en las profundidades. A él le habría dado una vergüenza enorme confesar que le ocurría igual; desde niño tenía un presentimiento extraño al bañarse en él y lo atribuía a los pueblos sumergidos, y porque decían que en el fondo había un cementerio muy antiguo. Su hermano decía que no había ni pueblos ni cementerios, solo cuadras.

Mientras Miguel estaba desatando la barca, Julia apareció por el camino del hotel y le hizo un gesto con la mano aún desde lejos. Llevaba unos shorts vaqueros blancos y una blusa de flores. Cola de caballo. Sandalias blancas. También una pequeña mochila azul a la espalda. Qué guapa era. La veía avanzar hacia él con esa ligereza que no se sabía si era de niña o de chica mucho más mayor y Miguel se sentía más enamorado que nunca. Pero no la abrazó ni besó cuando estuvo delante de él porque había dos ciclistas a los que no reconoció parados al borde del camino que llevaba al embarcadero.

¿Qué traes ahí?

Julia abrió la mochila con gesto de orgullo. Ginebra, tónica y, en el termo, cubitos de hielo. ¿Qué te parece?, dijo. Miguel pensó que, de habérsele ocurrido a él, habría llevado cerveza o, como mucho, vino. Casi se avergonzó de los dos porros que guardaba en el bolsillo. Pero lo importante era que Julia estaba dispuesta a pasárselo bien y a no reprocharle la excursión por el pantano.

Miguel se sentó en el banco de remero sin preguntarle si quería remar. Aunque tenía prisa por alejarse de la orilla, y de la carretera que la bordeaba, bogó sin precipitación, con movimientos amplios. Estaba nublado, pero la luz, también la que reflejaba el agua, le obligaba a entornar los ojos.

Luego me dejas remar, dijo Julia.

¿Sabes?

Aprendí en Senegal, en un viaje con mis padres.

Miguel fue a decir algo pero consiguió callarse. Julia rompió a reír y se echó hacia delante para darle un beso rápido en los labios.

Qué tonto eres. La única vez que he remado fue en un kayak en un río aquí cerca y el agua iba tan baja que tenía que salir cada dos por tres para desencallarlo de entre las piedras.

Qué cabrona. Luego te enseño.

Julia se recostó en el banco de popa. Subió el borde de los shorts como para broncearse la parte superior de los muslos, también las mangas hasta los hombros.

Te puedes quitar la blusa. Desde la orilla ya no te van a reconocer.

Julia no respondió. Se sacó las sandalias con un solo movimiento de cada pie y echó la cabeza hacia atrás. Miguel volvió a tener la impresión de que estaba ante un personaje de película. Una chica así, en bikini, podría estar sentada en la cubierta de un velero. Era casi antinatural que en cambio estuviese en una vieja barca de madera, con él. Aunque Miguel no pensaba quedarse en el pueblo. No se iba a pasar la vida como su hermano, arreglando motos, bebiendo cerveza con la misma gente todas las noches, fumando porros o metiéndose coca, esperando a las fiestas para lanzarse sobre las chicas que venían de fuera. Nunca había pensado en su hermano de esa manera, como una figura patética, con su gesto de ser el dueño de la calle cuando no era más que un pringado. Miguel sintió rabia. Aunque él quería salir de ahí, viajar, tener encuentros inesperados y emocionantes, al mismo tiempo sentía que el pueblo tiraba de él, lo succionaba. Era como si todos estuviesen sumergidos en el pantano, en un mundo que nadie veía, un pantano lleno de algas que se te enredaban en los pies y te impedían salir a la superficie.

¿Por qué pones esa cara de mal humor? ¿No estás bien?

¿Yo? Sí. Es que me molesta el sol.

No hace sol.

Pues la luz.

Julia sacó un estuche de la mochila; se arrodilló en la barca para ponerle sus gafas oscuras.

Te quedan bien, dijo, y rio cerrando los ojos. Tenía los dientes tan blancos. No se había puesto carmín, aunque los labios le brillaban como si estuviesen húmedos.

¿Estoy muy ridículo?

Estás muy guapo.

Miguel nunca había visto tan bajo el nivel del pantano. Se echaba la culpa a la sequía, al cambio climático, a los arrozales, a la gente con piscinas en los chalés. Entre el agua y los árboles se extendía una franja sin vegetación, una sucesión de estratos resecos. Habían llegado casi a la orilla opuesta al pueblo, que era a donde Miguel había querido dirigirse desde el principio. Pasaron junto a una zona llana y embarrada de la que asomaban montones de piedras rodeados de lo que debieron ser muros.

Mira, dijo Miguel. Cuadras.

Julia sacudió la cabeza.

Son túmulos, restos de una necrópolis de la Edad del Hierro. ¿Y eso cómo lo sabes? No me lo digas. Te lo ha contado tu papá.

Se quedaron callados, Miguel molesto con ella, y consigo mismo por el comentario. Dejó de remar mientras la barca bordeaba los túmulos. Entonces, debajo de esos montones de piedra habría cadáveres. Recordó que muchas civilizaciones enterraban a los muertos con sus posesiones. Podría merecer la pena ir a escarbar antes de que subiesen las aguas otra vez. La idea de encontrar un tesoro antiguo le puso de buen humor. No se lo contó a Julia; seguro que le parecía mal.

Después de rodear la necrópolis, Miguel llevó la barca hacia una parte de la orilla sobre la que colgaban las ramas de un árbol, vencido por el viento o porque las raíces se habían ido desprendiendo de la tierra. Un buen refugio frente a las miradas ajenas, aunque era casi imposible que alguien pudiese fijarse en ellos desde el otro lado del pantano, y en el lado en el que estaban como mucho podría extraviarse un pastor con sus ovejas.

El sol se había ido abriendo paso entre la capa de nubes, cada vez más transparente. El gris del cielo se tornaba azul de manera casi imperceptible.

Aquí no te vas a quemar, dijo Miguel. Te puedes quitar la blusa, si quieres.

Julia había abandonado su postura relajada y fruncía los labios mirando hacia la otra orilla.

Miguel se quitó la camisa y la echó al banco trasero. Se sentía orgulloso de sus músculos y de su delgadez; tenía cuerpo de ciclista. Su hermano, más musculoso que él, estaba echando tripa y tenía que abrochar el cinturón por debajo de ella; cada vez se parecía más a su padre. Julia era delgada pero de muslos que parecían pertenecer a una mujer de más envergadura. A él eso no le disgustaba, al contrario. Lo mismo que no veía contradicción entre el tronco fino y los pechos gruesos. Los miró involuntariamente y Julia movió el cuerpo hacia atrás. Pero justo después se desabrochó la blusa y la lanzó junto a la camisa de Miguel.

No he traído bikini, dijo.

Por mí te puedes quitar también el sujetador.

Ya me lo imagino. Anda, ponnos algo de beber.

¿Has traído vasos?

En el lateral. De plástico. Me daba miedo que se rompiesen. Cuando acabó de preparar la bebida, Miguel fue a sentarse a su lado. Señaló el agua con la barbilla.

¿Todavía te da miedo?

Un poco. Sobre todo en días como hoy, cuando nada se mueve. Podríamos desaparecer y nadie se enteraría. Unas ondas en la superficie y luego nada más.

Miguel no se lo discutió. Le echó un brazo por encima y comenzó a besarla en el cuello. A Julia se le puso la carne de gallina. Aunque al principio retiró la cara acabó dejándose besar también en la mejilla y en la boca. Él soltó el vaso a un lado, sobre el banco, para tener esa mano libre, pero ella la sujetó cuando empezó a acariciarle los pechos por encima del sujetador.

No hagas eso.

¿Por qué? ¿No te gusta? ¿O soy yo el que no te gusta?

Íbamos a dar un paseo por el pantano.

Y ya lo hemos dado. Ahora podemos hacer otras cosas.

Pero dejó de intentarlo. Volvió a llenar los vasos.

¿Qué quieres hacer cuando acabes el instituto?

Ya me lo has preguntado, respondió Miguel.

Pero nunca me lo dices.

Porque no lo sé. Fuera de aquí, eso seguro. Poner un negocio, ganar dinero.

A Miguel le pareció que la respuesta no era satisfactoria. Podría haberle hablado de sus deseos de viajar, llevar unos años una vida sin ataduras. Julia dio un trago largo y frunció a la vez los labios y la frente. Quizá a ella ganar dinero no le parecía un objetivo importante en la vida, porque claro, su familia lo tenía. Él deseaba esas otras cosas como viajar, encontrarse con gente, tener aventuras pasajeras en el camino. Pero no se lo quería decir ni perder el tiempo hablando, y además, si era del todo sincero, se veía en el futuro dirigiendo un supermercado o una cadena de talleres. Viviendo en una ciudad. Sin preocupaciones económicas.

¿Y tú?, preguntó de mala gana.

Quiero estudiar arquitectura.

La última vez me dijiste que decoración.

Pero me lo he pensado mejor. Arquitectura me gusta más.

La diferencia de sus deseos lo irritaba. Arquitectura significaba no estar con alguien como él. ¿O sí? ¿Lo querría aunque no fuese a la universidad? Si lo quería ahora, hijo de albañil y con un futuro probable de hijo de albañil, ¿por qué no lo iba a querer más tarde?

Sacó uno de los porros y lo encendió sin volverse hacia Julia, aunque sabía que lo observaba con atención. Dio un par de caladas profundas y se lo tendió. Ella tardó unos segundos en reaccionar.

¿Vas a poder llevar la barca después?

Claro, respondió, como si estuviese acostumbrado.

Ella cogió el cigarrillo de marihuana con el índice y el pulgar. Se lo llevó a los labios con cuidado, como si pudiese quemarse. Aspiró y soltó el humo enseguida.

Tienes que dejarlo más tiempo en los pulmones, para que haga efecto. Ella aspiró profundamente y contuvo el aire; a Miguel le gustó que no hiciese remilgos.

No has tosido.

¿Por qué iba a toser?

No sé.

En realidad, sabía muy poco de ella. Hablaban horas y horas cogidos de la mano escondidos detrás de alguna tapia pero no podía imaginarse del todo qué hacía cuando estaba en su instituto, o con la gente de sus clases de piano o de pintura. Nunca se había atrevido a preguntarle si le gustaba algún chico de ese mundo al que él no tenía acceso.

Julia estaba parloteando sobre algo relacionado con sus padres pero él no le prestó atención. Acabaron el porro. El hielo se había acabado y dieron unos tragos de ginebra pura. Ella se escurrió hacia el fondo de la barca y a él le pareció una invitación. Hizo lo mismo. No se resistió cuando volvió a ponerle la mano en el pecho.

Me estoy sintiendo mal, dijo Julia.

Es que no estás acostumbrada a la marihuana, se te pasa enseguida. Vas a ver.

Julia le sujetó la mano, que se había introducido por debajo del sujetador, pero sin rechazarlo del todo y él le acarició el pezón.

Se está bien, dijo Miguel. Se está muy bien aquí. Sin nadie que nos moleste. Podemos hacer lo que queramos.

Palpó con la otra mano los bolsillos y sacó un preservativo, que dejó a su lado, en el suelo de la barca, para cuando lo necesitase.

Creo que voy a vomitar, dijo Julia; lo siento.

Miguel se asustó al darse cuenta de su palidez. Tenía los párpados medio cerrados y la mandíbula le colgaba hacia abajo como si no pudiese controlarla.

Tendríamos que haber traído agua, te sentaría bien un trago de agua fresca. Pero puedes refrescarte la cara. ¿Quieres que lo haga yo?

¿Qué?

Echarte agua.

Sin responder, Julia se sentó. Parecía incapaz de fijar la mirada. Se puso de rodillas y se dobló sobre la borda. Él la sujetó por la cintura por miedo a que se volcase hacia delante. Ella metió los brazos en el agua y los dejó allí. Él le acarició la espalda desnuda hasta el borde de los shorts. Oyó las arcadas, sintió las convulsiones bajo sus manos que no dejaban de acariciarla. Seguro que la confortaba.

Qué vergüenza, dijo Julia. Perdona.

Está bien, respondió Miguel. Está todo bien. ¿A que te sientes mejor?

Julia se enjuagó la boca con agua del pantano. Se lavó la cara. Al tumbarse de nuevo, se golpeó la cabeza con el banco, como si no pudiese medir las distancias o controlar sus movimientos.

Estaba llorando.

Tranquila, no tengas miedo. Se te va a pasar enseguida. Te lo prometo.

Miguel se arrodilló a su lado. No se había dado cuenta de que la barca se había alejado de la orilla y bordeaba de nuevo el cementerio prehistórico. Iba a devolver la barca al reparo de las ramas, pero notó cómo la quilla tocaba fondo y le pareció bien. De todas formas, allí no los veía nadie.

Comenzó a besar las lágrimas de Julia. Sus labios. Introdujo la lengua. Ella no respondió pero tampoco lo rechazó. Como no podía desabrocharle el sujetador se lo bajó para dejar las tetas al descubierto. Las chupó como haría un bebé. Ella gimió. Todo estaba bien. Miguel cogió el preservativo, rasgó el sobre. Se bajó los pantalones y los calzoncillos. Abrió el botón y bajó la cremallera del short de Julia.

No, dijo ella. No me siento bien, pareció decir después, aunque fue más un balbuceo que una frase.

Lo voy a hacer con mucho cuidado, dijo Miguel. No te preocupes. Tiró del short hacia abajo pero no era fácil porque ella no ayudaba, más bien estorbaba dándole manotazos torpes, pero lo consiguió por fin.

El espacio entre los asientos de la barca era más estrecho e incómodo de lo que había pensado, no sabía cómo ponerse para introducirse en ella. Le colocó las pantorrillas sobre el asiento anterior, pero aun así no podía acceder. Le tocó con los dedos lo que pensaba que era el clítoris y ella musitó algo, como deja, por favor, y luego palabras completamente incomprensibles. Introdujo un dedo y consiguió vencer la resistencia interior. Lo sacó con un poco de sangre, muy poca, pero le alegró saber que era virgen.

Ven, yo te ayudo, dijo. La tomó por la cintura y los hombros para que se incorporase y consiguió ponerla otra vez de rodillas, asomada a la borda como hacía unos momentos. Ella metió de nuevo los brazos en el agua, agarró puñados de cieno. Miguel se arrodilló tras ella y, después de mucho pelear, consiguió penetrarla. Ella se contraía y volvió a gemir. A Miguel le pareció un acierto no haberse puesto el preservativo, así sentían más los dos, era todo más íntimo, más cercano. El preservativo era demasiado impersonal, artificial. Habría roto ese momento de contacto tan profundo entre ellos.

Bien hasta el fondo, recordó que había dicho su hermano, y, aunque le desagradó recordar su gesto obsceno, se esforzó por llegar muy dentro. Ella echó hacia atrás una mano manchada de lodo negro, para acariciarlo o para empujarlo, pero solo acertó a tantear el aire.

Miguel se corrió pronto. La próxima vez duraría más. Era por la novedad y porque lo había deseado tanto. Sí, la próxima vez se tomarían más tiempo los dos. Tenía que buscar un sitio menos incómodo.

No se molestó en limpiarse ni en ponerse los pantalones. No quería que esos actos banales rompiesen la emoción. Cogió a Julia por la cintura y la atrajo de nuevo hacia el fondo de la barca. Le apoyó la cabeza sobre el banco con cuidado para que no se hiciese daño.

Se tumbó a su lado, mirándola.

Le enterneció que siguiese llorando, tan silenciosamente, como una niña que no espera consuelo. Pero él estaba allí para consolarla. La contempló haciendo pucheros. A pesar de todo, estaba tan guapa... Rozó sus lágrimas con un dedo. Luego lo pasó por los labios de Julia. Quizá podrían hacerlo otra vez más tarde.

Te amo, le dijo al oído.

La primera vez que se lo decía, y era verdad.

Te amo, Julia, repitió. Se sentía bien. La barca se movía despacio, otra vez a la deriva. Un pez saltó a pocos metros. Lo vio brillar un momento por encima de la borda y desaparecer. Un avión cruzaba el cielo a mucha altura. Miguel trazó con el dedo la trayectoria contra el azul por delante del avión, como si le marcara el camino. No se oyó el ruido del motor hasta que el avión casi había dejado de distinguirse. En ese avión podía ir él y quizá lo haría un día.

Dejó caer la mano que aún tenía en alto y la depositó sobre un muslo de Julia, que había dejado de llorar.

Miguel pensó que su vida, su vida auténtica, acababa de comenzar.

2. Violación

Julia y su padre habían discutido esa mañana ya durante el desayuno y por eso iban en el coche como si no hubiese otra persona sentada al lado. El padre conducía con las dos manos sobre el volante –como era automático no necesitaba tocar la palanca más que al salir y al llegar– y con los ojos al frente. Fingía estar relajado y era evidente que no pensaba decir una palabra. Él no tenía nada que aclarar, nada por lo que disculparse. Treinta kilómetros de silencio es un periodo muy largo, pero los dos aguantaron todo el tiempo. Solo al bajarse del coche delante del instituto, sin volverse a mirar al padre, Julia dijo: esta tarde no vengas a buscarme. Vuelvo en autobús.

Haz lo que te dé la gana, respondió el padre.

Lo que enfurecía a Julia más que ninguna otra cosa no era ya que inspeccionase su móvil, es que además consideraba que estaba en su derecho. ¡Es mi intimidad!, había gritado ella esa mañana, empujando la taza y derramando el té con leche. Los niños no tienen intimidad, respondió el padre, seguramente esperando que ella gritase que no era una niña para exponerle todas las razones por las que aún lo era y ridiculizar sus aires de chica mayor.

Además, añadió el padre al ver que no recibía respuesta, no me gustan nada esos con los que te juntas, ya te lo he dicho. Mi obligación es protegerte.

Ya casi ni los veo.

Mejor.

Todos los que no van a un colegio privado te parecen delincuentes.

La probabilidad de que lo sean es mayor si van a uno público, respondió el padre.

Pues es tu hermano el que está en la cárcel.

Hacía años que Julia no recibía una bofetada y quizá por eso tardó unos segundos en asimilar lo que acababa de suceder. Salió de la cocina conteniendo las lágrimas, cogió la mochila con todo lo que necesitaba para ese día, y se sentó en el coche. No pensaba darle el gusto de ponerse a gimotear.

Los viernes tenía inglés, francés, matemáticas y deportes. Fue atravesando las horas sin prestar atención, como si todas las asignaturas fueran la misma. Le dolía la tripa, así que usó el dolor para librarse de las carreras de 400 vallas que tocaban ese día. Dijo a la profesora que tenía la regla y no se encontraba bien. La profesora le pidió que, al menos, fuese a ver correr a sus compañeros.

Era insoportable. La vida era insoportable. En días como ese, le parecía que le faltaba el aire; podía caerse desmayada como aquellas damiselas de las películas antiguas a las que asfixiaba el corsé. Eran dos fuerzas inversas: todo lo que la oprimía desde fuera contra toda la furia que quería salir de ella en una explosión.

Apoyada en una barandilla junto a la pista, fingía seguir el desarrollo de las carreras, pero tenía los ojos tan nublados que no habría podido hacerlo ni aunque se lo hubiese propuesto.

El alboroto desde la pista le hizo mirar hacia la meta. Había ganado Patricia, como siempre. Era la única que podía competir con los chicos y ganarles. Muchos –y muchas– decían que era un marimacho. Que Patricia, en realidad, era un tío y, si no hubiese sido por el prestigio que disfrutaba Julia, también la habrían marginado a ella por sentarse con frecuencia junto a Patricia y por elegirla cuando era necesaria una pareja para un juego o para el trabajo en equipo en algunas asignaturas.

Deberíais alegraros, decía Julia a las otras, de que por una vez sea una mujer la que gana a esos presuntuosos.

Una mujer, sí, pero..., respondían.

A Julia le faltaba un curso para terminar el instituto. Sus padres querían que, después, se quedase a vivir en casa de una tía, en la capital, todo el tiempo que durasen sus estudios. Y por supuesto que se quitara de la cabeza esa nueva tontería de estudiar Bellas Artes. Arquitectura, como siempre había querido, era una buena opción. Y luego pintas en tus ratos libres.

Según se acercaba la fecha, iba perdiendo la alegría. Hasta no hacía mucho, imaginaba irse a la ciudad como una forma de renacer. Podría hacer lo que deseara, no dar explicaciones, elegir, experimentar, jugar; y alejarse de un pueblo que cada vez le resultaba más opresivo. Algunas mañanas se despertaba con la sensación de tener a alguien tumbado encima de ella, y no se le quitaba hasta bien avanzado el día. Los trayectos en el coche con su padre le hacían sentir como en una cápsula en la que la presión del aire fuera muy superior a lo normal. La tensión constante porque a veces, aunque mucho menos que antes, salía con los chicos del pueblo —por contraposición a los de los chalés— hacía de cada día una batalla. De nada servía que a los de los chalés los hubiese ido a buscar la Guardia Civil por haber apedreado el parque de placas solares, ni que a dos los hubiesen denunciado por vender *poppers* en el pueblo: lo denunciaron los padres de una compradora, que, no se sabía por qué, decidió bebérselo en lugar de inhalarlo, como confesó cuando salió de urgencias. Los chicos de los chalés eran, potencialmente, personas formales con las que convenía relacionarse; hacerlo con los del pueblo era una manera de cerrarse el futuro. Julia se sentía igualmente a disgusto en ambos grupos. Ella estaba sola en todas partes, aunque lo olvidase algún momento en el que conseguía divertirse, casi siempre con Patricia, o en el que estaba tan concentrada en lo que hacía que de todas formas el mundo dejaba de existir.

La idea de escapar la había mantenido a flote durante los últimos meses, pero la vida en la ciudad se anunciaba ya como una prolongación de la actual. Lamentó haberse librado de la clase de deporte: al menos, mientras corría habría dejado de pensar.

Se le había pasado el dolor de tripa aunque seguía sintiendo una angustia que la acompañaba desde hacía meses y la despertaba por las noches. No eran exactamente ganas de vomitar. Era más bien como si el tamaño de su estómago se hubiese reducido hasta convertirse en una bola compacta.

Patricia atravesó la pista, aún sin cambiarse, con la bolsa de deporte echada por encima del hombro. Fusiliforme, pensó Julia, una palabra que acababa de aprender en clase de Arte. Patricia tenía cuerpo de corredora africana, de las que ganan maratones. De lejos parecía puro hueso y solo cuando te acercabas descubrías sus músculos alargados y firmes. Sin embargo, su piel era tan blanca y su cabello tan rubio que habría podido pasar por albina.

¿Qué, pensando otra vez?, le preguntó desde el otro lado de la barandilla antes de saltarla con su ligereza habitual. La ley de la gravedad no le afectaba como al resto de los mortales.

Has vuelto a ganar.

Con esos inútiles es fácil.

Seguro que están en círculo en el vestuario, compitiendo a ver cuál te odia más.

¿No tenías ganas de correr hoy?

No tengo ganas de nada.

Yo, si no fuese por esto –dijo señalando con el pulgar hacia la pista–, me cortaría las venas.

Tampoco Patricia les gustaba a sus padres. No tengo ninguna duda de que es muy buena chica, decía la madre, pero ¿no puedes relacionarte con gente normal?

Una noche que creían que estaba en la cama los había oído hablar de llevarla al psicólogo. No era lógica su incapacidad para alegrarse; que una chica de su edad y que lo tenía todo anduviese siempre de mal humor, y se estaba quedando en los huesos, lo que no era de extrañar con lo poco que comía. ¿Es para estar guapa? ¿Es una de esas enfermedades que tienen las adolescentes de hoy?, preguntó el padre. Se le pasará, respondió la madre; cosas de la edad.

Lo tiene todo, joder, todo, respondió el padre. Pero se pasea por la casa con cara de asco permanente como si le estuviésemos haciendo algo malo. Y se está quedando sin amigos. Lo único bueno es que apenas sale con esos pelagatos del pueblo. Si no cambia en un par de meses, la llevamos al psicólogo, quiera o no. ¿Y esa amiga que se ha echado ahora? A ver si va a ser lesbiana.

¿Patricia?

Eso es evidente. Me refiero a Julia. Lo que nos faltaba.

Julia no sabía si Patricia era lesbiana. No se lo había preguntado y no pensaba hacerlo. A ella nunca le había entrado y, aunque se abrazaban y a veces se hacían alguna caricia, no le parecía que hubiese en esos gestos nada más que alegría y afecto. No, alegría sería mucho decir; complicidad.

¿Qué vas a hacer esta tarde?, preguntó Patricia.

Tengo voleibol, pero no voy a ir. Ya le he dicho a la profe que no me siento bien.

¿Te recogen antes?

Vuelvo en bus.

Patricia asintió como tratando de interpretar la respuesta.

¿Quieres venir a casa?

Vale.

Te envío un *whatsapp* cuanto termine.

No, te espero en la puerta.

¿Por tu padre?

Sí, no quiero que lo vea luego. Y si lo borro me tengo que enfrentar a la inquisición.

Qué cabrón, no tiene derecho.

Sin embargo, Julia, cada vez que su padre le pedía el móvil, en lugar de sentir rabia se sentía culpable y la bola en el estómago se volvía más dura y densa. Cuando protestaba era porque le parecía que debía hacerlo, incluso que se esperaba de ella que lo hiciera, pero su impulso más fuerte era el de pedir perdón, porque claro que engañaba a sus padres; si toda su vida era una mentira, si odiaba a su familia tanto como la quería (aunque también su cariño estaba manchado de mala conciencia y se empeñaba en sentirlo precisamente porque los odiaba). No era la hija que ellos deseaban ni era la mujer que ella habría deseado ser. Si la conociesen de verdad, pero de verdad, tal como era en su interior, nadie sentiría afecto por ella.

Patricia tenía una Yamaha de 125 c.c. que había comprado de segunda mano con sus ahorros, como solía subrayar para hacer hincapié en que no era como todos esos pijos y pijas a los que sus papás les compraban la moto de sus sueños en cuanto cumplían los dieciséis –a los quince ya les habían comprado un ciclomotor para que fuesen habituándose–. Aunque sabía hacer el mantenimiento básico, cuando necesitaba una reparación llevaba la moto a uno del pueblo que le cobraba menos que un taller. Era un poco baboso pero como le paró los pies muy pronto había dejado de hacer sus chistes machistas y sus bromas soeces. Qué asco de tíos.

Julia la estaba esperando sentada en el sillín delantero como si fuese a conducir ella. Sus padres nunca le habrían comprado una moto y, de haberlo hecho, nunca una como esa. Las motos de sus compañeras eran tipo *scooter*. Julia pensaba que porque no eran motos hechas para correr, porque tienes que conducirlas erguida y no puedes inclinarlas en las curvas. Patricia decía que la razón era otra: en una moto de verdad montas a horcajadas, mientras que en un *scooter* llevas los piececitos por delante y no frotas el coño contra el asiento. Es como cuando las mujeres tenían que montar a caballo con las dos piernas colgando por el mismo lado, no sea que se fuesen a poner cachondas con el traqueteo, decía. Y también decía: a mí la moto me sirve de vibrador.

Patricia le tendió un casco y se puso otro.

¿Llevas siempre dos?

No, me lo ha prestado uno del último curso a cambio de que se la chupe.

¿En serio?

Patricia soltó una carcajada y le ayudó a abrocharse el casco. ¿Lista?, le preguntó cuando hubo acabado de ponerse el suyo.

Si mis padres me ven, me castigan sin salir un mes.

Patricia se quitó la cazadora de cuero y se la pasó sin volverse.

Toma, entre el casco y la cazadora no te reconoce ni tu padre.

Literalmente.

Bordearon el pantano deprisa pero sin locuras. Patricia conducía con seguridad; no hacía alardes como los chicos, no pretendía impresionarla ni asustarla para luego reírse de ella.

La casa de Patricia estaba a las afueras del pueblo, más allá de los adosados. Era un chalé que parecía fuera de lugar porque recordaba imágenes de regiones alpinas, con prados verdes, montañas de cúspides nevadas. La pizarra y las vigas de madera resultaban extrañas en la llanura reseca, y los cipreses y abetos, aunque eran naturales, hacían pensar en un decorado de plástico.

El padre gestionaba el club privado de pesca –uno de los pocos negocios turísticos que seguía funcionando–, que llevaba el nombre grandilocuente de *Predators Fishing Camp*. Ya en el recibidor, las paredes estaban cubiertas de fotografías en las que se le veía posando con sus aparejos o mostrando algún pescado, con los brazos extendidos hasta la cámara para ponerlo en primer plano, de forma que pareciese mucho más grande de lo que era. En las estanterías del salón había más trofeos que libros y en las paredes, fijados a placas de madera, otro montón de peces que podrían ser auténticos, disecados. Uno era un tiburón pequeño.

Venga, vamos a atravesar deprisa la cámara de los horrores, dijo Patricia, y la tomó de la mano para dirigirla hacia una escalera de mármol con barandilla dorada que, como comprobó Julia después, llevaba hacia los dormitorios y dos aseos –el de invitados estaba en la planta baja.

Julia se quedó parada nada más entrar en el dormitorio de Patricia. Fue un gesto de perplejidad, unos segundos que necesitó para procesar lo que estaba viendo. Primero le sorprendió –sin que aún fuese consciente del motivo– la colcha rosa, luego los peluches apoyados en fila contra la almohada, todos con sus ojos negros mirando hacia la puerta, como si esperaran a alguien; después las cajitas de nácar dispuestas sobre una mesa baja de color coral.

Patricia soltó otra de sus carcajadas estruendosas, que terminaban tan abruptamente como empezaban.

Venga, pasa. No te van a hacer nada.

Julia se adentró en la habitación fingiendo naturalidad y, después de quitarse los zapatos se sentó en la cama, apoyada contra la almohada y el cabecero, como un peluche más. Cogió el que tenía más cerca, un osito parduzco con una oreja mellada y lo apretó contra el vientre.

Siempre quise tener un gatito, dijo Patricia. En lugar de eso, mis padres no paraban de comprarme peluches; lo mismo mi padre tenía miedo de que el gato se comiese uno de sus peces disecados.

Patricia sacó del armario un pantalón de chándal y se lo puso después de quitarse los vaqueros. Julia daba vueltas al peluche buscando algún mecanismo.

¿No hace nada?

Si le metes el dedo en el culo dice papá.

Qué bestia eres, dijo Julia soltando el muñeco. Pero se rio. Quizá por eso le gustaba estar con Patricia; no se reía con nadie tanto como con ella. Más bien, solo se reía cuando estaba con ella.

Patricia abrió de par en par la puerta del armario, que estaba frente a la cama. En una balda había otras dos o tres filas de peluches amontonados, pero todos mirando hacia fuera.

Es como de película de miedo, dijo Julia.

Por eso están ahí, para acojonar a mi madre.

Julia miró en derredor: una estantería en la que los libros, le pareció que en dos filas, no dejaban un solo hueco. Fotografías de paisajes desérticos en blanco y negro cubriendo una pared. Papel pintado en color salmón, con rayas verticales que simulaban lluvia. Un escritorio con un portátil y más cajitas y cajas.

¿Muñecas no tienes?

Tenía una pero le prendí fuego en el jardín.

De verdad que a veces no sé...

En serio, esta vez no es broma. La llevé al borde de la piscina; creo que iba a ahogarla, pero no me pareció suficiente. Así que encendí una cerilla y se la arrimé al pelo. Ardió mucho más deprisa de lo que había imaginado. Y olió fatal.

¿Por qué lo hiciste?

Patricia apartó los peluches a un lado y se recostó al lado de Julia. Le tomó una mano y fue pasando un dedo por sus uñas, como podría hacerlo, distraída, con las propias. Estuvieron un rato en silencio.

Acababa de acostarme con un chico. Un primo mío que estaba de visita.

No veo la relación.

¿Te has acostado alguna vez con un tío?

Julia negó con la cabeza pero dijo: sí.

¿Cómo fue?

Patricia le tomó la otra mano pero Julia la retiró.

No sé.

Eso significa que no te gustó mucho.

Es que había bebido, habíamos fumado porros.

¿Repetiste?

Julia carraspeó. No quería seguir hablando. No sabía siquiera por qué estaba contando esas cosas. A quién le importaba. Lo que pasó, pasó. Hacía tiempo que no veía a Miguel, salvo de lejos. Se saludaban con un gesto y no hacían intención de hablar. Él había empezado a juntarse con los amigos de su hermano, chicos más mayores y que le daban miedo. Llevaban banderas españolas en las muñequeras y en el cinturón, tatuajes con motivos que recordaban a las películas de la Segunda Guerra Mundial.

Le entró un mensaje al móvil. Su padre. Que iba a pasar a recogerla al instituto. Estaba muy cerca y que se dejase de tonterías. A las seis en la puerta. Ya sabes que no me gusta esperar.

Julia apagó el móvil y se lo puso a un peluche entre los brazos.

Mi padre, que va a recogerme.

¿Quieres que te lleve?

No, le dije que volvía en el bus.

Pero cuando llegues a casa...

Lo hicimos tres veces.

Se quedaron de nuevo en silencio. Julia devolvió la mano a Patricia y ella empezó de nuevo a acariciarle las uñas.

Están ásperas, dijo. Yo solo lo hice una vez. Y luego quemé la muñeca. Supongo que un psicólogo podría escribir un libro sobre eso. Pero no sé, tía, es que luego sentí tanta rabia que no sabía qué hacer. Era la muñeca o la casa. No creo que él tuviese la culpa. Será que no me gustan los tíos. Yo qué sé. ¿Tú por qué repetiste, si no lo habías pasado bien la primera?

Julia se encogió de hombros. Patricia sacó un tarrito de un cajón. Lo agitó. Comenzó a dar esmalte transparente a las uñas de Julia. Primero una mano, después la otra, con gestos lentos y precisos. Poco a poco el dormitorio se fue quedando en penumbra.

Julia recordó el pantano, sus aguas quietas. Le gustaría perder el miedo y zambullirse en ellas y dejarse envolver. Se bañaría sola por las noches. O con Patricia. Seguro que era muy buena nadadora y que no le daría miedo. Imaginó su cuerpo delgado atravesando el agua sin provocar ondas. Su cuerpo blanquísimo en la negrura helada.

¿Qué hora es?, preguntó.

Ahora fue Patricia la que se encogió de hombros.

Tarde, se respondió Julia. Se ha hecho tarde.

Da lo mismo, dijo Patricia, y le acarició el pelo igual que acariciaría a un perrillo. No tiene importancia.

Julia empezó a llorar. En silencio. También Patricia estaba llorando. Julia no necesitaba mirarla para saberlo, aunque lo hacía de forma tan callada como ella. Lágrimas sin mocos ni hipos. Las dos lloraban y había oscurecido, y todo estaba tranquilo y no quería marcharse a ningún sitio ni hacer nada. Por primera vez en mucho tiempo se sentía en paz.

Afuera chirriaron los frenos de un coche. Un portazo. Pasos decididos se dirigieron hacia la casa.

Historia

Una liebre se yergue sobre las patas delanteras, las traseras aún asentadas sobre la tierra. Las orejas vibran, describen arcos mínimos a derecha e izquierda. También la naricilla tiembla, las pupilas oscilan. Escucha, huele, siente. Todo su cuerpo es un receptor, una antena, un radar. Con un movimiento brusco estira las dos patas traseras. Aún duda. Quizá porque no sabe descifrar las señales que está captando. Debe de tratarse de algo tan nuevo que la confunde. Hasta que no hay ya el menor titubeo. Sale corriendo a velocidad increíble. No corre en zigzag porque no la persigue un enemigo al que regatear. Corre casi en línea recta, sus patas traseras levantando polvo y salpicando el aire con briznas de hierba seca. Corre todo lo que le permiten sus músculos elongados, el juego de sus articulaciones. El peligro que ha provocado su huida no se descubre aún, está muy lejos. Y no se trata de un peligro puntual que puede eludirse alejándose de su camino. Abarca el horizonte. Como un incendio. Como un tsunami.

Una familia de zorros, la madre y dos crías, emprenden el mismo camino que la liebre a paso menos precipitado. Ellos sí tienen tiempo para volver una y otra vez la vista atrás; de hecho, su cuerpo no apunta exactamente hacia el lugar a donde les dirigen sus patas, sino que está ladeado, quizá por la necesidad de vigilar sus espaldas. Por eso consiguen distinguir la nube de polvo amarillento que sobrevuela el bosque empujada desde atrás por el viento, desde mucho más atrás.

La tierra retumba con la misma frecuencia que produciría una estampida. Hay en ese movimiento, en esa oleada, una paradoja que ignoran la liebre y los zorros: quienes llegan suponen un peligro aunque no son perseguidores, sino perseguidos. Más bien: huyen, tampoco de un enemigo concreto, sino de algo más amplio. La Historia se despliega a sus espaldas.

Muchos siglos después aún se leerá con admiración sobre esa marea de pueblos que atraviesa Asia y Europa, sucesiones de olas que van empujando a las de delante, cientos de miles de hombres, mujeres, niños, la mayoría a pie, algunos a caballo, mal calzados y mal vestidos para hacer frente a la lluvia, la nieve, el granizo, o el sol, que no es menos agresivo; con la escasa comida que van encontrando por el camino: bayas, raíces, frutos, algún animal al que consiguen dar caza. Lo lógico sería pensar que ese movimiento se generó porque un grupo –llámalo pueblo, raza, etnia, comunidad, horda– empujó y presionó al que tenía delante, y este al siguiente, y así sucesivamente, hasta que todos estaban en movimiento o luchando para resistir la presión. Pero quizá las cosas fuesen distintas: un grupo, quizá por hambre o por falsas promesas de prosperidad que les hacían mirar hacia el oeste y pensar que allí, por fin, serían felices, estarían seguros, saciados, se reproducirían y prosperarían sin miedo, se puso en marcha; juntaron azadas y guadañas, harina y manteca, gallinas si las tenían, cuchillos, leznas, cueros y agujas, ovillos de tendones para coser, raederas, alguna todavía de piedra; espadas y lanzas, pocas; escudos hechos de cuero y madera, hatos con la escasa ropa que poseían, en la que envolvían cazuelas de estaño y cuencos de barro; los anzuelos en paños más pequeños. El jefe o el sacerdote se colocó a la cabeza y ni siquiera hizo falta que pronunciase un discurso ni hiciera un gesto; se limitó a adelantar un pie, después el otro, y así sucesivamente –o quizá iba a caballo y clavó los talones en los costados del animal–. Estaba todo hablado; un pueblo no se desplaza entero por su propia voluntad si no ha habido antes discusiones, conciliábulos, peleas, la imposición de la jerarquía.

Así que ese pueblo camina; deja lo que fueron sus casas y sus paisajes; los recuerdos anudados a tal roble o a tal quebrada. Y allí se crea un vacío. Sucede entonces como en la atmósfera; si baja la presión en un punto, el aire sometido a mayor presión en otro se dirige hacia el primero. Cuanto mayor sea la diferencia de presión, más rápido y violento será el viento producido. Lo mismo ocurre en la Historia: cuanto mayor sea la diferencia de presión humana en los territorios, más rápidos serán los desplazamientos; el vacío absoluto no existe en la Historia, y las partículas en movimiento chocarán unas contra otras, se echará mano a las mazas, a las lanzas, a los cuchillos. Morirán hombres, mujeres, niños, animales, no necesariamente por ese orden ni en ese orden de magnitud.

Si la hipótesis contraria fuese la correcta y los de detrás hubieran dado inicio al movimiento de conquista, sería muy difícil encontrar el primer impulso que desató la estampida, pero es de suponer que quienes lo provocaron están mejor alimentados, muchos van a caballo; tienen carros; sobre todo, están bien armados y llevan consigo la brutalidad de las estepas áridas. Todos, de alguna manera, luchan por sobrevivir. Allí a donde llegan, expulsan a los más débiles. Siempre, en algún lugar, hay alguien más débil que se ve obligado a ceder el espacio. Y si no lo hace es exterminado.

Ninguno de ellos se siente parte de la Historia aunque la estén creando mientras avanzan. No piensan en esos términos. Sus motivaciones son más biológicas que épicas; que luego se plasmen en estructuras de poder o en masacres no es tan distinto de lo que sucede en un hormiguero o en una manada de lobos.

Por ejemplo, ese hombre que ahora se apoya con la palma de la mano contra un roble. Ha perdido a su mujer por el camino, tan débil que ya no era capaz de acabar una frase, y solo su mirada expresaba el espanto y el dolor por no poder seguir caminando. ¿Y qué haces entonces, sino cerrarle los ojos suavemente, la yema de un dedo en cada párpado, y decirle: duerme? Aunque él sabe que está despierta, y sabe que aún respira, pero cuando dice duerme, lo que quiere decir es descansa, no te esfuerces, acepta la oscuridad. Y la deja atrás, sin tumba ni ceremonia ni rezo; aunque se haya sentido tentado de sentarse junto a ella y abandonarse él también, abrazarse a la muerta y a la muerte. Le agrada la idea de que sus huesos se mezclen y confundan, que las frentes de sus cráneos ya secos se toquen como si estuviesen consolándose. Aceptar que el cansancio que siente es definitivo.

Pero continúa caminando con los demás, como ella y él también lo habían hecho cuando murió la niña, su cuerpo tan caliente que no parecía humano. Las ampollas en la carita devastada; los ojos dos ranuras amoratadas; los pies retorcidos hacia dentro. Y caminaron, una pareja que ya no constaba de padre y madre, un hombre y una mujer a los que movían más el temor que la esperanza.

Y él, apoyado en el roble, recuperando fuerzas para unirse a los demás y arrastrar los pocos enseres que rescataron después de que su aldea fuese incendiada, aún no sabe que un día será herrero. Y si alguien se lo hubiese profetizado, uno de esos adivinos que escudriñan las entrañas de las aves y consultan con los animales del bosque, él se habría visto forjando espadas, puñales, cascos, escudos, las armas que les permitirían degollar, mutilar, eviscerar y les devolverían a sus posesiones, a la cabaña y al campo de cebada, aunque no le devolverían a su mujer y su hija. Pero forja sobre todo cuchillas para las azadas, a veces una reja de arado, herraduras, punzones.

Y golpea y hace saltar chispas. Le fascina el rojo del metal, que toma nuevas formas a cada martillazo. Unos metros más allá, una mujer, otra mujer, manipula un telar, tan concentrada como su marido en crear un nuevo objeto porque esa suma de objetos es la que vuelve su existencia soportable. En su vientre, el feto escucha. Cada golpe contra el yunque y lo que serán unas tenazas atraviesa y hace temblar su cuerpo, el eco se queda encerrado en su interior, aún carente de partes duras, que lo absorbe en cada célula, porque no se han formado sus oídos y sin embargo oye con todo el cuerpo. El feto intenta retorcerse, si pudiera se desplazaría para huir del estruendo, porque a él –a ella– lo que le gusta es el susurro de la sangre desplazándose y el rítmico batir que lo acompaña desde que tiene memoria. Y ya tiene memoria; o no, no es tanto memoria como hábito, la tranquilidad producida por sensaciones que vienen repitiéndose desde que es capaz de percibirlas. Recuerda no solo el sonido de lo que un día aprenderá que es el entrechocar de metales, también la canción que canta la madre, a veces en un volumen tan bajo que parece que solo canta para el ser alojado en su vientre. Y esa canción, casi idéntica, llegará también a los oídos recién formados de la niña que gestará la hija del herrero y de la tejedora, esa variación de tonos circulando por la sangre, los huesos, los tejidos, distorsionada al atravesar líquidos y flemas; y sin embargo aún es reconocible.

Pero la canción no se transmite solo de útero en útero; también habrá voces más graves que la repitan, bajo los árboles, acompasándose con el golpe del hacha contra el tronco. Y muchos años después un hombre entonará la canción, los ojos de par en par, los labios temblorosos; el sonido atraviesa capas de saliva, se enreda en las cuerdas vocales como hilos de lana. El hombre mira el crucifijo colgado en la pared, frente a la cama, escucha bisbiseos que no son la canción, los rostros se suceden, flotando ante su cara, manos lo tocan y él quisiera recordar quién es, solo se recuerda en medio de un campo de batalla, rodeado de cuerpos que gimen y se arrastran, pero no sabe quiénes son ni si los ha matado él, ni si le piden socorro; él desde luego no puede dárselo, lleva un puñal en una mano, que, ahora lo ve, está cubierto de sangre apelmazada, y con la otra hace extraños gestos en el aire, dibujos incomprensibles, piensa en el pasado y las imágenes se aceleran, se aplastan unas contra otras, y quisiera preguntar a toda esa gente que se afana a su alrededor, pero solo le sale la misma canción sin palabras, un zumbido que se vuelve agudo antes de enronquecer, y de pronto cae en la cuenta de que se está muriendo, no sabe quién es pero sabe que se muere, se lo dice esa mano que acaba de tomar la suya, una mano de niño, y oye la voz de niño que dice está frío, mamá, está frío. Y ese momento quedará en la memoria del niño, cuando tocó a su tío y supo que ya estaba muerto, así lo contará: esperaba encontrarme con una piel húmeda, sudada, pero estaba seca como la de un lagarto, y helada, nunca he tocado a nadie igual de frío, así supe lo que es la muerte.

La historia se transmitirá de generación en generación, como si fuese un acontecimiento importante aunque solo era la repetición del asombro de un niño, y por eso pensará que se está muriendo el hombre que se esfuerza en arrancar los pies del barro que los atrapa como si quisiera atraer todo el cuerpo hacia la tierra, tragárselo, pero el hombre se resiste, alza un pie en vertical, como para aplastar algo con él, luego el otro, escucha con desagrado el sonido del lodo engullendo el aire que deja la bota al levantarse, y apenas puede ver, porque tiene los ojos velados, como cubiertos de un líquido blanquecino, aunque sí huele a flores y a podrido y a sudor rancio, y oye zumbidos y gritos animales, aunque algunos podrían ser de personas, pero ya no oye el piafar de los caballos, que estarán siendo devorados por carroñeros cuyo nombre y apariencia él desconoce. Piensa en las bestias recibiendo mordiscos aún vivas y él no quisiera acabar así, pero hace rato se dio cuenta de que no va a llegar muy lejos; no sabe dónde están los demás ni si han quedado supervivientes aparte de él –aunque por poco tiempo–, tropieza y se golpea contra raíces y ramas, algunas tienen pinchos que le desgarran la piel, y ante sí una muralla verde que él intenta horadar con la espada, es un insecto que ha caído en un jarro de miel, avanza porque no quisiera morir con la boca y los pulmones llenos de lodo, pero sabe que está muerto. ¿Cómo lo sabe? Porque recuerda la historia: a pesar de que le cuesta respirar y el aire le quema los labios al sorberlo, el resto del cuerpo está frío. Y ha dejado de sudar. Como si no quedara más líquido en su interior. Se toca y no sabe si está palpando su piel o el metal de la armadura. Esa es otra cosa que le extraña: ha perdido el sentido del tacto. Solo el oído y el olfato persisten, y el recuerdo; sabe que aún no ha muerto del todo porque se acuerda de su mujer y se arrepiente de haber sido duro con ella cuando un niño se le murió en el vientre, no tendría que haberla golpeado, y se pregunta si le guardará rencor, pero ella no piensa en él, ya no, no echa de menos al marido ausente desde hace cinco años y además entretanto ha tenido un hijo de otro hombre, pero nadie la critica ni murmura, porque el padre es quien es, y cómo van a condenarla, que sería como condenarlos a los dos, y después ir a tomar la comunión de sus manos y dejar que bautice a sus hijos y que haga la señal de la cruz sobre la frente de los moribundos, no, prefieren aceptarla, preguntarle cómo está el niño y hay que ver qué deprisa crece, aunque por supuesto no mencionen al marido ausente y mucho menos al padre; es como si el niño fuese uno de esos santos de la iglesia, que están ahí y se aceptan y no te preguntas por su familia ni por los detalles de su vida diaria, los ves, les rezas, te besas la punta de los dedos y las llevas a sus pies o a su saya o, si te atreves, a su rostro. Y es verdad que el niño crece, y es rubio –qué raro, por otra parte, que sea rubio, pero eso lo hace aún más como un Niño Jesús–, y a todos les parece que es un chico bueno y generoso, aunque les entraron dudas cuando un vecino que andaba revisando las colmenas lo descubrió en un bosquecillo contemplando retorcerse a un perro al que él mismo había colgado de la rama de un fresno, pero no podían decir que fuese malo el ahijado del párroco, como le llamaban, cosas de chicos que son de la piel del diablo todos, luego las travesuras se pasan; pero un día pega tal patada a su madre en el vientre que ella pierde el nuevo hijo, y todos piensan que se va a morir, tanta sangre como se acumula entre sus piernas, y el niño, que ya no es un niño porque ha empezado a salirle una pelusa rubia sobre el labio, no se arrepiente ni se acerca a ayudar a la madre, y solo dice: puta bruja. Puta bruja. Las palabras resuenan en la cocina en cuyo suelo está tumbada la mujer, que se apoya en un codo para intentar incorporarse, llegan al oído de la criada mientras remueve el contenido de un cazo –gachas, probablemente– e incluso a las del padre, que acaba de entrar con un libro en la mano –los evangelios, quizá– y solo murmura no digas eso, hijo, no lo digas, pero el adolescente sale de la cocina tras pegar otra patada a una banqueta y aún se le oye gritar mientras se aleja por la calle ¡puta bruja!, ¡puta bruja!

Se extienden las murmuraciones; el niño no era del párroco sino del Gran Cabrón, el buen cura solo había querido protegerla cuando la descubrió encinta, era un alma bendita. Como ninguno del lugar quiere hacerlo, hay que traer a un médico de otra villa para que saque el amasijo de carne y sangre del interior de la mujer. Luego un par de días de duda, una tentación de antorcha y piedras, una vocación de purificación y sacrificio, la lógica inquietud ante las próximas palabras del párroco. Pero al final, como el cura no había lanzado condenas desde el púlpito, como no mencionó el azufre ni el fuego, ni siquiera a Satanás, y el chico está desaparecido y nadie hay allí para acusarla abiertamente, no la queman ni le ponen el capirote. Tan solo dejan de frecuentar su casa, de comprar sus bizcochos, de sentarse junto a ella en la iglesia. El vacío la va consumiendo; el de su vientre y el que la rodea; adelgaza, las ojeras se instalan en su rostro, las manos se le vuelven huesudas y amarillas como si quisieran confirmar las sospechas. La entierran en el borde mismo del cementerio, que aún carece de valla. Les parece el lugar ideal: ni dentro ni fuera.

El cura tiene otra ahijada con la nueva ama de llaves, una niña que acabaría siendo –para que no digan de la justicia poética– la partera más solicitada de la región. Es ella quien levanta en alto, cogido por los pies, al hijo del mayor terrateniente de la comarca, un crío gritón que en realidad debería haber sido traído al mundo por manos menos toscas, bajo la vigilancia de un médico con conocimiento y prestigio. Pero no lo quiere así la madre: la partera del valle, dice, porque así la llamaban, quiero que sea ella. Y al padre le da igual, porque le da igual todo lo que ocurra durante aquel parto, del que le han vaticinado, juzgando por la forma del vientre, redondeado y no picudo, que arrojaría una niña, y entonces qué más da quién la traiga al mundo y si sobrevive o no, hembras hay muchas; él lo que necesita es un heredero varón.

Por eso premia a la partera con varias monedas de oro, como si ella, al introducir las manos en la vagina de la esposa, hubiera logrado la transmutación de una niña inútil en un poderoso macho capaz de administrar, defender e incrementar las tierras. El padre muere poco después de un ataque al corazón sin llegar a descubrir que el hijo dilapidaría sus propiedades al endeudarse para financiar una operación comercial con la Flota de Indias. Cuando una tormenta echó a pique el navío Nuestra Señora de Atocha, también se hundió el futuro de aquel inversor que, en lugar de participar con capital declarado y en productos listados en el conocimiento de embarque, había preferido hacerlo en bienes de contrabando, sobre todo joyas, de forma que ningún seguro cubrió la pérdida.

Así desaparecen los que te frecuentan y adulan, de un día para otro, como si pensaran que la mala suerte es contagiosa, saludan de lejos, fingen prisa, se olvidan de invitarte a sus fiestas. Ya no eres quien creías que eras para ellos sino que te adecúas a la imagen que tenían de ti pero solo compartían en privado: un imprudente, un despilfarrador, un hombre de poco seso al que le ha caído todo del cielo pero no ha sabido ni querido acrecentarlo, menos mal que nos hemos dado cuenta, y ya las hijas casaderas de buena familia no le sonríen ni dejan que les gaste bromas al oído, y de todas formas se dice de él que no le gustan las mujeres. Nadie le echará de menos después de que una mañana cerrara la única casa que le quedaba pendiente del embargo y se mudara a una cabaña de madera a un día de camino de la aldea, aunque deberíamos decir villa, porque así la había declarado el Emperador un siglo antes tras pernoctar allí unos días con su séquito y, como se le dio bien la caza, ordenó que en el escudo de armas pusieran un jabalí.

Villa o aldea, él deja de frecuentarla, pero no todos sus vecinos dejan de frecuentarlo a él, porque algunos de los hijos más jóvenes visitan la cabaña, le llevan comida y algo de dinero a cambio de su discreción y su hospitalidad para aquello que se condenaría como vicio desde los púlpitos y los salones, pero no es más que deseo y miedo, temblor y vergüenza, un amor que no está permitido llamarlo así. Y él acoge a aquellos jovencitos asustados, sintiendo una secreta satisfacción al ser buscado por chicos cuyos padres lo desprecian, pero no se venga en ellos, les da la libertad que él no ha tenido. Entrad, les dice: esta es vuestra casa mientras sea la mía.

Habría acabado en la cárcel si los jóvenes que lo visitaban no hubiesen pertenecido a las buenas familias de la región –aunque se mezclasen con canallas– y porque de allí no podía salir ningún embarazo que mancillase el honor de las familias o las cargase con costosos bastardos. Él se acostumbra a dar largos paseos por el monte mientras la cabaña resuena con exclamaciones y gemidos y se llena de olores densos de madriguera. Uno de sus paseos lo lleva de nuevo a la fortuna, clandestina, como lo sería ya todo en su vida, que lo salva de las penurias económicas.

Las últimas lluvias habían abierto una torrentera en una ladera de jaras y lavandas, y en lo que antes parecían lajas verticales de pizarra cree distinguir no la obra de erosiones, temblores y presiones internas, sino la mano humana. Escarba alrededor con el bastón que lleva para espantar a los perros, otea en todas direcciones sin ver a nadie, se queda un buen rato mirando el suelo con el ceño fruncido. Al día siguiente pide prestado un burro y acarrea al lugar unas colmenas que enmohecían en la cuadra aneja a la cabaña y las coloca en una fila junto a las piedras para alejar a posibles paseantes. Con una azada va retirando la tierra arcillosa detrás de la pequeña muralla. Lo primero que encuentra son cuentas de vidrio. Observando con atención el terreno, ve que está salpicado por montículos de piedras, como si alguien hubiese recogido las de los alrededores y las hubiese juntado en lugares determinados. Pasa días apartando las piedras. Encuentra más cuentas de pasta de vidrio, brazaletes de cobre, dos cabezas de toro del tamaño de un puño recubiertas de verdín, un vaso que podría ser de oro, fragmentos de cerámica, puntas de flecha de sílex, hebillas de bronce que aprendería a llamar fíbulas y, por fin, seis puñales, dos espadas, una de ellas muy mellada pero completa –la otra solo constaba de empuñadura, guardas y diez centímetros de hoja–. Una calavera en muy buen estado le sonríe mellada como si celebrara su buena suerte tras apartar las piedras del último de los montones, que también aprenderá a llamar túmulos. Va vendiendo poco a poco aquellos objetos a un coleccionista que había sido amigo de sus padres. Lleva cada vez solo un par de piezas para que la abundancia no las abarate. Afirma que es todo lo que ha encontrado pero que seguirá buscando. El vaso efectivamente es de oro. La espada le permite pagar algunas deudas. Va acumulando una pequeña fortuna mientras se arruinan los vecinos que le han despreciado: los portugueses y los mercenarios queman sus campos, impiden el comercio, arrasan ciudades. Él, desde aquel lugar que a nadie interesa, una cabaña de apariencia ruinosa sin huerto ni animales, vende lo que extrae de las tumbas. Mientras otros arrasan la superficie de la tierra, él expolia el subsuelo.

Solo conserva una cuenta de pasta de vidrio y ámbar en la que está encerrado un insecto irreconocible, con ojos que, según el ángulo en el que entren los rayos de sol en la esfera, se vuelven rojos, inquisidores, vivos. Uno de sus sobrinos jurará que durante la agonía que le tuvo varios días delirando en la cama, su tío empuñaba todo el tiempo la cuenta y no dejaba a nadie que le tocase esa mano; solo la abrió en el momento de la muerte, la cuenta cayó al suelo, se rompió y el insecto echó a volar. Sus ojos como ascuas diminutas flotaron en la habitación, trazaron en el aire oscuro –porque ya anochecía– caligrafías de luciérnagas, que se fueron debilitando hasta parecer un recuerdo y se extinguieron muy despacio. Entonces dejó de respirar el hombre.

Esa historia se la cuenta el sobrino a sus hijos, provocando pesadillas en la más pequeña y una obsesión por la muerte que no se quitará ni siquiera de adulta y tampoco cuando tuvo hijos ella misma; esas vidas nuevas no alejan el terror que siente casi a todas horas, sino lo contrario, ya no solo teme el momento en el que ella caerá en la tumba, también se estremece pensando en los niños que va echando al mundo como una maldición, condenándolos; ella nunca, nunca, nunca quiso ser madre; la obligaron suavemente, la empujaron, la llevaron de la mano como a una enferma a la que se saca de paseo, le dijeron palabras amables, la sedujeron, y, al final, la violaron, más bien, su marido lo hizo, repetidas veces, pero también con suavidad, sacudiendo la cabeza como ante los caprichos de una niña rebelde, venga, si te va a gustar. Pero ella se siente como si fuese la ejecutora de sus propios hijos. Y cuando mueren –en aquella familia se instauró entonces una tradición o maldición de muertes violentas– le parece que es ella quien los mata por intermedio de otras manos. Eso siente con el segundo, al que un tribunal popular, es decir, un grupo de vecinos vengativos, condena a muerte junto a diez hombres que pocas horas antes habían intentado prender fuego a un pueblo fronterizo en el que apenas habían encontrado nada que robar. El juicio dura poco: tienen a los culpables y el delito es evidente, pues todos los han visto con antorchas y espadas o garrotes, pateando puertas y personas: y si no los han visto, da igual, porque no hay para su presencia en la aldea otra justificación que el saqueo. Una sentencia y once ahorcados, entre ellos aquel joven que su madre no había querido tener, como tampoco quiso parir a sus seis hermanos, y menos aún a la pequeña, porque después de seis hijos varones tiene pánico a parir un séptimo, condena segura a convertirse en hombre lobo, una maldición más para sus descendientes que ella no puede aceptar. Así que cuando le dicen «empuja, empuja», ella se contrae y se esfuerza por cerrar la salida al ser que ella querría que se le pudriese dentro. Y parece que de alguna manera la niña sintió ya el rechazo y el miedo desde el vientre ácido de la madre, porque sale rabiosa, mal encarada, siempre disconforme, golpea a sus hermanos mayores, al mastín de la casa, que agacha la cabezota ante los golpes, martiriza a sus compañeras y a sus maestras. Una niña así no puede llevar una vida corriente, ella no será como su madre, sumisa y amargada, no parirá un hijo tras otro, y quién va a contradecirla y oponerse a que entre en el taller de un pintor y ella misma acabe siendo la maestra en otro taller, siempre con pocos aprendices porque son pocos los que aguantan su genio, que los golpee en la cara con los pinceles o les vuelque en la cabeza un vaso de trementina, y tampoco son convencionales los temas de sus pinturas, nada de flores ni de Inmaculadas ni de crucificados ni de santos en oración ni paisajes idealizados de suaves colinas y verdes prados; sus cuadros son turbadores, hay en ellos algo —así lo ha dicho el cura— que incita al vicio; pinta hombres y mujeres desnudos, siempre como retratos, siempre un solo personaje por cuadro, que no se tapan los genitales voluminosos, marcados como si los repasara una y otra vez con el pincel hasta que parecen salir del cuadro; de pie, de frente al espectador, al que miran ausentes a los ojos; tienen aire abstraído, casi soñador, pero no, y eso también se lo había dicho el cura a la madre, como si estuviesen en oración —aparte de que quién se pone a hablar con Dios o con los santos en cueros—, sino recordando algún pecado. Eso son, cuadros pecaminosos que nadie compra; es decir, nadie admite comprarlos y no se ven después en comedores y salones, pero al taller le van bien los negocios y la pintora pasea en coche de caballos por una villa en la que solo hay mulos, asnos y algún que otro carro y donde el hambre es ya algo tan natural como la sed o el calor. Y a veces recibe visitantes de la ciudad, más mujeres que hombres, que luego serán reconocibles en sus pinturas, y más de uno piensa que los pintaba después de haber hecho el amor con ellos, hombres y mujeres que habían pasado por su cama, más tarde posan para ella con el recuerdo del sexo en los ojos y en los labios.

Será ella la que más viva de todos los hermanos, porque la madre acabó teniendo razón en que los hijos salidos de su vientre sentirían la atracción de la muerte: dos mueren de fiebres antes de que les salga barba, otros dos son ejecutados –el segundo por atacar al regidor con un cuchillo sin que llegase jamás a saberse la razón–, uno cae por la borda de una fragata francesa intentando recuperar Gibraltar –nadie entendió por qué se encontraba en un barco extranjero–; al sexto, el médico, un hombre tan afectuoso y atento como ignorante de su profesión, le diagnostica primero sarna y después lepra, hasta que los síntomas de la sífilis son evidentes incluso para quien nada sepa de medicina.

Solo la hija escapa al destino de los varones y también al de ser madre: sí adopta, ya es una mujer mayor, a una niña de procedencia desconocida a la que había traído de uno de sus viajes y que amansa un poco su carácter agrio. Cierra el taller y vive de sus pocas rentas, saliendo cada vez menos de casa, pintando ya solo un retrato tras otro de aquella cría, primero, y después adolescente, única heredera de una fortuna reducida pero que, por comparación con la miseria circundante, la convierte en una de las mujeres más ricas de la región.

La joven sí se casa, con un terrateniente de un pueblo vecino, de pocas luces y carácter taciturno que solo entretiene el tiempo matando perdices y removiendo las ascuas de la chimenea. La tercera de sus hijas, que será la última y la única de las tres que sobrevive al sarampión, se ve dueña de tierras, casas, campesinos, ganado, y de una capilla dedicada a san Miguel en la iglesia recién construida en piedra, después de que un fuego, quizá provocado aunque nunca se encontró al culpable, quemara el edificio de madera que albergaba la anterior. Sus riquezas no le bastan; que se emborracha con el dinero, murmuran de ella. Compra terrenos a vecinos en quiebra –regateando hasta el último cuarto–, puja en subastas y pleitea para extender las lindes de sus propiedades. En realidad, no la mueve la avaricia, sino el miedo. Ha visto a campesinos y criados matar perros a palos, propinar palizas a sus esposas y a sus hijos, colgar a gitanos que merodeaban por la región, destazar a soldados franceses. Sabe de su brutalidad y de su odio. Sabe que el servilismo es la cara visible de su deseo de venganza. Se imagina a sí misma apaleada, ahorcada, degollada. Afuera el mundo es una tiniebla. Solo lo ilumina el fulgor del fuego. Necesita protegerse, levantar un muro, defensas contra las que se estrelle la mala fe de los villanos. Y para ello tiene que contar con la obediencia del alguacil, de los soldados, del cura e incluso del obispo.

Por eso se muere de risa cuando se anuncia la amortización. Los campesinos salen a la calle, borrachos la mitad, a celebrar que se van a repartir entre el pueblo las propiedades de curas y monjes, aquellos holgazanes corruptos que les arrebatan con sus latines hasta la leche de las cabras. Y ella llora de risa, se da palmadas en los muslos, las carcajadas reverberan en pasillos y salones.

Los campesinos no tardan en descubrir que las tierras eclesiásticas no se repartirán sino que serán subastadas. Ninguno de ellos tiene dinero para pujar y no son capaces de ponerse de acuerdo juntando el dinero de varias familias para hacerse con terrenos o edificios. El colmo es que también se subastan las tierras comunales, de las que hasta entonces habían sacado madera, pasto para las ovejas e incluso terrenos en los que les permitían sembrar hortalizas. Todo se pierde. Queda en manos de gente que ni conocían. Se levantan cercas, llegan guardas de fuera, que ni para eso los contratan a ellos. Y el hambre va pasando de una familia a otra como una plaga, y los bebés muerden los pechos de las madres para arrancar aunque solo sea unas gotas de leche, y los hombres llegan uno tras otro a la puerta de la heredera, como la llaman, esqueléticos y arrastrando los pies, imploran, se arrodillan, y se cuenta que las carcajadas de la mujer se oyen desde el río y desde la sierra, que las risotadas duran toda la noche, pero que más tarde empieza a gritar y maldecir, a amenazar hasta a los santos del cielo, porque la ha vuelto loca la codicia o porque nunca ha perdido el miedo o incluso lo aumentan aquellos desharrapados que recorren sus tierras mendigando. O puede que todo sea un invento de un sobrino segundo de la capital, que se asocia con el médico, el juez y el obispo para certificar como loca a aquella mujer, meterla en un manicomio y declarar albacea al joven, que nunca había estado en el pueblo y que solo lo visitará en una ocasión para firmar los papeles que le dan derecho a administrar los bienes de la enajenada. Hay quien no obtiene beneficio de aquella maniobra pero aun así asiente satisfecho, porque ya está bien de que las mejores tierras lleven décadas en manos de mujeres, y de que hombres hechos y derechos tengan que doblar la cerviz ante las faldas.

Las tierras seguirán siendo administradas desde la urbe por sucesivas generaciones de hombres poderosos que ni siquiera se ven obligados a mirar las bocas desdentadas y los niños piojosos a los que exprimen y reprimen, y castigan con ferocidad cualquier hurto e incluso cortar leña en montes que no benefician más que a los jabalís y los corzos. ¿A quién le extrañará que luego en aquellas regiones se quemen iglesias, se viole a monjas, se empale a guardias civiles, se expropien tierras para dárselas al pueblo aunque luego vuelvan a verlas en manos de los de siempre, porque los campesinos ganaron batallas pero nunca una guerra?

Y se habitúan a que la vida es eso, al luto casi permanente de las mujeres y al gesto amargado de los hombres. Al alcohol y al tabaco fuertes, ellos; a bisbisear súplicas en la iglesia, ellas. A comer hierbas silvestres aunque a veces les provoquen retortijones en las tripas. A las tercianas y al tifus y a resfriados crónicos que los llenan de mocos y les obligan a dormir sentados para no asfixiarse. Al olvido. A la distancia. A la indiferencia. A ovejas huesudas que no tienen fuerzas ni para patalear mientras son degolladas. A blasfemar por lo bajo, ellos, salvo en el bar, único sitio en el que está permitido decir la verdad, donde se cagan a gritos en Dios y en toda la corte celestial.

Y se van muriendo. Y se van yendo. Poco a poco, en cada familia uno o dos de los hijos. En cada familia uno, dos huecos alrededor de la mesa familiar. Un silencio que crece y se adensa. Vacíos.

El mundo cambia. Cambian las supuestas leyes de la historia. Ya no es posible establecer paralelismos entre los movimientos de pueblos y las borrascas. Nadie corre ya a llenar el hueco que dejan los pueblos al huir o emprender la búsqueda. No hay estampida. Un movimiento lento e imperceptible. No se piensa en el otoño cuando caen las primeras hojas: el árbol todavía parece intacto.

Pero se abren boquetes en los tejados de las casas, se derrumban muros y tabiques. Las plantas encuentran su sitio entre las grietas, tentáculos verdes palpando el aire. Por las noches, cada vez menos luces en las ventanas. Puertas cerradas. Persianas que nunca se levantan. Van desapareciendo los animales; apenas un rebaño de ovejas recorriendo todas las mañanas la zona hoy seca que ya no cubren las aguas del pantano –por la sequía, por los arrozales valle abajo, por las piscinas–, casi en fila india hacia la orilla del agua, aunque casi nunca la alcanzan, y al atardecer en dirección contraria. No necesitan pastor –¿se ha ido también el pastor?–, sin perro, ellas solas, siguiendo a un carnero grisáceo y a una oveja vieja, como generales vencidos que no se vuelven para comprobar si los soldados los siguen en la retirada. Y ya no hay lobos ni jabalís ni corzos. Apenas quedan gallinas, unas docenas en los corrales de los más viejos que no se han ido porque no sabrían a dónde ir, porque no quieren ser una carga para los hijos que ahora pueblan las ciudades dormitorio. ¿Por qué no llegan las hordas? ¿Ya no vendrán los bárbaros? Las vibraciones no se transmiten en el vacío. La Historia tampoco.

Ni siquiera el tiempo pasa. No están muertos. No están muertos pero a veces sienten que lo están. O que podrían estarlo y nadie se enteraría de ello.

En el cementerio, cada vez menos flores.

Los que se fueron

Rodrigo. Hay una rabia en Rodrigo que quizá ya sentía de niño, la necesidad de agredir o defenderse, aunque no podría decir a quién ni de quién. Es un estado de ánimo, como la tristeza o la curiosidad. Pero para que fuese de verdad un estado tendría que ser transitorio, y él siente la rabia de la mañana a la noche. Solo a ratos se olvida de ella, igual que puedes dejar de ser consciente de un sonido –quizá el de una autopista cercana– pero lo percibes sin darte cuenta.

Cuando se fue del pueblo no podría decirse que lo lamentara porque se sintiese bien allí, sino porque se iba obligado, empujado. No me dejaron otra, diría él si alguien le preguntara. Lo expulsaron fuerzas que tenían algo de fantasmagórico, una conjura contra él y contra todos quienes eran como él. No habría podido explicar en qué consistía pero sí sabía ponerle rostros: el del presidente del Gobierno, el del alcalde, el de todos esos políticos que ve por televisión, da igual de qué partido porque todos son iguales.

Cuando emigró tenía veinticuatro años, rotos los dos incisivos centrales superiores –un accidente con una lata de tomate en la que metió un petardo para ver hasta dónde saltaba– y una ausencia de grasa en su cuerpo que hacía pensar en alguna enfermedad grave. Ahora se acerca a los sesenta, ha ganado suficiente para haber podido arreglarse la boca y, aunque sigue teniendo una apariencia de hombre delgado, por sus huesos largos y pómulos muy marcados, una barriga redonda y estrecha le abulta el vientre. Cuando sonríe, a menudo tras una afirmación cáustica o amarga, muestra los dos dientes centrales superiores, desproporcionadamente grandes en comparación con los demás. En el pueblo despreciaba a la gente de la capital: todos maricas, todas putas, vagos, flojos. Y aunque luego la realidad no confirmase sus prejuicios, aún miraba con disgusto a los pocos compañeros que no procedían de un pueblo. Trabajó en una fábrica de cribas y trituradoras para minería que se vio obligada a cerrar cuando la reconversión industrial. Llaman reconversión a mandar a la gente a la puta calle, decía Rodrigo, cuando aún leía el periódico y estudiaba las noticias no tanto para saber qué sucedía en el mundo sino para confirmar sus animadversión hacia él. Luego abrió su propia empresa de fontanería de la que él y su mujer eran los únicos empleados y ya solo le interesaba cuántos impuestos tendría que pagar y de qué forma evitarlo. Sentía como un acto de justicia que en su profesión se pudieran cobrar tantos trabajos en negro, aunque no podía hacerlo en todas las ocasiones que habría deseado.

Su mujer, Isa. Venía de un arrabal de la capital, que era lo más parecido a venir de un pueblo, porque aunque ella hubiera nacido en la ciudad, sus padres emigraron del campo, como casi todos sus vecinos. Llevaba las cuentas de la fontanería. Cogía las llamadas. Limpiaba la casa. Cocinaba. Se quedaba detenida en mitad del salón mirando las desventuras y maldades de las mujeres que mostraban las telenovelas. Se mordía las uñas, los padrastros. Fumaba con ansia, como quien se hace a propósito algo malo, esas personas que producen cortes con una cuchilla en los muslos y los antebrazos.

Rodrigo e Isa no tuvieron hijos. Es verdad que para él no era un drama –nunca se le dieron bien los niños ni los animales–, pero sentía rabia al ver a su mujer agostarse y amargarse por la maternidad fallida. No le contó que el médico le había diagnosticado escasa movilidad a sus espermatozoides. Tomó a escondidas el medicamento que le recetó, pero no dejó de fumar ni beber, porque entonces, ¿qué alegría le quedaba? Putos médicos, decía, cuando tenía ocasión y, desde luego, nunca habría aceptado la fecundación in vitro. Aunque no era religioso, decía que si Dios no te ha dado hijos hay que aguantarse, igual que te aguantas si te ha hecho feo o jorobado. A Rodrigo le habría gustado regresar al pueblo. Por eso restauró la casa paterna –hizo él mismo la fontanería en fines de semana y también parte de la carpintería–. Solo logró convencer a su mujer para que pasase en ella dos veranos. Se quejaba de que era incómoda, demasiado calurosa y el aire acondicionado le levantaba dolor de cabeza, no había nada que hacer, se aburría, no tenía ganas de admirar hijos, sobrinos, nietos de todas esas mujeres cuyo parentesco con Rodrigo nunca lograba recordar. Les unía un rencor difuso, un sentimiento tan denso y duradero como el amor. Rodrigo a veces fantaseaba con que Isa moría y él regresaba al pueblo. Pero enseguida pensaba que no podría vivir sin ella, no porque le pareciera una catástrofe insuperable, sino porque se habría sentido como si llevara los zapatos en el pie cambiado. Rodrigo también fumaba continuamente. Toda la casa olía a colillas. Casi nunca abrían las ventanas.

Marce. Una amiga que se había marchado dos años antes le contó que buscaban empleadas en una fábrica de conservas de pescado. Su novio acababa de decirle, examinando el vaso de cerveza como si allí fuese a ocurrir algo significativo, que quizá deberían tomarse un tiempo. Marce se fue como quien da un portazo. Como quien tira una taza al suelo. Pero luego quitar las barbas a los mejillones le producía arcadas. Y los guantes le levantaban ronchas, por lo que también llevaba guantes durante el fin de semana, aunque hiciese calor: pensaba que esas manos enrojecidas tenían que causar repulsión a quien las viese. Y su amiga se enfadó con ella porque no soportaba que protestase tanto y estuviese todo el tiempo disconforme. Hola, marquesa, le decía; adiós marquesa.

Por las noches, Marce miraba por la ventana mientras oía las voces de la televisión. Le habría gustado llamar a la puerta de cualquiera de esos vecinos a los que espiaba, sentarse a su mesa, decir, soy Marce, acariciar la cabeza de los niños, decir también, no, no, bueno, solo un poquito, así está bien, gracias; dar un traguito de vino e inventarse una vida que contarles.

Carmen. Si a Carmen le hubiesen dicho que abandonaría el pueblo, que se mudaría a la ciudad, que bailaría en discotecas hasta la madrugada, que bebería *gin-tonics* e incluso *bourbon*, que despertaría con resaca y sin mala conciencia, que pintaría de negro las uñas de sus dedos regordetes y aún con magulladuras, que se tomaría el café en la cama, que alguien le acariciaría la cabeza, que la escucharían, sobre todo eso, que tendría ante sí rostros en los que había atención y maravilla; si le hubiesen dicho, aunque nadie se lo habría dicho por vergüenza, que a veces la lengua de una mujer le lamería el coño mientras ella acariciaba su pelo tan corto que pinchaba; si le hubiesen dicho que cualquiera de esas cosas iba a suceder, se habría palmeado los muslos y soltado una de esas risotadas que hacían que la perra se levantase de donde estuviese tumbada para buscar un lugar más tranquilo. Entendedme: Carmen trasquilaba ella misma a sus ovejas, retorcía el cuello a las gallinas, las desplumaba y les arrancaba las vísceras de un tirón, fregaba con una bayeta y agua con lejía el suelo de la casa, haciendo eso que ya nadie hace, arrodillarse para poder frotar con más fuerza, sobre todo en la habitación y el baño que tenía en alquiler para gente de paso. Carmen se limpiaba las manos en el delantal, daba de comer a los cerdos y se reía cuando peleaban por los restos de verduras y el pienso, imitaba los ruidos que hacían al comer, sus chillidos, y sentía una satisfacción de brazos en jarras, sonrisa y cabeza ladeada cuando los lechones trepaban unos sobre otros para llegar a las ubres de la madre. A dos los había alimentado ella con biberón porque estaban demasiado escuálidos y nunca conseguían imponerse a sus hermanos a la hora de alcanzar una ubre. Carmen habría explicado que lo hacía porque cuantos más animales mantenía con vida, más podía vender, pero en realidad le divertía –¿y le conmovía?– verlos mamar en su regazo con los ojos muy abiertos, como si no pudiesen creerse tanta felicidad.

Ella no podía creérsela. Aunque ese es otro asunto que habría que dilucidar: ¿era más feliz ahora que antes? Feliz, eso qué es, respondería Carmen. Estaba sorprendida, es verdad, porque nunca había imaginado que su vida cambiaría de tal manera. Un día estás echando hierba a los conejos y otro estás en la inauguración de una exposición de pintura abstracta. Cris le había enseñado a decir *Fuck me*, para expresar sorpresa. Pues bien: *Fuck me*.

Cris dejó la enorme maleta en la entrada de la casa y un gesto de desconcierto, como si no supiera por qué estaba allí. Una gallina mojada, algo que está a punto de ahogarse en un charco. Intentaba sonreír de todas formas, y se recogía el pelo detrás de la oreja cuando se sentía insegura. Carmen tuvo la fantasía de sentar a aquella mujer menuda en su maleta y subir a las dos en brazos a la habitación. No sabía cuánto tiempo se iba a quedar y no se lo preguntó. Le enseñó el baño, cómo cerrar los postigos de la ventana, la llevó a la cocina para mostrarle dónde estaban tazas, platos y cubiertos. Cris se sentó en un banco de madera, las rodillas juntas y los pies separados, ojos somnolientos; ese sería su sitio favorito, con la espalda contra los azulejos, mirando a Carmen triturar, picar, batir, amasar, trocear, pochar, asar, hornear, freír. La contemplaba no como quien quiere aprender algo, sino como quien no puede hacer otra cosa. Me dices si te molesto, le dijo a Carmen. O si te puedo echar una mano, aunque no soy buena cocinera. Carmen frotó las manos contra el delantal aunque las tenía secas. Le sirvió en una taza el caldo que estaba borboteando en la olla. Tenía la impresión de que debía cuidar a esa mujer, ayudarla a reponer fuerzas, alimentarla de a poquitos, como a los lechones esmirriados. Esa misma sensación tuvo cuando la cuarta o la quinta noche Cris entró en su dormitorio y amoldó su cuerpo al de ella, pegó la espalda a su pecho y tomó uno de sus brazos para que la rodease con él. No se dijeron nada, durmieron así, tan juntas como si fuesen un solo animal, tibias, agradecidas, cada una a su manera.

En los días siguientes Carmen descubrió lo que era el vértigo. Hasta entonces los ritmos de su vida habían estado sometidos a variaciones lentas, que se iban ajustando al paso de las estaciones y, con ellas, de las tareas. Casi nunca tenía prisa, no se le amontonaba el trabajo. Pero las verduras comenzaron a ponerse lacias sobre la mesa, los cerdos clamaban por su comida, las cabras exigían ser ordeñadas. Los cacharros se acumulaban grasientos en el fregadero. El deseo rompía cualquier previsión, cualquier otra urgencia. Cris, la menuda y frágil, mostraba una energía y una fuerza que desconcertaban a Carmen; era un animal al acecho; sus miembros se multiplicaban; la voz le salía de un cuerpo que no podía ser el suyo.

¿Y si te vienes conmigo?, le preguntó Cris, desnuda sobre Carmen, sujetándole las manos contra la almohada como si fuese ella la más fuerte de las dos.

Carmen contrató a un vecino que estaba en paro para que fuese a vivir a su casa y se ocupara de los animales y del huerto. No dio explicaciones en el pueblo y si le preguntaban se limitaba a chasquear la lengua para cerrar la conversación. Además, ¿cuándo coño le habían preguntado nada?

En pocos días Carmen descubrió: que había bares y discotecas a los que solo iban mujeres; que podías cenar y beber yendo de galería en galería de arte si estabas atenta a las inauguraciones; que es posible sobrevivir con un ordenador y un móvil; que el mundo del que ella venía era tan remoto para algunas de sus nuevas amigas como el Antiguo Egipto o la Edad Media; que podías atravesar la vida sin saber arreglar ni una sola de las herramientas que utilizas; que la curiosidad puede ser una forma de amistad o de amor; que dos mujeres pueden ir a un hotel y tomar una habitación doble sin que las miren mal ni se ría nadie; que la comida precocinada no está tan mala; que su cuerpo no era sobre todo una máquina para la producción; que no echaba de menos a sus animales; que los domingos, y los sábados también, están para descansar. Pero lo que más la sorprendió fue descubrir que el destino no existe. El destino es una engañifa aún más grande que la religión.

Lau. A los dieciséis años, tu vida son los amigos. La familia, la escuela, los vecinos, las rutinas en la casa son eso que en realidad no te pertenece y te gustaría dejar atrás; una imposición; una cárcel. Lo que no eres tú pero te obligan a que lo seas. Tus amigos son la grieta por la que te escapas. Tus amigos son los cómplices de todas tus rebeldías, de todos tus delitos. Por eso Lau no quería marcharse. Aunque sus mismos amigos le dijesen, joder, qué suerte, tía, ya quisiera yo. Mudarse a la ciudad, donde no te reconocen por la calle ni te dan recuerdos para ni te dicen dile a tu madre que. Un lugar en el que nadie sabe que tu padre murió de cáncer, y pobre, tan pequeñita, ni que tu madre bebe más de lo que está bien visto, porque una vez todo el mundo, pero día sí, día no, eso ya no es ni medio normal y sobre todo da pena por la hija. Lau no quería dejar a su madre a merced de los vecinos y de una familia en la que todos compartían la misma infelicidad y no podían soportar que alguien fuese infeliz a su manera.

Si al menos hubiese tenido malas notas. Pero en el colegio privado que eligieron su madre y los tíos que vivían en la ciudad se quedaron muy impresionados con sus calificaciones y con los resultados de la prueba de admisión. Debería haberse equivocado a propósito en las ecuaciones, cometido faltas de ortografía, haber escrito frases confusas. Pero le habría dado rabia que la tomasen por una paleta. ¿Qué os creéis, que solo se aprende en vuestros colegios de mierda? De adolescente siempre encuentras tu hueco, aunque sea un agujero excavado en la tierra. Te sientes con tanta intensidad que el mundo es esa imagen cambiante que ves por la ventanilla del coche, está y no está, solo tú eres real (más tarde descubres que es justo al contrario). Así que Lau encontró un hábitat en el que ir creciendo, extendiendo sus ramas, tomando forma; sí, podándose también, recortando lo que chocaba con los bordes, dejas de ser enredadera y te conviertes en seto, más sólido, concentrado, resistente al viento. ¿El pueblo? Un recuerdo difuso, una nostalgia inventada, la alegría de haber escapado a tiempo. Un álbum de fotos, muchas de las cuales ni reconoces. ¿Era esa yo? No puede ser, mira qué piernas, y ¿por qué metía la cabeza entre los hombros, que parece que estoy esperando un golpe? Qué va, no soy yo. O sí...

La madre murió de cirrosis ya muy mayor. Apenas se hablaban porque la conversación era imposible, más aún por teléfono. Lau tuvo dos hijos de dos maridos. Trabaja en una empresa de automoción. Hoy la ves y no distingues el pueblo en su figura, en sus ademanes, en su acento. La oyes y no sabrías decir de dónde viene. Ese es su principal logro. No ser nadie para ser ella. O a lo mejor se equivoca.

Robocop. No se llama así, por supuesto, aunque a veces a él se le olvide su propio nombre como se le olvidan tantas cosas. Su vida está hecha de repeticiones con las que se aferra a la memoria y, si pudiera expresarlo de esa manera, a su identidad. Frases como jaculatorias, un repertorio con pocas variaciones al que echa mano a la menor inseguridad. Algún refrán. Bromas de unas pocas palabras. Una sonrisa y una mirada pícara que pone en cuanto se le acerca alguien como si compartiera con ese alguien un secreto del que no deben hablar ante extraños. ¿Qué tal?, le preguntan. ¿Para qué estar mal cuando puedes estar bien?, responde y espera que la otra persona –¿quién será?– se dé por satisfecha. Qué bien vives, le dicen, el Gobierno te lo paga todo. Y él responde: a ver; otro de sus comodines preferidos.

¿Cuándo salió del pueblo, en qué año? Aún no tenía pelos en los huevos, otro latiguillo que repite ya sin reír y sin esperar que nadie se ría, aunque se lo preguntan una y otra vez, desganados, porque los días son muy largos en el asilo y de alguna manera hay que matar el rato, porque las cartas cansan y la maledicencia también.

La verdad es que no recuerda casi nada; o, para ser precisos, tiene muchos recuerdos, pero es incapaz de ordenarlos y ni siquiera podría jurar si se trata de memorias o de sueños. Paisajes bajo el sol, una cabra mirándolo inquieta, mujeres, hombres, niños que no sabe quiénes son, un piso en el que quizá vivió. Y del accidente solo el vértigo inicial y luego un ruido tremendo dentro de la cabeza.

Tenías la cabeza abierta como una sandía que ha reventado contra una piedra. Eso le dice, una y otra vez, esa mujer que al parecer fue o es la suya. Se sienta junto a él, le pasa el dedo por el cráneo pelado recorriendo surcos y protuberancias. Te dimos por muerto; los médicos te dieron por muerto.

Mala hierba, responde él invariablemente, y no termina la frase. Sabe, eso sí, que por debajo de la piel suave del cráneo, sin un solo pelo, hay al menos tres placas de titanio. Tres, le dice la mujer poniéndole un abanico de dedos delante de los ojos, siempre maravillándose como si fuese la primera vez. Tres placas de titanio, porque la brecha era tan grande que no habrían podido soldarla. A saber dónde fueron a parar los huesos. Se los comería un perro, dice él. El médico dijo que te morías sin remedio, y aquí estás. Mala hierba. Ella le cuenta que el andamio no estaba bien atornillado, que no fue culpa de él. Se lo dice como para descargarlo de un peso. Y luego le dice esa mujer que fue o es suya que si el seguro, que si la responsabilidad, que si el banco. Él asiente y cuando ella llega a lo de «claro que pagaron, cómo no iban a pagar», una frase que no le parece nueva aunque tampoco podría decir con seguridad que ya la ha escuchado, asiente, sonríe como para disculparse de antemano si no es lo que se espera de él, y responde: a ver.

¿Una cervecita, Robocop? Él niega con la cabeza, porque sabe, sabe, sabe que no debe probar el alcohol, es una de las cosas que no olvida porque luego el mundo se vuelve tan extraño, los colores suenan como si arañases metal, le entra por dentro una ira que no reconoce pero sabe justa, siente que tendría que reventar algo, un escaparate, al menos una papelera, así que niega y niega hasta que alguno lo convence, venga, un traguito no hace daño.

No está seguro pero cree que después siempre llora la mujer, y se enfada, y dice hay que ver qué mala baba tiene esta gente, y tú eres tonto por hacerles caso, te van a acabar matando. Y entonces él duda entre decir mala hierba o a ver o quizá un traguito no hace daño. Pero no sabe qué cara poner porque ella lo mira con lástima, una mirada que él solo pondría ante un perrillo que se está muriendo, y le pregunta: ¿te gustaría volver al pueblo? Y le vienen a la memoria bloques de ladrillo rojo, de seis o siete pisos, todos iguales, en uno de esos vivió él, y estaba trabajando en uno cuando se cayó del andamio, pero antes hubo algo, un lugar borrosamente blanco, y una plaza en la que encendía una hoguera mientras sonaba música, él, rodeado de otros jóvenes, fumando, bebiendo, cuando el alcohol aún no le hacía daño y él no era Robocop, sino Elías, exactamente, así se llamaba. Levanta la vista hacia ella, quisiera contestar algo que hiciese feliz a esa mujer de ojos llorosos, consumida. Le sonríe. Asiente con la cabeza y dice: a ver.

Azucena. Tenía un novio demasiado gordo y un perro demasiado pequeño. Y no era capaz de decidir si su novio y su perro no pegaban con ella o si era ella la desajustada. Al fin y al cabo, quién decide lo que es demasiado o demasiado poco. Pero, para ser sincera, a Azucena le parecía que eran los demás los que tenían que adaptarse a sus necesidades. Tenía el ejemplo negativo de su madre, que siempre quiso que la comida estuviese en su punto y los muebles sin una mota de polvo y que su sonrisa al llegar el marido fuese idéntica a la de algunas mujeres en los anuncios, que no parecen haberla ensayado sino haber nacido con ella puesta, y no es que la madre no consiguiera su objetivo: cocinaba, limpiaba y sonreía con auténtico esmero, pero acabó atiborrada de pastillas en un sanatorio de la capital. Azucena no quería sonreír tanto al ver llegar a su novio ni pasarse la vida cepillando el pelo del perro.

Azucena se montó en un autobús; atrás quedaban el novio obeso y el perro minúsculo. No se despidió, pero dejó una nota pidiendo al novio que se ocupase del perro. Te va a hacer mucha compañía, ya verás, escribió.

Según el autobús se iba alejando del pueblo, Azucena recordaba al novio menos gordo, le parecía que quizá había exagerado y tan solo se trataba de un chico fuerte, de brazos poderosos, y lo que había tomado por gordura no era otra cosa que un desarrollo muscular considerable; tenía que confesarse que, aunque besando fuese tan torpe que parecía que le estaba lustrando los dientes, abrazaba mejor que ningún otro novio que hubiese tenido: dejarse abrazar por él era como arrebujarse en un mullido edredón en lo más frío del invierno. El perro, sin embargo, no disminuía con la distancia; al contrario, parecía cada vez más grande a medida que transcurrían los kilómetros: como si al mirarlo de más lejos descubriera en él una envergadura y una fiereza de la que no se había dado cuenta hasta entonces. Había sido un buen perro; no le había hecho mucho caso, igual que al novio. Pero es que ella tenía la cabeza en otro lugar y la nostalgia en la carretera.

En el apartamento que alquiló en la ciudad no había sitio para animales ni personas de compañía. Era una sola pieza abuhardillada donde no cabía ni un armario y tenía que dejar la ropa en maletas en un altillo al que se accedía por una escalerilla de madera: subir a por una muda de ropa tenía algo de aventura o al menos de peripecia juvenil. Cuando hacía frío se preguntaba si había elegido bien: el tejado no tenía aislamiento y, para no gastar un dineral en calefacción, se veía obligada a dormir con gorro de lana y dos pijamas de felpa. Pero ella se encontraba a gusto. Entendía que todo cambio te da y te quita algo. Las ganancias netas no existen en la vida. Por ejemplo, el nuevo trabajo en una panadería le gustaba más que el de la pescadería en el pueblo, pero le hacía levantarse a las seis y por eso podía trasnochar menos. Se dormía viendo la televisión en el sofá y a veces ni se iba a la cama. El tiempo pasa. Te acostumbras. Lo provisional se vuelve rutina. Dejas de preguntarte cuál será el próximo paso. Vas al supermercado, limpias la casa, trabajas, ves la televisión, pierdes el contacto con un pasado que va pareciendo ajeno, ya no envías *whatsapps* a menudo a la gente que se quedó en el pueblo, tampoco recibes ya tantos, solo en cumpleaños, en navidades. Como tus padres murieron muy pronto, no te sientes obligada a regresar. El pueblo cada vez más nebulosa, cada vez más sueño.

Te acostumbras a que esa va a ser tu cara para el resto de tu vida, una expresión que apenas cambia, tan solo va ablandándose, pero un día descubres que sí ha habido una transformación: ahora pareces más que una mujer decidida una mujer resignada. Sin embargo, estás bien, no puedes quejarte. Ganas más, pero no has querido cambiarte de piso. Te has acostumbrado.

Acabas teniendo otra vez novio y perro. En realidad, el perro pertenece al novio. Te quedas a dormir en su casa los fines de semana. El nuevo novio sí sabe besar: tiene una lengua de camaleón que acaricia todos tus rincones, pero a cambio no se le dan tan bien los abrazos. Eres tú quien lo abraza, y entonces lo sientes encogerse un poco y te jadea en el oído que, por favor, no le aprietes tan fuerte. Porque ahora tienes un perro demasiado gordo y un novio demasiado pequeño. Quizá ese ha sido tu problema principal: nunca has sabido atinar con las medidas.

Emilio. Él es uno de esos que se van del pueblo pero nunca saldrán del pueblo. Porque mira a su alrededor y se dice: no me he movido. Sigo en el mismo sitio. No llega a ser pesadilla, pero hay una perplejidad, el desconcierto de estar y no estar, un desconcierto de fantasma, que tiene realidad pero no materia. Y supone que a un fantasma le pasaría lo mismo que a él: repetirá los gestos de cuando estaba vivo pero no estarán unidos a emociones. Un fantasma no siente, y él no siente cuando tira una caña o pone un aperitivo, no siente ante esas personas a las que conoce pero no reconoce. Pasó de regentar un bar en la plaza del pueblo en el que nació a regentar el de su mujer en otro pueblo, a trescientos kilómetros de distancia. Hace exactamente lo mismo que antes, pero es como si lo hiciese otro, un suplantador idéntico a él.

Todo esto no se lo puede explicar a su mujer, claro está. Ella se da cuenta de que es infeliz y le pregunta y le acaricia y lo arrulla, pero él no puede explicarle porque tampoco es capaz de pensar hasta el final lo que le sucede. No es que en el pueblo de origen fuese feliz, tampoco desgraciado: vivía de una forma que parecía natural, y la gente con la que trataba sentía lo mismo. No te planteas tu espacio hasta que te sacan de él. O quizá sería todo más fácil si se hubiera ido a un lugar completamente diferente y cambiado de actividad. Entonces se reconocería: sería él aprendiendo a desarrollar otra tarea en un sitio nuevo.

Está secando a mano unos vasos cuando se le ocurre una imagen: la de un lagarto al que han extraído del monte en el que habitaba y lo han metido en un terrario: hay arena, fragmentos de roca, trozos de madera, hierba, musgo, insectos. Lo que tenía antes para vivir lo tiene ahora. No necesita nada e incluso podría decir que está a salvo de depredadores. Pero todo se le antoja falso, limitado. Y, aunque se sienta protegido, no puede evitar la angustia por encontrarse separado de lo que ve por un cristal, transparente y definitivo. El hombre se apoya en el mostrador. Sabe que el tiempo pasa, pero no lo nota. Su mujer está limpiando una mesa. Observa sus movimientos enérgicos, convencidos, necesarios. Dos grupos de clientes juegan a las cartas en silencio, con parsimonia, como si tampoco ellos estuviesen allí del todo. Mira lo que le rodea a través de la vitrina en la que se encuentran las tapas y las raciones. Se pone a llorar y los clientes giran hacia él sus cabezas, asombrados, desde el otro lado del cristal.

Ágata. Ella no tenía la impresión de vivir en el pueblo, de ir a la escuela en él, de recorrer sus calles y atravesar la plaza, de acostarse en una cama, en un dormitorio, en un hogar, no rezaba en una iglesia, no acompañaba a su madre a la compra al supermercado, no iba al nuevo centro de salud a que le pusieran el termómetro, le recetasen medicamentos para bajar la fiebre y le regalasen caramelos del bol de cristal que siempre estaba sobre la mesa de la doctora. Ella había hecho esas cosas, y dar de comer a las gallinas de la abuela, ayudar a fregar el suelo, arrancar las malas hierbas que crecían entre las baldosas del patio. También eso lo hizo. Pero Ágata no había vivido en el pueblo. Si le preguntabas, te decía que había pasado la niñez y el principio de la adolescencia sumergida en el pantano. Por eso las voces le llegaban distorsionadas, un lenguaje de extraterrestres, ondas que no conseguían comunicar nada.

Además, ¿cómo descifrarlas con los oídos taponados por el agua?

Ágata, cuando se escapó de casa, estaba escapando del fondo del pantano. De no haberlo hecho, se habría quedado allí flotando, balanceándose como un alga, en una penumbra permanente, alrededor una imagen tan difusa que parecía pixelada. ¿Sabéis cuando habéis resistido todo el tiempo que os es posible bajo el agua, cuando parece que los pulmones no pueden aguantar más la ausencia de oxígeno y que la cabeza os va a reventar por la presión y salís de repente a la superficie? Debe de ser como volver a la vida tras un paro cardíaco, esa mezcla de susto y alegría. Respirar a bocanadas, hasta que duele, hasta que no puedes evitar reír.

¿Lloraron papá y mamá al comprobar su desaparición? ¿Pusieron anuncios por la calle, con su foto y un cartel en mayúsculas que dijese: DESAPARECIDA. SI LA HAS VISTO LLAMA POR FAVOR AL... Seguro que lo denunciaron en el cuartel de la Guardia Civil. A lo mejor, después de un tiempo sin noticias, llamaron a la radio, a la televisión, a los periódicos. Pero probablemente ningún medio se interesó por la ausencia de una chica en un pueblo que casi nadie sabría situar en el mapa. ¿Lloró su hermana? ¿Sus amigos?

Ágata vive ahora en una ciudad. Ha trabajado de camarera en la costa, luego pasó del bar de un hotel a la recepción. Es un hotel familiar, le pagan en metálico cada semana. No tiene seguridad social pero le da lo mismo. Como el hotel está a varias calles de la playa y en una población del norte más bien fea –ladrillo y circunvalaciones, hormigón y chimeneas apagadas–, rara vez se llena, así que puede ocupar una de las habitaciones. Los dueños se alegran de tener allí a esa joven responsable y alegre, y les da tranquilidad que se quede por las noches; así hay alguien que puede echar un ojo si los huéspedes arman alboroto.

Ágata aún se siente liberada de un peso. Salvo en su trabajo, no tiene que rendir cuentas a nadie. El lastre de las expectativas no la arrastra hacia el fondo. Fuma poco, bebe los fines de semana, sale con chicos y deja de salir con ellos cuando le apetece. A veces se va de vacaciones con unos amigos que tienen una caravana. Está ahorrando con el objetivo de, sin esperar demasiado, pasar un tiempo sin trabajar; eso no se lo ha dicho a los dueños del hotel. Aunque el mar no queda muy lejos, dos veces por semana va a nadar a la piscina. Es una piscina olímpica, con ocho calles. Le gusta nadar así, sin nadie que obstaculice su avance, sin ocuparse de los demás, sin prestar atención. Ella sola con su cuerpo y con sus fuerzas. El agua que la sostiene; los brazos y las piernas que la impulsan. El deseo. La alegría. Y, sobre todo, le gusta cuando al llegar a cada extremo, se sumerge para girar sobre sí misma, se impulsa con las piernas contra la pared, y vuelve a sacar la cabeza a la superficie, a aspirar el aire con fuerza, ya sin miedo.

Vito. Venga ya, ni de coña. No se lo puede creer. También es casualidad. ¿Tú aquí?

Vito se fue a los veintiséis con la excusa de que estaba a punto de cerrar el taller de chapa y pintura donde trabajaba y mejor se ponía ya a buscar otra cosa. Pero es que la gente es gilipollas y sus compañeros los peores. Alusiones, bromas, gestos, todos ellos compinches, camaradas, venga, no te cabrees, no hay mala intención. Lo que pasa es que también el padre le miraba de través, aunque es verdad que no decía nada. Al padre se lo perdonaba. Qué puedes esperar de un hombre que rebaña el plato con un mendrugo, se escarba los dientes con palillo y ha trabajado desde niño, y tiene la piel cuarteada y los dientes desportillados y amarillos, y mucho levantarse antes de amanecer y labrar y hacer matanzas pero vive en una casucha que se cae a pedazos. Así que el único orgullo que le queda es justo ese, el de haberse deslomado sin rechistar, el de aguantar y ser fuerte, el de ser un hombre. ¿Y no es él también un hombre?

Si se acostó con aquel compañero de mili fue porque se dio la ocasión y tampoco tenían nada mejor que hacer. Habían bebido pero no estaban borrachos. Les apeteció. Se masturbaron mutuamente. Follaron. Lo pasaron bien y repitieron otra vez antes de que los licenciaran. Ni se arrepiente ni se avergüenza. Pero estaba harto de bromas y pullas y mierdas. Hazme una paja, Vito, cómeme la polla, Vito, venga, que sabemos que te gusta. Se fue por cansancio. Por aburrimiento. Porque estaba convencido de que no le iban a dejar tranquilo, ni siquiera sus amigos, con sus risitas tontas y sus putos guiños. Y si se acercaba a una chica siempre había alguno que le iba con la historia. ¿Les importaba a ellas? Quizá no, pero sí que la gente comentase y murmurase y suponía que también tener que aguantar las tonterías de las amigas o, es posible, les preocupaba que no fuese un hombre para tener hijos, familia, un futuro claro, un objetivo previsible.

Que les den. A ellos y a ellas.

Vivir en la ciudad era distinto. No es que la gente fuese más tolerante ni mejor. La diferencia era que no estabas obligado a estar siempre en el mismo grupo. El pueblo era una charca. La ciudad un río. Y él nadaba de un punto a otro, flotaba o se dejaba llevar o nadaba a contracorriente. O se marchaba a otro río.

Pasó por varias ciudades, por varios talleres, por camas de hombres y mujeres, sin expectativas ni planes. Vivía como quien se levanta cada mañana preguntándose: ¿qué hago hoy? Claro que estaba el trabajo y que no podía dejar de ir al taller cuando le venía en gana, pero con su oficio no era tan difícil encontrar empleo cuando abandonaba otro. Y gracias a Tinder y Grinder no estaba solo cuando no le apetecía. Formar pareja estable no entraba en sus planes. Además: ¿había alguna pareja estable? Sí, claro, sus padres y gente así. Mejor un tiro en la sien.

Así que le sorprendió mucho la manera en la que se fue acomodando con Ágata. Después de encontrarse en la playa de la ciudad a la que acababa de mudarse, de la sorpresa y las explicaciones, de las risas por el encuentro entre una desaparecida y un marginado, de un par de copas y un par de excursiones juntos, de un par de polvos alegres y curiosos, siguieron frecuentándose sin hablar nunca del futuro, sin preguntarse ¿tú y yo qué somos?, sin ponerse de acuerdo más que sobre lo que harían en la siguiente cita y cuándo se verían. Precisamente eso era salir del pueblo: romper la estructura. Fluir. Flotar. Él aún no sabía que Ágata y él pasarían la vida juntos. Y quizá para ambos fuera una suerte no poder ni imaginar esa posibilidad.

Otros. Otros se fueron, pero nunca del todo porque se marchaban para volver. Un par de años, a lo sumo, y estarían de nuevo en casa. No daría tiempo ni a echarles de menos. Se iban para poder regresar y contar historias de lo que habrían vivido. Se iban sin despedirse porque para qué, si en muy poco tiempo estarían otra vez acodados sobre la barra del bar o haciendo cola en la frutería. Eran como esa gente que se marcha de vacaciones y no corta el gas ni el agua; no son conscientes de que en su ausencia podría haber una fuga o surgir un acontecimiento que no les permitirá volver. Nadie se va de vacaciones pensando que su vida va a cambiar repentinamente.

Otros se marcharon de manera definitiva –o convencidos de que era definitiva– y no le dieron importancia alguna. La vida no es como antes, que nacías en un sitio y te quedabas allí para siempre. Ya no queda gente que no ha visto el mar. Nacer en un pueblo es lo mismo que nacer en una ciudad porque nadie sabe dónde va a acabar ni cómo ni por qué. Vivir es desplazarse, aunque luego también dé igual dónde estás porque la mayor parte del día la pasas en un despacho o en tu casa sentado al ordenador y para dormir cualquier cama es buena. Te vas, bueno, ¿y qué?

Otros se fueron a una edad en la que creían que ya no se irían a ningún sitio. Pero aún no había abierto la residencia de ancianos y a mamá no se la puede dejar sola, la última vez casi incendia la casa; o: el viejo no sabe ni dónde está, la otra tarde lo encontraron caminando por el arcén de la nacional y decía que iba a buscar a su madre porque lo había mandado llamar, ya ves tú, su madre, que la tiene en el cementerio desde hace más de treinta años; o: el pobre Emilio, que mientras vivían sus tíos, bueno está, pero cuando ellos también murieron cómo iba a valerse por sí solo ese niño grande, que creció más que ninguno en la familia pero mentalmente ni cuatro años tenía; o esa pareja cuyos hijos se habían marchado hace tanto y vivían tan lejos que no podían volver ni siquiera en verano porque los pasajes de avión se han puesto tan caros y para cuatro personas es una barbaridad, total para unos días, sí, los niños están creciendo mucho, es una pena que no los veáis más, ¿por qué no os venís?, a vosotros ya no os ata nada allí, la casa, bueno, qué más da una casa que otra, esta también es vuestra casa y así podéis echarnos una mano con los críos, porque los dos trabajamos y Ana tiene unos turnos imposibles, venga, os pagamos el billete, tenemos una habitación grande preparada para vosotros. Y entonces ellos ya no saben qué excusa poner, porque a lo de que quieren que sus huesos descansen en el cementerio del pueblo les responderán que son cosas de viejos, total, cuando te mueres qué más da, no te vas a enterar; y ella llora, porque claro que no es lo mismo, estar en tierra extraña o allí donde reposan los huesos de los padres y de los padres de los padres, huesos que se vuelven tierra, la tierra que han pisado de niños y que les habría gustado que pisaran los nietos, tierra que nutre los olivos y los nogales, y luego las aceitunas y nueces pasan a la boca de quien vive allí, las tocan los mismos labios que después se besan fugazmente por las callejas, se vuelven saliva y otras vidas nuevas, pero eso no pueden decirlo, hacen la maleta, tiran de la puerta y se aseguran de que está cerrada, primero ella, después él, como si se necesitase la fuerza de los dos para que el pestillo quede bien echado, para, antes de salir hacia ese país del que desconocen el idioma y que ni siquiera sabrían señalar en un mapa, convencerse de que la puerta no se abrirá nunca más. Otros se van y no hay de ellos historia conocida: puertas cerradas, persianas bajadas, gente que tampoco tenía mucha relación con los demás porque el pueblo ha ido creciendo y ya no son todos primos o sobrinos segundos o terceros, familia más o menos lejana, más o menos bien avenida, pero con unos lazos que, si se rompían, dejaban una cicatriz, un dolor fantasma. Ahora muchos que viven en el pueblo son extraños –forasteros, los siguen llamando veinte años después–, también porque algunas familias llegaron cuando lo de la hidroeléctrica o, más tarde, con la nuclear. Y un día se convencen de que todos los planes y proyectos se han paralizado, de que la promesa de futuro es un enorme cartel con niños sonrientes y hombres que señalan a lo lejos y mujeres alegrándose de que sus maridos marquen el camino y los niños jueguen, un cartel que amarillea y se abre en costurones. Entonces cierran la casa, que ha sido imposible vender –y eso que pertenecen a una generación convencida de que una vivienda siempre se revaloriza–, viene un camión de mudanzas, y conducen detrás de él quizá en el mismo coche en el que llegaron, y que esperaban poder cambiar cada cuatro o cinco años, porque se habían creído la promesa de riqueza y oportunidades para todos.

Nadie los echa de menos. Nadie recuerda que estuvieron allí. Se llevan sus historias con ellos, nunca echaron raíces. Vilanos que arrastra el viento de un lado para otro, todos idénticos, sin peso.

Otros reptan, corren a cuatro patas o a ocho o a decenas. No huyen; no se trata de una estampida sino de una desaparición progresiva. No los expulsan incendios ni terremotos ni persecuciones ni cacerías. No han sabido adaptarse al cemento ni al asfalto, al ladrillo, a las tierras sumergidas. Habrían necesitado milenios para ir desarrollando nuevas costumbres y nuevos órganos. Pero todo sucedió de la noche a la mañana, porque cuarenta o cincuenta años no son más que una noche desde un punto de vista evolutivo. Cada vez había menos cortezas de árboles en las que horadar, menos matorrales en los que esconderse o desde los que acechar. Los buitres se reunían en conciliábulo para dilucidar por qué escaseaba la carroña. Pero la ecuación era simple: menos animales vivos = menos animales muertos. Hartos de pensar y de convertirse ellos en carroña para sus compañeros, alzaron el vuelo y se alejaron hasta volverse indistinguibles en el aire; y también lo alzaron después aves menos exigentes, como los alcotanes y los milanos. Ellos se conformaban con poco, porque eran de comer frugal, pero ni ese poco encontraban. Las urracas aguantaron más: robaban la comida a los perros y los gatos del pueblo y con eso iban tirando. De hecho, ellas sí se encontraban a gusto. Eran como los viejos, que no pensaban en irse. No echaban de menos ni a los zorros ni a los tejones. Cuando se aburrían se subían al lomo de los caballos y de las vacas y les graznaban historias incomprensibles al oído. Los topillos, que antes se daban festines subterráneos devorando lechugas y zanahorias y remolachas, emigraron a los monocultivos que se habían extendido en otros lugares gracias al regadío. Dejaron todo el sitio a los topos, que siguieron excavando galerías como prisioneros con un plan de escape: aún había lombrices, orugas, escarabajos, y qué más va a pedir un topo. No podían ver que el pueblo se estaba quedando vacío, pero sí les extrañaba el silencio, que ya solo se oyese el frotarse de las lombrices contra la tierra y la lluvia cayendo sobre ella e inundando las galerías. A decir verdad, echaban de menos a los topillos despistados que se confundían de túnel y se daban de narices, más bien de dientes, con un topo atento. Pero los tálpidos son gente de fácil conformar, en esto se parecen también a los ancianos, que si tienen pan, queso y aceite saben darse por satisfechos. Y además se sentían aliviados porque cada vez había menos culebras y víboras, animales muy traicioneros; solo en las cercanías del pantano debían andarse con cuidado, porque allí sí que podían tener un mal encuentro con una culebra atraída por la nueva población de ranas y tritones. Hay que reconocer que, a pesar de la reducción general de flora y fauna, el pantano había atraído a advenedizos que, como los pescadores deportivos, encontraban nuevas oportunidades en la superficie artificial de agua: grullas, garzas, anfibios, unas pocas águilas pescadoras, e incluso llegó a verse a alguna gaviota tantear sus posibilidades antes de decidir que era más fácil encontrar comida en los grandes vertederos. Había más mosquitos. Había más murciélagos. Pero se redujo la variedad, al igual que entre los humanos.

Sí, otros, con picos o con garras o con numerosas patas, o con anillos o con hocicos, con plumas, pelos o desnudos, se fueron yendo o muriendo, y nadie tomó nota salvo algún medioambientalista preocupado que preparaba memorandos, estadísticas y quejas a los que, digamos la verdad, nadie hacía mucho caso. Ni siquiera quienes se quedaron; les parecía que aquellas desapariciones y sustituciones formaban parte del curso natural de las cosas. No iban a permitir que descontentos o inadaptados les amargasen la existencia. Se quedaban porque el pueblo no era solo el lugar en el que nacieron, aprendieron a caminar, a distinguir, si no lo bueno de lo malo, sí lo que enfadaba a sus padres, a sus profesores, a las autoridades. Luego fueron ellos los encargados de defender los valores en los que se educaron. Encontraron su nicho. Lo apreciaban. La ciudad para ellos era un espejismo, la nostalgia de gente que se deja obnubilar por promesas incumplibles. Ellos están bien, no, no penséis que son gente conservadora o sin empuje. Son quienes son y son múltiples, no reducibles a un tópico. Podríamos hablar aquí de cada uno de ellos, pero si les preguntase levantarían la mano con la palma hacia el frente, dejarían caer los dedos sin cerrar del todo el puño y quizá chasquearían la lengua antes de decir: quita, hombre, aquí no hay nada que contar. Estamos vivos. El pueblo es un sitio como cualquier otro. Los de la ciudad se creen más listos o más adelantados, ellos qué sabrán. No, no cuentes nuestra historia, no tenemos historia.

Y, aunque sabemos que esto último no es verdad, los dejamos tranquilos por ahora.

Origen

Se frota las manos con estropajo y jabón hasta dejarlas rojas y después raspa con la punta de la lima de uñas el interior de cada una de ellas alcanzando la línea en la que se unen a la carne y no siempre se detiene cuando brota el primer punto de sangre. Su marido en esos momentos la observa como si no la reconociera, como si esa mujer que por las mañanas despierta y viste a los niños, entra al cuarto de baño para darle un beso mientras él se afeita, habla durante el desayuno de lo que piensa hacer ese día –lo que la espera en el instituto, pasar por el banco, comer con su amiga X–, se transformara en un ser ajeno a él, de especie desconocida, que se frota y limpia las manos como deseoso de borrarlas por completo.

Te acabas de levantar, quisiera decirle él, no puedes tenerlas tan sucias. Las ocasiones en las que lo ha hecho ella pone un gesto de pánico que a él le duele tantísimo, como si justo en ese instante se volviera consciente de haber cometido un crimen o al menos un acto repugnante, y se mira las manos enrojecidas, casi en carne viva, y se avergüenza y murmura una disculpa, al borde de las lágrimas y también al borde de ser otra vez ella sin conseguirlo.

Llevan diez años casados y él cree que la manía de su mujer apareció hace tres, después del nacimiento de su segundo hijo, pero se trata de uno de esos hábitos que escondes a tu pareja, consciente de que encierra un desequilibrio, es un síntoma de una perturbación malsana que desearías mantener en secreto porque de ser conocido provocaría el rechazo, incluso la repulsión, de los más cercanos, también de los que te quieren. Y un día ese vicio oculto aflora en un momento de inatención, se descubre frotando y frotando las manos tan rojas que parecen no tener piel y nota la mirada de su marido sobre ellas, su gesto entre perplejo y preocupado y asustado, pero, por el motivo que sea, está cansada o irritada o harta o desesperada y continúa frotando, una y otra vez, qué más da, qué hartazgo de fingir y disimular. Y luego pasará cada vez más a menudo, y él habrá dejado de comentarlo, igual que ella no comenta el volumen creciente de su barriga o su manía de hurgarse entre los dedos de los pies antes de meterse en la cama.

Pero no le confesará que el nacimiento del niño y el anuncio del médico de su incapacidad para tener más hijos no fueron los detonantes de su comportamiento obsesivo. Y ni se le habría ocurrido contarle que también, a veces, frotaba las manos de la niña aunque con menos encono, como preparándola para una obligación futura a la que aún, tan pequeña, no podía enfrentarse. Mira, le decía, mira cómo se va por el desagüe la piel muerta. La niña asentía muy seria aunque nada podía verse en el agua jabonosa.

Para cuando el marido lo descubrió, ella llevaba años practicando su hábito secreto, que surgió en dos tiempos. El de frotarse con la parte verde y más áspera probablemente se podría situar a mediados del primer embarazo, un año después de casarse. Ella sabía que era una forma de autolesionarse como la de la gente que se clava alfileres o se hace cortes con una cuchilla en los muslos. Un flujo malsano y subterráneo –subcutáneo– que únicamente sale al exterior con la herida. Aunque en ocasiones tendía a verlo como un acto inocuo: no dejaba cicatrices y sin duda se le acabaría pasando cuando naciese la niña; a las mujeres los embarazos les afectan de formas muy diversas, les producen estreñimiento o hemorroides. Si tenía que elegir, prefería aquel picor en las manos a otros efectos secundarios.

Pero hubo ya una etapa previa durante la que se frotaba largos minutos con la parte amarilla de la esponja de los cacharros, costumbre que ni siquiera podía considerar vicio o manía. No era más que una continuación del ritual de lavarse bajo la ducha no con la mano sino con esponja natural, que solo raspaba si la usaba cuando aún estaba seca –y lo hacía a veces: es vigorizante, se decía–. Tras salir de la ducha, se doblaba sobre el lavabo y usaba la misma esponja para repasar las manos: cada grieta, cada línea de la palma, con atención, con propósito. Fantaseaba con borrar las líneas de las palmas y eliminar así la posibilidad de leer en ellas un destino; una vez borradas, no se podría decir que lo hubiera tenido nunca y la tranquilizaba saber que los distintos acontecimientos de su vida habrían sido entonces arbitrarios, no estarían marcados desde el nacimiento por un hado severo. Quizá no había sido libre, no había tomado las riendas, pero prefería que las cosas le hubiesen sucedido por casualidad y no condicionadas por algún tipo de pecado original.

Ya en aquella época no se limitaba a restregar la carne, también frotaba las uñas, una por una, que brillaban después como si llevasen barniz transparente, sobre todo las lúnulas blanquísimas: en algún lugar había leído que las mujeres de la antigua Roma llevaban al cuello lúnulas de metal para protegerse del mal de ojo y de las enfermedades, y ella se alegraba cada mañana al contemplar las suyas. Aquella alegría la devolvía a cuando, de niña, incluso de bebé, observaba fascinada las manos de su madre.

¿Puede una persona recordar algo que sucedió cuando era un bebé? ¿O se trata de una reconstrucción, como lo es buena parte de nuestra memoria? Ella juraba que sí, que lo recordaba perfectamente. Estaba tumbada en la cuna –aún era una niña de cuna–, sin lenguaje, un conjunto de contracciones de piernas y brazos, un balbuceo, la saliva cayendo de sus labios, las pedorretas. Mirando hacia arriba, intentando alcanzar un móvil de plástico que giraba por encima de su cabeza, y entonces aparecían ante sus ojos dos manos delgadas, con los dedos extendidos, las palmas hacia ella, que hacían breves giros en una y otra dirección, lentas, acompasadas a un ritmo musical que solo más tarde identificaría con *Cucú, cantaba la rana*. Las uñas largas y de un rojo más brillante que el del móvil (solo distinguía ese color, el resto de la imagen estaba hecha de distintas tonalidades del gris), dos manos hipnóticas que hacían que se olvidase de cualquier deseo o urgencia, el hambre, la incomodidad del pañal, dibujando líneas suaves en el aire, sin anillos ni pulseras, solo dedos finos, solo gracia y armonía, solo felicidad. Se oía a sí misma reír. Podía jurar que ya de bebé la hacían feliz las manos de su madre, perfectamente enfocadas, no como el rostro borroso más arriba, y la madre movía los dedos y procuraba sonreír para que la bebé no notara su tristeza, porque eso le preocupaba tanto, que la niña heredase todo el malestar, que de alguna forma el veneno se transmitiera a su cuerpecito inocente, tan liviano aún.

No había querido tener hijos (aunque de joven, más que desearlo supuso que los tendría) y, cuando se quedó embarazada de su hija, se prometió que nunca volvería a suceder. Era como si una voz antigua y oscura, pero bien intencionada, le susurrase al oído que ella no estaba para tener hijos, porque en la sangre de la familia había no una maldición, pero sí una predisposición de siglos al daño y el desequilibrio. No creía a esa voz, al fin y al cabo todas las familias se construyen sobre un pasado de desgracias y heridas, pero estaba convencida de que quedarse embarazada una vez ya había sido un error que no debía repetirse. Hay gente que está hecha para reproducirse, gente alegre, ingenua, quizá un punto irresponsable, convencida de que el progreso en el mundo es imparable y los hijos vivirán mejor que los padres y solo desgracias imprevisibles podrían echar a perder los nuevos proyectos de felicidad. Ella no era una de esas personas, como no lo fue su hermana, y ese rasgo las unía sin que ninguna de las dos lo reconociera en la otra.

Quizá por eso no llegó a casarse. Su pareja se lo reprochaba con palabras que no variaban mucho: tenía miedo a comprometerse, a plantearse un proyecto a largo plazo, a decir que sí con todas sus consecuencias. Ella asentía, pero no como quien admite una culpa, sino convencida de que eso era precisamente lo razonable: no embarcarte en proyectos cuya realización depende de tantos acontecimientos azarosos que es una locura siquiera considerarlos. Nadie iniciaría un negocio asociado a tantos riesgos como tener un hijo o casarse con otra persona. ¿Entonces, por qué hacer esto cuando las consecuencias pueden ser más dañinas que una pérdida económica?

No me voy a casar contigo ni vamos a tener hijos, le dijo, con él todavía dentro de ella, cuando empezaba a respirar más pausadamente después del orgasmo y su cuerpo también se relajaba, pero al oírla volvió a tensarse. Se apoyó sobre las palmas de las manos para retirarse como para observarla mejor. ¿Por qué me dices eso? ¿Por qué me lo dices justo ahora?

No esperó la respuesta. Tomó impulso con las manos para levantarse y se fue al baño recogiendo de camino la ropa que ella le había ido quitando un rato antes. El agua de la ducha cayendo sobre el plato de metal, el sonido de sus movimientos, que se le antojaron rabiosos, la puerta del armario de espejo. Escuchaba cada sonido como un enfermo sus latidos irregulares o la respiración silbante. Que no se vaya, pensó, que no se acabe todo, que no se acabe ya, tan deprisa. Había estado con tantos hombres en los que quiso ver una promesa, que nunca se cumplió, y necesitaba la paz de lo seguro y de lo firme que parecía ofrecerle este con el que llevaba unas pocas semanas.

Cuando él volvió a salir, vestido, peinado, reluciente como un niño recién aseado una mañana de domingo, se detuvo a dos pasos de la cama. ¿Por qué me lo has dicho?

Porque estamos muy bien juntos y no quiero que te engañes.

Se sentó en el borde de la cama. Examinó su rostro, también como si fuese el de una mujer enferma, buscando las señales de la fiebre y la devastación producida.

¿Es por lo que le pasó a tu hermana? ¿Es por eso?

¿Qué tiene que ver Paula?

Pues que me parece comprensible. Si yo fuese mujer, también tendría miedo de quedarme embarazada después de eso.

Era la explicación sencilla, aunque el germen lo llevaba en ella desde antes, una simiente de abandono y soledad. ¿Por qué no hablaron nunca de esas cosas? Habían sido gemelas sin serlo y no se dieron cuenta porque sus estrategias para esconderse fueron tan distintas. La echaba de menos con una intensidad mucho mayor que el cariño que sintió por ella cuando estaba viva.

Siniestro total, es una de las primeras cosas que dijo el policía que llamó a la madre, como si fuera más importante el estado del vehículo que el de la mujer accidentada. Chocó contra el quitamiedos, pero no se salió entonces de la carretera, rebotó, dio dos vueltas de campana y, entonces sí, se elevó y cayó al pantano, le explicó.

Paula había tenido el accidente una madrugada algo más de un año antes. Salía de la fiesta de cumpleaños de Chus, había consumido alcohol –aunque nadie la recordaba bebida– y quizá alguna droga. Se habló de «éxtasis» pero en la familia no interesaron mucho los detalles. No solo estaban aturdidos por la noticia de la muerte, también porque hasta que no se lo dijo la policía, tampoco sabían que estaba embarazada de tres meses. Marvin, que murió en el accidente junto con una joven del pueblo, no había hablado a sus amigos del embarazo.

No había huellas de frenada en la carretera por lo que la policía dedujo que Paula se había dormido al volante y solo se despertaría después del primer impacto.

La mañana anterior había abandonado la casa de su madre llorando tras dar un portazo y gritar algo ininteligible. Habían tenido una pelea. Otra, por lo de siempre. El grito había sido el último intercambio entre las dos. La madre había dejado claro que no deseaba continuar la conversación, encendiendo un cigarrillo y conteniendo en los pulmones el humo de la primera calada más tiempo del que parecía posible.

Es repugnante, mamá, de verdad que es asqueroso, acababa de decir Paula.

La respuesta no había sido una respuesta porque la pregunta anterior era una trampa: exigía contestar cuando ya todas las decisiones habían sido tomadas.

Si lo hubieses sabido, ¿habrías renunciado a ello?, le había preguntado su madre.

Pero cómo podía ella saber de dónde venían el dinero de su educación –en universidad privada, como le recordó la madre– o su máster, que no le sirvió de nada porque luego acabó de enfermera en una clínica dermatológica, primero, y después en un hospital. Había tenido que descubrirlo por sí misma en un tercer grado que le hizo a su hermana Chus, que se resistía a contarle, quizá para protegerla. Desde entonces, no había podido conformarse con la excusa recurrente de la madre:

¿Y qué quieres que haga, que tire los muebles, que regale la casa, que les dé el dinero a los pobres?

Esa serie de preguntas que no lo eran las había acompañado señalando a su alrededor, mostrando la mesa del salón, el sofá Chéster, los cuadros de un pintor abstracto que pudo llegar a ser famoso y acabó adornando los salones de personas con mucho dinero y poca cultura que intentaban disimular lo segundo mediante lo primero; señalaba la alfombra auténticamente persa –o eso les certificaron en la tienda–, las ventanas, como si a través de ellas pudiese poner la mano sobre las cuentas bancarias, las acciones, los bonos del Tesoro; señalaba al *cocker spaniel* que dormitaba en un rincón, enroscado en su cama, ignorando los gritos y los golpes sobre la mesa.

Antes de que llegara su hija, la madre había sabido que iban a volver a pelearse. Hacía mucho que Paula no la visitaba, y la puso en guardia el hecho de que le hubiera anunciado la visita por teléfono, con aquel tono no frío pero sí contenido, temerosa de que un temblor en la voz revelara su inseguridad. Recogió la cocina y pasó un paño por los muebles, como si en lugar de su hija fuese a llegar una suegra inclinada a juzgarla insuficiente para su hijo. Ya había comprado café al darse cuenta de que se le estaba acabando, y unas pastas en la panadería ecuatoriana.

Antes de la llamada, el día había transcurrido tranquilo, es decir, aburrido, un día más en su vida que ella definía como sin sustancia. Tenía que confesarse que los únicos acontecimientos que desarbolaban aquellos días insufriblemente sosos eran las trifulcas con Paula, a la que le había dado por que reconociera un pecado que la manchaba a ella y a su hermana, al padre –ausente desde hacía tanto–, por supuesto a los abuelos. Parecía mentira que una chica atea tuviese aquella necesidad de regodearse en la culpa y de exigir confesión y dolor de los pecados.

Lo que Paula no sabía, no podía saber, era que las dos se parecían y que la pelea de esa joven cuya infelicidad dolía a la madre como si hubiese parido una niña con joroba o síndrome de Down, un hándicap incurable que acarrearía siempre consigo, era la misma que ella había tenido con sus padres, sobre todo con el padre. Acabó renunciando, rindiéndose. No sabría decir en qué momento dejó de importarle, sencillamente se cansó. Decidió aceptar los dones, olvidar el origen y seguir odiando al padre, no por lo que había hecho, sino por lo que era: un hombre rabioso, agresivo, convencido de que la mayoría de las personas no merecían estar vivas. Él sí, él había luchado, él había resistido, él había trabajado para acabar con parásitos y criminales. ¿Y qué esperaba de él esa hija consentida? ¿Qué le recriminaba? Hasta el último día de la guerra había estado peleando en el barro, con sabañones en las orejas y con dos dedos de los pies congelados, que se pusieron entre morados y negros y no costó apenas esfuerzo cortarlos para que acabaran de desprenderse, bastó una navaja desinfectada; una piedra rebotó de un balazo y le rompió tres dientes, estos, ¿ves?, estos más blancos que los demás no son míos; mataron al hermano, arrastraron de los pelos a padre, porque nosotros no siempre tuvimos el control, aquí el frente iba y venía, de una orilla del río a la otra, o sea que durmieron en nuestras camas y se cagaron en nuestras cocinas, y si solo violaron a las ovejas fue porque las mujeres se habían escondido o porque eran familia de esa gentuza. Así que, mírame a los ojos y dime: ¿No me he merecido esta casa? ¿No me corresponden estas tierras? ¿No tengo derecho a una vejez tranquila, no tiene derecho tu madre? Porque tú naciste después, también después de los dos niños muertos, que es verdad que no los mató nadie salvo el ruido de las bombas y la leche agriada de tu madre. Y qué fácil es venir a pedir cuentas, vete de mi vista antes de que cometa un disparate y pide perdón a tu madre, porque tienes que saber una cosa, que lo volvería a hacer, exactamente lo que hice. ¿Quieres saberlo, tú que quieres saberlo todo, y así puedes juzgar a tu padre y a tu madre?

Fui yo quien cogió a la mujer del pescuezo, la levanté así, con una mano, y la colgué de la soga que había atado tu tío a la ventana, porque soy un hombre piadoso y quise colgarla a ella primero. Encendí un cigarrillo mientras ella pataleaba y golpeaba con la cabeza y los brazos contra la reja. Nadie chistó, ni una de las personas que estaban en el corro abrió la boca que luego usarían para murmurar. Ellos se lo habrían merecido también, todos esos testigos achantados, cómplices que no se ensucian. Acabé el cigarrillo y cogí al primer niño de la mano. Ni siquiera se resistió, como una oveja cuando tras darle un tajo en el cuello ha perdido la sangre y las fuerzas. Esa mirada ya tranquila. Insensible. A él lo alcé con dos manos aunque pesaba mucho menos que la madre, metí su cabecita en el lazo, apreté el nudo, lo alcé por encima de mi cabeza y lo dejé caer de golpe para que se le quebrase el cuello de una sola vez, a él no quería verlo patalear ni orinarse. Luego le tocó a la niña, era una niña tan linda que no podías imaginar que viniese de ese padre y esa madre, chaparros y bastos como yo, y ella sí peleó. Y yo no le impedí que me diese patadas ni me clavase las uñas, a mí qué mc iba a doler eso. Tu tío ató otra soga a la reja de la ventana, el niño colgaba de un lado, la madre en el centro y la niña colgaría del otro. Daba cabezazos hacia delante y hacia atrás y no era fácil colocarle el lazo, así que le grité a tu tío que si iba a seguir tocándose los huevos o me iba a echar una mano. Se quedó parado delante de mí, sin atreverse, él, que había ayudado con los preparativos, que había llamado a la puerta porque su mujer había sido paciente del médico y amiga de la madre y no desconfiaría de él, que había empujado a la mujer para que llegase yo detrás y le pegase un puñetazo en la boca del estómago que la hizo doblarse y escupir una baba verdosa, él, tu tío, hizo como que no me oía. ¿Tendría que haberse quedado él con la casa, con las tierras? No, me pertenecían a mí, porque fui yo quien sujeté con fuerza la cabeza de la cría, y quien, como no conseguía mantenerla quieta, le pegué un puñetazo en los dientes y luego ya, con la otra mano, le pasé la soga alrededor del cuello, la alcé también todo lo que pude y más que soltarla la lancé contra el suelo, con tanta fuerza que los dedos de sus pies lo rozaron. Y allí quedaron los tres, colgados de la reja. Y porque la bebé estaba con una nodriza en la ciudad porque la mujer del médico no daba suficiente leche, que si no habría hecho lo mismo con ella, pero se escapó, mira tú, es la que salió mejor parada. ¿Culpa? Ninguna. Que no hubiese huido el marido. Él sabía que era a por él a por quien íbamos. Primero se creyó que se iba a salvar porque era médico y porque se codeaba con el cura y con el alcalde y con los terratenientes. Ese patán se creía que iban a interceder por él. Te juro que les hubiese cortado el cuello también a ellos si se hubiesen interpuesto. Ese hombre había curado a los rojos de sus diarreas, les había entablillado los huesos rotos, les había tratado el tifus y las tercianas, les había operado de apendicitis y hecho punciones y reparado las hernias.

Luego los rojos se recuperaban, nos clavaban las bayonetas y las retorcían en nuestros intestinos, nos disparaban a bocajarro aunque estuviésemos desarmados, nos rompían los huesos a golpes, nos pisaban la cabeza para que nos ahogásemos en barro. Todo por culpa del médico. Por culpa del médico perdí a mi hermano, a mis amigos, a un sobrino, a un medio tío. Que no hubiese huido, que no hubiese escapado dejando en prenda a su mujer y sus hijos.

Si tuviese que hacerlo de nuevo, volvería a colgarlos de la reja de su ventana. Los dejaría otra vez allí tres días. Hasta que una noche iría a descolgarlos, los echaría al carro y después a una zanja. Me instalaría en la casa, y eso es lo que hice. Llamaría a tu madre. Echaría las cortinas. Y preñaría a tu madre una y otra vez, hasta desfondarla y desfondarme, una y otra vez sobre la cama en la que habían disfrutado el médico y su esposa. Y si solo parió una hija no se explica ques aquello fuese un pecado. A Dios le da todo igual. Para él somos como hormigas o gusanos.

Todo estuvo bien hecho. No me digas tú lo que es y lo que no es mío. No vengas a hablarme a mí de culpas.

Infancia

Si le preguntases, te diría sin titubear en qué momento terminó su infancia. No el año, ni el día; sí el mes, pero no me refiero a eso. Me refiero al momento, al suceso concreto desde el cual, según él, dejó de ser niño.

Yo se lo pregunté una mañana, una pregunta tonta que se me pasó por la cabeza mientras estábamos terminando de desayunar. Yo acababa de pensar en mi paso a la adolescencia y las imágenes que me venían a la cabeza tenían que ver con la menstruación y también con la violencia de mi padre. Le pregunté, supongo, porque no quería quedarme encerrada en mis recuerdos. Él levantó la vista del libro que leía a ratos (un ensayo sobre capitalismo y ciencia ficción) y me dijo: lo recuerdo perfectamente. Mi infancia terminó al anochecer de un día de julio; yo tenía nueve o diez años, no estoy seguro del año exacto. De lo que estoy seguro es de que esa noche dejé de ser niño para siempre.

Él estaba, me dijo, de vacaciones en el pueblo con su familia. Lo decía así, «el pueblo», como si no hubiera otro; yo no lo conocía, en parte porque entonces no llevábamos mucho tiempo juntos, en parte porque nada nos atraía allí. Él no era un hombre dado a la nostalgia; yo no era una mujer necesitada de conocer el pasado del hombre con el que está. ¿Os digo mi opinión? El pasado es siempre una leyenda; te crees que puedes aprender mucho de él pero, en realidad, te lo inventas para que diga lo que tú necesitas que diga. A mí me interesaba mucho más el presente, lo que me daban o no los hombres con los que convivía, en general no por mucho tiempo. La madre era originaria de ese lugar del que nadie habría pensado que un día tendría una central nuclear y un proyecto de ciudad del ocio. Ya ves, dijo, aquello era un sitio moribundo del que los jóvenes se largaban porque la agricultura y el ganado apenas daban para vivir. Hasta yo, que era un niño, me daba cuenta del alivio de mi madre por haber escapado a tiempo. Ella se esforzaba en parecer que aún pertenecía a aquellas calles, a aquellas formas de mirar, a aquel acento. Pero todo el mundo sabía, también sus primas y tías y antiguas amigas, que estaba fingiendo para que no creyesen que se daba aires.

A mí me gustaba pasar aquellas semanas en el pueblo. Era distinto a lo que conocía, me contó. Había caballos y burros, y me dejaban subirme a un trillo, aunque en realidad lo tenían de adorno y solo lo sacaban y lo enganchaban a un mulo cuando veníamos los de la ciudad. A veces veías ovejas, conejos, gallinas. No era nada exótico, pero atraía mi atención sencillamente porque no estaba acostumbrado a verlo. La mano enrojecida de mi tía tirando de las ubres de una vaca eran lo suficientemente interesantes para que detuviese cualquier juego y me quedase contemplándola. Ella se reía a carcajadas y se sorprendía de que me pudiese pasar muchos minutos sin hacer nada, tan solo mirando su trabajo con los animales.

Cerró el libro, que había dejado ya sobre la mesa y sacó de él el dedo con el que marcaba la página que estaba leyendo. Yo era un niño, dijo; era más niño en el pueblo que en mi extrarradio; no sabría cómo decirlo, supongo que porque las cosas allí me maravillaban más, porque no me esforzaba en aparentar la indiferencia que practicaba con los chicos de mi escuela o de mi calle, no pretendía parecer mayor de lo que era. Y también porque los parientes de mi madre, quizá al verme más fino, más delicado, menos agreste que a los chicos del pueblo, se empeñaban en seguir viéndome como el crío que iba cada verano de visita. Yo creo que me miraban y no me veían a mí sino que veían al niño que recordaban. A esa edad un solo año ya supone una diferencia tremenda. Sin embargo, yo también me sentía allí más infantil, entendía menos cosas, me dejaba mimar. ¿Sabes qué es lo que más me gustaba del pueblo?, me preguntó. Yo negué con la cabeza y tendí la mano por encima de la mesa para tomar la suya. Tenía un aspecto tan desvalido en ese momento. Sonreía como si fuese a contarme un acontecimiento alegre o hermoso pero tenía los ojos tristes de quien recuerda algo valioso y perdido, irrecuperable. Le acaricié la mano, acerqué la cara para llegar a besarle los dedos.

Las noches, me dijo. Poder jugar en la calle cuando ya había anochecido, a esa hora en la que en mi casa de la ciudad ya estaría en pijama y apurando los minutos que me permitirían quedarme delante de la televisión. La noche en el pueblo era como otra vida, era un mundo abierto en el que podían pasar cosas inesperadas pero maravillosas, una apertura a una dimensión en la que seguía siendo niño y a la vez era más mayor, capaz de acciones impensadas en ese chico que iba al colegio y hacía los deberes y veía la tele. Corríamos por las calles empedradas, nos escondíamos en las cuadras, imaginábamos capturas y conquistas, batallas y largos viajes.

Fue una noche, la noche que salí de la infancia, cuando dejé de jugar como lo había hecho siempre, con despreocupación, con una sensación de confianza y seguridad que no volvería a conocer.

Habíamos ocupado una montaña desde la que disparábamos a nuestros enemigos. Las sombras corrían por las paredes, se deformaban y multiplicaban, se entrecruzaban. Resonaban las sandalias contra el empedrado y daba la sensación de que las sombras y los ruidos no se correspondían del todo, como si siempre hubiese un pequeño desfase entre ellos. Recuerdo los gritos alegres, mis propias risas y mis amenazas grandilocuentes hacia los atacantes. No teníamos espadas de madera; estaban hechas de aire, como nuestros cañones y como los muros de la fortaleza. Pero estaban presentes, eran materiales, aún más que las casas, que los establos, que la torre de la iglesia que se alzaba oscura, inalcanzable por la luz de los faroles. No sé cómo no me di cuenta. Aun hoy me maravilla la capacidad que tiene un niño de abstraerse, otra cosa que se pierde con los años. El golpe, más que doler, ardió. Fue como si me hubiese caído un chorro de agua hirviendo. Alcé la vista al principio más sorprendido que asustado, todavía en lo alto de mi castillo, y recuerdo la silueta oscura del hombre recortada contra el cielo aún más oscuro, su brazo de gigante girando por encima de su cabeza antes de volver a restallar el cinturón contra mis piernas desnudas, mis piernas de pantalón corto. El cinturón se enrolló en mi muslo y volví a sentir la quemazón. Ya con las lágrimas rebosando, me volví para que alguien me explicase aquella injusticia y quién era ese bárbaro que me azotaba.

Estaba solo. Los demás niños se habían alejado por lo menos cincuenta metros y contemplaban el castigo. También ellos eran ya sombras. Mientras echaba a correr llorando recordé que alguien antes había gritado «¡el Pajarero!», pero a mí me pareció una parte más del juego, como gritar los piratas o la bruja o los vikingos. Yo estaba demasiado concentrado apelmazando los puñados de arena que debían ser mis proyectiles, mejores que nuestros obuses de aire y menos peligrosos que las piedras, que teníamos prohibidas.

Esa noche dejé de confiar. En la responsabilidad de los adultos. En la amistad. En que el mundo era un lugar seguro para un niño como yo. Luego me explicarían todo mis tías, mientras me secaban las lágrimas y me consolaban. Que el Pajarero era el apodo del albañil que estaba arreglando una casa junto a la plaza y le estábamos desparramando el montón de arena. Que, claro, los otros niños eran más vivos, pobre angelito de ciudad, sin malear; un gato silvestre es distinto de uno mantenido en un piso. Que el hombre se había disculpado y jurado que no se había dado cuenta de que era un niño forastero. Que me había llevado unos caramelos y los dejó con mis tías.

Daba igual. Yo escuchaba las explicaciones, sin alivio, sin consuelo. Yo las escuchaba pero quien lo hacía era distinto del niño que había sido un rato antes. La traición, la deserción, la brutalidad habían entrado de repente en mi vida. Dejé pronto de llevar pantalones cortos. Seguí jugando en la calle, pero alerta, calculando pros y contras de cada acción, desconfiando de esa niña o ese niño que quería que lo siguiese para enseñarme algo.

¿Te parece una tontería lo que te estoy contando?, me preguntó. Y lo que yo me pregunté es si será verdad que alguien pueda dejar la infancia atrás de un día para otro, si las transiciones pueden ser tan bruscas. Creo que no. Que él, sencillamente, estaba intentando delimitar la nostalgia y encontrar explicación a una pérdida que todos compartimos. Incluso alguien que no ha tenido una infancia feliz, como yo, guarda en algún lugar protegido la imagen de la niña que fue, toda esa fragilidad, toda esa maravilla.

Anda, ven, le dije, vamos a la cama. Porque mi experiencia con los hombres es que solo saben combatir la tristeza con el sexo o con el alcohol, y yo he dejado de salir con hombres que beben demasiado.

Espalda

Ramón lleva ya quince días tumbado, salvo durante el breve trayecto, apoyado sobre el hombro de su mujer, que media entre la cama y el sofá. El recorrido se le hace cada vez muy largo, porque el dormitorio está en un extremo del pasillo y el salón en otro. Son apenas diez metros, que le despiertan la tristeza y también la rabia hacia un cuerpo que le traiciona y le revela su fragilidad despreciable. A cada paso se le contrae el rostro: es como si le clavasen un cuchillo entre dos vértebras, abajo, cerca de la rabadilla. Pero si se queda en la cama se deprime aún más. Todo el día entre sábanas que huelen a él. A su piel, a su sudor, a su aliento, a sus pedos. Olor de moribundo. Se siente como un desahuciado, sin futuro ni esperanza.

El médico le ha dicho que hay que operar. Introduciendo dos tornillos de titanio –aquí y aquí, dice, presionando en los dos puntos que desea taladrar– se le pasarían los dolores. ¿Seguro? Nunca podemos estar del todo seguros, pero la probabilidad es alta.

Tiene casi ochenta años. Demasiados como para que le parezca un buen negocio que le claven dos metales en la espalda. Antes, a los ochenta ya estabas muerto. Su abuelo vivió cincuenta, su padre sesenta y nueve. Ahora vives más para que te duela más. No es la primera crisis. Pero las otras duraron menos tiempo y, mal que bien, conseguía levantarse, subirse al coche, ir a dar de comer a los animales, incluso, si lo hacía despacio y no cargaba demasiado la pala, llenar sacos de estiércol. Cortar leña ya no, eso se lo dejaba al mayor cuando venía de visita con la mujer y los niños. Le miraban de lejos, los niños. Con sus ojos entre curiosos y desconfiados. Para ellos es un animal dormido en una cueva. Son niños de ciudad, blandos y mimosos. Cuando por fin se acercan –pueden transcurrir horas antes de que lo hagan– pasan los dedos por los callos que tiene en las manos como si acariciasen la corteza de una encina. Él les sonríe, pero ellos entonces contemplan asustados sus dientes amarillos. Ellos lo tienen todo blanco, los dientes y la piel. Solo sus pupilas, negras, dos agujeros de asombro. Pero ya casi no vienen. Ahora solo los visita el hijo mayor, la nuera apenas. Vendrán todos cuando se muera.

Le da rabia acabar así, bajo los ojos preocupados de su mujer. Habría preferido palmarla de un infarto mientras podaba un peral o preparaba la huerta para la siembra. Una muerte limpia, bajo un cielo limpio. La mejilla pegada a la tierra. Olvidarlo todo de pronto. Quizá oír la voz de su mujer llamándolo. Ahora ella lo irrita; si se lo permitiese, le daría de comer como a un bebé. Le limpiaría el culo.

También le da rabia dejarla como la deja, con una pensión de mierda incluso para ese pueblo en el que, salvo en el supermercado o en la ferretería, apenas se puede hacer gasto. Pero es que las cosas eran antes así y ni te planteabas que pudieran ser de otra forma. Ella se queja, cada vez con más frecuencia, y él no está seguro de si solo se queja o le reprocha algo. Ramón cree que, si ahora vuelve constantemente a la cantinela, es porque está pensando que se va a quedar sola y que los hijos están lejos. En realidad, no tanto, los tres se han quedado en la provincia, pero tienen sus trabajos y sus propios hijos y sus propias preocupaciones y por eso apenas visitan. En una vida no cabe todo y hay que elegir qué dejas fuera.

Ella dice: hay que ver, cómo nos engañaban.

Y él dice: ¿Y qué quieres? Antes era así.

Y ella dice: Era así porque nos dejábamos.

Y él dice: A buenas horas.

Que es como no decir nada. Y no es que no vea injusto que ella no tenga pensión propia, cuando ha trabajado tanto como él. Pero los patronos lo contrataron de guardés y le dieron casa en el cortijo, y le permitían tener animales y a su esposa con él. Claro que ella también vareaba aceitunas y sembraba y desbrozaba y andaba con las cabras y lavaba la ropa de los señores e iba a buscar a las bestias si se escapaban y podaba los rosales y les limpiaba los cristales y el establo. Ellos, de vez en cuando, le daban una propina. O le daban el aguinaldo. O le regalaban un poco de aceite o algún vestido usado. Solo le pagaron una mesada como la suya cuando lo de la yegua. Entonces sí que les impresionó. A él también. ¿Dónde has aprendido tú eso? Ella se encogió de hombros orgullosa.

Las pezuñas del potro asomaban por la vulva de la yegua, pero se había quedado atravesado y, por mucho que dos mozos habían tirado y tirado y blasfemado hasta dejar pringado todo el santoral, no había manera de sacarlo. Si fuese una vaca, la salvábamos, dijo uno de los mozos. Una cesárea y listo; pero las yeguas no la soportan.

Todos miraron al amo, que fumaba mirando al suelo. El potro me da igual, pero a esa yegua le tengo cariño, dijo, y escupió de colmillo como lo haría un campesino. Había ratos en los que le gustaba parecerse a ellos. Después se le pasaba y se ponía zapatos de cuero fino y esquivaba charcos y boñigas.

¿Os habéis cansado ya?, preguntó y se acercó a la yegua, tendida en el suelo, con el cuello muy estirado, como queriendo estar en otro sitio. Tenía la expresión asustada que a menudo tienen los caballos. El amo la tenía triste.

Ramón se acuclilló. Tocó las patas del potrillo que estaba ya muerto y aun así se resistía a salir. Él también había hecho un intento de sacarlo, pero era como si se enganchara con los dientes al útero de la madre. La cabeza venía tan atravesada que no había manera de desatorarla.

No va a durar mucho, dijo.

La yegua tenía el belfo cubierto de saliva espesa.

Si me dejan, lo intento, dijo su mujer.

El amo no la miró. Encendió un cigarrillo con la colilla del que estaba fumando.

¿Estás segura?

Segura no, pero la yegua se está muriendo.

El amo asintió, se alejó unos pasos y se quedó mirando hacia las higueras, monte arriba.

Tráeme un alambre, anda. Uno bien fino.

Ramón no reaccionó porque no se dio cuenta de que se lo decía a él. Normalmente habría ido ella a por cualquier cosa que necesitara. Mientras uno de los mozos corría al cuarto de aperos, ella presionó sobre varios puntos de la barriga de la yegua, que levantó la cabeza para observarla.

Cuando el mozo llegó con el alambre, ella lo tomó por el centro con las dos manos, separadas un par de palmos e introdujo los brazos en el vientre del animal. Al cabo de un rato, sudaba tanto que Ramón le limpió la frente y los ojos para que pudiera ver. Sacó los brazos ensangrentados, enrolló sus manos en dos trapos y volvió a meterlas en el animal, que hizo un intento de cocear o de levantarse, pero no logró ninguna de las dos cosas. Las venas del cuello de su mujer se engrosaron como sarmientos. Le salió un rugido. El amo seguía examinando el campo, o el cielo, que traía nubes oscuras desde la sierra.

Ella sacó las manos con el alambre cubierto de grumos negruzcos y con hilos mucosos resbalando de él. Luego volvió a meter los brazos, tan adentro que parecía que quería introducirse entera en el vientre de la bestia. Forcejeó para sacarlos y, cuando lo hizo, arrastraba consigo el cuerpo del potro. Hubo un suspiro de alivio en el grupo, de alegría incluso, hasta que vieron que detrás del cuerpo no venía la cabeza.

Ahora será más fácil sacar el resto, dijo ella. Pero hacedlo deprisa o se muere.

¿Tú te llamabas?, preguntó el amo.

Aurora, respondió, haciendo ademán de frotarse las manos contra el delantal, pero sin llegar a hacerlo.

Ojalá aprendiesen estos un poco de ti. Bien hecho.

Pero ¿dónde has aprendido a hacer eso, dónde lo has visto?, le preguntó Ramón en casa.

Por ahí.

Pues has impresionado al amo.

Ya ves tú para lo que nos sirve. Tendría que haberla dejado morir.

Pero luego sacudió la cabeza y dijo: pobre yegua. Qué carita tenía.

Muchos años después se acordaban a veces del día que salvó a la yegua cortando la cabeza al potro con un alambre, pero también se acordaban de que ella nunca recibió un sueldo ni le dieron papeles, así que no tenía jubilación. Toda una vida trabajando y nadie se lo reconocía.

Ramón llevaba un rato dormitando en el sofá. Ahora le dolía también el cuello por la mala postura. Tenía ganas de mear. Llamó pero no hubo respuesta. Aurora debía de haber salido a sus cosas. Sin fe ninguna, hizo ademán de levantarse solo pero el dolor le cortó la respiración y le sacó el sudor como si llevase una hora trabajando. Un gesto y ya parece que te mueres, me cago en la Virgen. Pero no se va a mear encima, lo que le faltaba.

Si pudiera levantarse se tiraba por un barranco. No supo si se había quedado dormido o solo pensando, pero abrió los ojos y vio a una niña parada a dos metros de él. Una niña rubia. No tendría más de cinco o seis años. A él le dio una especie de vértigo, una náusea. Pero enseguida pensó que no estaba muerto porque el dolor de espalda lo atravesaba como una sierra. A un muerto no le pueden doler así los huesos.

La puerta estaba abierta, dijo la niña, mirando con algo como inquietud a su alrededor.

Él iba a sonreír para tranquilizarla, pero se acordó de sus nietos. Era una niña también de ciudad, blanca, delicada. Le parecía haberla visto con una pareja que había llegado nueva al pueblo. Parientes lejanos de la Aurora.

¿Tú de quién eres?, preguntó para asegurarse.

Le había salido una voz como de cuervo. Carraspeó para aclararla.

Hay un zumbido, dijo ella.

Ramón tendió el oído para averiguar a qué se refería.

Será el frigorífico que está en el patio. Es viejo. Como yo. Hacemos ruidos que no hacíamos antes.

Rio a pesar del dolor.

Ella negó con la cabeza.

Es otra cosa.

¿Estás sola? ¿Y tus padres?

Enfrente, en la frutería. ¿Tú estás solo?

Sí, dijo él, aunque en realidad había querido decir no; Aurora debía de andar por ahí cerca.

La niña se aproximó al sofá. Lo miró con pena. ¿Por qué con pena?

Tengo que irme, si no, se asustan.

¿Quién se asusta?

La niña se dio la vuelta y se dirigió a la puerta. Se detuvo unos instantes a mirar la foto de sus padres que colgaba de un clavo en la pared, una foto desvaída, grisácea y con manchas de óxido. Tocó el cristal que la protegía como si acariciase a esas dos personas que miraban a la cámara con expresión más asustada que feliz. La niña salió sin un ruido.

Se extendió el silencio como si se hiciera un vacío. Y todo estaba tan callado que Ramón distinguió, a lo lejos, el zumbido del frigorífico. Sí sería eso lo que había atraído a la cría. Habría preferido que no se fuera tan pronto. Y no es que le diese miedo morirse solo. Siempre te mueres solo, solía decir su padre y probablemente tenía razón.

Nada le daba ya miedo. Tampoco lamentaba nada. Su vida había tenido momentos buenos y malos, como la de todos. No es posible ser feliz todo el tiempo. Ni siquiera aquel amo, el de la yegua, fue feliz. Alguien que es feliz no fuma tanto, no acaba respirando con un pulmón artificial ni hablando por un agujero en la garganta.

Se dio cuenta de que estaba razonando como si fuera a morirse, aunque solo estaba allí tendido como un perro deslomado. ¿Por qué pensaba en su vida pasada como dicen que hacen los que se mueren? Le tranquilizaba. Le ayudaba a sentirse en paz. Aurora entró por la puerta de la cuadra. Se quedó parada junto a la cama sin decir nada. Se quitó el delantal. En los últimos años su cuerpo se había ido ensanchando, también su cara, como si debajo de la piel tuviese una capa más de carne. Y sin embargo la reconocía. Podía verla aún, limpiándose la sangre en un delantal muy parecido a ese. El día en el que se sintió tan orgulloso como si hubiese sido él el protagonista. Pero fue ella la que salvó la vida a la yegua, a aquel animal que ya se había rendido y miraba el cielo con sus ojos como guijarros húmedos. Y él la admiró y supo que vivía con una mujer tan fuerte como no lo sería él nunca. Aunque los amos no le pagasen. Aunque hicieran como que no existía. Pero seguro que, a su lado, se sentían ridículos. Y fumaban todo el rato para ocupar las manos, esos inútiles.

Aurora, dijo. ¿Te acuerdas?

Y ella soltó una de esas carcajadas alegres que no se le habían apagado con los años.

Claro que me acuerdo, respondió. Cómo no me voy a acordar.

Visitantes

Y llegan y detienen el coche en la plaza. El hombre, suele conducir el hombre, se baja del coche y deja la puerta abierta. Pone los brazos en jarras y se gira observando los edificios. Y la mujer también se baja y mira con el ceño fruncido. Y dejan el coche aparcado de cualquier manera, es verdad que no hay tráfico y que no hay aparcamientos marcados por líneas blancas en los costados de la plaza.

Y recorren las calles. Las pasean. Las miden poco a poco con pasos lentos.

Y llevan, los dos, los móviles en la mano.

De vez en cuando se detienen. Señalan con la barbilla, sin palabras. Y levantan los móviles para sacar la foto, la misma, desde prácticamente el mismo sitio, como si después de ese paseo no se fueran a ver más y cada uno quisiera su propio recuerdo.

Y fotografían la iglesia, primero de lejos.

Y suben la escalinata y vuelven a hacer clic, aunque los móviles no hacen clic.

Y fotografían la inscripción de la estela romana. Y el san Miguel atravesando al dragón con la lanza. Y el arco de la entrada aunque no es más que un arco apoyado sobre dos columnas lisas.

Y bajan la escalinata. Mira, dice ella. Y los dos fotografían la placa que dice caídos por Dios y por la Patria. La lista de nombres y apellidos, y ella señala cómo los apellidos se repiten.

Y echan a caminar por la calle empedrada, bordeando la iglesia, cuesta arriba.

Y también fotografían las cigüeñas.

Y fotografían al cerdo tumbado ante la puerta de una casa. Juro que fotografían al cerdo. Un cerdo normal, grande y rosa, como tantos cerdos.

Y ella se le acerca con un poco de miedo, los brazos estirados, y el cerdo, un cerdo normal, abre el ojillo diminuto y suelta un gruñido de cerdo pero no hace más. Se deja fotografiar. Y los dos se ríen, aunque no ha sucedido nada divertido. Los cerdos gruñen, son así.

Y se detienen delante de una casa, esta no es una casa del todo normal porque es de las pocas que quedan sin arreglar. Una casa con las contraventanas cerradas, con el techo medio hundido, con grietas en las paredes, con suciedad acumulada contra la puerta, con ramas de lilo saliendo de las grietas y de entre las tejas, y con el canalón roto, y con una mancha de verdín que atraviesa la fachada desde la punta del canalón roto, cuyo extremo cuelga y toca la pared, hasta el suelo.

Y entran en el bar después de fotografiar la cortinilla de tiras de plástico que permite entrar el aire pero no las moscas. Y piden dos cafés, él descafeinado. Y ella le pregunta si tendrán leche de avena y él resopla.

Y miran alrededor y hacen un amago de sonrisa y saludan con un gesto de la cabeza, y fotografían el cartel de prohibido escupir. Y fotografían el cartel de prohibido bailar y cantar. Y fotografían el cartel de hoy no se fía, mañana sí. Y se toman el café que les han servido en un vaso. Y pagan, dejando algo de propina, no mucha, céntimos.

Y salen otra vez a la calle, ya con desgana, con querencia por volver al coche. Pero como no conocen el lugar dan vueltas por el pueblo intentando orientarse y discutiendo, sudorosos y de repente malhumorados.

Y ya no fotografían a la cabra que pasa junto a ellos, decidida, como si fuese a hacer un recado. Ni fotografían el cartel antiguo de la ferretería. Ni fotografían al niño que se hurga la nariz delante de la farmacia. Ni fotografían al chucho color canela y con cara de viejo, que está meando en una maceta con geranios, siempre mea allí, como si ejecutara una venganza, aunque eso ellos no pueden saberlo. Y caminan con pasos resueltos mal dirigidos hasta que preguntan a María, que está pasando un paño húmedo a las rejas de las ventanas. Y ella les indica el camino, no tiene pérdida.

Y llegan a la plaza.

Y se dirigen a su coche.

Y me ven.

Y se consultan con la mirada. Se acercan, inseguros. Inseguros porque quizá ni siquiera saben si estoy vivo. Ven a un anciano o la talla de un anciano hecha con un tronco podrido de encina.

Sé lo que están pensando porque yo lo sé todo. Sé todo lo que sucede en este pueblo. Yo llevo aquí siglos, sentado en este banco en esta plaza en este pueblo antes de que hubiese plaza ni casas ni calles ni bancos. Yo no soy una talla hecha con un tronco podrido de encina. Yo soy la encina. Yo soy el tiempo antes de que hubiese tiempo. Yo veo con estos ojos lechosos. Yo veo. Yo estoy. Yo me alimento del aire y de las moscas que se posan en mis labios. Yo sé que sienten timidez al acercarse, sé por qué la mujer sonríe para apaciguarme. Y me hablan como si yo no comprendiese su idioma. Completan las frases con gestos. Levantan sus móviles.

Y yo les digo que si me sacan una foto les voy a meter sus teléfonos de través en el culo.

Y eso no se lo esperaban.

Esperaban que yo fuese mudo. O que fuese un venerable y sabio anciano que asintiera generoso. Hay una discordancia. Hay algo que no encaja. Les he jodido la historia.

No podrán regresar y enseñar la foto a sus amigos y decirles fijaos, mirad a este hombre, debe de tener más de cien años, fijaos en la expresión de su cara, mirad esas arrugas, a que parece hecho de madera. No podrán porque se han quedado asustados. Y ella dice qué grosero. Y él dice no sé qué para salvar la cara. Pero se van.

Se van al coche ahora con una sensación tan distinta de cuando recorrían las calles haciendo fotos. Llegaron a un pueblo pero se van de uno diferente.

Montan en el coche. Él pisa un par de veces el acelerador en punto muerto. Hace ruido. Siente la potencia. Recupera el control. Recupera la fuerza aunque la tome prestada de la máquina.

El coche se aleja por la calle que lleva derecho a la nacional. Mientras se alejan me observan por el retrovisor. Ella dice qué viejo más desagradable. Porque yo para ellos no soy más que eso, un viejo, carne de asilo, eccemas, incontinencia, pañal, boca que babea.

Sé lo que miran y lo que dicen y lo que piensan. Como sé que se olvidarán pronto de este pueblo, que ya no lo incluirán en sus rutas ni en sus planes. Sé que borrarán casi todas las fotos que han hecho. De vuelta en casa, un cerdo será ya solo un cerdo. Una cigüeña tan solo una cigüeña. Y la iglesia es tosca y sin gracia. Yo sé todas esas cosas.

Porque yo lo sé todo.

Porque yo lo recuerdo todo.

Porque yo lo he visto todo.

Y, francamente, todo me importa una mierda.

Alivio

Solo ha aguantado quince minutos en la iglesia. Se sintió como cuando se encuentra con alguien en la calle que la saluda efusivamente y ella no puede recordar quién es, pero da noticias, pregunta qué tal está, con una sonrisa y con el temor de que la otra persona descubra el fingimiento.

Había ido a misa, después de años sin hacerlo, porque sintió la necesidad de refugiarse en una sensación de comunidad y de asistir a algo más grande que ella. A veces su vida se le quedaba pequeña. No es que necesitase encontrarle un sentido, pero sí le parecía que era demasiado liviana; más que sentido le faltaba sustancia.

Al cabo de unos minutos en la iglesia se dio cuenta de que no iba a encontrar lo que buscaba. Las palabras retumbaban huecas, rutinarias a pesar del ritual y de los gestos solemnes. El cura hablaba y salmodiaba pero parecía encontrarse tras un cristal a prueba de balas.

Como había tenido la precaución de sentarse en el último banco, salió en un momento en el que el cura dio la espalda a la congregación. Cuando ella era muy joven, aunque ya madre de dos niños, un cura la regañó desde el púlpito por llevar a sus hijos al templo en pantalones cortos y con una camisa de manga corta. Enseñando sus carnes en la casa de Dios, bramó. Y ella rompió a llorar. Cuando lo recuerda le entra la mezcla de ira y vergüenza que sentimos cuando nos asalta una situación en la que nos trataron injustamente y no fuimos capaces de responder. Qué tonta era, piensa, lloraba por todo.

Sale de la iglesia sin que nadie la recrimine; ni siquiera sus compañeros de banco se han vuelto hacia ella cuando, al levantarse, el dolor de espalda le arrancó un gemido. Se detiene a admirar la entrada de una casa abarrotada de tiestos con flores. A ella le gustan los geranios y las azucenas. Las calas se han puesto muy de moda pero le recuerdan los ramos funerarios. Su marido no tuvo flores a su alrededor, no que ella sepa, porque falleció durante la pandemia y no le permitieron ir a la incineración. Dos horas para velar el ataúd y gracias.

Duda si entrar a la frutería pero no ha salido de casa con el carrito y ya apenas puede cargar peso, ni subiendo ni bajando la cuesta. En las últimas semanas se ha caído dos veces y le da miedo romperse una cadera. Pero se resiste a pedir que le lleven la comida a casa, no solo porque no le gusta pedir nada, también porque si no se fuerza a salir acabará anquilosándose.

Cómo cambia la vida.

Compraron la casa frente al pantano, al otro lado de la carretera, y en aquel momento ni siquiera se le ocurrió que un día la cuesta que llevaba al centro se le haría demasiado fatigosa: para hacer la compra, para ir a la biblioteca, para ir al centro de salud. Pero es verdad que entonces ni ella ni su marido contaban con que uno de los dos terminaría viviendo allí. La compraron porque a ella le hacía ilusión tener una casita, aunque fuese tan modesta y tan pequeña como esa, en el pueblo donde nació. Tampoco pensó entonces que recorrería el pueblo sola ni que se mudaría tras la muerte del marido. O si, la idea le cruzó la imaginación, pero no se lo dijo a su familia.

Los hijos intentaron disuadirla. ¿Qué vas a hacer allí? El pueblo está muerto. En invierno, con el frío, la lluvia, la oscuridad, vas a estar encerrada en esa casa minúscula todo el tiempo. Te vas a deprimir. Vete un par de meses, a prueba, y luego decides.

A los hijos no hay que hacerles demasiado caso. Saben tan poco lo que necesitan sus padres como estos sobre lo que necesitan los hijos. Ella nunca se había sentido de verdad en casa en el piso de aquella ciudad dormitorio en la que casi no conocía a nadie. Le venía bien, para tener el médico cerca y después la residencia donde se internó al marido cuando ella ya no podía hacerse cargo. Pero nunca fue del todo un hogar. Era un sitio en el que esperar algo, una parada intermedia hacia no se sabía qué. Hizo lo que pudo para estar bien, pero constatar cómo tu marido se va alejando, cayendo hacia un mundo que no podía compartir, no te da reposo. Estás siempre pendiente del próximo síntoma, de la siguiente parcela de vida que desaparece. No diría que la muerte de él la alegró, de ninguna manera. Pero sí le dio algo parecido a la paz: ya no había que esperar nada. Desde ese momento los días serían buenos o malos, pero no tenía que estar en tensión, alerta.

Lo más extraño era que la paz no le había llegado del todo hasta después de haber regresado al pueblo. A pesar de lo que había cambiado durante las décadas transcurridas, seguía siendo su hogar. No añoraba la infancia, que fue dura, años de miseria y brutalidad que quedaron grabados en el pueblo, en las calles, en los habitantes. Pero a su manera había sido feliz. No, no sentía nostalgia por su niñez pero sí la acompañaban aún los afectos de entonces, los breves momentos de alegría. Los olores: aún se le podían humedecer los ojos si la alcanzaba el aroma de una higuera.

Recorre su camino despacio, ella que siempre parecía que iba a apagar un fuego. Y cada casa que mira, cada calle en la que entra, le cuenta una historia, que ya conoce, pero se la cuenta de todas formas otra vez. La placa con el nombre de la maestra que le enseñó unas pocas letras y a tejer y a bordar, porque para qué iba una niña a necesitar más. La esquina en la que el Pajarero dio un cinturonazo a su hijo. Cómo lloraba, el pobre. Bueno, siempre lloraba de una forma tan exagerada que a veces daba más risa que pena. La casa de los ahorcados con las persianas siempre bajadas. Había preguntado pero parece que nadie iba por allí; de todas formas, tampoco es que la gente fuese muy habladora cuando salían temas del pasado. Eso había sido siempre así.

Llega a casa de su tía, que se cae a pedazos. Hubo un tiempo en el que pensó comprarla, pero su marido no quiso, y en aquellos años se hacía la voluntad del marido. Pero le dolió la tacañería. No es el precio, le respondía él, es lo que cuesta arreglarla. Pero había querido mucho a aquella tía y le producía congoja ver que las paredes se derrumbaban poco a poco. Si no la habían derribado aún es porque no había nadie interesado en comprar nada en el pueblo. Si algo sobraba eran casas.

¿Se puede ser feliz en un pueblo en el que han sucedido cosas tan terribles? Ella lo era. Quizá porque ya no pensaba tanto en el pasado ni en el futuro. Aunque las calles, los edificios, los rostros, las ruinas, el pantano, la central le contasen historias, eran como las historias de miedo que le contaban sus primos cuando era niña: podían sobrecogerla pero se referían a otro mundo, a regiones en las que ella había dejado de habitar. Recuerda, pero no se queda atrapada en el recuerdo.

Ahora le basta con el presente. Un presente muy corto: cada día existe por sí mismo. Disfruta levantarse temprano, salir al porche, mirar por encima de la valla hacia las copas de los árboles, hacia el pantano, y respirar el aire fresco, salvo los pocos días en verano en el que ni siquiera refresca antes de amanecer. Esos momentos de soledad satisfecha, de alegría, diminuta pero que la atraviesa.

Fue una buena decisión regresar al pueblo. Va al cementerio y reconoce los nombres. Camina por la calle y los rostros le resultan familiares. Todo el mundo la saluda y tiene un minuto para conversar con ella. Se acerca a echar restos de comida a los cerdos de su prima y recupera sensaciones de otro tiempo, pero un tiempo que sigue siendo el suyo. Puede comprobar el deterioro, los cambios, las novedades, la forma distinta de vivir. Pero algo se mantiene, un algo que atraviesa las décadas, para bien y para mal. Sucede como con las personas, que nunca dejan del todo de ser quienes son aunque aprendan y envejezcan. Aunque la vida las marque y las empuje en direcciones que ni se les habrían pasado por la imaginación.

Si mira hacia atrás, hacia el pasado, siente que se le va la cabeza. Ella viene de allí, de esa lejanía, también de esa oscuridad. Pero de nada sirve dejar que te atrape. Hay que hacer como si no existiese. Como si solo fuesen verdad la mañana y los pájaros, también los malditos gorriones que van a comerse sus brevas.

Deshace el cordel con el que cierra la puerta de la verja; solo echa la llave por las noches. Le cuesta subir los escalones. Lleva apenas tres años viviendo en esa casa y tiene la sensación de que son más altos que al principio. Ha hecho poner una barandilla de metal a un lado para poder agarrarse a ella al subir y al bajar. Va a entrar en casa, pero cambia de opinión. Se acomoda despacio –para evitar otro pinchazo que le atraviese la espalda– en una de las sillas de plástico del porche. Una brisa lenta balancea las copas de los eucaliptos. Cierra un momento los ojos y la oye y la huele. No había sabido que el placer y la paz eran eso: la brisa agitando suavemente las hojas. Abajo el pantano ya no se ve. Apenas se distingue desde la terraza del hotel que construyeron a su orilla. Luego, al final del otoño, regresará el agua. No tanta como antes, pero las cosas ya nunca son como antes.

Se queda amodorrada en la silla. Cuando está a punto de dormirse del todo piensa que está bien y, otra vez, qué buena fue la decisión de regresar al pueblo. No solo porque el pueblo es su casa. Ella es el pueblo, una parte de él. Allí han estado siempre sus raíces y, casi diría, su propio cuerpo. Ha devuelto al pueblo lo que es suyo, como si en su ausencia hubiese estado incompleto. Está en él como está su madre, por mucho que emigrara a la ciudad; como están sus tías y sus primas, su pobre tío al que estafaron tan malamente con la venta de las tierras. Los que se

fueron están todos allí, como las casas aunque no las habite nadie, como los olivos aunque estén sin cuidar ni se cosechen las
aceitunas. Han surgido de esa tierra y siguen unidos a ella por
mucho que la hayan olvidado en algún momento. Nunca se ha
ido por completo. La niña que fue ha estado esperándola todo
ese tiempo. Y pensarlo le produce, primero sorpresa, y después
alivio.

II

En el principio fue la vibración. Da igual que aún creas que fue provocada por el Verbo o por el Big Bang: la vibración comienza al mismo tiempo que el universo. Atraviesa no solo los planetas, las estrellas, nuestros cuerpos, también la historia y los afectos. Sin vibración no podría pronunciar tu nombre, llamarte, rogarte que te quedes. El aire sale de los pulmones (esto puede ser voluntario o involuntario, la enunciación de un deseo o el grito que se escapa) y llega a las cuerdas vocales. Pero no imagines las cuerdas de una guitarra vibrando tras el roce de los dedos, en realidad se trata de dos pliegues en la carne, como una válvula que se abre o cierra, o, si quieres, como los labios menores de una vagina pero más tensos y también más elásticos. El flujo de aire las atraviesa, más o menos tiempo, a mayor o menor velocidad, y provoca una vibración. En el caso de los hombres con una frecuencia de aproximadamente 125 hercios, 210 en el de las mujeres, 300 en el de los niños. La razón es que las cuerdas vocales de los hombres son más largas. Cuando la parte superior de esos dos pliegues carnosos se abre, comienza a cerrarse la inferior. Y cuando se cierra la parte superior, la presión se acumula y hace que empiecen a abrirse por abajo. Imagínalo como una sucesión de ondas que van empujando hacia arriba. Si te quiero llamar en voz baja, envío menos aire desde los pulmones y reduzco la tensión de las cuerdas; si te quiero insultar a gritos hago lo contrario. Entonces las cuerdas se abren más y en mayores intervalos y la onda de presión crece en amplitud.

Pero no sé si te interesa todo esto. Sí reconocerás la importancia de que sin vibración no habría voz ni lenguaje sonoro, nos habría costado mucho más la transmisión de conocimiento –si piensas que se podría transmitir por la escritura, recuerda que esta suele ser la representación gráfica de sonidos, y los pictogramas son mucho menos eficaces–; las vibraciones son el motor que ha permitido el avance de la civilización. Y, sin ellas, la complejidad de nuestras relaciones afectivas sería mucho menor. No es que menosprecie el gesto y el tacto, el roce y la penetración, pero imagina no poder hablar a la persona que amas, o que nunca te cuente lo que siente, piensa, desea, teme. Un mundo poblado de mudos desesperados por comunicar los matices de su vida interior. Y ¿qué vida interior tendríamos sin el lenguaje?

Puede resultar deprimente constatar que la civilización y nuestra vida amorosa, y por supuesto nuestra riqueza intelectual, son en buena medida producto de dos pliegues de carne que se abren y cierran. Pero también puedes maravillarte ante el prodigio de que algo en apariencia insignificante haya tenido consecuencias tan espectaculares. Porque, al principio, quitémosle las mayúsculas, era el verbo.

También me dirás que hay gente que ha perdido el habla o nunca la tuvo. Pero a su alrededor fluyen las palabras, pueden comunicar por escrito porque hemos desarrollado los signos que representan sonidos con significado; y luego está la literatura, que amplía la emoción para suplir el tono de voz y su temblor, también el gesto que suele acompañar a la voz; la literatura traduce la caricia y el golpe, la mirada y el cuerpo que se retira o se aproxima. Y cómo existiría un lenguaje de signos si cada uno por sí solo tuviese que representar un objeto, un sentimiento, un acontecimiento a los que no hemos podido poner nombre; el catálogo infinito de lo que se podría enunciar.

Sin la vibración seríamos sordomudos imposibilitados para expresar las variaciones del estremecimiento. Seríamos simios melancólicos, dotados de un cerebro capaz de percibir los detalles más ínfimos de nuestra conciencia pero sin la capacidad de comunicarlos. Sin la vibración que produce el lenguaje, nuestro cerebro se habría desarrollado de otra manera.

En el principio fue la vibración, y aquella vibración sigue expandiéndose, cada vez con mayor longitud de onda, atraviesa constelaciones y galaxias, empuja, imparable, los bordes mismos del universo.

Porque fueron las ondas sonoras del Universo primigenio las que estructuraron el cosmos tras el Big Bang. La fuerza de gravedad tendía a aglomerarlo; por su lado, la radiación frenaba el colapso gravitatorio, y esto provocaba que la onda plasmática se expandiese, pero la gravedad comprimía de nuevo el plasma. Esas presiones y expansiones produjeron el primer sonido del Universo y lo empujaron a recorrer un millón de parsecs en los primeros trescientos mil años. Según se expandía, se estructuraba.

Una de las infinitas formas que adoptó esa estructuración, y que quizá te importe muy poco, es que entre la Tierra y la ionosfera haya una cavidad de unos ochenta kilómetros de espesor. Es inimaginable, así que podría parecer una información inútil salvo para quien esté particularmente interesado en la astrofísica o la meteorología. Lo que no podemos imaginar no existe. Salvo que esto no es cierto. La cavidad existe y en ella ocurren cosas que te afectan. Digo cavidad, pero no debes pensar en un vacío absoluto, sino en una especie de hueco con una actividad muy intensa y donde por supuesto hay gases, polvo en suspensión, toda la mierda producida por la actividad industrial y también chatarra espacial girando a miles de kilómetros por hora; y meteoroides, que debido a la fricción entran en combustión convirtiéndose en lo que llamas estrellas fugaces y que buscas por las noches en cielos despejados.

Por si no te acuerdas o no prestaste atención en clase, te cuento que esos ochenta kilómetros abarcan las tres capas de la atmósfera más cercanas a la Tierra, esto es, la troposfera, la estratosfera y la mesosfera, que es donde suelen desintegrarse los meteoroides (no siempre, a veces llegan a la superficie de la Tierra y, con un poco de mala suerte, pueden provocar la desaparición de los dinosaurios o de la especie humana; entonces ya no se llaman meteoroides sino meteoritos; el lenguaje es sobre todo un instrumento de diferenciación). Por encima de la mesosfera, entre los 80 y los 400 kilómetros se encuentra la ionosfera. Estamos simplificando, claro: la realidad siempre es mucho más compleja de lo que podemos definir o clasificar. Sí recordarás, aunque dedicases las clases de Física a sestear o a cotorrear con tu compañero o compañera de pupitre, que es en la troposfera donde se originan los fenómenos meteorológicos; huracanes, rayos y relámpagos, lluvias, tormentas de arena. Y eso significa que se producen colosales descargas de electricidad. Precisamente esto es lo que ahora nos interesa. Dichas descargas producen corrientes electromagnéticas y, lo habrás adivinado, una vibración. O, si quieres, una resonancia: la llamada resonancia de Schumann. Supongo que todo esto no te está resultando demasiado arduo de seguir o, por el contrario, demasiado simple, pero, aunque sea así, no te vayas aún. Ahora la cosa se pone interesante.

En los años cincuenta el doctor Winfried Otto Schumann predijo la existencia de esas vibraciones mediante un modelo matemático, aunque Nikola Tesla ya las había observado previamente. Lo que ninguno de los dos mencionó es que dichas ondas electromagnéticas vibran en la misma frecuencia que las ondas cerebrales de los seres humanos: 7,8 hercios. ¿He captado tu atención? La misma frecuencia de vibración de las ondas cerebrales y la que se da en ese anillo enorme de entre cuarenta mil y cuarenta mil trescientos kilómetros de circunferencia (esta última cifra correspondería al borde exterior de la mesosfera, que acabo de calcular; incluso alguien como yo puede hacer un cálculo tan sencillo: $2\pi r$). Lo micro y lo macro.

El universo conectado. Colosales descargas eléctricas para producir la misma vibración que se da en tu cerebro en virtud de las diminutas descargas que producen tus neuronas mientras decides sin saberlo adelantar cada pie al caminar o mientras declaras amor eterno.

Todo esto podría parecer tan solo una magnífica coincidencia, la prueba de que en el universo se dan relaciones difíciles de explicar, ese tipo de cosas que puede llevar a alguna gente a creer en un plan divino, en un arquitecto autor de planos de una precisión extraordinaria. Lo extraño, ¿o debo decir lo aterrador?, es que las alteraciones de la resonancia de Schumann provocan alteraciones en tu cerebro. Y la frecuencia de la resonancia de Schumann viene aumentando al menos desde los años ochenta. Ya no es de 7,8 hercios, sino que ha pasado al rango de los 15-25. Es probable que este cambio se deba a la corriente alterna generada para alimentar nuestros hogares y la industria. No voy a hablar de Gaia ni de una manifestación del karma cósmico. No voy a hablar de culpas ni de la capacidad destructiva del ser humano. El mundo se ha calentado y enfriado varias veces sin que hayamos intervenido en ello, lo mismo sucede con la actividad electromagnética en la atmósfera. No somos más que otra de las variables –como las tormentas solares, como las fluctuaciones de la corriente del Niño– que afectan a las condiciones terrestres, que a su vez nos afectan a los seres vivos.

¿Tienes la impresión de que el tiempo se ha acelerado, de que los acontecimientos de tu vida se suceden a velocidad creciente? Todo ocurre tan deprisa que es como si unos hechos no estuviesen separados de otros, sino que se empotraran unos en los siguientes, como una sucesión de trenes al frenar el que va delante. Tu cerebro está cambiando debido a la mayor frecuencia de una vibración. Las ondas alfa producidas por las neuronas están hiperexcitadas. En realidad, dejan de ser ondas alfa y pasan a ser beta, que son las que se producen durante la vigilia y la actividad. ¿Has tenido alteraciones del sueño? ¿Te cuesta más dormirte o te parece que lo haces con menor profundidad, hasta el punto de no saber si estás despierto o dormido? La razón podría estar en la aceleración de la resonancia de Schumann que lleva a tus neuronas a una continua producción de fuegos artificiales (disculpad la metáfora tan poco científica).

O no. Es probable que esta no sea más que una de esas teorías tan sorprendentes que quisiéramos creérnosla, porque a todos nos gusta maravillarnos. Las coincidencias prodigiosas, las armonías ocultas nos entusiasman. Pero quizá no exista esa relación tan sugerente de la misma manera que las fases de la Luna no afectan a nuestro organismo, como les gusta creer a algunos. «Tu cuerpo está formado por tres cuartas partes de agua», me decía un amigo. «Si la Luna influye en las mareas, cómo no va a influir en tu cuerpo, también lleno de líquido.» Hay cerebros que son como un desván atiborrado de muebles viejos y polvorientos que alguien fue acumulando allí al azar. No hay nada que no tenga cabida. Cualquier basura encuentra acomodo.

Da igual, en definitiva, si lo que acabo de contar es literatura, ciencia o religión. En el fondo, yo no quería hablar de la correlación supuesta entre la resonancia en la atmósfera y la que se produce en tu cerebro mientras lees estas páginas. Pero sí señalar que la vibración está ahí, en lo micro y en lo macro; estamos atravesados por ella. El mundo está atravesado por ella. Resuena. Y seguirá resonando, por los milenios de los milenios. Eso es lo que une al universo entero: las vibraciones, picos y valles que se suceden, armonizan o colisionan. Pero en todo conjunto de vibraciones hay dominantes y armónicos. ¿Cuál es la dominante en la vibración que atraviesa la historia de la humanidad? ¿Y en la de tu país? ¿Y en la de tu pueblo o localidad? ¿Y en la de tu propia vida? Averiguarlo es una tarea imposible. Solo sabemos que nada está en reposo. Nada está en silencio. Hay una sucesión de ondas que nos unen con el pasado y con el futuro, un sonido que nos conecta.

Y cada uno de nosotros las amplifica y rebota.

Si prestamos atención, esa es la única verdad que se impone: todo vibra.

O, si lo prefieres, todo está latiendo.

III

Al despertar sintió una náusea que le hizo sujetarse al salpicadero, como si fuera a desvanecerse. Tenía la cabeza vencida hacia delante y apoyada de lado contra el cristal de la ventanilla, en una postura que parecía provisional pero que le había permitido dormir sin que lo despertaran siquiera los vaivenes de las curvas. Al contrario, mecido por ellas, por la suave conducción de Sara, que manejaba el coche con firmeza y mimo, con la misma sensación de dominio y afecto que podría sentir un jinete sobre su caballo.

Cuando abrió los ojos, todo bienestar se desvaneció y el mundo se hizo presente de golpe, como quien un momento estaba soñando y al siguiente comprende que se desploma el avión en el que viaja. Paul ahogó un gemido: creía mirar hacia la tierra pero veía el cielo, azul casi fosforescente con largos jirones de nubes, transparentes como gasa al contraluz. Tardó unos segundos en recuperar la orientación, el arriba y el abajo, el dónde y el cuándo, lo suficiente para comprender que estaba viendo el cielo reflejado en la superficie del pantano, y que se encontraba en el coche, donde debía de llevar un buen rato sesteando, tan cansado que ni siquiera recordaba cuál era el último lugar que había mirado antes de cerrar los ojos, qué pueblo o carretera o paisaje.

Sara no estaba sentada al volante. Paul tuvo la reacción acostumbrada cuando sentía inquietud, fuese cual fuese la causa, una leve idea de amenaza o de posibilidad terrible. Buscó a la niña, primero echando la mano hacia atrás, después la mirada, pero no estaba en su asiento. Enderezó el suyo, que había reclinado para dormir mejor, desabrochando al mismo tiempo el cinturón de seguridad. Sara y Ale estaban sentadas unos metros más adelante, sobre una roca al borde del agua, tan quietas que parecían una foto o un recuerdo, una imagen que producía nostalgia y a la vez calma. Salió del coche procurando no hacer ruido, para evitar que volviesen la cabeza, no porque pretendiera no ser visto o sorprenderlas, tan solo con el deseo de no perturbar la imagen, para que la niña y la mujer siguiesen sentadas, absortas, como si perteneciesen desde siempre a esa orilla y a ese bosquecillo de eucaliptos. Como si el tiempo no existiese o fuese uno diferente, muy lento, un tiempo mineral, un tiempo más interno que marcado por acontecimientos que suceden y se agolpan, un tiempo como un remanso de aguas lentas y profundas, de olvido. Un tiempo al que abandonarse.

Sara apoyaba una mano en la piedra, la otra sobre sus cabellos, lo que aumentaba la impresión de encontrarse en una fotografía; quizá había querido colocarse el pelo, echar hacia atrás el mechón que solía descenderle por la frente, eso o tan solo un gesto como para peinarse con los dedos que había interrumpido y convertido en una pose provisional o congelada; la niña, a su izquierda, apoyaba también como en réplica la palma de una mano en la roca, pero su dedo meñique reposaba sobre el dorso de la mano de la madre, como para asegurarse de su cercanía o confortarse con esa unión mínima.

Paul pasó a su lado sin decir nada; se detuvo con los pies en el borde mismo del agua. Supuso que mujer y niña ahora habrían dejado de mirar lo que fuera que estuviesen mirando y vigilarían sus movimientos. Tomó del suelo un guijarro negro y muy liso que habría sido más apropiado encontrar al borde del mar, pulido por las olas, por el deslizamiento repetido sobre la arena. Lo dejó caer en el agua; el guijarro se hundió más despacio de lo que habría pensado, como si se estuviese hundiendo en alquitrán; también el agua le pareció oscura, aunque no turbia, quizá una impresión causada por el color del fondo. Sintió otra vez náuseas, hizo un gesto como para agarrarse al aire. No respondió cuando Sara le preguntó si estaba bien. Claro que no lo estaba. ¿Cómo iba a estarlo? Se sentó dejando a la niña entre los dos. Sara había bajado la mano que antes reposaba sobre sus propios cabellos. Tenía un aspecto de otro tiempo, quizá de los años cincuenta, con su blusa blanca y su falda negra plisada que le cubría las rodillas, con su diadema de tela floreada, sus zapatos cerrados de tacón bajo. Un aire de maestra joven de los años cincuenta. Otra vez pensó que estaba en una fotografía y recordó una de su madre, en una postura similar, también con falda plisada y blusa, pero sentada no a la orilla de un pantano sino en un roquedal desprovisto de árboles.

La niña tenía los párpados entrecerrados, concentrada como si esperase que asomara brevemente un pez del pantano.

¿Ale? ¿Qué miras?, preguntó Paul.

¿Por qué no se mueve el agua?

¿Sabes que ahí abajo hay un pueblo, con sus casas, su iglesia, cuadras...? La niña negó con la cabeza, bien para señalar que no lo sabía o bien que no se lo creía. Si el agua se moviera oiríamos las campanas.

Ale se giró hacia su madre esperando confirmación. Siempre que el mundo le ofrecía un acertijo, cuando se volvía incomprensible o desconcertante, consultaba a Sara con la mirada y ella establecía lo que era cierto y lo que no. A Paul le habría gustado tener a alguien a quien recurrir en casos así, alguien que devolviera la solidez a una realidad cada vez más líquida.

¿Por qué hemos parado aquí?

Dormías.

Paul asintió.

¿Y la gente? ¿Y los animales?

Sara acarició una mejilla de la niña, luego pasó un dedo por su ceño fruncido.

Se fueron antes de que inundasen el valle. La abuela de papá tenía una casa ahí. Y un corral.

Me da miedo.

Claro, dijo Paul, esas cosas dan miedo.

Sara posó una mano en la espalda de Paul y él hizo lo mismo con la niña. Al cabo de un rato se levantaron en silencio, a la vez, como si se hubiesen puesto de acuerdo, y regresaron al coche. La casa era amplia y triste y también allí el aire parecía inmóvil, detenido sobre los muebles oscuros como una capa de polvo. Aunque abrieron ventanas y contraventanas la penumbra ocupaba la mayoría de los rincones. Era algo más pequeña de lo que la recordaba Paul, sobre todo la cocina, y la sensación de encierro era la misma que en su niñez; la vida solo podía ocurrir en el exterior de esa casa de piedra y ventanas minúsculas, un animal acorazado y somnoliento.

¿Vas a estar bien?, preguntó Paul.

Claro. Habrá que limpiar, ordenar. La niña no sé.

Los niños se acostumbran a todo.

No digas tonterías.

Es verdad. Perdona. Iremos viendo.

Entraron en el dormitorio principal. La cama era de metal, con filigranas floreadas en el cabecero, un camastro de otra época, de gente que no conocía Ikea ni había oído hablar de diseño. Seguramente el colchón era de muelles y las juntas entre las patas y la armadura crujirían con cada desplazamiento del peso. Los dos sonrieron a la vez.

Habrá que comprar otra.

Sara asintió pero dijo que más adelante. Por el momento tendrían que conformarse.

Echaré aceite a las juntas y a los tornillos. ¿Y Ale?

En su dormitorio.

¿Ha dicho algo?

Ha preguntado si se había muerto alguien allí.

Joder.

Pero se ha sentado en su camita y está tasando todo con la mirada, ya sabes.

¿Te has dado cuenta de que tenemos una niña que apenas juega?

Cuando está con otros niños sí.

Ya. Tendrá hambre. Es su hora.

La niña entró corriendo.

Hay una salamandra en mi cuarto. Se llama Monchita.

¿Y cómo sabes que es una salamandra?, preguntó Paul.

Porque lo sé. Tiene dibujos amarillos en el lomo. Las salamandras comen insectos, ¿verdad?

La niña salió, otra vez corriendo, sin esperar respuesta.

¿Tú sabías a los cinco años lo que era una salamandra? Yo no. ¿Paul? No estés triste. Vamos a salir adelante.

La idea de tener que salir adelante me deprime. ¿Cuándo vas a pasar por la biblioteca?

Mañana. Hoy voy a intentar poner un poco de orden en todo esto. O mejor, ¿salimos a dar una vuelta y que le den al orden?

Me están entrando unas ganas de llorar que te mueres.

Ven aquí.

La mano de Sara en su nuca. El abrazo con vaivén, como ella lo llama. El calor de su mejilla. El suave flujo de la respiración.

Salir adelante. Levantarse otra vez. Conseguirlo. Y ellos que creían que la vida era previsible, que el camino estaba trazado, un camino claro y sin broza, un paseo durante el que habría algún sobresalto, en el peor de los casos accidentes biológicos que nadie puede prever, pero el mapa no tenía vacíos, la ruta no se interrumpía, no atravesaba abismos ni cordilleras. La placidez como destino.

Se orientó enseguida. La calle que subía a la iglesia, de torre cuadrada más alta de lo que resultaba proporcionado para el edificio achaparrado; la que antes llevaba a las cuadras y que recordaba sin asfaltar; la breve ronda que delimitaba el pueblo; la de la casa en la que vivó su tía hasta que la llevaron a la residencia. La de los ahorcados. La del almacén de granos. El centro de salud era nuevo, también la biblioteca al lado del ayuntamiento, en la plaza cubierta de sombrillas de colores, versiones aumentadas de aquellas con las que durante un tiempo estuvo de moda adornar cócteles de nombres exóticos. Las hileras de sombrillas, rojas, amarillas, verdes, azules, también de colores que él siempre confundía –lilas o moradas, fucsia o rosa, lima o esmeralda– se sujetaban en alambres tendidos de lado a lado de la plaza sin árboles, dándole un aire de alegría provisional y la sombra que se agradecería en verano.

Caminaban despacio, al paso de la niña o al de sus propios pensamientos, pesados, reticentes. Caminaban como si no quisieran hacerlo de verdad, sino dar marcha atrás, rehacer el camino; como quien ha tomado la decisión equivocada y aún cree que está a tiempo de corregirla pero no se atreve, aún no, más tarde, solo unos pasos, a ver qué hay tras esa esquina.

La niña se detuvo frente a una casa baja, una de las pocas que quedaban con muros de barro agrietado y grisáceo; las demás habían sido enfoscadas y pintadas de blanco, o las habían chapado con azulejos o ladrillo falso. También era la única que conservaba su cancela oscura, dividida horizontalmente a media altura, de madera vieja y con gatera. Se presentaba ruinosa y a la vez sólida, como si su estado de envejecimiento fuese casi definitivo, una casa fósil, una roca erosionada.

¿Por qué te detienes? ¿Qué ves en esa casa?, preguntó Sara.

La niña tiró de ellos y se soltó de sus manos cuando se detuvieron ante la puerta. Llamó golpeando a la altura de su cara, tres golpes menudos, tres llamadas que solo podría oír quien estuviese esperando la señal. Nada se movió en el interior.

Aquí no vive nadie, dijo Sara. Las ventanas están tapiadas.

Era la casa de mis abuelos, dijo Paul.

Pero la niña no puede saberlo.

No, claro que no puede. Le ha llamado la atención porque es una casa vieja, de cuento. A lo mejor encontramos la llave en algún cajón o colgada en nuestra cocina. Nadie la ha reclamado nunca. Ni mis tíos ni mi madre. No sé por qué tenían tan poco apego a la casa familiar.

¿Podemos entrar?, preguntó Ale.

Paul no necesitaba cerrar los ojos para recordar el pasillo largo y angosto. Al inicio, a la izquierda, el dormitorio de los abuelos. La cama no la presidía un crucifijo sino un retrato del bisabuelo, del que se contaba que lo había matado un guardia civil por enterrar a los muertos que encontraba en la cuneta. Luego otra habitación a la izquierda, sin ventanas; otra más, también sin ventanas; después la cocina con una enorme campana de metal negro encima del fogón, sobre el que tenían que poner una palangana cuando llovía para recoger el agua que entraba por la chimenea; de frente otro dormitorio, cuya ventana daba a un callejón; en él había dormido de niño, y aún recordaba echarse allí la siesta a la que le obligaban cada tarde y oír contra el empedrado las pezuñas de los burros que llevaban a la pequeña cuadra situada detrás de la casa.

Paul se acordaba del interior como si lo hubiese visto en un sueño y en realidad no hubiera estado nunca allí dentro. Pero, a la edad de Ale, quizá también un poco más mayor, había recorrido ese pasillo siempre con temor, trazando con el dedo el perfil de los objetos a su alcance, deteniéndose a escuchar el ronquido del abuelo en el dormitorio y los cuchicheos en la cocina, porque parecía que en aquella casa las mujeres hablaban siempre en voz baja, transmitiéndose secretos o noticias prohibidas.

No, no podemos entrar, pero vamos a buscar la llave.

La niña acarició la puerta como despidiéndose; antes de separarse de ella, empujó varias veces con fuerza sin conseguir que se moviera. Se resistió en silencio cuando Sara intentó cogerla en brazos pero los siguió cuando echaron a andar.

Continuaron recorriendo calles, no al azar aunque sin pensar mucho a dónde iban, como si en su trayecto fuesen tomando posesión del lugar, asimilándolo: este será nuestro espacio, este pueblo de casas de uno o dos pisos, tiendas pequeñas pero que no invitan a la nostalgia –nada de grandes mostradores o estanterías de madera oscura ni rótulos pintados a mano: aluminio y plástico, los rótulos modernos y viejos a la vez, suelos de terrazo como de bar de barrio obrero–, miradas que no juzgan pero tampoco invitan, gente que se conoce de siempre porque aquí apenas vienen forasteros. No es el abandono lo que provoca amargura, sino que hubo tiempos de promesa, con el embalse y los regadíos, la hidroeléctrica, la nuclear, aquellos proyectos que ofrecían acabar con la pobreza y con el aburrimiento en un lugar que ya no sabía ser agrícola pero tampoco tenía nada para reemplazar las antiguas labores y formas de vida, salvo la televisión horas y horas, la biblioteca que casi nadie visitaba, el hogar de ancianos ahora que los hijos se habían marchado casi todos a la ciudad. Se fue el mundo viejo y el nuevo no era más que un residuo de algo que existía en otro lugar, una rebaba, un desecho poco valioso.

Vamos a estar bien, repitió Sara como para sí misma. Visitaremos los pueblos cercanos, haremos picnics, nos bañaremos en el pantano. He visto en internet que hay un dolmen al otro lado. Y un castro.

¿Qué es un dolmen? ¿Qué es un castro?

Un dolmen es un monumento prehistórico de piedra donde enterraban a los muertos. Y un castro es una ciudad muy, muy antigua.

¿Vamos ahora?

Pero lo preguntó sabiendo la respuesta, conociendo ese tiempo de los mayores que siempre se proyectaba hacia delante creando expectativa y frustración, incluso desconfianza en que de verdad algún día sucediesen las cosas que anunciaban. Ale se acordó de Monchita y quiso estar con ella.

Entraron en un bar a mitad de una calle que bajaba de la plaza en dirección al pantano. El dueño veía un concurso televisivo en el que los espectadores expresaban a cada momento una alegría tan excesiva que parecía más algo patológico que agradable. Paul imaginó que al llegar a sus casas aquellas personas se derrumbarían apáticas en un sillón y se quedarían contemplando el vacío o sus propias manos. O no. Quizá eran felices, más que él, y tenían futuros ciertos y presentes estables, tranquilizadores.

De lo que debía de ser la cocina salió una joven con una bandeja llena de vasos, que a punto estuvo de caer al suelo porque intentó depositarla en el mostrador con la vista clavada en la pantalla. Soltó una risa breve tapándose los labios con la mano y después hizo un guiño a Paul. Era una joven extraña: con caderas y torso anchos pero cabeza de pájaro. Desapareció otra vez por la misma puerta por la que había salido.

Dos cervezas y un zumo.

No, no tenían pajita para la niña, ahora están prohibidas, hasta eso prohíben.

El dueño era un familiar lejano, quizá primo en segundo o tercer grado, como la mitad de los habitantes del pueblo. No le saludó ni el otro hizo ademán alguno de reconocimiento. Quizá de verdad no lo reconoció, porque cuando Paul se fue era tan joven que aún tenía el aspecto sin hacer de tantos adolescentes, un proyecto borroso, trazos difuminados.

No había otros clientes en el bar, salvo un hombre que jugaba sin fe en una tragaperras. Espaciaba la introducción de las monedas como para alargar el escaso placer que aquel pasatiempo parecía producirle, o para postergar el momento de perder el dinero.

Cuando estemos en casa, dijo Sara, quiero que nos sentemos a hablar del futuro. No me mires así. Hasta ahora no hemos hablado del futuro, solo de lo que iba a pasar en unos días, en unas semanas. Lo único que hacemos es ir parando los golpes. Ya ni siquiera pensamos en tomar la iniciativa.

Sara se quedó en silencio como meditando lo que acababa de decir. No era una reflexión original, pero el hecho de decirlo en voz alta le daba un peso nuevo, una necesidad inexplorada.

Paul fue a la barra y regresó con un plato de aceitunas.

No te tragues los güitos, dijo a la niña.

A mí me gustan.

Por eso te lo digo, porque sé que te gustan. Y no los muerdas, que te puedes romper un diente.

Pero me van a salir nuevos. A ti no, porque eres mayor.

Qué repipi eres.

Acabaron sus bebidas poco a poco, sin muchas ganas, salvo la niña, de regresar a la casa, que era un recordatorio de todo lo que tenían que hacer en las siguientes semanas, también un espacio que los absorbía y alejaba de lo que poco tiempo antes creían que iba a ser su vida. Las habitaciones los acogían y los rechazaban a la vez, eran refugio y cárcel, posibilidad y condena. Resultaba todo tan frío y tan ajeno, tan de otro tiempo y de otras vidas, áspero, no necesariamente pobre, pero recordaba un pasado de pobreza. Y ninguno de los dos quería en realidad hablar del futuro. Era necesario como puede serlo desatascar un retrete, una de esas faenas imprescindibles que producen repulsión o al menos rechazo.

La niña salió a la puerta del bar. Se quedó en el umbral, a caballo entre la protección de sus padres y el desafío del territorio aún desconocido. Estaban tranquilos porque nunca se alejaba y solo volvieron la cabeza cuando les pareció que conversaba con alguien.

Paul dejó el dinero en el mostrador, el camarero asintió sin dejar de mirar la pantalla y no se preocupó de si era suficiente o si por el contrario tenía que dar las vueltas. La niña parecía brillar bajo aquel sol demasiado violento para mediados de septiembre, reflejaba la luz como un cristal o un metal muy limpio. El hombre con el que hablaba era tan bajo que de lejos podrían haberlo tomado por un niño. Tenía el cuerpo y la cabeza inclinados hacia delante como para oír mejor lo que le decía Ale. A veces se pasaba la mano por la frente y el pelo, lo que le daba un aire de preocupación, aunque quizá solo lo hacía para enjugarse el sudor. Pero no se le había ocurrido quitarse la chaquetilla de cuero negro que llevaba.

Hola, Paul. Hola, Sara. No sé si te acuerdas de mí. Ella no se acuerda, dijo señalando a la niña.

Era un bebé.

Los niños recuerdan más de lo que creemos. Yo me acuerdo de todo. Es una maldición.

Ya te habrás enterado de que vamos a instalarnos en el pueblo, en la casa de mis padres, dijo Paul.

Habéis llegado en un buen momento. Me alegra que seamos vecinos, dijo, e hizo un amago de reverencia, un gesto que no se sabía si era burlón o tímido. A Paul no le apeteció preguntar por qué era un buen momento para llegar. Germán lo desasosegaba, siempre le había dado la impresión de tener intenciones ocultas, de estar pensando en otra cosa cuando hablaba contigo; ya antes del incendio, antes de la cárcel, había sido así. No sabía si seguiría viviendo en el adosado que compró en el barrio nuevo, que ya no lo era, sino una ruina sin acabar, un residuo decrépito de los grandes planes que acompañaron la construcción de la nuclear.

Nos vamos a casa. Ya nos veremos por aquí.

Claro, cómo no nos vamos a ver. En este pueblo todo el mundo se ve. No hay manera de evitarlo. Ya quisiera uno, dijo, empezando a reírse antes de la última frase, como quien cuenta un chiste que ha contado ya muchas veces pero sigue esperando que los demás lo encuentren hilarante y les invita con su propia risa.

Lo dejaron a la puerta del bar, también él detenido en el umbral, el sol haciendo brillar el cuero de la espalda de su cazadora como una armadura, y entró con un paso que parecía vencer una resistencia, como si la penumbra en la que penetraba fuese una materia gelatinosa.

Está muy cambiado, dijo Sara.

Ha vuelto a su trabajo de periodista, creo.

Cuando lo vi la otra vez inspiraba lástima. Qué aspecto más antipático se le ha quedado. O no es eso, es más... Ni su madre lo encontraba simpático. ¿De qué hablabais, Ale?

La niña se encogió de hombros y señaló un perro blanco con manchas negras pegado a la pared de enfrente con el rabo entre las piernas y el hocico casi tocando el suelo.

¿Vamos a tener perro? Aquí podríamos tener uno.

Ya tienes a Monchita, dijo Paul.

Monchita no es un perro.

Caminaron de vuelta a casa, a paso más vivo que antes y por el camino más directo, sin hablar, cogidos los tres de la mano. La niña se fue a su cuarto. Sara y Paul se quedaron en el salón, de pie, sin saber qué hacer.

Esta va a ser nuestra vida, dijo Paul.

Ella no respondió. Le acarició el antebrazo sin convicción, distraída. Suspiró. Salió y dudó si ir a la izquierda, hacia la cocina, o a la derecha, hacia los dormitorios.

Eso parece, dijo desde el pasillo, cuando ya Paul ni recordaba haber hablado.

Paul se quedó mirando una grieta que atravesaba la pared en diagonal desde el suelo hasta el techo. Le pareció que por la grieta entraba una ráfaga de aire frío. Le resultó tan extraño que fue hacia ella y acercó la mano. Era verdad que entraba frío, aunque no parecía profunda, y además en la calle hacía calor.

Paul, llamó Sara.

¿Sí?

Ven a ver esto.

Paul pasó la mano despacio frente a la grieta, a pocos centímetros, hacia arriba y hacia abajo, sintiendo el soplo.

¡Paul!

Sin detenerse a pensar por qué lo hacía, acercó la boca a la hendidura y aspiró el aire que entraba por ella. Después fue al dormitorio, donde estaba Sara, llamándole otra vez.

Como si supiera exactamente adónde se dirigía y hubiera esperado horas a poder hacerlo, se quitó ella sola el arnés del asiento infantil –la primera vez que lo conseguía– y, sin detenerse siquiera a orientarse o a mirar el monumento, corrió hasta el pasillo de lajas verticales que, bajo un montón de piedras, conducía a un círculo al aire libre también formado por piedras planas clavadas en el suelo. El espacio del corredor parecía hecho a su medida. Sara y Paul habrían tenido no solo que encorvarse, también que doblar las rodillas para poder introducirse en él.

Paul solo lo conocía por fotos. Cuando él aún vivía en el pueblo nadie sabía que existiese. Ni siquiera ahora era muy conocido, quizá porque resultaba tan poco vistoso que apenas se aventuraban turistas por aquella zona. Además, para llegar a él había que conducir un cuarto de hora por un camino pedregoso y cuajado de socavones. Algunos que se habían decidido a visitarlo luego se quejaban en las redes sociales de una experiencia poco satisfactoria.

¿Es esto?, preguntó Sara. Me lo había imaginado distinto, no sé, más imponente.

Las lajas de piedra del corredor no tendrían más de un metro de alto y las que lo cubrían de través no eran más grandes. Por lo que fue la entrada, en la parte trasera, el breve pasillo daba a un pedregal, formado por los mismos pedernales redondeados, grises y blancos, que se amontonaban sobre el pasillo y alrededor del monumento; el otro extremo comunicaba con la antigua cámara mortuoria, a la que faltaba la bóveda.

Ale se había quedado en el centro del pasillo, de pocos metros de longitud. Tocaba las piedras y el techo como quien busca un resorte secreto que abriría una entrada a otra estancia. Quizá ella también estaba decepcionada.

No sé si se podría decir que esto es un monumento megalítico, más bien microlítico dijo Sara, se sentó en el borde del semicírculo de piedra para bajar a su interior y sacó el móvil con la intención de tomar una foto de Ale. En la oscuridad del pasillo y a contraluz no habría podido distinguirla de cualquier otra niña.

Ale, sal hasta la entrada.

En lugar de hacerlo, la niña se sentó en el suelo.

No habrá culebras, preguntó Sara.

Paul se acuclilló para meter la cabeza en el pasillo.

¿Qué haces? ¿Por qué no sales?

¿Vivía gente aquí?

Paul consultó a Sara con la mirada y ella hizo un gesto que podría haber significado cualquier cosa.

No, aquí los enterraban.

¿Cabían en este pasillo?

Por ese lado se entraba. Antes ese espacio circular también tenía un techo. Los enterraban ahí. Así que el pasillo... Y los enterraban con parte de sus riquezas. Aunque ya no están, las fueron robando.

¿El pasillo qué, papá?

Paul se volvió hacia Sara. Ella estaba consultando el móvil.

Unía la vida, ahí fuera, a tus espaldas, con la muerte, de este lado.

Ajá.

Ale acarició el suelo. Giró la cabeza hacia la entrada.

Por ahí los metían, susurró para sí. Y por ahí salían, señaló. Pequeñitos, pequeñitos.

Anda, dame la mano, vamos a ver si encontramos la ciudad donde vivían.

¿Solo enterraban a niños?

No, lo que pasa es que el pasillo se ha ido llenando de tierra y parece más pequeño de lo que era. Antes era también más largo. Ale, vámonos.

Ale salió a gatas, se sujetó a su padre mientras se limpiaba las rodillas con una mano.

¿No hay más?

¿Más qué?

Más cementerios. ¿O solo había un pueblo junto al pantano?

El pantano no existía entonces. Era un río. Y sí había otros, un poco más hacia allá.

¿Vamos a verlo?

No podemos. Únicamente se ve cuando baja mucho el nivel del agua.

La niña frunció el ceño. Parecía querer entender lo que acababa de oír.

Pero ¿uno de esos señores que nadan bajo el agua pueden verlo?

¿Un buzo? Sí, un buzo sí. Pero tampoco vería gran cosa. Solo son montones de piedras y debajo están los muertos.

¿Qué le estás diciendo, Paul? ¿Por qué le cuentas esas cosas? Luego no duerme.

Ale corrió hacia su madre, que se había quedado sentada sobre el borde de la antigua cámara mortuoria.

Papá dice que allí –señaló hacia el pantano–, en el fondo, hay personas muertas. Y encima de ellas, piedras. Y encima de las piedras agua. Y encima del agua...

La niña no supo continuar.

La próxima vez que hagamos una excursión nos llevas a ver ovejitas y pollitos y cerditos. ¿Te parece?

Paul asintió con gesto falsamente compungido.

Venga, Sara, Ale; vamos a merendar ahí abajo, luego buscamos la ciudad en la que vivían.

¿Antes de morir?

Claro, Ale, antes de morir. ¿Os imagináis que estas piedras
llevan aquí casi cinco mil años? Es una pasada. Voy al coche a
por la comida.

Paul extendió una manta a un par de metros de la orilla, a la
sombra de un sauce, en un prado cuajado de áster, cantueso
con las flores secas y dedaleras ya marchitas.

Estas son venenosas, advirtió a Ale señalando las flores
acampanadas y lacias.

¿Las demás puedo comérmelas?

Toma, anda, cómete este bocadillo.

Paul se tumbó boca arriba. Las ramas más bajas del sauce
barrían el suelo alrededor de su cabeza. Pensó que si resolvían
los problemas económicos no estarían tan mal. El pueblo era
un buen lugar para la niña, más protegido que el barrio atiborrado de coches en el que habían vivido. Y había más cosas que
descubrir.

Se veía allí tumbado como desde un dron: Sara a su lado, la
niña agachada inspeccionando algo –quizá un insecto– que había descubierto entre la hierba. La manta roja sobre la hierba
verde y, si el dron ascendía, quedaban casi cubiertos por el
sauce, y más allá del suelo de hierba reseca, las aguas entre azules y grises del pantano.

Paul, ¿por qué no me habías traído nunca?

Se había quedado dormido y despertó sobresaltado. Se sentó aún con retazos de imágenes de ellos a vista de pájaro: tres
personas diminutas en un paisaje desierto.

¿La niña?

Detrás de ti. Está jugando. ¿Por qué no me habías traído
nunca?

¿Por qué no te he traído nunca? Bueno, ya lo has visto, no es
que merezca la pena un viaje.

Al pueblo.

Al pueblo.

Eso es. Pasaste aquí tu infancia.

No sé si lo convierte en una atracción.

No es eso.

¿No es eso?

¿Por qué repites lo que digo?

Perdona, estoy aún amodorrado. Al pueblo, dices.

Sí, al pueblo. Llevamos ocho años juntos y nunca me habías traído.

Creo que nunca me lo pediste.

De todas formas.

Cuando volvía en verano no me sentía a gusto.

¿Cuando volvías con tus padres?

Hay gente que recuerda con nostalgia las vacaciones en el pueblo, la libertad, las aventuras, jugar hasta muy tarde en la calle, esas cosas.

Yo no tengo pueblo al que volver. En cierta manera, me da envidia.

La verdad es que siempre estaba deseando que se acabasen las vacaciones. No era que me aburriese, era algo distinto. El pueblo me deprimía.

Entonces no sabías lo que era la depresión.

Lo sé ahora. Esa falta de energía, hacer cosas solo porque no había una alternativa mejor. Y todo el mundo estaba enfadado con alguien. Familias que no se hablaban. Gestos poco amistosos que yo no llegaba a percibir del todo.

Seguro que exageras. También te divertirías, buscando nidos, persiguiendo lagartos, esas cosas que hacéis los chicos.

Te cuento lo que yo recuerdo. Los días largos. Las tardes interminables. Las mujeres vestidas de negro. Los hombres ásperos. Pero sí, lo mismo se me han olvidado las partes buenas.

Podríamos haber ido a otro sitio.

¿A vivir? ¿Dónde podríamos vivir que no tuviésemos que pagar un alquiler? Y ahora a lo mejor es distinto. Los lugares cambian, ¿no? Hemos tenido suerte de que admitan a Ale en la escuela con el curso ya empezado.

Eso es verdad. Me están dando ganas de bañarme.

No te has traído bañador.

Ni falta. ¿Te quedas un momento con la niña?

Sara se levantó. Se desabrochó la blusa mirando a Paul a los ojos. Pero se volvió, como si sintiera pudor, al quitarse los shorts y las bragas. Caminó en sandalias hasta la orilla. Su piel era casi tan blanca como la de Ale. A pesar de la vida sedentaria, del embarazo, del parto, salvo por unas pocas estrías en los muslos, seguía teniendo un cuerpo de mujer muy joven y la espalda de la nadadora que fue de adolescente, más larga de lo habitual pero de hombros anchos. Apenas tenía culo. Desnuda, vista de espaldas, parecía un andrógino. Como si fuera consciente de que la estaba mirando, volvió la cabeza y le sacó la lengua. Se libró de las sandalias con dos patadas al aire y echó a correr. Siguió corriendo dentro del agua y se zambulló casi sin salpicar a su alrededor. Cuando emergió lo hizo ya nadando a *croll* con movimientos rítmicos y vigorosos. A Paul le habría gustado saber nadar así pero nunca había aprendido a respirar mientras nadaba y tenía que hacerlo con la cabeza casi todo el tiempo fuera del agua.

Sara podía pasarse una hora nadando, así que no se volvió a tumbar para no quedarse dormido y dejar a la niña sin vigilancia. Imaginó que se amodorraba y ella se acercaba a jugar al pantano, perseguía algún bicho o una florecilla sobre la superficie, perdía pie. Desde el nacimiento de la niña se había convertido en un agorero de catástrofes, y todas tenían que ver con Ale. Incluso durante el embarazo, Paul estaba atento a malestares y a cualquier tipo de síntomas que afectaran a Sara como si fuesen todos manifestaciones de un desarreglo en el feto, una amenaza que se transmitía a la hija por vía sanguínea.

Suponía que les sucedía lo mismo a todos los padres primerizos.

Ale se aproximó llevando algo en las manos juntas, una sobre la otra, un poco abombadas para no aplastar lo que probablemente era un insecto.

¿Qué traes?

Abrió una rendija entre las manos y de ella salieron unas antenas negras y cortas. Acercó un ojo a la rendija. Es un escarabajo, un escarabajo negro. Abrió las manos para demostrarlo.

Es un escarabajo pelotero. Los egipcios lo identificaban con un Dios.

Ale frunció la frente intentando entender aquello, su gesto favorito. Sara llegó chorreando y se tumbó en la manta. Cuando había pasado un rato nadando rejuvenecía. Como si se quitara años y preocupaciones de encima: sonriente, ligera, con la mirada más clara que nunca. Hasta parecía haber perdido las pocas arrugas que tenía.

Ale se olvidó del escarabajo y comenzó a pasar la mano por la espalda húmeda de su madre, como para secarla.

Germán me ha hablado de un trabajo, dijo Paul. Algo pequeño, para ir tirando.

¿Le has vuelto a ver? Pues no está mal, porque con mi pensión de incapacidad no llegamos muy lejos. A ver si encuentro también yo algo pagado, porque aunque salga lo de la biblioteca...

¿Tú crees que fue culpa mía?

No se puede hablar de culpa.

Yo me siento culpable. Y nos jodió la vida. Y a ti...

Yo estoy bien.

¿Los mareos?

Bien también, poco a poco. Ale, ¿me rascas la cabeza suavecito, a ver si me quedo dormida?

Tú a mí.

La niña saltó por encima del cuerpo de Sara, se tumbó entre los dos dándole la espalda.

Egoísta.

Egoísta tú.

Sara acariciaba la cabeza de la niña.

Paul volvió a cerrar los ojos.

¿Echas de menos algo, a los amigos?

Paul no estaba seguro de si la pregunta estaba dirigida a él o a Ale. La cuestión no era echar de menos, era la sensación de derrota, de falta de perspectivas. ¿Qué trabajos iban a encontrar allí? Y además al pueblo solo lo conectaban historias siniestras que contaban su madre y sus tías y rara vez había risas o alegría o añoranza en el recuerdo. Aunque quizá en su memoria infantil había quedado grabado con más fuerza lo terrible que lo alegre.

No, dijo, no echo nada de menos.

Luego pasó un rato, corto o largo, Paul no habría sabido decirlo. Le costaba salir de su modorra. Oía el zumbido intermitente de algún insecto cercano, quizá una abeja que se iba deteniendo de flor en flor. También la respiración profunda de Sara, relajada, y por eso no quiso moverse, no fuera a despertarla, con lo que le costaba conciliar el sueño. Y oía también un bisbiseo; era la niña hablando sola, como solía hacer, también en la cama por las noches antes de dormirse, largos soliloquios o conversaciones con seres imaginados. Parecía repetir siempre lo mismo, pero Paul no conseguía entenderla. ¿Con quién estaría hablando? ¿Qué historias estaría contando? ¿O era una canción? Aunque Ale apenas cantaba. Abrió los ojos con disimulo para no interrumpirla. La niña, tumbada de costado hacia él, formaba un cuenco con las manos, parecido a cuando tenía el escarabajo en ellas pero más abierto, como si portara agua o algo delicado. Bisbiseaba aún, lo mismo una y otra vez. Paul solo lo entendió cuando se fijó en sus labios.

Pequeñitos, pequeñitos, decía Ale. Pequeñitos, pequeñitos, repetía y en sus ojos muy abiertos había a la vez asombro y temor.

Oigo zumbidos. A veces murmullos, como si escuchase una conversación que alguien mantiene dentro de mí. O como si llevara un auricular en el oído, pero no se entiende nada. Podrían ser también hojas movidas por el viento, hierba.

¿Desde hace mucho?, preguntó Maribel.

Desde el accidente. Y eso que a mí me pasó muy poco. Paul se llevó la peor parte. Bueno, y el peatón. Pobre hombre. Yo sigo pensando que no fue culpa nuestra, pero el juez pensaba otra cosa.

¿Y te han dicho si se te quitará algún día? Si fue un traumatismo, al pasar este se pasarán los síntomas también, parece lógico.

No llevo el collarín desde hace medio año. Pero los ruidos continúan. Decían que a veces los huesecillos del oído se descolocan y por eso. O un problema en los nervios que conectan con el cerebro. O qué sé yo cuántas cosas más. Pero, la verdad, es una suerte.

¿Quieres decir que podría haberte pasado algo peor? Siempre me maravilla la gente que dice cosas así, que piensa que un mal pequeño es una suerte. Claro, podrías haberte matado.

No es eso, Maribel. Me refiero a la pensión.

¿Te dan una pensión de incapacidad por el tinnitus?

No solo por el tinnitus. Por los ataques de vértigo.

Pero tú conduces.

No debería.

Pues no, no deberías. Paul sabe conducir, ¿no? ¿Y puedes llevar lo del club de lectura y la biblioteca?

Sí, claro. No afecta.

Bueno, no sé, si te caes de la escalerilla cuando estás colocando un libro...

¿Tú has visto las estanterías?

Es verdad. No miden ni dos metros. Y gracias. Porque no había presupuesto ni para libros ni para estanterías. Las trajeron de la casa de los ahorcados, después del incendio.

Fue el nieto, ¿no?

Germán no está bien. Durante años venía todos los veranos, parecía que esperaba que le dijésemos algo. Era como alguien con quien tienes una deuda pero no se atreve a reclamártela y tú ya no recuerdas exactamente cuánto le debes. Compró el chalé piloto de esos adosados a las afueras del pueblo, los demás de la urbanización ni habían llegado a terminarlos. Trabajaba desde casa, para un periódico de ultraderecha, no recuerdo cuál, son todos más o menos lo mismo. Crónica negra; tiene su ironía, ¿no?

¿Y sus padres?

Esos no pisaban el pueblo. A todos nos sorprendió que viniese él. Era hijo de la única que escapó; aunque era un bebé, la habrían matado igual. Cuando ardió la casa de los ahorcados lo pillaron enseguida. Quién iba a ser, si no. Además, ni siquiera se buscó una coartada. Yo creo que quería que lo detuviesen y que supiésemos que había sido él.

Yo habría hecho lo mismo. Imagínate, encontrarte por la calle a los descendientes de los otros. Sabiendo lo que hicieron.

Pero no tiene sentido que pegase fuego a la casa. Tendría que haber incendiado el pueblo entero, porque lo que le pasó a su familia se lo hicieron todos; o casi todos.

Yo lo conocí antes de venir aquí.

Pues con los del pueblo casi ni hablaba.

Es primo de Paul.

Es primo de medio pueblo. Eso es lo peor.

Vino una noche a vernos. Paul me avisó de que íbamos a tener visita y es cuando me contó la historia. La niña era entonces un bebé, yo no conocía esto más que por fotografías.

¿Y qué quería?

Vendernos su casa.

¿El adosado?

Acababa de salir de la cárcel y supongo que no quería regresar. Se sentiría culpable del incendio cada vez que pasara por delante de la casa.

¿Ese, culpable? Menudo liante. Además, desde fuera apenas se ven rastros del fuego. Ya lo has visto; manchas negras encima de las ventanas, la madera también algo renegrida. Pero se salvaron muchas cosas. Debía de tener poca gasolina. Luego la dueña ni pidió compensación por daños. Y regaló el contenido al que lo quisiese. Ella sí que tenía mala conciencia. Y lo que te decía, que las estanterías quedaron intactas y a alguien le pareció que podrían servir. Pero a mí lo que me preocupa más no es que te subas a la escalerilla para alcanzar los últimos estantes, es que te dé un ataque cuando estás en una conversación en el club.

¿Qué más da? No cobro, no hacéis ninguna inversión. No es como si me contratas y luego no rindo. Nadie está haciendo ese trabajo ni lo haría si no lo hago yo.

Ya, pero por eso. Luego me dicen que si he puesto a trabajar para el ayuntamiento a una persona enferma, solo porque Paul y yo nos conocemos. Ya sabes cómo son esas cosas. La gente habla. Y si tienes un accidente, no sé, ya digo, te desmayas y te rompes algo, no estarías asegurada. ¿Qué? ¿Por qué me miras así?

Todo ha ido bien hasta ese momento. Se han ido acercando poco a poco al tema central, dando rodeos, yendo y viniendo de la llegada de los tres al pueblo, del accidente y sus consecuencias, y también Maribel le contó que Paul, cuando era un niño, estaba enamorado de ella. Sus familias tenían amistad y se visitaban a menudo, cuando Paul y sus padres pasaban allí los veranos. Maribel había comenzado a trabajar en el ayuntamiento, de administrativa. ¿Te lo imaginas, a Paul, con sus ojos redondos de peluche, mirándome enamorado? Ya entonces tenía su expresión melancólica y a la vez burlona. Le sacaba, bueno, le saco quince años. Luego nos hemos reído recordándolo. Él dice que fui su primer amor. Cogí cariño al crío. Dejó de venir al pueblo. Solo lo volví a ver en un funeral. Entonces me contó su pasión infantil. Qué cosas.

Es la tercera vez que se reúnen, y Maribel le había prometido decidir esa mañana. Han tomado café en el despacho desde el que ella dirige las actividades financiadas por el ayuntamiento: grupo de música regional, gimnasia para mayores, ganchillo y punto, nociones básicas de uso de ordenadores y móviles, la biblioteca. Ha explicado a Maribel que necesita un trabajo temporal, aunque sea a título honorífico. Maribel parece dispuesta a ayudarla, habla con ella como si se conociesen desde hace mucho tiempo. Han fumado juntas en la ventana, echando el humo hacia fuera. Sara dejó de fumar cuando se quedó embarazada, pero le ha parecido que era una manera más de compartir algo. Sin embargo, tiene que estar atenta. No es desconfiada por naturaleza, pero le ha ocurrido fiarse de los compañeros en el trabajo y que luego lo aproveche alguien para sus fines. De su primer trabajo la echaron por contar a una compañera que había abortado. Era un colegio católico y la compañera se lo reveló al director. Paul ni siquiera sabe esa historia, que es anterior a él. Como no sabe, y tampoco lo va a saber Maribel, que los mareos se le pasaron hace tiempo, pero tiene miedo de que si lo cuenta le quiten la pensión, y eso no pueden permitírselo. Si no se lo ha dicho ya a Paul es para protegerlo, porque a él le cuesta tanto mentir. Poco después de conocerse, Paul le contó con orgullo la historia de un tío suyo al que cuando se iba a construir la nuclear le ofrecieron una miseria por un terreno y él, que no lo valoraba, aceptó. Y aunque el otro fuera un sinvergüenza, no hubo manera de hacer dar marcha atrás al tío aunque aún no había firmado. Ya sabes, cosas de hombres, el honor, la palabra dada... A Paul le parecía admirable.

A ella también le desagradaba mentir, pero cuando estás tan jodida haces lo que puedes, y no era solo por Ale, era por los tres, también por ella misma, porque no necesitaba más angustia. Paul sin trabajo, la niña pasando una etapa extraña, la huida, porque eso es lo que era, una huida; al menos tenían el fijo de la indemnización.

¿Qué estabas pensando? Tenías una mirada algo ida. No será por tus mareos.

No, no, perdona. Pensaba que no aguanto estar en casa todo el tiempo. Me hace falta alguna actividad, algo que me anime y me saque de mi propia cabeza. Y no, no quiero apuntarme al grupo de ganchillo.

Pero si trabajas en la biblioteca, aunque sea gratis, te pueden retirar la pensión. Al fin y al cabo, realizas un trabajo y muestras que te las arreglas.

La pensión me la dan porque no puedo realizar mi trabajo habitual, pero podría realizar otros y entonces no sé si me la quitan o si me la reducen. Supongo que no pasa nada si tengo un trabajo no remunerado.

De todas formas, no tienen por qué enterarse. En el ayuntamiento no te damos de alta en ningún sitio. Pero ¿no preferirías trabajar? Trabajar de verdad quiero decir.

No me parece que haya mucha oferta en el pueblo.

Siempre puede salir algo.

Pues si sale ya me lo pienso, pero mientras tanto.

Lo que no entiendo es por qué Paul dejó su empleo.

Yo tampoco. No del todo. Se sentía culpable por haber dejado inválido a aquel hombre, y porque yo salí herida... Ya, pensarás que un daño no se cura con otro. Pero es así. Las cosas pasan y ya está. No podía afrontar a los alumnos, que cuchicheasen sobre él.

Ahora se puede hacer todo desde casa. Podría conseguir clientes. Hacer ilustraciones, diseñar publicidad.

Ya se lo digo yo. Y él responde que sí. Pero, entre nosotras, nunca fue muy creativo. Se le daba mejor la enseñanza.

Ya, bueno, pero algo tendrá que hacer.

Soy yo la que tiene que hacer algo o me va a estallar la cabeza.

¿Y la niña?

¿Qué le pasa a la niña?

Que qué vas a hacer con ella mientras estás en la biblioteca. Tan pequeña como es, tendrá muchas horas libres.

Está Paul.

Ya.

Él se arregla.

Los hombres...

Con Paul está tan bien como conmigo. La verdad, me sorprende...

Pues te sorprenderá, pero mi marido siempre ha sido un inútil. Si mis hijos se caían me los traía a mí en lugar de curarlos o consolarlos. Así, con los brazos extendidos, como si le diese miedo que le fueran a cagar la camisa. Menos mal que tenía a mi suegra en casa, quién me iba a decir que eso me habría alegrado.

Paul y la niña están bien. Están bien.

Sara.

Que de verdad están bien.

Sara. ¿Por qué lloras? ¿Qué sucede? ¿Puedo hacer algo?

Nada, no sucede nada. Es la tensión de los últimos meses. Disculpa. Es que aquí no hablo con nadie.

¿En serio que vas a poder con ello?

De verdad. Se me va a pasar. Paul parece que vive en otro mundo. Yo le doy ánimos, claro, le digo que vamos a remontar, a salir adelante. Pero ¿quién me los da a mí? Perdona, no debería haberte dicho esto. Paul hace lo que puede.

No te preocupes. Y por supuesto que vais a salir adelante. Es verdad que como profesora aquí no tienes muchas posibilidades, pero pensaremos una. Y Paul acabará encontrando algo. Lo que no entiendo es por qué os vinisteis.

Los padres de Paul eran de aquí...

Eso ya lo sé. Pero de todas formas. Esto es un puto secarral.

No te rías. Bueno, sí, ríete. Al menos eso. Oye, habrás visto que en la biblioteca apenas hay libros. ¿Sabes por qué?

Falta de presupuesto.

También. Pero hace años había más, por una donación de no sé quién. Lo que pasa es que un alcalde anterior un día los metió en cajas y se los regaló a sus sobrinos, que estaban en la universidad. Decía que de todas formas nadie los cogía en préstamo. Y lo malo es que tenía razón. Se los estaban comiendo los ratones.

Los libros de Paul y míos todavía los tenemos en un trastero. Podríamos dejarlos en la biblioteca, al menos en depósito.

Y os ahorráis el trastero.

No es por eso.

Ya, mujer. Pero también. Lo que no sé es lo del club. Anunciado está, pero no tengo claro que se te vaya a apuntar mucha gente. Nunca se ha hecho. Es un pueblo muy pequeño.

Con que haya cuatro o cinco apuntados arrancamos. Y hago el inventario de la biblioteca, que es un desastre. La gente necesita que pasen cosas en este pueblo.

No, mujer, aquí ya han pasado demasiadas. Lo que la gente necesita es que no ocurra nada.

Sabes a qué me refiero. Distraerse. Tener inquietudes. En serio que lo voy a hacer bien.

Te repito que no podemos pagarte. Ni ahora ni más adelante. Te lo digo para que no te hagas ilusiones.

¿Ilusiones? ¿Cómo me voy a hacer ilusiones? ¿Quién se haría ilusiones en mi situación?

Sara se reía como no recordaba haberlo hecho en meses. No estaba claro si era Paul el que la contagiaba o al revés. Cuando parecía que uno iba a calmarse, recomenzaba el otro. Oleadas de risas que los obligaban a contraerse, a cerrar los ojos, a lagrimear.

Te lo advertí, dijo Sara, no digas que no te lo advertí.

Paul respondió con un nuevo empellón que provocó otra catarata de risas, se despeñaban por ellas, no intentaban contenerlas. Era como dar volteretas en la nieve, como chapotear en charcos bajo un tibio aguacero.

Teníamos que haber ido antes a Ikea, dijo Paul, y eso bastó para que volviesen a reír como si no fueran ya a parar nunca más.

Paul dio varios empujones seguidos con la pelvis contra la de Sara, provocando una sucesión de *staccatos* metálicos.

Los chirridos de la cama hacían pensar en torres de alta tensión retorciéndose. Quizá porque la habitación aún estaba casi vacía –paredes desnudas, sin alfombras ni estanterías que pudiesen amortiguar los sonidos, las cortinas aún en el suelo por colgar–, la cama herrumbrosa producía sonidos que, en otras circunstancias, les habrían hecho rechinar los dientes.

Así es imposible, dijo Paul volcándose hacia un lado.

Es como querer correrte mientras te hacen cosquillas, dijo Sara, y aún tuvo dos conatos de risa.

¿Y si bajamos el colchón al suelo?

Supongo que tus padres no usaban mucho la cama para estas cosas.

O se habrá oxidado más desde entonces. Podríamos probar con lubricante. Para la cama, digo.

Venga, vamos a bajarlo.

Entre los dos pero no sin esfuerzo consiguieron echar el colchón de muelles al suelo.

Sara se tumbó boca arriba en el centro, Paul boca abajo encima de ella. Aunque no hacía deporte, salvo correr y también eso lo había dejado, tenía brazos musculosos y mejor torneados de lo que podía esperarse de un profesor de Artes Gráficas. Se mantuvo sobre ellos extendidos mientras volvía a penetrar a su mujer. Sonrieron los dos al oír el chirrido de los muelles, que bajo el estruendo de la cama les había pasado desapercibidos. Paul repitió sus golpes rápidos de pelvis produciendo una ráfaga más aguda y amortiguada que antes. Se sonrieron. Fueron poco a poco olvidándose de la risa, aunque había sido liberadora. El contacto de la carne, la respiración contenida, las miradas largas, atentas, pasaban a primer plano. Desaparecían los recuerdos tristes de los últimos meses, hospitales y juzgados, abogados, acreedores, ¿qué vamos a hacer? Un presente cómplice se extendía sobre ellos. Abrazados. Lentos. Relajados. Las piernas de ella rodeando su cintura. Él aprovechando cada suave empujón para besar un punto distinto de su cara o su cabello.

Qué bien, dijo ella.

No tenían prisa ni, en ese momento, una tensión que necesitasen aliviar. Cada roce, cada movimiento, cada gemido les bastaban. Paul sentía el latido de ella contra el brazo derecho. Ella había cerrado los ojos, acariciaba la espalda de Paul, por lo demás, dejaba que él decidiese el ritmo, la intensidad. No echaba de menos la ferocidad ni la urgencia de otros encuentros. La duración era un valor en sí mismo, no pasar de una emoción a otra, de un deseo o un ansia al siguiente. Quedarse ahí. Disfrutar la repetición. La laxitud como de tarde de verano. Respiración lenta, casi al unísono.

La niña, dijo Paul.

¿Cómo?

Creo que la estoy oyendo.

Se quedaron los dos quietos, atentos, alerta.

Espera, no te retires. ¿Estará soñando?

Paul flexionó los brazos aunque no dejó caer todo su peso sobre ella. Torso contra torso. Los dos con la cabeza vuelta hacia la puerta.

Otra vez, ¿la oyes?

Sara suspiró. Paul se tumbó a su lado como si no tuviera intención de levantarse. Qué pesadez, dijo.

Se sentó y se quedó escuchando. A pesar de todo, no habían perdido el buen humor. Sara le dio una palmada en la espalda.

Venga, vamos los dos.

Recorrieron el pasillo descalzos y desnudos, sintiendo el frío que a veces atravesaba la casa independientemente de la temperatura exterior. Como si se levantase en una región con una climatología distinta del resto del pueblo.

No hagas ruido, susurró Sara. A lo mejor se ha vuelto a dormir.

Se quedaron parados ante la puerta entornada del dormitorio de Ale. Fue Paul quien asomó la cabeza.

Le pasa algo, dijo.

Sara encendió la luz. La niña estaba sentada en la cama, temblando, pero tenía los ojos cerrados así que no sabían si soñaba o si estaba despierta.

Cariño, dijo Sara.

Se sentaron cada uno a un lado de la cama. Sara le pasó la mano por la cabeza.

La niña soltó un hipido. Miró primero a su madre como si no la reconociera, después a Paul sin cambiar de expresión.

¿Duerme?, preguntó Paul.

Cariño, ¿has tenido una pesadilla?

Ale entrecerró los ojos. Parecía esforzarse en recordar algo.

No, respondió después de un rato.

¿Entonces? ¿Seguro que no has tenido un mal sueño? A ver, cuéntanos.

Está vivo, dijo Ale.

Paul y Sara se consultaron con la mirada.

¿Quién, Ale?, preguntó Paul.

Está vivo, repitió.

Se tumbó de costado, vuelta hacia su padre. Cerró los ojos. Se introdujo el pulgar en la boca. Y entonces ya solo parecía una niña con sus padres al lado arrullándola, protegiéndola. Como si nunca hubiese tenido una preocupación ni la hubiese asaltado jamás el miedo. Una niña de cinco años que acaba de quedarse dormida.

Ya sabes cómo es, que te cuentan la historia de alguien y te haces una idea de esa persona, incluso de su aspecto físico, pero luego lo conoces y no se parece en nada a lo que habías imaginado, porque las cosas no dejan una huella, o la dejan, pero no es visible, como esa gente tan divertida, actores, cómicos, que llevan por dentro su historia agarrada a las tripas, y un día toman cincuenta pastillas de somníferos, personas que te habían hecho reír tanto y que por eso piensas que son alegres, que ven la vida por su lado divertido, y si no lo tiene lo inventan, pero resulta que eran depresivos, o alcohólicos, qué se yo, pero en el caso de Germán, porque cuando llegó, Paul ya me había dicho que se llamaba Germán y que acababa de salir de la cárcel por prender fuego a una casa, y era tan distinto al Germán de hoy, quizá porque aún llevaba encima el peso de la cárcel o por efecto de lo que estuviera tomando, no había nada oculto, llevaba la tristeza a la vista, no podías imaginártelo sonriendo y mucho menos riendo a carcajadas, no sé si eran las ojeras, o la lentitud de sus movimientos –la verdad es que sospeché que tomaba algún tipo de ansiolítico–, cuando le ofrecí un vaso de cerveza y lo aceptó como podría haber aceptado cualquier otra cosa, con desgana, con un leve encogimiento de hombros, dejé el vaso en la mesita que estaba a su lado, él ya sentado en un sillón donde se había dejado caer como si no fuera a levantarse nunca más, como si sentarse fuese el último esfuerzo al que estaba dispuesto en lo que le quedaba de vida, miró el vaso, más bien, miró hacia el vaso, dejando pasear la vista por lo que lo rodeaba, un cenicero que nadie utiliza, una libreta, un pastillero de cerámica horroroso que me regaló mi madre, y entonces alargó la mano, que parecía pesarle como si la fuerza de gravedad a su alrededor fuese diez veces superior a la terrestre, y solo entonces dijo gracias y asintió, mientras frotaba despacio la otra mano contra la gabardina, que no se había quitado, una gabardina arrugada que hacía pensar en alguien que vive en la calle, aunque no estaba sucia, y en realidad todo él parecía aseado, como recién afeitado y con el pelo suave, para nada de mendigo o de sin techo, eran solo la gabardina arrugada y los zapatos lustrosos pero al mismo tiempo tan desgastados que el cuero parecía otra cosa, quizá cartón, los que causaban una sensación de abandono, de derrota, y no sé cuáles fueron sus siguientes palabras después de sentarse, antes solo había dicho su nombre, y buenas tardes, un buenas tardes casi funcionarial, poco adecuado para la visita a un primo aunque fuera lejano, y también dijo sí, bueno, cuando le ofrecí la cerveza, y luego aquel gracias musitado, algo ausente, como dirigido a alguien que no estaba allí, así que solo esas seis palabras, y en ese momento ni siquiera habría sabido describir su voz, también por lo bajito que hablaba, un tono de velorio o de confidencia, pero como digo no oí lo siguiente, la niña empezó a llorar y yo me apresuré a ir a buscarla porque era mejor cogerla al principio del llanto, no dejar que se enrabietase, que entonces tardaba muchísimo más en calmarse, como haciéndonos pagar el tiempo que la habíamos dejado llorando a solas, y de todas maneras siempre me ha irritado la gente que dice que se debe dejar llorar a los niños porque, si no, te manipulan y lloran solo para que hagas lo que quieren, que me parece una idiotez, y de una dureza de corazón que ni tengo ni quiero tener, ¿qué va a hacer una niña que no sabe hablar para que le hagan caso?, y funcionó, nada más sacarla de la cuna suspiró y se quedó en silencio, siempre ha sido una niña más bien callada que apenas hacía los ruidillos que suelen hacer los bebés, pero no, Ale lloraba o estaba en silencio, apenas había término medio, incluso de los ajitos y los juegos se cansaba enseguida, aunque es verdad que a veces reía ella sola y por eso no me preocupaba, no era un bebé triste ni mucho menos, cogía con curiosidad los objetos que le dabas y toqueteaba manipulaba los móviles colgados a su alcance y seguía muy atenta mis gestos y mis movimientos, una bebé, decía yo, que parecía más interesada en aprender y en alegrarse con el mundo que en comunicar con él, aunque Paul se reía de mí y decía que era una bebé normal y corriente y no hacía ni más ni menos ruido que otros muchos y que diésemos gracias por que no hubiese salido llorona y por que durmiese más de lo que nos habían augurado, y sí era un alivio que se calmase tan pronto, casi siempre en cuanto la tomaba de la cuna y sentía mi contacto, así que cuando salí con ella en brazos estaba tranquila y solo unas lágrimas que aún no se habían secado recordaban el disgusto o el miedo o el hambre, vete tú a saber, y Paul estaba diciendo algo así como que lo sentía mucho, pero no podíamos comprar la casa, él no tenía mucha relación con el pueblo, fíjate, en aquel momento ni imaginábamos que acabaríamos mudándonos aquí, para nosotros esto era entonces un lugar en el que anidaban recuerdos de infancia de Paul, ni muy tristes ni muy alegres diría yo, aunque para él todo estaba muy relacionado con sus miedos infantiles, porque Paul no es que hubiese tenido pesadillas, sino terrores nocturnos, los padres lo llegaron a llevar al psicólogo, y Paul no sabe si le dieron algún remedio, pero sus terrores se acabaron cuando la familia se mudó a Madrid, o así lo recuerda, que me parece demasiado tajante, demasiado construido eso de que el mismo día de la mudanza le abandonasen sus miedos, como si todos sus fantasmas o monstruos habitasen el pueblo y no supieran salir de él, encerrados allí por una maldición antigua, pero el caso es que Paul lo tenía muy claro, y yo por supuesto también, qué iba a hacer yo aquí, habría dicho en esa época, no teníamos ningún interés en comprar la casa de Germán, pero él insistía con vehemencia y con la mirada clavada en el suelo en que estaba dispuesto a bajar el precio lo que fuese necesario porque solo a Paul le vendería su casa, porque él sabía todo y su familia, la de Paul, fue la única que nunca negó el saludo y ayudaron en lo que pudieron, eso le habían contado, y claro, podría intentar vendérsela a alguien de fuera, un desconocido, pero nunca fue fácil vender en un pueblo del que se iba más gente que la que llegaba, pero Paul seguro que querría volver un día a la tierra de sus padres, pero a una casa moderna, con comodidades, no como la de sus padres, que además estaba en muy mal estado, y entonces Germán se dio cuenta de que yo había regresado al salón con la niña en brazos y se levantó inmediatamente, no para dejarnos el sitio –había más sillas libres–, sino igual que te levantarías al llegar alguien que merece respeto o deferencia, y se acercó dos pasos, inseguro, dos pasos cortitos, y me dijo es preciosa, qué niña tan preciosa, y no te lo vas a creer pero se le humedecieron los ojos, nos quedamos frente a frente con Ale entre los dos, y me avergüenza decir lo que voy a decir, porque tuve el impulso de preguntarle si quería cogerla, tenía la seguridad de que él lo estaba esperando, pero de pronto me dio miedo, miedo de darle a la cría, no, no porque pensase que podía hacerle algo sino porque sentí una contracción en mi interior, un rechazo muy intenso a que tuviesen contacto físico, que la niña pudiese sentir su cuerpo, incluso respirar su respiración si él, como solemos hacer, se doblaba un poco sobre la niña, le hablaba desde muy cerca, y ya en ese momento me avergoncé y me dije que tenía que ofrecérselo, que había algo en Germán ansioso por tener a la niña en brazos pero precisamente eso me daba miedo, intuir ese deseo, casi esa necesidad, aún me pregunto por qué sentí aquello, por qué el rechazo y el temor que me inspiraba aquel hombre de apariencia inofensiva y que no me había provocado ninguna de las dos cosas hasta que no estuvo la niña presente, y tan solo dije gracias, aunque obviamente no me lo había dicho como cumplido e incluso ni siquiera me había dado la impresión de que lo hubiese dicho para mí o para Paul, fue más bien una exclamación de asombro, de maravilla, como se nos puede escapar ante una obra de arte que nos conmueve, es preciosa, lo repitió ahora en voz muy baja, para sí, yo balbuceé cualquier cosa sobre papillas o biberones y me fui a la cocina con Ale, que había mantenido la cabeza vuelta hacia Germán pero no con la mirada fija en él, lo que me hizo sentir un alivio idiota, como si también ese vínculo, una mirada interesada, hubiese sido ya excesivo, y cuando oí que Germán se levantaba y que Paul lo despedía lamentando mucho no poder ayudarlo, o eso dijo, aunque sé que en el fondo no sentía ninguna obligación ni deseo de hacerlo, porque no se habían visto en muchísimos años y el vínculo que tenía con el pasado y con la gente que habitó aquel pasado era uno de recuerdos desvaídos y distantes, fotos viejas en las que incluso te cuesta poner nombre a los retratados, yo salí de la cocina a despedirme también, pero solo tras meter a la niña en la trona para no llevarla conmigo, y él se despidió con un apretón de manos más firme de lo que habría creído en aquel hombre lento e inseguro, miró hacia mis espaldas y estoy convencida de que le habría gustado despedirse también de Ale, pero no se lo permití, ya ves tú qué tontería, qué mezquindad, se dio por fin la vuelta y salió murmurando algo que supongo fue un adiós o un gracias de todas formas.

Paul cerró y dejó escapar una bocanada de aire que parecía haber estado conteniendo durante mucho tiempo, sacudió la cabeza y dijo qué horror, sin que yo supiese muy bien a qué se refería, pero no le pregunté, porque la niña me reclamaba desde la cocina, y aquella fue la única vez que vi a Germán, no volví a oír hablar de él hasta que vinimos aquí.

Ahora, cuando paso por delante de la casa, imagino las llamas, y los ahorcados, como si ambas cosas hubiesen sucedido al mismo tiempo y no con varias décadas de separación. Los cuerpos colgando de la reja, carbonizados. Aunque sé perfectamente que no murieron por el fuego y que están enterrados en el cementerio que queda a medio camino de la central, el cementerio viejo, que a mí me gusta más que el nuevo, o será que me causa menos impresión ver las fechas de fallecimiento mucho más alejadas de hoy. ¿Te has dado cuenta de que el último muerto enterrado en el cementerio viejo fue un niño? Paul no me ha sabido decir de qué murió ni quién era, no reconoce el apellido. Tenía cinco años, como Ale ahora. Una edad imposible, para morirse, quiero decir. No debería suceder algo así. A nadie. ¿Te he dicho que a veces voy al cementerio viejo y me siento en una lápida? Creo que me gusta que no haya cipreses, como en el nuevo. Los robles dan mejor sombra, y parecen estar más vivos que los cipreses, que tienen algo de escultura y son oscuros y se llenan de moscas diminutas. Los eucaliptos tampoco me entusiasman, por eso prefiero sentarme del lado de los robles a pensar en mis cosas. Nunca me llevo a Ale. No quiero que vea la lápida del niño muerto y me pregunte. Aunque ya sepa que la gente se muere. Pero prefiero que no se le pase por la cabeza la idea de la propia muerte, o sea, que vea que no es solo una posibilidad, sino que sucede, porque allí está, escrito en la piedra, y el cuerpecito debajo de ella. Debajo de ese mármol sobre el que nadie, nunca, deposita flores. Bueno, no es verdad. Yo a veces dejo algunas que recojo en los alrededores. Hablo bajito con el niño. Le cuento cualquier tontería, lo que se me pasa por la cabeza, también mis preocupaciones. Yo, que no tengo a nadie a quien rezar, le pido que cuide de mi niña. Y le digo que lo siento tanto, tanto. Que me hubiera gustado conocerlo. Y oírle reír. Sobre todo eso: oírle reír.

Sara apagó en el cenicero el segundo cigarrillo que fumaba seguido. Maribel no la había interrumpido en todo ese tiempo, fumaba también y miraba por la ventana de su despacho, a la que estaban asomadas para que el humo saliera a la calle. Se quedaron las dos en silencio. Afuera el viento arrastraba una lata haciéndola rebotar contra las paredes. Muy de vez en cuando pasaba un coche, sonaban esporádicamente las ruedas de los carritos de la compra que empujaban casi siempre mujeres mayores. Sara aún se sorprendía de atravesar el pueblo cada mañana y a menudo no encontrarse con nadie. ¿Dónde están, dónde se meten todo el tiempo? Fue a coger otro cigarrillo del paquete que Maribel había dejado en el alféizar, pero se contuvo. Parecía que ninguna de las dos tuviera nada que hacer. Dos presas en una cárcel que contemplan a través de los barrotes el patio desierto donde revolotean papeles.

Era una bestia. Una mala bestia, dijo Maribel, y también apagó el cigarrillo mientras expulsaba el humo de la última calada.

¿Quién?

El que los ahorcó. Colgar a unos niños, qué animal.

Bueno, y a una mujer.

Ya, pero con niños impresiona más. Luego se pasó años persiguiendo a rojos que se habían quedado en el pueblo o que volvieron de la cárcel. Les amenazaba en el bar, hacía lo posible porque no encontrasen trabajo. Y durante la guerra, cuando montaron el campo provisional de prisioneros ahí abajo, donde están ahora los chalés, si le daba por ahí se asomaba a ver si conocía a alguno, y si lo conocía lo sacaba a hostias y no se volvía a saber de él. Eso se contaba en mi casa. Acabaron nombrándolo alcalde. Desde entonces, todos los alcaldes son de su familia. Ahora un sobrino nieto. Ahí siguen, tan orgullosos. Y todos nos callamos. El cura les da la comunión. Hacen discursos en las fiestas. Eso dice mucho de este pueblo.

¿Tienes relación con ellos?

Claro. Lejana, pero la tengo. Y es verdad que no hay más remedio que convivir. Si vienes de fuera no te das cuenta. Nos ves conversar por la calle y piensas qué vecinos más amables. Pero mientras hablamos nos estamos diciendo con la mirada: sé quién eres, conozco a tu familia, sé lo que habéis hecho. Por eso nos cuesta relacionarnos con la gente de fuera. No hay una historia detrás y eso nos desorienta.

Conmigo has sido muy amable.

Ya te digo, porque vienes de fuera. No había conveniencia, ni remordimiento, ni cálculo. ¿Me entiendes?

Pero ha pasado mucho tiempo. De todo; las cosas se van olvidando.

Nada se olvida. Crees que sí, pero no es verdad.

Maribel se echó a reír.

Toma, fúmate otro. Te estoy echando a perder. Venga, yo hago lo mismo y así compartimos el cáncer.

¿De qué te reías?

En mi familia también hay delitos de sangre.

¿De la guerra?

De hace nada, mi sobrino, que cosió a navajazos al cura.

Joder con los dramas rurales.

Bah, se lo merecía. Aquí sucede lo que en cualquier otro sitio, también en la ciudad. Esto no es peor ni mejor. Si abres cualquier periódico ves que es lo mismo en todas partes. Lo que pasa es que en los pueblos luego tenemos que convivir unos con otros.

Ya, no sé.

En serio. Por eso las culpas y las deudas no desaparecen ni se olvidan; pasan de una generación a otra.

¿Qué fue del chico?

Nada, vamos a dejar el tema. No sé por qué lo he sacado.

Continuaron fumando, cada una en su mundo, mirando sin ver el exterior, que recordaba el decorado de una función de teatro que se habían olvidado de desmontar. Sara tenía la impresión de que el humo le estaba haciendo daño, pero no apagó el cigarrillo. Se forzó a acabarlo como quien cumple un castigo merecido.

Voy a trabajar, dijo, sin hacer intención de despegarse de la ventana.

A lo mejor tienes razón.

¿En qué?

Hay algo. Algo más, aquí, quiero decir. No sé.

Maribel, ¿estás llorando tú hoy? Mira, que ese es mi papel.

Hizo un esfuerzo por sonreír pero no respondió en un rato.

Es que he visto tus flores.

¿Cómo?

Las que dejas en la tumba del niño. Eres la única que lo hace.

¿Lo conocías?

El pantano solo nos ha traído desgracias. Tienes razón con lo de los dramas en este pueblo. Buf, vamos a trabajar, anda. ¿Tienes un pañuelo?

Creo que sí... Toma.

Me gusta mucho que estés aquí. Y que seas de fuera. No dejes que te contagie este lugar.

Maribel le dio un beso en la mejilla. Se sonó. Salió del despacho y regresó al momento.

Joder, si es mi despacho. Eres tú la que sale.

Volvió a reírse y se sentó. Sonreía, con una alegría desesperada en los ojos.

Germán estaba apoyado en el alféizar de la ventana que daba a lo que debería haber sido un embalse y solo era un barrizal en el que crecían juncos y espadañas. La distancia entre la belleza y la desolación se mide en el capital invertido, solía decir. No sabía qué hacer con la inquietud que lo recorría, de día y de noche. Sus noches parecían interminables, un continuo dar vueltas y buscar la posición que le permitiría dormir. Apenas un par de horas de sueño y otra vez un día que empieza: hormiguear, husmear, escarbar. Así que estaba cansado constantemente pero al mismo tiempo alerta, impaciente, deseoso de algún tipo de acción. Vivía como si consumiese una droga que lo tenía híper excitado y a la vez al borde del colapso.

Golpeó con los nudillos en la ventana como para llamar la atención de alguien. Solo que no había nadie en aquella parte del pueblo. Chiquillos, a veces, que iban a cargarse a pedradas las pocas ventanas y farolas que aún tenían algún vidrio intacto. A su casa no le tiraban piedras. Sabían que estaba armado porque ya les disparó una vez con la escopeta de caza, una andanada de perdigones que, por suerte y por desgracia, no alcanzó a ninguno. Le habría gustado hacerles daño pero luego habría tenido que enfrentarse a padres escandalizados, a los guardias, probablemente a un juicio de consecuencias sin duda nefastas, más con sus antecedentes.

La ventana a la que estaba asomado pertenecía al único chalé habitable de una hilera en ruinas. Tres filas de adosados amarilleando bajo el sol brutal, descascarillándose bajo la lluvia y el hielo. Menos mal que no tenía hijos a los que mostrar esa debacle. Nunca quiso hijos. Ni mujer. Ni perro. Y habría preferido no tener madre.

En el prado delante del chalé un mirlo escuchaba ladeando la cabeza. Los mirlos hacen eso: ladear la cabeza para oír los minúsculos sonidos que vienen de la tierra y localizar las lombrices, luego dan un par de saltitos, vuelven a escuchar. Pero ese mirlo llevaba un buen rato en la misma postura, como si en lugar de buscar alimento oyese una melodía o alguien estuviese hablándole desde el subsuelo. Germán abrió la ventana y el pájaro echó a volar.

El césped era lo único ahí afuera que daba la impresión de solvencia y bienestar. Lo regaba él con la manguera porque los aspersores estaban obstruidos. Y durante las restricciones en las que se prohibía regar y llenar las piscinas, seguía haciéndolo de madrugada, a escondidas. Lo regaba más de lo necesario. Lo encharcaba. Se consideraba con derecho al menos a tener un césped verde, a asomarse a la ventana y ver algo que no estuviera destruido o agostado.

A veces fantaseaba con que las cosas hubiesen tomado un rumbo diferente. Nadie podría culparle de que no hubiese sido así. Juegas las cartas que te han tocado y a él no le habían repartido ni un solo triunfo. ¿O era su culpa que su padre se arruinara comprando terrenos cuando anunciaron la construcción de la central? Todos esos carteles que aún cuelgan en las cercanías del pantano anunciando un puerto deportivo, un oasis para toda la familia, un campo de golf exclusivo, eran la réplica herrumbrosa de los sueños de su padre. Cuando el Gobierno decretó la moratoria nuclear, ya antes de que terminasen las obras, el padre desapareció. Sabía que sus terrenos habían perdido todo su valor en un día. Tenía buen ojo aunque no lo pareciese. Sacó el poco dinero que había repartido por cuentas de cinco o seis bancos, lo metió en una maleta, se subió al Mercedes y lo único que se volvió a saber de él es que había vendido el coche por una suma ridícula y que su nombre figuraba en la lista de pasajeros de un avión que aterrizó en Caracas. Lo imaginaba de estafador con traje blanco de lino y sombrero panamá, y en cada mano varios anillos dorados. Un charlatán que elogia su pacotilla, muestra el producto abriéndose la chaqueta, mire estos negocios fantásticos, qué me dice de estas oportunidades únicas, solo para usted, como favor que le hago; y luego se retira a un cuartucho con manchas en las paredes y un ventilador de techo que traquetea sin refrescar el aire. Solo en ese cuarto en penumbra se quitaría su padre las gafas de sol, que estaban tan pegadas a su rostro como el bigote de trazo fino, una uve invertida y muy abierta enmarcando aquella sonrisa que nunca le pareció amigable. Germán no sabía de qué color eran los ojos de su padre. Suponía que se las quitaría al meterse en la cama, pero Germán nunca entraba en el dormitorio de los padres, nada de lanzarse entre sus sábanas los domingos, juegos, desayuno en la cama. Papá que unta con espuma de afeitar la naricilla del niño. Qué risa. Cosas de película. ¿Qué quieres ser de mayor, hijo? Es una de las dos preguntas que recordaba que le hubiese hecho el padre. Periodista, papá. ¿Qué he hecho yo para tener un hijo gilipollas?, fue la segunda.

Por lo demás, prácticamente no hablaban. El padre lo ignoraba pero él no podía ignorar al padre. Si este entraba en un cuarto en el que se encontraba Germán, lo único que le decía era: vete a jugar a otro sitio. Con fastidio, como si llevase horas aguantando su bullicio y fuese demasiado pedir que soportara al niño un minuto más. Aunque Germán estuviera en silencio haciendo los deberes. Vete a jugar a otro sitio.

No es que le tuviera miedo; no le pegaba con frecuencia y nunca muy fuerte. Alguna bofetada de improviso, por motivos a menudo incomprensibles, que más que dolor provocaba humillación. No recibía el golpe como castigo de una travesura o una infracción concreta; ese golpe dado con el revés de la mano y sin mirarlo expresaba sobre todo hartazgo hacia el niño por entero, hacia su presencia fatigosa; el hecho mismo de ocupar un espacio parecía ya una afrenta inaceptable hacia el padre. El gesto al golpearlo era como el de quien se sacude el polvo del pantalón o una mosca pesada que no deja de revolotear frente a sus ojos.

No le sorprendió que lo abandonara a él, tampoco que dejara a la madre, hacia la que nunca dio señales de afecto, al menos delante de Germán. Lo que le pilló desprevenido y no le perdonaba era que los hubiese dejado en la miseria, más bien, a su madre endeudada para toda la vida, porque se casaron en régimen de gananciales y el juez consideró que ella estaba al corriente de las inversiones de su marido, como demostraba su firma al pie de algunos contratos. Qué poca gente lee la letra pequeña del matrimonio. Obligaciones, compromisos, deudas, que se contraen al firmar con un sí, quiero. Una madre en la ruina. También física. Afectiva. Un madre desahuciada, hija de una madre expoliada, no se recuperará de ese golpe; vivir como forma de convalecencia.

Se te queda dentro. Te horada. Un nido de carcoma que llevas en las tripas sin saberlo. Paul se cree que uno puede rechazar la herencia, regresar al lugar de tus padres como si careciera de historia. Llegas, eliges, te asientas y te dispones a una vida de felicidad. ¿Quién se cree que es? ¿Se piensa que puede renegar de sus orígenes, que no hay que pagar un precio, que no llevas el pueblo en la sangre? La estirpe es algo físico, material, es tu propia carne. Cuando asesinaron a su abuela, cuando le robaron todo a su madre, se lo estaban marcando ya a fuego a ese niño que aún no había nacido. Él estaba poseído por todos los demonios del pasado. Hablaban por su boca. Y un día no pudo más.

Al juez le dijo que había sido un acto simbólico, la conmemoración de un crimen. Una noche de San Juan privada ante la puerta de quienes habían asesinado a su abuela y a sus tíos. El juez le preguntó si romper una persiana para echar gasolina en el interior de la casa era también símbolo o celebración de algo. Germán no supo qué responder. Que no pudiera contener la risa no dispuso el ánimo del juez a la clemencia.

Uno de sus pocos recuerdos buenos era el de cuando arrimó la cerilla a la gasolina: la imponente llamarada, la fantasía iluminada de la destrucción. Pero no podía quedarse ahí, como un anciano que cuenta siempre la misma historia. Era hora de avanzar. No dejaba de ser irónico que sus planes para hacerlo se pareciesen tanto a los del padre. Eso, justo eso que crees que no harás nunca, lo que te habías prometido que no harías como tu padre, es lo que te devuelve a casa. Papá, mamá, soy yo, Germán, vuestro hijo.

Germán echó la llave y empujó la puerta de la casa para asegurarse de que estaba bien cerrada. Entró en el garaje, ocupado por cajas más amontonadas que apiladas y por una Honda Dax 90 de los años setenta, la única concesión que había hecho en su vida a la nostalgia. Había una fotografía de sus padres montados en esa moto, él a horcajadas, ella sentada de lado, ambos sonriendo, con la sonrisa triste de las fotografías antiguas. Le gustaría haber tomado él aquella foto, pero quizá no había nacido o era un bebé; la escena hablaba de un mundo al que no había pertenecido, al mundo imaginario de la vida antes de uno. Junto con la escopeta, la Dax era el único objeto que cuidaba; la acariciaba y hablaba con ella como si fuera una mascota. Se puso la cazadora de cuero y la cerró hasta el cuello, montó, arrancó y recorrió su calle, pasando revista a la hilera de chalés, un general inspeccionando lo que queda de sus tropas derrotadas.

Pero él no estaba derrotado. Había aprendido la lección. Aunque su madre ya no creyera en él y apenas le hablara, aunque le dijera eres igual que tu padre, no sé cómo haces para vivir sin corazón. Él todavía tenía proyectos. Paul le iba a ayudar. Todavía no lo sabía pero era una pieza del plan. Paul, Ale, Sara, tenéis nombres extranjeros, nombre de restaurante caro y de edificios de cristal, como si os avergonzase ser de donde sois. Pero uno no escapa al origen por cambiarse de nombre o de ropa. Ya entenderéis qué es la tierra. La tierra os atrapa. Que lo miren a él. Es como los alcornoques. Va perdiendo la corteza pero las raíces no cambian de lugar. Las raíces se aferran, eso es lo que hacen. Sujetan el terreno como cepos. Y Paul también estaba enraizado a la tierra, superficialmente, como la grama, pero extraía su alimento del mismo suelo que todos los demás. Le había llegado la hora de pagar por el alimento.

Dejó la moto junto a la oficina de Correos. Nadie ocupaba los bancos de la plaza aunque la mañana era templada. Solo en la terraza de uno de los bares una pareja anciana contemplaba el mundo con ojos traslúcidos. Masticando saliva. Belfo inferior desbordando una y otra vez el superior. Sillas de metal refulgiendo al sol. Banda sonora amortiguada de coplas. Todavía hay gente que oye coplas. Como vemos la luz que llega de estrellas remotas que quizá se extinguieron hace milenios, ellos oyen también algo que ya no existe. Y la gente que oye el pasado, ¿qué verá? Esos ancianos seguro que, cuando miran, ven sobre todo lo que desapareció. No ven la fuente que veo yo sino la que estaba en su lugar, no la oficina de Correos sino la taberna que estuvo ahí antes, no la tienda de electrónica sino la casa de la maestra que le enseñó a ella a bordar y a él a leer. Los viejos miran el mundo y solo ven sus ausencias. Si pudiese, él arrasaría el pueblo entero. Lo construiría de nuevo. Borraría todo ese pasado contenido en lo que existe. Eso es lo que habría que hacer: reconstruir todas las ciudades cada veinte años, para evitar que las casas y las calles se impregnen de lo que ya no está. Acabar con cualquier forma de añoranza y de falsificación del pasado. Vivir en un presente continuo que se mezclara con un futuro inmediato.

Basta, basta ya de tonterías, se dijo Germán. Qué sabía él de cómo debía ser la vida, si él vivía constantemente como quien intenta escapar de arenas movedizas.

El reloj de Correos dio las once y una cigüeña batió las alas a cámara lenta sobre un tejado. Germán encendió el primer cigarrillo del día y eligió un banco para fumárselo. Siempre aguardaba a esa hora para reducir el consumo, no por una cuestión médica sino económica. Antes, a las once habría fumado ya seis o siete, una cajetilla y media diarias, más de doscientos euros al mes. El cura desembocó en la plaza con gesto contrariado. Comenzó a cruzarla en diagonal y solo después de quince o veinte pasos descubrió a Germán. Caminaba a paso rápido, como solía hacer, recordando a esos perros que de pronto parecen recordar algo –quizá solo un mendrugo de pan enterrado– y se apresuran sin correr, pero también sin olfatear ni mirar a los lados. Era uno de los pocos curas del mundo desarrollado, excluyendo el Vaticano, que aún llevaba sotana. Aminoró la velocidad al ver a Germán, se pudo leer su indecisión en el rostro, la duda de si hacer lo que debía, pararse a saludar, o ceder a su incomodidad y pasar de largo. Germán le facilitó las cosas desviando la mirada. Oyó sus pasos de suela blanda. Incluso juraría que olió un aroma a cera y a cuarto cerrado. Luego lo miró de nuevo; el cuerpo era un cuadrado negro que parecía moverse empujado por el viento. No había viento. Al contrario, el mundo no respiraba. Se estancaba. Estamos todos muertos, bisbiseó Germán. Y tuvo la sensación de que era verdad. Él desde luego no estaba vivo, y no podían estar vivos los dos ancianos que seguían moviendo los labios al unísono, dos marionetas cabeceando inertes; el cura era una aparición, un fragmento desgajado de una pesadilla que seguía recorriendo las calles desiertas incapaz de regresar al mundo inmaterial. Como las bolas de matojo que ruedan por los pueblos en las películas del oeste. Rodar por calles desiertas. Cosas muertas. Vértigo. Pánico. La respiración contenida por el diafragma aplastado. No, no contenía la respiración. Respirar era imposible, nadie espera que respire un tablón de madera. Todo se acababa. La Tierra seguía circunvalando el Sol, como lo hacía antes de los dinosaurios, antes de las amebas, antes de que se cociese la sopa primordial. Y era casi hermosa esa ausencia de vida. Ah, claro, las uñas y los cabellos siguen creciéndoles a los cadáveres, unas semanas, unos meses. Y lo mismo sucedía con los pensamientos que habían sido generados en el cerebro antes de la defunción, y continuaban formándose y deshilachándose por inercia. Todo lo que estaba pensando lo había pensado antes de fallecer. Lo que ve también lo ha visto ya. Reverberos. Imágenes creadas quizá hace décadas que continúan reproduciéndose, como si alguien hubiese dejado encendido un proyector y abandonado el lugar para siempre.

Era un consuelo. Era tan tranquilizador. Dejar de bracear y aceptar que tu destino es hundirte. No luchar por mantener la cabeza fuera del líquido que te engulle. Entregarte. Respirar el miedo que te atraviesa hasta estar tan lleno de él que te ocupa por completo, eres nada más eso, no hay sitio para la añoranza ni para el deseo. Tus ojos ya no buscan. El grito solo existe como eco. Qué bien estar muerto. Que todos estén muertos. Que se vaya desmoronando día a día ese pueblo fantasma habitado por fantasmas de hombres, de mujeres, de niños, de perros, de gallinas y gallos, de ovejas con ojos de fantasma, de cabras de mirada alucinada y fantasmagórica, que siga siendo proyectado sobre una pared iluminada con tal violencia que apenas se distingan las figuras, las figuras lentas y desvaídas, manchas lechosas sobre fondo blanco. Que nadie pueda pedirle cuentas porque es imposible pedir cuentas a un cadáver. No tiene sentido zarandearlo ni injuriarlo, ¿no veis que está muerto? Como está muerta su madre aunque lo ignore, e incluso se le habrá borrado el gesto amargo, reblandecido sus ojos como pedernales, relajado el pecho que crujía cuando respiraba. Fue la central, aunque no llegara a funcionar. Es un misterio, pero algo salió de allí cuando la construyeron. Llamadlo radiación. Llamadlo como queráis, pero sin que nadie lo percibiese una supuración letal atravesó las gruesas paredes de hormigón y se extendió por el pueblo. Recorrió las calles. Entró por puertas y ventanas, por gateras, por grietas, descendió a través de las rendijas que dejan las tejas y se posó sobre la cuna del bebé y sobre los labios de la beata, sobre los ojos de la adolescente borrando su rabia y su deseo, sobre las manos del mecánico que dejó caer la llave inglesa –milagro: rebotó sobre el suelo de cemento sin producir un sonido– y se dobló sobre el capó abierto hasta que su cabeza se introdujo entre la maquinaria con naturalidad, una pieza más, y también se posó el gas, la radiación, el miasma, el efluvio emanado de las entrañas de la tierra y del tiempo, sobre la boca abierta del cura y sobre el sexo abierto de la carnicera, entre los dientes de la cabeza de cerdo degollado, en el interior de los picos de las gallinas, que dejaron de corretear y escarbar, en el corazón del banquero sin corazón, en el ojo del culo del anciano que cagaba acuclillado detrás de una tapia.

Y entonces el pueblo se quedó desierto. Desierto de verdad. Inmóvil todo (¿no decía que el aire ha dejado de moverse?) Ni siquiera los cadáveres se pudrían. Embalsamados. No había gusanos ni bacterias. Solo cuerpos expuestos perpetuamente iguales a sí mismos.

Eso lo explicaría todo. También que Germán, sentado en la sombra en el banco en la plaza en el pueblo en la Historia detenida gracias, gracias, gracias a Dios no sienta su propia respiración, ni latido alguno, ni sangre ni nervio excitándose, solo los pensamientos que no son suyos, el pánico que alguien dejó ahí reproduciéndose a veinticuatro fotogramas por segundo, sin emoción ni esperanza y mucho menos desesperación. Estar así. Una hoja seca en una habitación cerrada y en tinieblas. Por fin lo entendía. Nunca ya se levantaría del banco ni movería un pie tras otro ni tendría que dislocarse el rostro para poder dibujar en él una sonrisa, ni su garganta ardería como un tizón para emitir uno de esos sonidos con los que apacigua y engaña y promete y disuade y proyecta una baba invisible que rodea a cualquiera que se encuentre con él.

Germán, muerto y todo, abre los ojos, que había cerrado sin darse cuenta. Y le parece que los párpados son persianas viejas que se rompen al alzarlas una mano ajena. Y en el otro extremo de la plaza, aquel por el que ha desaparecido el cura, se materializa Paul. Camina muy despacio, mirando al suelo, sin levantar la cabeza gacha, pero dirigiéndose hacia Germán como si pudiera localizarlo por su olor. Desganado. Derrotado. Los hombros también caídos, como un boxeador que sabe que saldrá del combate humillado y sangrando.

Germán lo contempla.

Paso tras paso.

A ese hombre que pretende cosechar lo que otros sembraron rompiéndose la espalda. Que llega al pueblo con una mujer como las que solo conocen los que se fueron o a través de la televisión. Y con una niña que es lo único que merecería la pena salvar de una catástrofe.

A Germán le van a rechinar los dientes.

Aguanta todos esos sentimientos que no debería poder sentir porque está muerto, igual que intentas sujetar boca abajo un cubo vacío en el agua. No va a lograrlo. Se le van a escapar por la garganta o le van a rasgar las tripas.

Paul se para delante de él, alza la cabeza, lo mira a los ojos, hace un amago de sonrisa y le tiende la mano. Germán se incorpora y estrecha la mano tendida, concentrándose en no reducir la presión antes que el otro. Las bestias que ahorcaron a sus familiares sabían el daño que hacían. Paul cree que el mundo es una hoja en blanco y que él puede dibujar sobre ella lo que quiera. Sin culpa ni responsabilidad. En ese momento es consciente de que nunca ha odiado tanto a nadie, aunque no entienda por qué.

Paul, a pesar de todo, dormía. Ella le envidiaba su capacidad para anestesiarse en el sueño. Cerraba los ojos y el mundo desaparecía. ¿Qué has soñado?, le preguntaba a veces por la mañana, aunque sabía la respuesta, pero de todas formas preguntaba como para confirmar la existencia de un acertijo, para maravillarse otra vez de que fuese posible esa manera de ausentarse del mundo. Nada, respondía él, creo que no he soñado nada. Ella no cuestionaba que fuese imposible, que todos soñamos, todas las noches, aunque no recordemos persecuciones, extravíos o caricias; ni le contaba que, cuando ella se sentaba en la cama en medio de la noche, y le observaba con envidia y a veces incluso con un poco de rabia, le había visto sobresaltarse, encoger rápidamente las piernas, y así sabía que acababa de soñar que tropezaba o caía; en otras ocasiones contemplaba el rápido movimiento de sus párpados y se preguntaba dónde se encontraría, si ella lo acompañaba en la historia que estaba creando su cerebro, si serían acontecimientos alegres o angustiosos.

Ella soñaba con mucha frecuencia que estaba desnuda, siempre en situaciones cotidianas como hacer la compra o clasificar los libros de la biblioteca; no había placer ni erotismo ni liberación en su desnudez, solo vergüenza. A veces, si llevaba camisa o blusa o jersey, tiraba del borde hacia abajo con desesperación para intentar taparse el culo y el pubis. Y no sabía qué era mejor, si dormir y dejarse arrastrar por ese torrente de situaciones incómodas o aterradoras, o pasar las horas en vela, como tantas noches, como esa noche, que, después de dar vueltas en la cama hasta que el sudor le empapó el pijama, se levantó y, a tientas, procurando no hacer ruido, sobre todo al descorrer el cerrojo, salió de la casa.

Era luna nueva o aún no había remontado el horizonte –no llevaba la cuenta de las fases–, así que apenas podía ver a un par de metros de distancia en cuanto abandonó las calles y fue bajando el talud poblado de eucaliptos que separaba el pueblo del pantano. No tenía un propósito, ni siquiera llegar a la orilla; caminaba y, si se dirigió al agua, un acto instintivo más que deliberado, fue para evitar que alguien la viese deambulando por la calle. No había nada de malo en caminar sola de madrugada, pero vivir en un pueblo tiene sus peajes.

Fue sujetándose a los troncos a medida que avanzaba, por miedo a pisar mal y dislocarse un tobillo. Pensó en culebras. Pensó en lobos. Pensó también en violadores o asesinos, sin creer del todo en su existencia. Se contaban historias de aparecidos, gente que vivió en los pueblos o caseríos inundados por el pantano y que salía en las noches, chorreando agua y algas, con ojos como moluscos sin valvas y las carnes podridas. Pero los fantasmas no la asustaban, aunque estaban en su cabeza, claro, también imágenes vistas en películas a las que no era muy aficionada; era Paul quien de vez en cuando ponía una de terror, que ella a menudo ni la miraba o lo hacía sin atención, mientras cocinaba o realizaba cualquier otra tarea.

Buscó una roca cerca de la orilla para sentarse. Encontró una demasiado picuda pero se las arregló para conseguir una postura soportable. Ahora que se le había enfriado el sudor lamentó no haberse puesto algo de más abrigo. Había salido solo con el pijama, que podía pasar por chándal de verano, y un pañuelo demasiado fino por encima de los hombros.

Cerró los ojos, e incluso llegó a pensar que podría dormirse en esa posición. Al menos se sentía relajada, por primera vez en mucho tiempo. Estaba tan cansada de llevar el peso. De consolar. De parecer tranquila y firme. De estar todo el rato presente. Paul se le desmoronaba. Tener un marido que se te deshace y una niña que no dice nada pero lo percibe todo. Ese continuo tapar fugas, contener daños. Recordaba películas bélicas de submarinos, la tripulación luchando desesperadamente por embutir trapos en las vías de agua, pero siempre se abrían nuevas o la que estaban queriendo contener reventaba con un chorro aún mayor. Todos gritando, apresurándose, cuerpos saturados de miedo. Sara no gritaba, aparentaba calma mientras subía el nivel del agua y ella se quedaba sin manos para taponar más agujeros.

Noche. Quieta. Silencio. Eso es lo que necesitaba. Ese no suceder nada. Que ni siquiera saliese la luna. Nada era como había pensado. Ella misma no era como había pensado. ¿Dónde estaba la mujer fuerte que había sido? ¿Por qué ahora cualquier contratiempo la desarbolaba silenciosamente, más bien, la carcomía? Tenía las piernas tan flojas. Tenía el estómago tan débil. Se había acostumbrado a no llorar porque la niña se asustaba, ese era un misterio que al parecer aún no había logrado descifrar: también los adultos se derrumbaban y eran incapaces de resolver o curar lo que les dolía. Las pocas veces que Ale había visto sus lágrimas le entró una congoja insoportable, lloraba también ella a borbotones, entre el pánico y el escándalo, porque, si su madre lloraba, el mundo tenía que ser un lugar terrible, imprevisible, amenazador; o así interpretaba Sara la reacción de la niña y enseguida tenía que olvidar su propia tristeza para consolar, paliar, sostener.

A Sara se le escapó un grito, entre rugido y agonía. No fue premeditado, no se dijo voy a gritar. Salió así, igual que toses o vomitas.

Se quedó escuchando su propia voz cuando ya había dejado de sonar. Reverberaba. Lo sintió de nuevo salir de su estómago, atravesar su cuerpo como si lo desgarrase hasta expandirse al llegar al exterior. No hubo un revoloteo de pájaros, como había pensado. Tampoco se agitó la superficie del agua como cuando la recorre el viento. Sara volvió la cabeza hacia el pueblo con la fantasía de que se empezarían a encender luces en casas antes a oscuras, que Paul y Ale se incorporarían sobresaltados como de una pesadilla terrible y bajarían a buscarla cogidos de la mano. Pero el pueblo no se veía desde allí. Probablemente nadie habría oído nada. Nadie. Nada. Paul y Ale dormirían tranquilos, en un pozo lejano, en un mundo de movimientos lentos, de respiraciones inaudibles.

Sus ojos se habían acostumbrado a la oscuridad. Al otro lado del pantano se revelaban manchas más densas que el aire de la noche; bosques, laderas, el perfil ondulado de los montes. Y el agua brillaba ligeramente como si algo eléctrico la iluminase desde las profundidades. Eléctrico o radioactivo, pensó.

No tenía deseos de regresar. Poco a poco se le iba templando el cuerpo y se imaginó aovillándose a los pies de un árbol, como si estuviese muerta. Tenía que estar en casa cuando despertasen. ¿O no? ¿Por qué tenía que estar? Nada se iba a derrumbar porque ella no estuviese. El mundo seguiría girando aunque desapareciera. Se acostumbrarían. Mamá sería solo un recuerdo de contornos cada vez más imprecisos, alguien que estuvo pero se difuminó como una foto humedecida. No tenía ganas. No tenía fuerzas. Otro día más de dar ánimos y fingir y ayudar.

Se bajó de la piedra y probó la comodidad del suelo. No parecía demasiado húmedo, aunque las raíces de los eucaliptos dificultaban encontrar un lugar blando y regular en el que acoplarse. Olía a farmacia y a musgo. Miró hacia arriba, las copas de los árboles, alguna estrella apenas perceptible. Tenía que haber pájaros durmiendo por encima de ella. Pájaros negros y silenciosos. Pájaros estatua. Oyó un chapoteo, como de un pez que hubiera saltado fuera del pantano. Luego otro más. Y otro. Espaciados. Demasiado cuidadosos para un banco de peces. Alguien caminaba en el agua. Una sombra lenta, una presencia que de pronto concentraba sobre sí todo el paisaje, como si se hubiese convertido en su eje. A veces parecía estar detenido, pero su sombra crecía. Daba la impresión de caminar de espaldas, cada paso una duda o una búsqueda. Ahora sí, el perfil de brazos y piernas. Una cabeza sin ojos, sin rostro. Pura sombra. Un vacío. Sara tanteó a su alrededor; una piedra, un palo; un objeto en el que depositar alguna esperanza.

Hola –dijo la sombra–. Hola. Eres Sara, ¿verdad? Qué sitio más raro para encontrarse. O habría que decir qué hora más rara. Aunque nada es raro, somos nosotros quienes nos sorprendemos por todo. Esperamos otra cosa. Siempre esperamos otra cosa.

La voz salía con naturalidad de la mancha negra y alargada, aún sin rostro. Vadeaba hacia ella con la inseguridad de quien atraviesa un torrente.

Hola, repitió. Soy Germán. Tú eres Sara. A todos nos atrae. El pantano, quiero decir. Tira de nosotros. Lo has notado, ¿verdad? Como si quisiera absorbernos. Pero no pasa nada. No hay nada. Es solo nuestra cabeza, que funciona así.

Despejó el suelo de hojas y piedrecillas con el pie y se sentó a su lado como si tuviesen la costumbre de encontrarse allí todas las madrugadas y su gesto no revistiera ninguna importancia. Luego se quedó mirando el pantano.

Es agua, dijo. No es más que una cantidad enorme de agua. Y debajo ruinas. Los cementerios los vaciaron antes. Una migración de ataúdes. No hagas caso de lo que dicen. No tengas miedo.

No lo tenía. Se le había pasado en cuanto pudo poner nombre a la voz y al andar titubeante. Ni siquiera se preocupó al ver que a Germán le temblaban las manos. No le parecía un temblor de tensión, un síntoma de estar a punto de perder el control. Imaginó roedores tiritando en la nieve. Daban ganas de sujetárselas y acariciarlas, protegerlas al calor del propio cuerpo, devolverles la calma.

Pero es bonito, dijo Sara. Aunque sea solo agua, como dices. Te sientas aquí y nada más tiene importancia.

¿Sabes lo que yo veo? Capital. La belleza no es más que una reserva de capital. Miro el pantano y veo un embarcadero con lanchas deportivas. Veo concursos de pesca. Excursiones a las ruinas. Allí, en esa hondonada, un hotel con minigolf y alquiler de caballos. El mundo es una caja fuerte; solo hay que saber cuántas veces girar la ruedecilla a la izquierda o a la derecha, en qué números detenerte para que haga clic.

Pasamos el otro día por delante del hotel que está cerca de tu casa. Todos los cristales están rotos. Hay cigüeñas en las chimeneas. Paul me enseñó también los adosados. No sé cómo puedes vivir allí.

Habría que soltar percas y lucios en el pantano; un capital que se reproduce solo. Aumentar las reservas de belleza.

Paul dice...

Paul dice, pero no hace. Y yo quiero que haga. No puedes venir aquí y quedarte mano sobre mano. No aportar.

Por primera vez se volvió hacia ella y por primera vez desde que empezaron a hablar se sintió inquieta. Estaba más relajada cuando ambos miraban en la misma dirección, a lo lejos, como si recordasen algo. La mirada lo volvía presente, y el presente se había vuelto demasiado estrecho. Demasiado agobiante.

Me voy a tener que ir, dijo.

No tienes que ir a ningún sitio.

Aún la miraba, o era de suponer que la miraba, aunque podría estar vuelto hacia ella con los ojos cerrados. Su rostro no era ya un vacío oscuro, una boca de pozo, sino que tenía relieve, pero los rasgos podrían haber sido los de cualquier persona. Solo la voz era de Germán.

No tienes que irte. Lo que deberíais hacer es quedaros. Este es vuestro sitio aunque aún no lo sepáis. Os estaba esperando. Yo también, y eso que yo tampoco lo sabía. Fue al veros con vuestra niña tan rubia, con ese futuro. Un niño es una semilla. También es capital, aunque un depósito a largo plazo. Los padres son inversores de riesgo. Especuladores con futuros. ¿Tú no tienes hijos? Yo tengo madre. O sea, lo que tengo es una deuda, una hipoteca que sigo pagando a mis cincuenta años sin saber cuándo la amortizaré. Pero también tengo planes, proyectos, cálculos. Las manos le temblaban con más fuerza. Sara se levantó. Se sacudió el culo del pijama y se sintió incómoda con ese gesto. Tocarse ahí con él tan cerca, su cara vuelta ahora justo hacia donde ella había golpeado con las manos. No me arruiné. Me arruinaron. Tengo que pasar dinero a mi madre para que sobreviva, yo, que vivía con lo justo. Y luego la multa, la cárcel. El tiempo sin trabajar. Como Paul.

Paul no fue a la cárcel.

Debería. Yo creo que fue mi madre.

Quién.

Ella empujó a mi padre a invertir, digan lo que digan. Quería quedarse con la mitad del pueblo. Aquí siempre ha sido así: la gente se enriquece por venganza. Pero mis padres no. La central se fue a la mierda. Todo ese trabajo inútil. ¿Has ido a verla? Es como visitar un pecio encallado en un arrecife. Pero la central naufragó antes de haber navegado. Te lo habrá contado Paul, claro. Los empleos. El sudor. Las paredes levantadas, las calles, la iluminación, la maquinaria. Tanto desperdicio. Me dan ganas de llorar solo de pensarlo. ¿A ti no? No es solo el dinero. Es la cantidad de gente que trabajó y era como si hubiesen estado cavando zanjas para taparlas después. El desprecio por su energía. Me pongo malo, de verdad que me pongo malo. A mí no me va a pasar lo mismo. Paul y yo. Vas a ver. Tienes que obligarle. Necesita ayuda. Te lo digo yo. ¿Me estás escuchando? Dame la mano.

Sara repitió que tenía que irse, pero él no pareció oírla.

Tomó su mano con fuerza y la apretó entre las suyas.

¿Lo notas? Paul también la tiene, esta energía. Pero aún no lo ha descubierto. Tu hija...

Tengo que irme, de verdad, es tarde. Se van a despertar.

Que se despierten, eso es bueno.

Sara retiró la mano de un tirón. Seguía sin tener miedo. Era más bien malestar. La anticipación de caer de repente hacia algo muy hondo. Se fue alejando, despacio, de espaldas, casi fascinada por el espectáculo de aquel hombre destruido. Ahora ya solo veía su silueta, como desinflado, una marioneta a la que han cortado las cuerdas, cabizbajo, en duelo por el descalabro, por su propia derrota. Quizá seguía allí cuando alcanzó la primera calle iluminada, pero no quiso volverse a comprobarlo. Tan solo pensó que Germán era como la central: toda esa energía, todo ese trabajo, todos esos planes, para luego quedar encallado en un pueblo que se desangra.

A Paul la vieja le pareció como salida de *El señor de los anillos.* Había en ella algo muy humano y a la vez vegetal o mineral, como si estuviese en transición a uno de esos estados o acabara de salir de él. Le tendió una mano flexible y a un tiempo nudosa, de sarmientos verdes. Lo miraba con la cabeza ladeada desde su silla de ruedas eléctrica, más como si le faltaran fuerzas para enderezarla que como si escuchara. No le dejó pasar inmediatamente y tardó en responder a su saludo. Paul pensó que, a partir de cierta edad, la prisa desaparece.

–Normalmente –dijo la anciana– a alguien que viene recomendado por Germán no le permitiría ni acercarse a la casa. Pero no tengo dónde elegir. En este pueblo ya nadie quiere trabajar.

Giró la silla y entró en el caserón. Paul la siguió.

No era tan distinto de muchas casas antiguas del pueblo, solo que todo tenía un tamaño cuatro o cinco veces mayor. Había pocos muebles, quizá para no estorbar el paso con la silla de ruedas. También en el largo pasillo que unía la entrada con el resto de la casa habían desaparecido las estanterías que hubo un día, a juzgar por los desconchones allí donde había estado atornillada a la pared. El revoque era aún de barro y paja con pintura de cal.

La siguió hasta la cocina, más grande que cualquier salón que conociese. La mujer se colocó al otro lado de una enorme mesa de madera de roble sobre la que no había ni un plato, ni un adorno ni un mantel. Maniobró para acercarse lo suficiente como para dejar apoyados sobre el tablero los antebrazos y las manos.

¿Tienes experiencia en chapuzas?

Mi padre trabajó en la construcción.

No te he preguntado por tu padre.

Me enseñó mucho.

O sea, que la respuesta es no. Pues qué bien.

Los fines de semana le ayudaba a construir chalés, que luego vendía. ¿Eso de ahí es un pozo?

Hasta ese momento no se había fijado en el brocal situado en un rincón, a pocos pasos de la chimenea. Nunca había visto un pozo dentro de una casa. Tenía una tapa de madera. Se acercó a él y fue a quitarla.

No.

¿Qué?

No te asomes.

Paul se volvió hacia la mujer. Llevaba un vestido de color morado, quizá parte de un hábito, pero no había ni un santo ni un crucifijo en las paredes. Solo una escena de caza del jabalí con el marco ajado entre dos ventanas.

¿Todo esto pertenecía a su familia?

Todo esto me lo he ganado con el coño, eso es lo que dicen en el pueblo. Pero he tenido que trabajar desde niña; al dueño de esta casa lo cuidé hasta que murió, digan lo que digan. Si no hubiese tenido que mover un dedo para conseguir lo que poseo, heredándolo de mis papás, en el pueblo me respetarían. La gente es así.

Entonces, ¿sería arreglar desconchones, pintar, remozar los baños?

Todo era pasado en la casa; los suelos de baldosas partidas eran pasado, las paredes desconchadas un inicio de ruina, los techos agrietados una amenaza de hundimiento. Tendría que subir a examinar el tejado. Las manchas amarillas y negras en las paredes hablaban de humedades antiguas. Pero todo estaba limpio; no había polvo, ni migas en la mesa, el suelo parecía recién fregado e incluso brillaba como si le hubiesen dado cera. Era posible imaginar a la mujer adecentando la casa mientras un temblor ya anuncia el terremoto. Pero no podía ser ella quien se ocupase de la limpieza. Y lijar y dar aceite a los marcos de las ventanas, entre otras cosas. Espero no tener que decírtelo yo todo. No me preguntes si me merece la pena el gasto. En esta casa la muerte no entra. Entró, pero hace mucho. Ahora la mantenemos a raya, así que voy a durar un siglo.

A Paul le desagradaba deber el favor a Germán, pero necesitaba el trabajo, no solo por el dinero. Sobre todo necesitaba la sensación de estar comenzando algo. Un aire de promesa, de punto de partida. Arrancar una casa de la ruina era un buen proyecto, tenía casi valor simbólico. Y las razones de Germán daban igual. Él quería que se introdujese en la casa porque la vieja era rica pero apenas tenía dinero en el banco, y una mujer así no maneja cuentas por internet en una filial lejana. Tenía que estar en algún sitio en ese caserón destartalado, decía, con una expresión de avidez que le hacía parecer una caricatura. Debajo del colchón. Debajo de una baldosa, en el fondo de un armario; tú busca bien. A mí no me deja ni asomarme a la puerta. Y además no tiene descendientes, no tiene familia; es un puto hongo que ha nacido por esporas. Si se encariña contigo, lo mismo te deja la herencia. Pero también entonces vamos a medias, que no se te olvide. Yo te he metido en la cueva de Alí Babá, pero el oro tienes que sacarlo tú, de una manera o de otra. Luego montamos la sociedad, tú y yo.

Paul le había dicho varias veces que era una idea idiota, que él no iba a intentar quedarse el dinero de la vieja, y que no pensaba participar en sus absurdas inversiones. ¿No había aprendido aún de lo que les había sucedido cuando la central? ¿No ve las ruinas a su alrededor de aquellos sueños de abundancia?

No es lo mismo, no es lo mismo, insistía Germán con rabia. Ahora sabemos que todo es mentira.

Pero si es mentira, ¿qué interés tiene invertir?

Germán se lo repetía cuando se encontraban por la calle, cuando se veían en el bar, cuando se presentaba en casa y, sin atravesar la puerta, volvía a su soliloquio enloquecido sobre las posibilidades y promesas de Ciudad Olimpo.

Todavía no se sabe, ¿entiendes? Esto es una primicia. Al otro lado del pantano una ciudad con universidad, hospital, campos de deportes, zonas de ocio y espectáculo, viviendas de lujo. Se van a invertir dieciséis mil millones. Que luego serán menos, pero da igual. Es la fe de la gente. Cuando se la describan, verá en su cabeza esa ciudad moderna, con edificios como naves espaciales, y querrá ser parte de ella, compartir el sueño.

Pero tú mismo dices que es un fraude.

¡Claro que es un fraude! ¡Quién va a invertir dieciséis mil millones en este desierto sin ferrocarril y sin autopistas! Por eso es importante comprar ahora terrenos cerca del pantano y cerca de las vías de acceso. Y revenderlos antes de que se descubra el engaño.

Estás loco.

Necesito el dinero, y tú me vas a ayudar. Para eso has vuelto al pueblo. Tienes una deuda. Nada es casual. Las voces te llaman, ¿a que sí? ¿A que has oído voces?

Era como conversar con un loco. No te ríes de alguien con problemas mentales. Y tampoco te sirve de nada razonar. Al final Paul asentía, decía ya veremos. Poco a poco.

Germán asentía también y repetía poco a poco, eso es, poco a poco pero tenemos un trato. Tú ve a trabajar donde la vieja. Luego hablamos. No te duermas. Tenemos que ser los primeros, lo recuerdas, ¿verdad?

Sí, claro, los primeros.

Al menos le había conseguido un trabajo. Ya iría encontrando otros él solo.

Antes de ir a donde la señora todas las mañanas de diario, Paul se levantaba temprano a dar el desayuno a la niña. Sara dormía muy mal y solo casi al amanecer conciliaba un sueño profundo, del que evitaba despertarla. Aunque no parecía descansar: tenía una rigidez catatónica, apenas se la sentía respirar. Más de una vez, Paul había acercado la mano a sus labios para sentir el aliento; no le tomaba el pulso para no asustarla.

Después de darle de desayunar, llevaba a Ale hasta la calle del colegio. Los últimos metros prefería recorrerlos sola, aunque nunca le había explicado por qué.

Y después regresaba a casa, cogía la ropa de trabajo, herramientas que pudiera necesitar ese día y que no hubiese dejado en el caserón, y tomaba el camino que bordeaba el cementerio nuevo. La media hora de trayecto matinal lo ponía de buen humor.

Había ofrecido a Camila –así le había dicho Germán que se llamaba la anciana– llevarle la compra o hacerle algún recado. Yo no te necesito, la casa sí, le respondía. Nunca salía. Recorría despacio el pasillo y las habitaciones, como si buscara algo que no tenía esperanza de encontrar o como si la inspeccionara por rutina, sabiendo que todo estaba en su sitio. Siempre la vio con el vestido morado; debía de tener varios, porque no olía a sudor ni a vejez. La casa también tenía un aroma fresco que contradecía el moho y los materiales medio podridos. Aún no había visto su dormitorio, que ella cerraba con llave cuando estaba dentro y cuando salía. Probablemente la avergonzaba que ese cuarto más íntimo también se estuviese desmoronando. Solo al final le permitiría entrar a arreglarlo, le había dicho, sin dar explicaciones. También le había insistido en que no destapara el pozo, y él se reía para sus adentros pensando que se comportaba igual que una bruja de los hermanos Grimm, como si en la casa pudiese haber oscuros secretos que no convenía desvelar o estuviera habitada por fuerzas a la espera de que un humano las liberara con una imprudencia.

Salvo si Sara le pedía que regresara pronto para ocuparse de Ale, solía darle la noche trabajando. Apenas hablaban. En alguna ocasión llegó algún repartidor del supermercado. La mujer de la limpieza al parecer iba los domingos, cuando él no estaba. Los días eran tranquilos, lentos, y a la vez le causaban el desasosiego de la fugacidad; mientras trabajaba, la vida parecía apacible y duradera; cuando recogía, tenía la impresión de que el tiempo había transcurrido demasiado deprisa; otro día más, otra semana más. La vida que va perdiendo su jugo, su fuego.

La mujer a veces conducía su silla hasta donde estuviera trabajando.

¿Le gusta cómo va quedando?

Ese te habrá dicho que te congracies conmigo para que te incluya en la herencia. Ni lo sueñes. Se lo voy a dejar todo a una residencia de gatos.

Pero usted no tiene animales.

Las personas me gustan aún menos.

A eso se resumían sus conversaciones; intercambios breves en los que ella a veces parecía a la defensiva, a veces jugando a provocarlo. A Paul le gustaba; no es que estuviese tomando afecto a la anciana, pero le agradaba tenerla por allí, sentir que observaba el trabajo y que, aunque no lo dijese, estaba satisfecha.

Lo primero que hizo fue levantar la parte más estropeada del tejado, poner tela asfáltica y retejar donde era necesario. Solo cuando estuvo seguro de que no habría más goteras, empezó a trabajar en el interior. Primero reparar las ventanas con masilla, lijar, dar aceite de linaza. Después alicatar el baño –el trabajo que peor se le daba, pero la anciana no le puso pegas cuando acabó–. Entonces pasó a lo que le llevaría más tiempo, revocar paredes. En realidad, debería haberlo hecho justo al principio de empezar a trabajar dentro, porque el polvo se pegó al aceite de la madera y tuvo que volver a limpiarla. La anciana se dio cuenta, torció el gesto sin decir una palabra; y le agradeció que cubriese con plástico los muebles y objetos de los distintos cuartos en los que iba trabajando. Era cáustica pero no protestona. Cada semana, le pagaba en metálico sacando los billetes de una bolsa de tela que escondía en el vestido, un gesto que tenía algo de medieval. Un día, Paul tuvo que llevar a la niña consigo. Sara iba a una entrevista que le había conseguido Maribel y de la que dependía un posible trabajo y Ale tenía vacaciones de carnaval. Tocaba pintar una de las habitaciones y supuso que a Ale le divertiría ayudarle, así que echó a la mochila ropa vieja de la niña, le puso un gorro de lana a pesar de su resistencia –rechazaba por principio gorros, guantes y bufandas– y fueron los dos caminando hacia la casa. En las calles del pueblo, Paul saludaba con un gesto y un buenos días, a veces se detenía unos segundos e intercambiaba comentarios banales, siempre alguno sobre la niña, que no solía levantar la cabeza ni saludar. Es un poco tímida, justificaba el padre. A Paul le parecía que, mediante esos paseos matutinos, se iba haciendo con el pueblo, creando un mapa de hábitos y repeticiones que lo volvían familiar, propio. Cada día que pasaba, lo encontraba más amable; la gente era cordial sin ser invasiva, eran pocas las casas mal cuidadas, las calles estaban relativamente limpias. No había escombros en las antiguas cuadras y se imaginaba que, con un poco de suerte, o con unos años de inversión, podría convertirse en un lugar próspero.

Nada más salir del pueblo Ale se animó, parloteaba sin soltar la mano de su padre. Él contestaba ausente, pero disfrutaba la voz de la niña, su contacto, el placer suave de sentir que la protegía.

No debían de faltar más de cien metros para llegar. Habían remontado una pequeña colina y ahora, desde lo alto, descubrían la casa, en medio de un terreno con higueras y ciruelos. La niña se detuvo y dio un tirón de la mano de Paul.

Ahí es. Ahí trabajo todos los días. ¿Ves lo bien que he dejado las tejas? ¿A que parece un tejado nuevo?

La niña miraba con los labios fruncidos y el tronco inclinado hacia atrás. Tenía una expresión concentrada; no era miedo, pero quizá desconfianza. Como si estuviese decidiendo si era seguro ir a aquella casa.

¿No te gusta? Es una casa antigua, debe de tener doscientos años. Como la dueña.

Ale sonrió.

No puede ser tan vieja. Nadie es tan viejo.

Paul llamó con el puño, como siempre, y, como siempre, entró sin esperar respuesta en el pasillo, que esa mañana olía a ambientador de limón. Lo recorrieron de la mano.

En la cocina, a un lado de la mesa, la anciana parecía estar esperándolos. Respondió al saludo de Paul sin mirarlo. Sus ojos estaban en la niña. La contemplaba con una expresión que no se sabía si era de simpatía o de curiosidad. Ale había entrado en uno de esos estados en los que se olvidaba de todo lo que la rodeaba, como si en cualquier detalle –un cajón abierto, un juguete en el suelo, una persiana torcida– se encontrase la explicación de un acertijo esencial. Esos momentos burbuja, como los llamaban Sara y Paul, en los que la niña habitaba otra dimensión, desde luego una en la que ninguno de los dos existía.

Paul quiso soltarse de la mano de Ale, pero ella le sujetó con fuerza sin volverse hacia él.

No tienes doscientos años, dijo a la mujer.

Todavía no. ¿Y tú?

Yo tampoco.

Paul se rio.

Te pregunta cuántos años tienes tú.

Las dos lo miraron como sorprendidas por la interrupción, como si no entendieran qué hacía ahí parado ese hombre.

Hoy puedes trabajar en mi dormitorio. Toma la llave.

Rebuscó por los bolsillos del vestido, que por primera vez no era morado, sino negro. Extrajo una bolsita de terciopelo también negro y de ella una llave antigua, con cuerpo cilíndrico, que seguramente no abría una cerradura sino que accionaría un aparatoso cerrojo de metal.

Luego te ayuda, le dijo. Déjala un rato conmigo. Aquí nunca vienen niños.

Avanzó con la silla de ruedas hasta casi tocar a la niña con las rodillas. Se palmeó los muslos para invitarla a sentarse en ellos pero Ale no se movió.

Paul titubeó. Esperaba un gesto, una confirmación de que se quedaba con la anciana. La niña tan solo se soltó de su mano.

No había nada de especial en el dormitorio: una cama grande de matrimonio con cabecero de metal, parecida a la que tenían Sara y él, una mesilla y una cómoda, las dos de madera teñida muy oscura, un armario del mismo color con una puerta tan caída que sería imposible cerrarla; paredes desnudas; una habitación monacal, pero también sin crucifijo ni imágenes de santos; solo una foto que no se acercó a mirar. Empezaría picando allí donde el moho revelaba humedades antiguas. Luego igualaría las paredes, taparía desconchones, grietas, agujeros. Cogió la espátula y una piqueta. Se puso la mascarilla para no inhalar el polvo.

Se le fue el tiempo casi sin darse cuenta. No sintió hambre ni sed, no se acordó de la niña, no se acordó de nada; los pensamientos lo atravesaban sin fijarse; tarareaba, repetía fragmentos de poemas. Es lo que le gustaba del trabajo: que nada le afectaba mientras lo realizaba. Estaba allí tapando una grieta con masilla o lijando o poniendo silicona. Todo concentración en el momento, en una tarea precisa. Instantes sin historia. Acciones en las que no existía el futuro.

Debía de ser ya mediodía cuando empezó a notar el cansancio. Dejó en el suelo las herramientas, se sacudió la culera y se sentó en una silla, cuyas patas crujieron y cedieron lateralmente. Quizá nadie se sentaba en ella. Qué raro que en todo ese tiempo Ale no hubiese ido al cuarto. Se asomó al pasillo pero no oyó nada, ni conversación ni juegos. Debería haber ido a comprobar que no estaba fastidiando a Camila, que llevaba toda la mañana ocupándose de la niña. La llevaría a casa y luego regresaría a seguir trabajando. Sara ya estaría de vuelta. Mientras se quitaba la ropa de trabajo, se preguntó qué habrían hecho tanto rato. No le pegaba que esa mujer hosca pudiese entenderse con niños ni disfrutar su compañía. Se detuvo antes de entrar en la cocina y tampoco oyó nada. No las vio de inmediato. Estaban de espaldas a él, la niña arrodillada sobre los muslos de la anciana, esta con el torso hacia delante. Las dos concentradas y en silencio, asomadas al pozo. La tapa estaba en el suelo, junto a la silla de ruedas. Paul contuvo la respiración pero fue incapaz de hablar. Sintió como si fuese él quien se estuviera asomando al pozo, su atracción. La niña extendió el brazo y dejó caer en el centro del brocal algo que llevaba en la mano. Los tres esperaron en silencio pero, desde donde se encontraba, Paul no oyó el impacto del objeto contra el fondo. La niña se giró despacio hacia él, como si antes de mirarlo ya hubiera sabido que estaba allí.

Ale nunca ha sido agresiva, de verdad. En todo caso, lo contrario, un poco pasiva. Si los niños de su clase le quitaban algo ella no se defendía, como si nada le perteneciese o no le importase compartirlo.

Sara no podía entenderlo, Paul estaba tan desconcertado que apenas era capaz de articular una palabra. Defiéndela, di algo, dame la razón, pensaba Sara, pero no quería decírselo delante de doña Amalia, un nombre muy apropiado para una directora de escuela.

No tengo ninguna razón para no creerles, respondió a Sara.

Eso significa que tampoco nos cree del todo.

La directora hizo una seña por la ventana de su despacho a alguien que no podían ver Sara y Paul, sentados al otro lado del escritorio, frente a esa mujer de edad indefinible y gafas tan gruesas que sugerían una visión cercana a la ceguera.

Ahora mismo no me planteo cómo era la niña antes, solo sé lo que acaba de hacer. Por eso les he pedido que vengan esta mañana.

La puerta se abrió y entró una mujer a la que ninguno de los dos reconoció. Sería otra maestra. Llevaba a Ale de la mano.

No sé si es buena idea, dijo Paul.

¿Qué le parece mal?

Ale, que no debe estar presente, me parece.

Ustedes no me creen y quiero que ella lo confirme. Ale, ¿puedes contar a tus padres lo que has hecho?

Ale se acercó a su madre, reposó la cabeza sobre su regazo, con expresión vacía y la mirada vuelta hacia la directora. No dijo una palabra.

Ale, cuéntanoslo, dijo Sara.

La maestra que acababa de entrar arrastró una silla a sus espaldas, produciendo un desagradable sonido con las patas metálicas contra la baldosa.

Si no nos lo cuentas tú, nos lo contará tu maestra.

Ale apretó los labios.

Su hija, dijo la mujer sentada tras ellos, ha clavado un lápiz en la cara a un compañero de clase. Tres centímetros más arriba y le habría dejado tuerto.

Paul se frotó la cara como si necesitase despertarse.

¿Por qué?, preguntó.

No creo que haya ninguna razón que pueda justificar lo que ha hecho.

No quería decir eso, doña Amalia, solo quiero entender la situación.

Los padres de Aníbal han pedido que expulsemos a la niña del colegio.

Supongo que Aníbal es el otro niño, dijo Sara. ¿Podemos hablar con él?

No me parece que sea conveniente. Con quien deben hablar es con su hija.

Espere, ¿Aníbal no es el hijo del alcalde?, preguntó Paul. Lo conozco. Claro que lo conozco.

Pues sí, es de una de las familias principales del pueblo.

No entiendo eso de principal, saltó Sara.

Usted sabe lo que quiero decir.

No, no lo sé. Y me preocupa que lo plantee en esos términos.

Doña Amalia suspiró. Se echó un poco más adelante hasta apoyar los antebrazos sobre el escritorio. Se dirigió a Paul, como si fuese más fácil razonar con él.

Lo que estoy diciendo es que puede que los padres presenten una denuncia. Y que son personas influyentes. Solo eso.

¿Van a denunciar a una niña de cinco años?

La maestra volvió a agitarse en la silla a sus espaldas.

Ha habido que hacer una pequeña intervención para extraer la punta del lápiz, dijo. Y es una niña de cinco años pero los responsables son ustedes.

Sería sin querer, un movimiento brusco, sin mala intención, dijo Sara.

Paul se levantó, dio dos pasos indecisos hacia la ventana. Apoyó la espalda contra la pared. Estaba más cómodo viendo a todos los interlocutores a un tiempo sin tener que estar girando la cabeza una y otra vez.

Ale es una niña muy pacífica, insistió. No sé lo que ha pasado, pero vamos a hablar con ella en casa y averiguar lo que ha sucedido. Esta tarde iré a ver a los padres de Aníbal. Sé muy bien quiénes son. Todo el pueblo lo sabe, ¿no?

No estamos hablando de los padres ni de los abuelos. Estamos hablando de un niño al que han clavado un lápiz en la cara. Si se vuelve a repetir algo así tendré que expulsar a Ale de la escuela.

Sara acarició la frente de su hija. Estaba húmeda, como si acabara de corretear o saltar, y se la imaginaba así unos momentos antes de aquella conversación, jugando con otros niños en el patio, pero su respiración estaba tranquila. ¿Qué habría sucedido para que Ale reaccionara de esa forma? Ni siquiera era como esos niños que torturan animales o matan hormigas por gusto. Sacaba las arañas de casa con sus manitas minúsculas, sin juntarlas para no hacerles daño. Y ¿qué iban a hacer si acababan expulsándola? Sara se sentía sin fuerzas para enfrentarse a una dificultad más. Enderezó a su hija para que la mirara a los ojos.

Ale, cariño, fue sin querer, ¿verdad? Tú no querías clavarle el lápiz. Diste un manotazo y...

Sí quería, dijo Ale.

Pero ¿por qué? ¿Te estaba haciendo rabiar?

Aníbal es malo.

Será travieso, pero eso no es motivo. ¿Te había...?

Es malo.

Vas a hacer las paces con él. Le vas a pedir perdón.

Ale comenzó a hacer pucheros. Negaba con la cabeza.

Ale, por Dios, dijo Paul.

Si tú no eres así, Ale. Mírame, mira a mamá. No lo entiendo.

No, no lo entiendes, respondió la niña. No entiendes nada.

Y empezó a golpear los muslos de su madre. Lloraba con más desesperación que rabia.

¿Qué hace Sara cuando abre un libro? No podemos decir que lo lea. Ni siquiera ha leído el título cuando lo saca de la estantería. Recorre los pasillos de la biblioteca, a veces con la mirada en las baldosas de terracota, a veces con la mirada al frente como una mujer en trance que obedece la llamada de voces del más allá, o lleva los ojos cerrados. Pasa el índice de la mano derecha o el de la izquierda, a veces los dos a la vez, sobre el lomo de los libros contenidos en las estanterías que forman los pasillos. A ratos el dedo no toca nada material, avanza en el aire, porque las estanterías apenas están llenas hasta la mitad. En la puerta de la biblioteca un cartel escrito a mano en tinta roja advierte que no se admiten donaciones de libros. La gente confunde esto con un basurero y traen toda la morralla que tienen en sus casas, le dijo Maribel. No cojas ni un solo libro. Además, para qué.

Sara abre libros y lee una frase al azar igual que la gente hojea un texto religioso como si fuese una forma de profecía, un *I Ching* cotidiano que te revela un acontecimiento importante para tu vida, o, más banal, igual que una de esas frases que se encuentran dentro de las galletas de la suerte. Ni siquiera lee el nombre del autor en el lomo. Saca de las estanterías un libro cualquiera, deja un dedo marcando el lugar del que lo ha extraído, abre una página con la otra mano, lee, a veces algo más de una frase si lo primero que encuentra es demasiado banal o descriptivo. Por ejemplo: «Algunos no tenían mirada, solo tenían ojos». No sabe a quién se refiere y vence la curiosidad de averiguarlo, de hecho se fuerza a no mirar la cubierta ni el lugar del que lo ha cogido aunque sabe que está bajo la letra L. Es una de esas frases que no se te olvidan. Te hace pensar en peces o tortugas o en lunáticos atiborrados de calmantes en un asilo. Ella también siente a veces que tiene ojos pero no mirada. Es como si ni su cabeza ni sus ojos se volvieran buscando las cosas, sino como si la realidad fuese girando despacio o avanzando hacia ella.

No ha podido montar el club de lectura porque solo se apuntaron tres mujeres y una de ellas anunció que no iría a todas las reuniones. Le faltó ánimo para plantar esa semilla. No creyó que fuese a crecer algo en condiciones tan hostiles.

Así que se limita a ordenar y clasificar libros. Un par de horas al día, y solo con esa mínima inversión terminará pronto el trabajo. Y entonces, ¿qué? Ninguna de las dos entrevistas de trabajo, una de media jornada en el ayuntamiento, otra de jornada completa en la recepción del centro de salud, habían arrojado ningún fruto.

Debería haberse quedado en casa con la niña, como tantas mujeres. Ocuparse solo de Ale un par de años más, o al menos hasta que cumpliese los seis. Pero le parecía necesario que se relacionara con otros niños, aunque ya no está tan segura de que haya sido una buena idea. Ale se aburre con sus compañeros, se aburre en clase, se aburre porque los estímulos que vienen del exterior le parecen insuficientes. Así se explica Sara sus problemas de conducta. Eso y el cambio de sitio, de vida. Al menos no ha vuelto a agredir a ningún niño. Tiene que adaptarse. No sería sano dejarla en casa todo el día. Ale no dice nada, cada vez dice menos. Tampoco ha sabido o querido explicar el incidente del lápiz, que no ha tenido más consecuencias. No es feliz y se le nota. Así que ya son tres, porque ni Sara ni Paul lo son, aunque finjan mejor.

Cuando está en casa, Ale la recorre fijándose en cada detalle, como si quisiera aprendérsela de memoria. O se tira en el suelo y se queda con la mejilla pegada contra él, sintiendo el frescor o escuchando los pasos de los demás. Solo parece revivir, perder eso que en un adulto podría llamarse melancolía, cuando juegan las dos o leen juntas un libro, normalmente para niños de más edad. También si su padre la lleva a la cama y se queda a conversar con ella. Ale tiene problemas para conciliar el sueño –igual que Sara– y lograr que se duerma suele exigir más de una hora de cháchara. Ella pregunta y pregunta, comenta y comenta, hasta quedar agotada, hasta el punto de que Sara piensa que la niña tiene miedo a quedarse dormida. ¿Tienes pesadillas? Ale niega con la cabeza y sin embargo hay un susto profundo en sus pupilas, una incomprensión, un deseo de decir que recuerda a Sara sus propios secretos de infancia, las cosas que no puedes compartir con adultos. Sara, de niña, tenía alucinaciones, veía a gente que no podía existir, gente que esperaba algo de ella; al doblar una esquina, en el andén del metro, detrás de una puerta (sí, los veía aunque la puerta estuviese cerrada). Y siempre supo que nunca podría contárselo a sus padres. Vivían en dos realidades paralelas, pero los adultos pensaban que solo existía una. Revelarles la existencia de la otra podía tener consecuencias terribles: comunicaría las dos y las figuras amenazantes de un lado podrían pasar al otro. Sara se preguntaba qué no le contaba ni podía contarle Ale.

Vuelve a recorrer uno de los pasillos formados por estanterías. Abre otro libro al azar, pero se hace trampas porque al principio no encuentra nada significativo. Desciende con la vista por una página hasta que lee: «no tenía un futuro prometedor ni una carrera halagüeña por delante, pero ya no lloraba por las noches». Sara tampoco llora por las noches –sí lo hizo durante semanas después del accidente–, pero no le parece un progreso. Es solo que se le ha entumecido el ánimo. Ha dejado de pensar en el futuro y la carrera. Es una planta que, en una grieta en la roca, resiste sin agua y contra el viento. Le han salido espinas. Cuando florece, sus flores son diminutas.

No sé cómo soportas esto.

Sara alza los ojos y busca a la persona que acaba de hablar. Al otro lado de la estantería, entre dos filas de libros, la cabeza desproporcionadamente grande de Germán. La ha metido entre los libros, de forma que parece estar depositada sobre la balda, como un objeto decorativo.

Y tú, ¿cómo pasas tus días?

Germán extrae su cabezota de la estantería y la rodea para llegar a donde está Sara.

Yo hago proyectos, planes.

¿Y quién te dice que yo no los tenga?

Yo podría sacarte de aquí.

¿Es una propuesta de matrimonio? ¿O de huir juntos a un país lejano y empezar una nueva vida?

No es la primera vez que Germán se lo dice. Ya lo hizo cuando volvieron a coincidir de noche a la orilla del pantano. Estuvieron juntos durante quizá horas, a veces hablando, a veces en silencio, sentados frente al agua. Germán le contó historias del pueblo, quizá reales, quizá se le iban ocurriendo sobre la marcha. Hilvanaba unas con otras como si todas ellas fuesen escenas de la misma, como si la desgracia o el éxito de un personaje estuviese relacionado con los de los demás.

Pero si tú no has vivido aquí hasta hace poco, te lo estás inventando todo.

Mi madre vivió en el pueblo toda su vida. Me las contaba ella.

A mí me han dicho que no, que después de lo que pasó, y entonces era un bebé, solo venía de visita de vez en cuando.

No me estás entendiendo. Claro que venía a visitar a familiares, a bodas y funerales, pero, en realidad, aunque estuviese lejos, no salió de aquí. Ese era su drama. Que no podía escapar. Ya te dije que empujó a mi padre a comprar tierras junto al pantano. Quizá ni las había visto, pero las quería.

Venga ya.

Tú tampoco vas a poder escapar sola.

¿Cómo?

Y entonces se lo dijo: yo sí podría sacarte de aquí, si quieres. Lo dijo con timidez, un adolescente pidiendo a una chica que salga con él.

Yo no quiero salir de aquí, le repite ahora. Lo que quiero es sentirme bien en este pueblo, con Paul y Ale. Que desaparezcan mis preocupaciones. ¿Tienes un trabajo también para mí?

¿Sabes que a mi abuelo lo encontraron?

¿El médico, el que huyó, dices?

Para huir de verdad tienes que tener un plan. Para quedarte también. Ya ves lo que les pasó a los demás. Colgando de una ventana.

¿Por qué quemaste la casa? Sabías que te iban a coger.

Entonces yo tampoco tenía un plan. Por eso lo digo.

Y a tu abuelo lo cogieron.

No lo cogieron. Lo encontraron. ¿Te imaginas, que te encuentren veinte años después de muerto? Un esqueleto con un maletín de médico al lado, solo se llevó eso, el maletín.

Encontrarían más cosas.

Germán negó con la cabeza.

Jirones de ropa, el maletín, los huesos. En una cueva de la sierra. Supongo que moriría de hambre.

¿Tú crees que supo lo que pasó?

Ni idea. Quizá alguien sabía dónde estaba y le contó que habían ahorcado a su mujer y sus hijos. Es posible. Yo qué sé. Solo sé que mi abuelo murió en una cueva. No es que me importe. Yo no conocía a esa gente. Lo que no quiero es acabar así.

No parece probable que acabes en una cueva.

Ya estoy en una cueva. Como tú. Pero voy a salir.

Nosotros también, poco a poco.

Germán da un puñetazo contra una estantería. Mira a Sara como si pudiese agredirla. Poco a poco, hablas como tu marido, dice. Perdona, dice después. No quería asustarte. Estoy en tratos con él, ¿te ha contado?

–Sé que le has conseguido un trabajo.

–Ah. Eso.

–¿No quieres sacar un libro? Serías el primero.

–No leo nunca. Leer es para pringados. Te lo digo yo que soy periodista.

¿Cómo se verá a sí mismo?, se pregunta Sara. Si Paul y ella son fracasados, salvo en lo que se refiere a su matrimonio y a su hija, él, que no tiene nada, más que un adosado en ruinas, él, que pasea por el pueblo como un perro sin dueño, olisqueando por aquí y por allá, sin propósito, una persona de la que nadie espera nada porque nada puede, salvo encontrar un trabajo precario a Paul, eso es todo, ¿cómo se ve? ¿Como un triunfador en ciernes?

Sara se descubre mordiéndose un padrastro. La mirada de Germán sobre el dedo que Sara mordisquea. Se parapeta detrás del escritorio. Se sienta.

–Has venido a hacerme una visita, entonces.

–¿Cómo está la niña?

–Bien, la niña está bien.

Germán asiente. Su cabeza parece ocupar toda la persona. Recuerda a una marioneta con cabeza de madera y cuerpo de trapo.

–Cuídala. Vale mucho esa niña.

–Claro. Soy su madre.

Germán vuelve a asentir. Espera algo de Sara, pero ella no va a preguntar qué. Abre un cajón. Lo cierra. Finge dejar de prestarle atención, pero su presencia, aunque no lo mire, es como un agujero negro, que absorbe toda la materia a su alrededor, tan denso, que incluso impide a la luz escapar. A ella también, de alguna forma, la atrae hacia sí. Pero es él quien orbita a su alrededor.

¿Vienes esta noche al pantano?

No sé, responde Sara.

Ven, dice.

No queda claro si es un ruego o una orden.

No sé. Puede.

Te esperaré. El pantano me calma. A ti también. Tenemos algo, ¿verdad?

¿Tú y yo?

Digo algo en común. Nos recorre. Nos atrapa. Nos atraviesa.

Estás como una puta cabra. Venga, déjame trabajar.

Es injusta con Germán, eso se dice mientras vuelve a pasear por las estanterías cuando él se ha marchado; es solo un pobre hombre que se hace el misterioso y ella proyecta sobre él una incomodidad que es la suya propia, la de estar anclada a ese pueblo, la de no encontrar un futuro posible, la de haberse quedado colgada de su propia vida como quien se aferra al borde de un precipicio.

Se detiene en un pasillo. Echa mano a un libro. Lo suelta sin abrirlo. No va a buscar una profecía ni una señal.

No hay profecías. No hay señales. Solo esa sensación de vacío.

Anoche, dice Paul, me desperté y no estabas. Ni en la cama, ni en la habitación, ni en el baño ni en la casa. Me asusté. Me asusté de verdad.

No podía dormir. Salí a dar un paseo.

Yo también salí. A ver si te encontraba. Pero no me fui muy lejos, por la niña. ¿Puede saberse a dónde te habías ido?

Al pantano.

¿Al pantano? ¿A qué fuiste al pantano?

A nada. Me senté en la orilla. Ya te he dicho que no podía dormir. Me calma.

¿Cómo que te calma? ¿Lo has hecho más veces? ¿Por qué no me has dicho nada?

Sara no sabe qué responder. Le gustaría hacerlo e intenta construir la frase que lo explique, pero ella misma no tiene la explicación. De sus insomnios sí, pero no quiere depositar sobre Paul esa carga. Si quisiera decir lo que siente solo le saldrían berridos. El pueblo es un exilio para ella. El futuro es una sucesión de días sin historia. Ve a la niña como un reflejo de sí misma: cada vez más cerrada, un cuarto hermético del que apenas llegan informaciones. Ale registra todo lo que sucede, fríamente. Es una cámara sin sonido. Sara no sabe cómo consolarla, cómo alegrarla. Tiene que hablar de ello con Paul, pero retrasa una y otra vez la conversación. Deberían dejar el pueblo. No le sienta bien a la niña, no le sienta bien a ninguno. Sara siente rencor hacia Paul por haber dejado el trabajo. La

323

depresión no lo justifica todo. Podría haber prorrogado la baja unos meses. Era culpa suya que estuviesen en esa situación, no por atropellar a un hombre: por no haber sabido enfrentarse a ello después.

Miro el agua, dice Sara. A esas horas todo está en silencio. Aunque de pronto el agua se agita y llegan pequeñas olas a la orilla, como si una barca estuviese atravesando el centro del pantano y lo que veo fuesen las ondas, ya muy pequeñas, que han provocado la quilla o los remos.

Paul la examina perplejo. Hay algo que se le escapa y quisiera saber qué es. Están los dos aún sentados en la cama, la espalda contra el cabecero. Paul ya estaba en esa postura cuando ella despertó, como esperándola, y lo primero que le dijo en cuanto abrió los ojos fue que no la había encontrado junto a sí, que su lado de la cama estaba vacío. Sara no quiere enfrentar su mirada de preocupación. Ni puede contarle que, a veces, se encuentra allí con Germán. Cómo explicarle por qué lo busca.

Hace tres noches, o cuatro, no estoy segura, dice Sara, me pareció que en la otra orilla del pantano había una mujer. Estaba sentada, como yo. No hacía nada más que eso, estar sentada en una piedra.

Pero si era de noche, al otro lado del pantano no podrías ver nada. Ni aunque hubiera luna llena. Allí no hay luces.

Miraba hacia el pueblo, creo, aunque, como dices, no era fácil distinguir a esa distancia lo que hacía. También tuve la impresión de que me miraba a mí. Estaba tan inmóvil como si me estuviese examinando o como si quisiera decirme algo. Por un momento, sentí que esa mujer era yo.

No te entiendo.

¿No te pasa, a veces? ¿Que tienes la sensación de que, aunque sabes dónde te encuentras, te parece estar en otro sitio? Como si te mirases desde lejos y solo vieses un maniquí, una reproducción idéntica de ti misma pero sin órganos ni sangre, sin sensaciones.

No, la verdad es que nunca me ha pasado. A veces me siento vacío, si es eso a lo que te refieres, o en el sitio equivocado.

Sara niega con la cabeza.

No es eso. Más bien que la persona que eres de verdad no eres tú, sino otra, en otro lugar.

Te estás poniendo esotérica.

No me refiero a fantasmas, ni a nada por el estilo.

Pues a mí me lo parece. Se me ha puesto la carne de gallina de imaginarlo.

¿De imaginar qué?

Que tú, aquí sentada a mi lado, no eres tú. Que la Sara auténtica está en otro sitio y hay gente con ella, y se aman o se ríen o lloran, mientras estás tú aquí, tan seria y tan callada en los últimos tiempos. Reconoce que la idea acojona un poco.

Pero la otra noche, cuando estaba frente a aquella mujer, me preguntaba si no ocurriría lo mismo contigo, que el Paul verdadero está en otro lugar, y yo solo convivo con una imitación, con una reproducción. Eso explicaría muchas cosas.

No sé, me parece que te entiendo cada vez menos.

Esta sensación de estar solo vivos a medias. Ya me pasaba antes de venir, no es culpa del pueblo. Desde después del accidente. Es solo que aquí soy más consciente. Me toco y es como tocar corcho.

¿Quieres que ponga el desayuno?

¿Ves? A eso me refiero.

Podemos continuar hablando, pero me apetece un café. Ven a la cocina conmigo y me cuentas.

No hay nada que contar.

Puedes contarme por qué vas al pantano, por qué no duermes.

Se dirigen los dos a la cocina. Sara ha limpiado la grasa vieja de los armarios, ha forrado las baldas con plástico. La lámpara ya no tiene una costra de polvo endurecido. Ha lavado las persianas. Pero las sillas cojean y el fluorescente sobre la encimera parpadea –el problema no está en el tubo– y, sin que pueda explicar la razón, entrar en cada cuarto la deprime. También en el de la niña aunque han fijado sus dibujos con chinchetas a las paredes y le han comprado un sillón de color rojo y una colcha de colorines. Todo es falso. Un maquillaje excesivo que no oculta el deterioro. Un mundo que ya nadie recuerda. Una cámara mortuoria saqueada. Un espacio en el que solo se oye el eco de voces de personas ya muertas y olvidadas. Se asoma a cada estancia con la sensación de que nadie sintió deseo allí dentro, nadie conoció el entusiasmo ni imaginó un futuro impredecible.

Me da paz, dice.

¿Cómo?

Ir por las noches al pantano, sentarme a la orilla, sola.

Es decir, que no quieres que te acompañe.

Me da igual, eso es lo malo.

Pero no es verdad. Lo dice y en ese momento lo siente, pero le gusta bajar sola al pantano, sentarse a la orilla, no pensar. Y luego, más tarde, oír los pasos de Germán, y también su voz, ya desde lejos, porque él llega como si llevara tiempo conversando con ella y por eso a veces ni entiende de qué le está hablando hasta que ha pasado un buen rato. No importa. Está bien. Es distinto y es extraño y es un consuelo entregarse al desequilibrio y la falta de sensatez. Está bien, está muy bien, no ser sensata ni responsable.

Si no me pides que vaya, no voy a ir, dice Paul.

Él sí que es sensato y previsible, tanto que a Sara casi le duele como puede doler la enfermedad incurable de alguien cercano. Hace un esfuerzo por sonreírle. Otra mentira más.

Germán corre ladera arriba y jadea como si estuviese ascendiendo una montaña. El sudor se le mete en los ojos y casi le hace pensar en llanto. Se le pegan al cuerpo moscas, escarabajos, todo tipo de bichos voladores, se adhieren a él como si estuviera untado de una sustancia pegajosa. Tiene la fantasía de ser un monstruo recorriendo los campos desiertos, una criatura de ciencia ficción a la que solo se le ven los ojos; el resto del cuerpo un bullir de alas y abdómenes peludos soldados a él, una coraza que se agita, patalea y emite zumbidos de enjambre. Ha dejado la moto tirada junto a un alcornoque. Ojalá los cerdos y las ovejas y las vacas se caguen en ella y la entierren en mierda, a él qué le importa ese cacharro inútil, esa chatarra heredada. Después ha caminado monte a través porque quiere verlo por última vez. Aunque duela. Aunque su fracaso se haga insoportable.

Lleva la camisa de flores desgarrada. El pantalón con refregones en las rodillas. Los nudillos despellejados, también con algo de sangre, por desgracia, propia. Dos horas antes ha buscado a Paul por todo el pueblo, preguntando al tendero y al cura y al ferretero y a unos niños que salían de la escuela, y todos lo miraban como a una aparición o a un borracho vociferante. Ha entrado en el banco y en Correos, en la farmacia y en la panadería, en el almacén de semillas y maquinaria agrícola, incluso en la iglesia. Pero se lo encontró al doblar la esquina de la calle del centro de salud. No le dijo nada, no le preguntó nada, no le reprochó nada. Se lanzó contra él con un aullido y cree o quiere creer que llegó a golpearle en la cara o en la cabeza, pero Paul se defendió mejor de lo que había esperado. Quizá subestimó su rabia, no tuvo en cuenta que también él sentía unos deseos feroces de hacer daño. Tendría que haberlo sabido, son hermanos en el rencor de los impotentes. Qué pena ser tan débil, qué vergüenza. Qué humillación llevar tanta violencia dentro y no saber volcarla sobre el mundo como una colada de lava. A Germán le habría gustado ser aquel chico que apuñaló al cura; lo imaginaba cogiendo al fariseo de los pelillos que peinaba calva a través para intentar disimularla y luego hundiendo la navaja una y otra vez, despacio, sintiendo la resistencia de la carne, del tendón y del hueso. Y le habría gustado ser alguno de los terratenientes que hacían azotar a una mujer sorprendida recogiendo leña en sus bosques, y el guarda que se divertía disparando a los hambrientos que iban a robar bellotas, incluso aquel bestia que ahorcó a su abuela, también él era hijo del mismo territorio, y por tanto era su hermano. Llevan en la sangre toda la furia de esas tierras, igual que otros heredan la propensión al Alzheimer o al cáncer de colon. Pero solo ha hecho un intento inútil de incendiar una casa y otro de golpear a un hombre. Podría devorar sus propios puños inservibles, comerse a sí mismo como Saturno devoraba a sus hijos. Incendiar ese monte que atraviesa a zancadas, prender fuego a cardos y matojos y morir en las llamas dándose puñetazos, como un alacrán que se clava el aguijón a sí mismo. Pero ni siquiera se le ha ocurrido llevar cerillas o un encendedor; buen resumen de su historia y su carácter.

Derriba un poste de hierro a tirones hasta echar abajo la valla metálica que protege el dolmen. Debería al menos cagarse en aquel lugar que una vez fue sagrado. Y, ¿por qué no? Se baja los pantalones y se acuclilla en medio de la cámara mortuoria. Deja allí su escatológica ofrenda. Se limpia con un pedernal redondeado que quizá tocaron otras manos hace cuatro mil años, y continúa su camino, porque él quiere llegar a los terrenos donde se levantará Ciudad Olimpo. Más bien, donde se levantará un sueño del que habrá un despertar con mal sabor de boca. Si Paul hubiese cumplido con su obligación, aunque solo fuera por agradecimiento. Nunca tuvo intención de ayudarle. Es una de esas personas que solo reciben, se creen con derechos especiales a la felicidad, eligen lo que les conviene sin pensar en el precio. Paul, aunque no lo sepa, pagará como ha pagado él y como pagan todos los habitantes del pueblo. Llevan toda su vida pagando.

Desde otro montículo abarca con la mirada el puñado de hectáreas sobre las que debería levantarse la ciudad prometida. Señala como si aquella extensión le perteneciese y se la estuviera mostrando a súbditos embobados: allí se construirá la universidad, a aquel lado un hospital con helipuerto, mirad, aquello será la zona residencial y a su izquierda la zona de diversión, un complejo deportivo en ese valle, un casino más grande que los de Las Vegas, prados y jardines. Fijaos en las caras felices de gente que sonríe con dentadura blanca, homogénea, reluciente. Mujeres moldeadas por el *crossfit*, la dieta y el bisturí, hombres de músculos trabajados y elegante americana. Niños, habrá niños, pero no demasiados. Un miniparque de atracciones. Un campo de golf. Animales de compañía, no ganado.

Germán lo pregona para sí mismo. Y si se entusiasma con aquel magnífico proyecto es porque no existirá y no hay nada más perfecto que lo que no existe. Cuando engendras, cuando construyes, cuando creas, cuando labras y siembras, cuando amas, cuando inviertes, sabes que todo se volverá barro un día. Polvo al polvo. *Sic transit*. Etc. No solo eso: sabes que nunca nada será tan maravilloso como el día que lo imaginaste. La felicidad solo existe mientras estás proyectando, haciendo planes, deseando. Luego el suelo cede, los edificios se agrietan o se derrumban, hay inundaciones, incendios, surgen los malentendidos y los errores, llega la ruina; las vidas quiebran.

Imaginarlo es como encender una bengala: lo emocionante es el chisporroteo inicial.

Germán desciende hasta una orilla desde la que se ve el pueblo. Si fuese un malvado mago de cuento lanzaría una maldición, pero bastante maldito está de por sí el lugar y todo lo que lo roza. Él, aunque se va a ir, llevará la maldición consigo. Lo acompañará a su nuevo empleo, que ha cogido no porque le paguen más, sino porque está lejos.

Lejos.

Lejos de todo.

Pero no de sí mismo.

Germán se suena los mocos en el faldón de la camisa. No sabe que está llorando. Maquilla la pena con juramentos de venganza, fantasías grandilocuentes de exterminio. Los destruirá a todos. Agostará cualquier forma de felicidad en ese pueblo en el que nunca debería haber puesto el pie. Lo jura solemnemente. Pero se ve erguido en la tierra yerma, solo, sucio, desharrapado, vencido, y reconoce el ridículo de su pose de profeta bíblico.

La insignificancia. Que el tiempo y la historia pasen sobre ti como un rodillo. Que ninguno de tus actos fructifique. Ve ante sí la cara sonriente de idiota de Paul y es un magro consuelo saber que le ocurrirá lo mismo.

Emprende el camino de regreso, tropezando con matojos y piedras. Le pesan los pies tanto como su biografía. No se detiene ahora a mancillar el testimonio de quienes quizá fueron los primeros desgraciados en llegar a esas tierras. Un rebaño de ovejas bala disconforme a su paso. Huye despavorida una lagartija. Una urraca grazna excitada como advirtiendo de un peligro. Germán no le presta atención a nada. Está pensando que malvenderá su casa con tal de no mantener ningún vínculo con el pueblo. No recogerá sus muebles, solo la ropa. Irá a vivir a una pensión donde nada le pertenezca.

Llega a donde había dejado tirada la moto. Calcula cuánto tardaría en llegar andando al pueblo. Se limpia el sudor. Espanta insectos. Levanta del suelo su Honda Dax 90 y se monta en ella. Arranca a la primera, pero ni siquiera eso le parece un buen augurio. Conduce por el camino de tierra y piedras procurando esquivar los baches.

Huele a jara porque estamos en mayo y las flores blancas se abrieron hace unas semanas, comenzaron a emitir un olor dulzón y a la vez de laboratorio o farmacia. A la niña no le gusta el olor a jara, una planta que ha aprendido a reconocer por sus flores blancas y porque las hojas están cubiertas de una sustancia que se pega a los dedos. La niña recuerda imágenes de plantas que capturan insectos produciendo líquidos a los que se quedan pegados. Las ha visto en el ordenador de su padre, aunque las que recuerda tienen flores como trompetas o como bolsas dentadas. Paul le preguntó si quería tener una. A ella le daban pena las moscas.

Ahora las flores de las jaras puntean de blanco la oscuridad. Estrellas a ras del suelo. Ale ha comenzado a bajar por la cuesta que lleva al pantano. Ha esperado, como siempre, primero a que sus padres se acostaran, después a que la madre saliera procurando no hacer ruido y regresara de la misma manera sigilosa. Ale ha aprendido esa palabra, sigilosa, que suena secreta y sugerente: todas esas eses que invitan a llevarse un dedo a los labios y a expulsar el aire entre la lengua y el paladar, como hace la maestra para ordenar silencio.

Se ha caído dos veces, porque la cuesta por la que desciende es en realidad un talud lleno de escombros que no se ven, ocultos bajo las plantas crecidas entre ellos. Se ha hecho sangre en un antebrazo; se detiene a lamerse la herida. Le gusta lamerse las heridas, quizá también porque sus padres le dicen que no lo

333

haga, aunque ella no entiende por qué no. Además, los perros se lamen para curarlas, o eso le han dicho. La luna está en menguante, una hoz de cristal en un cielo casi negro. Ella sabe cuándo la luna está en menguante y cuándo en creciente. No le hace falta mirarla; la siente. Cuando se lo dijo a su madre ella le acarició la cabeza sonriendo. Si hace eso es porque no la cree, no del todo, al menos. Pero claro que lo siente, lo ha comprobado muchas veces, aunque no sabe cómo. En menguante, el cuerpo parece pesarle más de un lado que de otro. Y la luna nueva es fácil de adivinar, produce como un vacío, una succión de pozo hacia lo alto. La llena es otra cosa; cuando hay luna llena se siente excitada, alerta, con la sensación de que va a ocurrir algo importante; pero nunca ocurre. Si mira la luna llena piensa en lobos y en osos y en animales que se escurren por el bosque. Pero esa noche la luna está menguante y nada se mueve entre los arbustos; está todo tan quieto que parece un paisaje de piedras y fósiles. Ella misma se siente por dentro como si no estuviese viva, hecha de palo seco, sin sangre ni saliva. Por las noches es así, que todo va más lento, también su corazón.

Camina despacio aunque ha terminado de atravesar el talud y ya no tiene miedo a caerse. A eso no, pero hay algo en el aire que la atemoriza. Sabe que tiene que ir, pero preferiría dar marcha atrás, rehacer el camino a oscuras, entrar sigilosamente en la casa y después en la cama. Nadie sabría que ha salido, como tantas noches. Pero esta es distinta.

Que sí, que voy, susurra, y da un paso más, después otro. Le castañetean los dientes como cuando tiene frío o fiebre. Ha tenido más veces fiebre que frío, sobre todo cuando era muy pequeña, que le subía la temperatura y nadie sabía por qué. Veía las caras preocupadas de sus padres cuando le sacaban el termómetro de la boca. Las caras preocupadas de sucesivos médicos. El termómetro una y otra vez porque no podían creerse que tuviese esa temperatura. Entradas y salidas de urgencias. Exámenes. Análisis. De un día para el siguiente la fiebre subía. Treinta y nueve, decían, no a ella, para sí o Paul a Sara y al revés. Más de treinta y nueve. Otra vez. Se daba cuenta cuando subía mucho la fiebre porque empezaba a ver cosas extrañas, o no extrañas, pero distintas de las que veía normalmente. Era como si viese lo que veía siempre, pero mezclándose con imágenes que en realidad no pertenecían a su vida. Eran de gente desconocida que vivió cuando ella no había nacido, eso seguro. Igual que ver una película proyectándose en su interior. Como cuando imaginaba algo, pero mucho más intenso y venía de fuera. Claro, eso era: no es que ella imaginara cosas, sino que las cosas la imaginaban a ella.

Se detiene ya cuando está cerca de la orilla. Casi con los pies en el agua, no muy lejos de la pared de ladrillo del hotel, en el que según papá nadie dormía, está acuclillado Germán. Ella lo imita y se confunde con la sombra de un eucalipto. Se entretiene mascando una hoja seca que sabe a medicamento. ¿Para qué habrá un hotel si nadie duerme allí? El dueño tiene siempre una expresión muy triste, incluso cuando gasta una broma o le da un caramelo –nadie duerme en el hotel, pero el bar está abierto y a veces ha ido con sus padres a tomar un refresco–; no está triste por su hotel vacío sino porque su mujer murió ahogada. Dicen que cuando alguien se ahoga en el pantano desaparece para siempre, nunca se encuentra su cuerpo; lo ha oído en el colegio. Papá dice que eso es imposible, porque el pantano no es tan profundo y no hay corriente. Tonterías que cuentan en el pueblo, dice.

Le impresionan las habitaciones del hotel, dos hileras a lo largo de un pasillo. Las imagina por la noche, todas vacías, con las camas hechas, a oscuras, nadie en ellas. Imagina también que avanza por el pasillo y va abriendo las puertas una a una. La escena le resulta familiar, aunque no sabría decir por qué. Es como si en lugar de imaginarlo, lo estuviese recordando. Le pasa a veces; mamá y papá se parten de risa y lo repiten a menudo, que ella, cuando era muy pequeña, les dijo que lo que pensaba ya lo había visto, que ella tenía pensuerdos. No se cansaban de contar a la gente lo que había dicho la niña; aunque ella estuviese presente, lo contaban igual. Eso lo hacían mucho y a ella no le parecía nada divertido.

Germán se ha puesto de pie y ha encendido un cigarrillo; ahora su cara resplandece a intervalos como la luz de un anuncio. Está hablando solo, o eso parece. Mira hacia donde se encuentra Ale, pero está segura de que no puede verla. Las miradas se cruzan, solo la de él está vacía. Conoce esa sensación: tener los ojos abiertos pero no darte cuenta de lo que ves, como cuando te hablan y tú no lo escuchas porque estás pensando en otra cosa. Estar sin estar. ¿Dónde estás?, le pregunta Sara cuando la nota así de ausente, y la voz la devuelve siempre al lugar concreto en el que se encontraba antes de desaparecer, como si la despertara o como si de repente bajara la fiebre, ese entumecimiento no solo del cuerpo, también de sus pensamientos. Discurre por debajo de algo que no sabe lo que es. Lo que piensa está sumergido. O enterrado. O es ella la que está sumergida o enterrada. Las cosas, a veces, no son fáciles de expresar.

Otra vez. Se ha puesto a pensar con tanta intensidad que ni siquiera se ha enterado de la marcha de Germán. Escucha, buscando sus pasos entre el sonido de las hojas, pero no están. Oye lo que ella siempre ha dicho que es un búho pero su padre dice que es un cárabo. Llama o se queja tres o cuatro veces y se calla.

Ale no llega a asustarse al oír un aleteo sobre su cabeza, atravesando la copa del árbol. Tan solo un pequeño sobresalto. Así que el cárabo no estaba lejos, o era otro. Una sombra cae tan deprisa que cuando desaparece de nuevo Ale ni siquiera es capaz de recordar la imagen. Solo sabe que el pájaro ha estado allí, ha agarrado algo del suelo que ha emitido un chillido agudísimo y amortiguado a la vez y después ya no existía. Un relámpago oscuro entrevisto por el rabillo del ojo. Le gustaba esa expresión, como si el ojo tuviera una cola que se agita hacia los lados, un tentáculo que busca ver lo que no se puede ver. Ojo pulpo. Se estremece. Porque ha dejado de pensar en el rabillo y en lo que es imposible ver, y acaba de imaginarse otro ojo, uno que lo abarca todo, un ojo que está en las cosas, y no solo la ve, la atraviesa, la ha encontrado, como si ella estuviese escondida bajo una manta, en la habitación a oscuras, y se la arrebatasen de un tirón y la envolviese una luz repentina. Ella desnuda y minúscula, ella tiritando. Siente frío y siente fiebre. No quiere que la vean así. No quiere que el ojo esté en ella. Mirándola también por dentro; de dentro a afuera. Tiembla tanto que le preocupa que puedan oír el tableteo de sus huesos desde el pueblo, desde la casa, desde la habitación de sus padres. Ellos despiertos, ojos también, ojos que buscan, redondos, inquietos. Ojos sin pestañas se dice y le da tanto miedo la idea que se levanta de repente y corre hacia la orilla sin pensar si Germán seguirá por allí cerca. Germán es otro ojo que vigila el pueblo, se escurre por las calles, ojo culebra.

Está tan agitada que, aunque el terreno es llano y sin obstáculos, se tuerce un tobillo. Hasta ese momento no se había dado cuenta de que había salido descalza; o se dio cuenta pero no le pareció importante y se le había olvidado. Pero antes, cuando bajó por el talud de cascotes, tuvo que notarlo. Se agacha a acariciar sus pies. Tan blancos y blandos que parecen cosas vivas, ratones desnudos, ratones bebé, animalitos ciegos. Animalitos sordos. Papá le ha dicho que hay un animal que es ciego y sordo a la vez; no es el topo; tampoco es la culebra que encontraron una vez en la orilla del pantano, porque se erguía sobre el agua y miraba hacia fuera, buscando o esperando. Era un insecto, pero el nombre le cuesta siempre, tiene que pronunciarlo varias veces en su cabeza hasta conseguirlo: garrapata. Es ciega y sorda y vive muchos años, aunque casi todo el tiempo es como si no viviese, como si estuviese seca por dentro. Hasta que encuentra un animal o una persona de la que alimentarse. Nunca ha visto una garrapata. Pero, a decir verdad, no ha visto casi nada. En el fondo del pantano, en lo más hondo y oscuro, podría haber animales ciegos y sordos. Le parece probable. Papá ya le ha contado varias veces que allí abajo aún quedan casas, y un cementerio –mamá se enfadaba y le pedía que no contase esas cosas a la niña, también como si ella no estuviera allí– y una iglesia, y si el agua se moviera las campanas sonarían en las profundidades. Ella no imaginaba desierto el pueblo sumergido, sino que había personas viviendo ahí y caminaban muy despacio y tenían caras tan tristes como la del dueño del hotel, porque no se puede ser feliz bajo el agua, allí donde nada sucede y todo es lento y turbio. Ale rompe a llorar al pensarlo. Esa falta de felicidad. En el fondo del pantano no puedes reír pero sí llorar. Y no hay manera de escapar, viven allí como otros viven en un pueblo o en una ciudad a la luz del sol. Cada uno en su mundo. Ella es un poco distinta. Ella vive en varios sitios a la vez; por eso a veces parece que no escucha o que no ve. No puede estar atenta a todo.

Avanza sus piececitos blancos y tiernos y sordos y ciegos. El agua está más fría de lo que había pensado y se dice que quizá otra noche, no tiene por qué ser esa. La luna también tirita. Mamá, dice Ale. Papá, dice. Y cree verlos sentados en la cama, muy atentos, como si desde allí pudieran oír su respiración. E imagina que se levantan y descubren que no está en la cama y recorren la casa y miran bajo la cama y en la cocina y en el baño, varias veces, porque no pueden aún creer del todo que la niña no está. Ahora aterrados, ahora desesperados, ahora sin saber a dónde correr para seguir buscando. A Ale le dan tanta pena. Le gustaría consolarlos. Pero es esa noche y no otra, no puede ser otra. Avanza un poco más, el agua parece atravesarle las rodillas. Si se para no va a conseguirlo, así que continúa, a pesar de que le da asco el suelo escurridizo y a la vez pegajoso del pantano; no quiere quedarse quieta y que la atrape el lodo. Avanza más y ahora siente que no pesa nada, que se eleva y ya las plantas de sus pies se han liberado del barro. Llora bajito. El sonido se transmite muy lejos sobre la superficie de agua, se lo contó mamá. Que si susurras al borde del pantano te oyen desde el otro lado. Pero no puede contener el llanto y, en realidad, desea que la oigan, ahora que aún no es demasiado tarde. O sí. Quizá lo sea. El agua la abraza, la rodea, la tapa, la cubre del todo. Ale ciega y sorda, como un animal muerto. Ahora Ale no ve, no oye y ya casi no siente. Ale perdida aunque conoce el camino. Ale palidez y temblor. Ale no está ni aquí ni allá. Todavía.

El sargento de los buzos de la Guardia Civil se encoge de hombros; no es resignación; parece más desesperación. Paul pregunta si ya se han rendido, si es eso lo que quiere decirles, que se dan por vencidos. El hombre mira a Sara como pidiéndole ayuda; ella sí parece comprender que han hecho todo lo que se podía, aceptar que ya no van a encontrar a la niña. Cuatro buzos han rastreado el pantano durante tres días. Alguna vez hay que rendirse. Sobre todo, pero eso no lo diría a los padres, si es solo para encontrar un cuerpo. La niña no está ahí. La habríamos encontrado, dice, aunque no está seguro de que sea verdad. El padre parece a punto de golpearle, no porque le amenace o se le acerque de forma agresiva. Es solo su manera de mirar. Su rabia. De alguna manera incomprensible, más bien, absurda, le culpa de la desaparición de la niña. Pero lo entiende. Los padres de un niño muerto siempre buscan culpables. El sargento se pregunta si la pareja resistirá a la desgracia o si esta irá corroyendo su relación como un ácido. La mayoría acaban separándose después de algo así. Aunque no se culpen. Se separan, eso ha pensado, para dejar de recordar, para que la presencia del otro no mantenga la herida en carne viva.

Vamos, dice Sara. No se puede hacer nada.

Y, volviéndose hacia el buzo dice: gracias. Muchas gracias por todo.

Al sargento le entran ganas de llorar. No es frecuente que le den las gracias tras una tragedia así. Y porque a él le duele también tanto imaginarse a la niña muerta, su cuerpo bajo el agua enganchado al esqueleto de una higuera o de una encina. Va a llevarse la mano a la visera pero le parece un gesto ridículo en esas circunstancias. Tan solo asiente y vuelve a encogerse de hombros aunque sabe que podrían malinterpretarlo. Es un tic que tiene y del que solo se da cuenta demasiado tarde. Sara y Paul montan en el coche, pero Paul, que se ha sentado al volante, no arranca. Ni siquiera introduce la llave. Mira a dos periodistas que los contemplan desde lejos. No se han portado mal; no han insistido en sus preguntas y se han mantenido siempre a una distancia respetuosa. Había esperado que fuesen más despiadados. Es como si la desaparición de la niña hubiese sumido a todos en una tristeza que los inmoviliza.

¿Qué hacemos?, pregunta Sara. ¿Volvemos a casa?

Paul introduce la llave en la cerradura de encendido. La gira. No mete una marcha ni quita el freno de mano.

¿A casa? No, no podemos volver a casa.

¿Entonces?

Paul mete primera. Cuando va a poner el coche en marcha se le cala. Una vez. Dos veces. Tres. Sale al final derrapando como en una competición. Los periodistas, los buzos, la gente del pueblo que ha ido a curiosear, vuelven la cabeza hacia ellos.

Sara no le pregunta a dónde van. Le da igual. Ella, si hubiera intentado imaginarse la situación tiempo antes, habría pensado que no se daría por vencida. Que sería una de esas madres que pegan pasquines por las calles con la foto de la niña incluso varios años después de la desaparición. Que acosan a la policía para que no cierre el caso. Que llaman a programas de televisión. Que se ponen en contacto una y otra vez con periodistas para que revelen la desidia de la policía. Pero mientras les tomaban declaración estaba ya convencida de que no volverían a ver a su hija. Paul no. Él les insistía en que Ale les había hablado de un adulto con el que se encontraba a veces, había alguien, un hombre que se había ganado su confianza. No sabían más, pero era un detalle importante. ¿No? El comandante tomaba nota con el mismo gesto funcionarial con el que había anotado sus datos. Y cuando un joven del pueblo declaró que había visto a la niña de madrugada rondando por las calles, ella sabía que no les aportaría nada. Le interrogaron, se habló de que era un joven extraño, que solo salía de su casa por las noches. No hablaba con nadie. No tenía coartada pero tampoco motivos y el registro de su casa, con asistencia de perros policía, no aportó nada. De todas formas, se habló de él en los periódicos. Lo apodaron el vampiro y el fantasma; publicaron fotografías de cuando era niño. Pero se cansaron enseguida.

Paul se obsesionó, fue a la casa del joven, aporreó su puerta, pero el chico se había atrincherado y nunca le dejó entrar. ¿Por qué no se lo contó a nadie?, preguntaba Paul. No es normal ver una niña sola a esas horas y que no lo cuente.

¿Y por qué lo iba a confesar ahora si tuviese algo que ver con la desaparición?, era la respuesta de Sara, cada vez más cansada, más desinteresada por asuntos que no llevaban a ningún sitio. Paul insistía. Paul se aferraba. Paul iba de casa en casa. Denunció la marcha de Germán a la capital que para él era sospechosa. ¿Por qué en ese momento? ¿Por qué no antes o después? ¿Por qué ponía en venta su casa justo el día que desapareció Ale? También se lo preguntó la policía. También él salió en los periódicos: periodista de crónica negra envuelto en las investigaciones por la desaparición de una niña. Se dedicaron dos párrafos a que días antes había agredido al padre de la cría.

No se encontraron pruebas ni indicios. Él sí tenía coartada: el día de la desaparición estaba en la capital hablando con la inmobiliaria que vendería el chalé y con el director de un periódico para el que iba a empezar a trabajar. Las cámaras del hotel confirmaron su hora de entrada y de salida. No salió en toda la noche.

A Paul no le bastaba. Indagar, lanzar nuevas acusaciones, encontrar otras pistas era la manera que tenía de negar la muerte de la niña. Si quedaban vías por investigar significaba que aún podía estar viva. Ale no habría muerto por completo hasta que no hubiesen dejado de creer en la posibilidad de encontrarla. Paul detiene el coche delante del portón, detrás del cual un camino lleva a la casa en la que había trabajado un tiempo. Se apea con energía. Busca tras uno de los pilares de ladrillo que enmarcan la entrada y saca una llave. Hace a Sara un gesto para que la siga a pie. Tira de una cadena herrumbrosa que hace sonar una campana en el interior. Es como llegar a una casa de película en blanco y negro. A Sara no le sorprendería que abriera la puerta un criado.

Aunque pasa quizá un minuto sin que se oiga nada en el interior, Paul no insiste. Aguarda con el mentón trabado y la vista fija en la puerta. Sara arranca distraída pétalos de los geranios que florecen a ambos flancos de la entrada. Cuando suena un cerrojo del otro lado, con menos ruido de lo que había esperado Sara, ambos se acercan y se quedan juntos, sin tocarse, ante la puerta. Parecemos dos testigos de Jehová o dos vendedores de biblias a domicilio, piensa Sara.

La mujer es aún más mayor de lo que se había imaginado Sara, aunque tiene el cutis bien cuidado, reluciente, probablemente suave. Incluso las manos, a pesar de las manchas de la edad y las arrugas, le parecen acostumbradas a cremas y aceites. Las uñas han recibido manicura reciente y llevan una capa de esmalte rosa muy tenue, casi del color de la carne.

Imaginaba que vendrías, dice la anciana. No echa hacia atrás la silla de ruedas, que bloquea el acceso.

Paul alarga el cuello y busca por encima de la cabeza de la anciana, como intentando distinguir algo en la oscuridad apenas mitigada por la puerta abierta. Debía de tener todas las persianas bajadas.

Por favor, dice Paul.

Sara se siente fuera de lugar, como si no debiera estar allí. Ni siquiera cuando la anciana vuelve hacia ella la cara tiene la impresión de que sea del todo consciente de su presencia. La mira como a un insecto. Como a una planta, una cosa, un bulto.

No está donde piensas.

De todas formas, me quedaría más tranquilo. Sería solo un momento.

Cuando me muera.

Cuando se muera será ya tarde.

Ale no está en el pozo. No he abierto la puerta a nadie.

Sería cosa de bajar al fondo, de comprobar. Podría haber entrado en un descuido.

El pozo no tiene fondo.

Eso es una tontería, todo tiene un fondo.

El pozo no. Cuando muera, derribáis la casa o hacéis lo que queráis con ella. Tapáis el pozo con hormigón. Pero ahora no. Ahora nadie va a entrar en mi casa.

La policía puede venir con una orden de registro.

Cuando me muera. Aquí no entra nadie y nadie va a bajar al pozo. No hay nada ahí, literalmente, nada.

Por favor, Camila.

Ahora me llamas Camila. ¿Cómo dices a otros cuando hablas de mí: la vieja, la bruja, la loca?

Sara da un paso hacia la mujer. Empuja con fuerza la silla de ruedas haciéndola retroceder un par de metros. Ha pillado a la anciana por sorpresa.

¿De qué pozo estáis hablando?

Se libra con un manotazo de las manos de la mujer, que intenta sujetarla al pasar a su lado. Llega a la cocina. Enciende una luz, una bombilla que cuelga desnuda del techo. Salvo por ese detalle, todo está muy bien cuidado, también limpio, aunque no nuevo. La mesa, las sillas, los armarios de cocina son de otra época, pero la madera no está reseca; alguien le ha dado cera o aceite no hace mucho. También a las contraventanas interiores, todas cerradas. Sara se pregunta si vive siempre sin la luz del día.

El pozo es lo suficientemente conspicuo para que no necesite buscarlo. Consulta a Paul con la mirada. Él se acerca y entre los dos quitan la tapa de madera, más ligera de lo que parecía. La casa se construyó alrededor de este pozo, dice la anciana. Lleva ahí desde el inicio de los tiempos. Alguien tiene que cuidarlo. No prestan atención a su perorata. Dejan la tapa en el suelo, algo alejada para que no les estorbe. No vamos a bajar, dice Paul. Solo queremos ver. No hay nada que ver. Eso es lo terrible, ¿no lo has entendido aún?

Sara se asoma a la oscuridad contenida en la circunferencia de piedra. No sabría decir si el aire del interior está más frío o más caliente que el de la estancia. De hecho, y aunque le resulta un pensamiento extraño, no está segura de que haya aire allí dentro. Introduce la cabeza y respira con cautela como para cerciorarse de que puede hacerlo, igual que un astronauta al llegar a un planeta desconocido. Ale, susurra, y de todas formas habría esperado oír un eco. No una respuesta. Solo eso, el eco del nombre de su hija. Ale, repite en voz más alta y de pronto se convence de que allí no hay nada, de que está asomada a un pozo vacío que, como dice la anciana, bien podría no tener fondo, aunque no es capaz de imaginar lo que eso significa de verdad. Pero Ale ha desaparecido para siempre porque está muerta, porque no está ya ni en ese pozo ni en ningún otro sitio. Sin embargo, vuelve a pronunciar el nombre, como quien se despide de alguien que se está alejando y ya no podrá oírlo.

Llora con la cabeza por encima de lo oscuro. Llora como no lo había hecho todavía, con lágrimas y mocos e hipidos. Se sujeta al brocal, se rompe una uña contra la piedra. Paul la toma por los hombros. Shhh, dice, shhh. Y sin embargo no intenta retirarla de ahí. Él también está llorando. Nuestra Ale, dice, y el sonido se escurre hacia abajo como si fuera un objeto que cae, deja de percibirse, desaparece. Nuestra Ale.

La anciana contempla desde su silla de ruedas a esa pareja abrazada y temblorosa. Su mirada no es compasiva. Tampoco hostil. Está muy lejos. En otro lugar o en otro tiempo. Os dije que no ibais a encontrar nada. Es imposible caer al pozo. Es el pozo el que sale hacia nosotros, dice. Sara y Paul tardan en entender lo que está diciendo, si es que se puede entender algo en esas frases. Es un pozo normal. Su oscuridad no es lo que anega el resto de la casa. Un hueco rodeado de un brocal de piedra, quizá muy profundo, eso es todo. Pero se retiran dos pasos como si pudieran contaminarse de algo en la cercanía del agujero. Y los dos, aunque no lleguen a formulárselo, tienen la impresión otra vez de que no hay aire sino algún tipo de materia a la vez densa y ligera dentro del pozo. Un olor a lodo, a algas pudriéndose se expande por la cocina.

Qué tontería, dice Paul. Idioteces.

Y la anciana, ahora sí, lo mira con rabia, casi con odio.

Paul corría. Aunque le dolía una ingle desde casi el principio, se le había metido en la cabeza correr hasta la central. Lo había hecho desde la adolescencia pero lo dejó antes de que naciera la niña. No hace falta, le decía Sara. Puedes salir antes de ir a la escuela, yo me ocupo de ella ese rato. Prefiero pasarlo con vosotras, respondía Paul, y no lo había vuelto a echar de menos. Hasta ese día. Ocho kilómetros los habría corrido antes sin mucho esfuerzo. Ahora apenas llevaba dos cuando comenzó a sentir dolor en la ingle y poco después acidez de estómago. Pero daba igual. Correr le iba a sentar bien. No es que cuando corres dejes de pensar, pero los pensamientos pierden consistencia, densidad, peso. Porque están la respiración, y el ritmo, y el sudor y el esfuerzo. Entonces piensas pero duele menos, te atraviesa menos. El cuerpo tiene otras preocupaciones.

De lejos podría haber sido cualquier edificio industrial. No tenía cúpula ni torre de enfriamiento. Enormes paralelepípedos grises de hormigón dispuestos en una línea irregular, unos más adelantados que otros, al otro lado de un estanque de aguas verdosas. Paul tuvo que dejar de correr y continuar a paso rápido. Le faltaba el aire y su corazón latía a un ritmo que le pareció desigual. Rodeó el estanque sobre cuya superficie aparecían círculos concéntricos que iban abriéndose hasta desaparecer. Buscó sin encontrarla una rotura en la valla metálica. Sabía que un guarda vigilaba las instalaciones pero también que no recorría el terreno de forma permanente. Trepó por la valla y consiguió pasar al otro lado sin arañarse con el alambre de espino. Se dirigió en línea recta a uno de los edificios esquivando jaras y retamas. Hacía semanas que no llovía y el suelo reseco olía a paja y a polvo. Se secó la frente con la camiseta.

¿Por qué fuiste?, le preguntará Sara. ¿Qué esperabas encontrar?

Nada, no esperaba nada. Es un sitio extraño. No se oyen coches. Algún pájaro, algún insecto, el zumbido de los cables de alta tensión.

Pero si no está en funcionamiento.

Da igual. Hay torres, cables, placas solares. Pero no hay nadie. Es como asomarte a una fábrica en la que todas las máquinas funcionan solas. Luego entras en un edificio y el silencio parece absoluto.

¿Parece?

Paul rebuscó entre los montones de escombros y de chatarra hasta encontrar una barra de hierro plana y robusta. Le extrañó que no hubiesen robado todo el metal disperso por el suelo. Introdujo la barra en la solapa de una puerta de doble hoja. No le costó mucho abrirla. Al entrar tuvo la sensación de flotar en un espacio distinto. La luz del exterior se detenía a pocos pasos de la puerta y más allá se abría un local completamente negro, quizá porque sus ojos no se habían acostumbrado aún a la oscuridad. Se adentró unos metros sin soltar la barra de hierro. Poco a poco fue distinguiendo paredes en las que la pintura se abarquillaba dejando ver el yeso. Franjas más oscuras que revelaban, supuso, que muebles o máquinas habían estado allí en contacto con la pared. Ventanucos y luces cenitales iluminaban algunos rincones, dejando otros en penumbra y a oscuras algunos recovecos. Atravesó salas cuadradas, pasillos, también espacios en los que una de las paredes era curva. Observaba como un arqueólogo que entra por primera vez en una cripta recién descubierta. Marcas en los muros. Cajas que debieron de haber contenido conexiones eléctricas en lo alto. Líneas como cicatrices, paralelas a veces, otras entrecruzadas. Llegó a una escalera metálica que ascendía al fondo de un cuarto más estrecho que los que acababa de atravesar. Dio varios tirones de la barandilla formada por tubos, que le recordó a las de un barco, para comprobar su solidez. Pisó los primeros peldaños con fuerza. Se decidió a ascender. Se detuvo a media altura, impresionado por el silencio más absoluto que recordaba. Si dejaba de moverse, si contenía la respiración, era como estar en una cápsula insonorizada.

Entonces distinguió algo que estaba por debajo del silencio, como si se transmitiese en una longitud de onda no audible para humanos. Y sin embargo lo percibía. No era un oír propiamente dicho. Intuía el sonido. Voces sin articular, como si hablaran en un lenguaje no humano, una mezcla de murmullo con entonación variable.

Siguió ascendiendo hasta llegar a un pasillo que se fue curvando, dibujando el arco de una circunferencia. Al principio le pareció que era una percepción suya y por eso caminó en línea recta para convencerse de que al hacerlo se alejaba de la pared. Luego descubrió dos ventanas circulares a través de las cuales se veía una sala amplísima, en cuyo centro había una valla cuadrada de metal corrugado coronada por una barandilla.

Pero con las formas sucedía como con el sonido, que, dependiendo de dónde se encontrase, las intuía más que verlas de verdad. En la gran sala tenía la impresión de encontrarse en una fotografía con mucho grano: todo parecía a la vez sólido y difuminado. Tras la valla de metal se abría un pozo cuadrado cuyo fondo no podía ver. Quizá un depósito de combustible. En su parte superior distinguía pequeños entrantes cuadrados, como ventanucos ciegos, pero no podía imaginar para qué servían. Se asomó todo lo que pudo, doblando el cuerpo por encima de la barandilla. Achinó los ojos como si lo cegara la oscuridad. El vértigo le hizo dar varios pasos de espaldas. Dejó caer la barra metálica y el estrépito restalló contra las paredes de hormigón desnudas. Echó una mano hacia atrás y tocó la pared. Vibraba.

Esa vibración podía ser la que producía los murmullos distorsionados que había oído antes. Retiró la mano casi como si se hubiese quemado. Le pareció que aún reverberaba el sonido del metal. Esperó hasta volver a tener la sensación de un silencio denso. Un silencio que no lo era. Estaba convencido de que iba a oír algo aunque no sabía muy bien qué, o prefería no saberlo. Volvía a sudar o lo había hecho todo ese rato sin darse cuenta. Acercó de nuevo al muro la palma de la mano. Zumbido, estremecimiento. Pegó la mejilla y un hormigueo descendió de ella hacia los hombros. Pensó que la pared estaba recorrida por algo vivo, o que quería estar vivo.

Se quedó escuchando y entonces tuvo claro que eran voces que provenían de debajo del edificio, de la tierra misma, de la roca. Pero aunque las oía con más claridad seguían siendo incomprensibles.

No sabía si había empezado a gimotear de terror o de angustia.

Las voces le decían algo, hablaban con él, pero él no sabía qué responder a aquella lengua imposible, inhumana.

Y a la niña, ¿la oíste? ¿Oías a la niña?, le preguntó Sara cuando se lo contó.

Tenía los ojos clavados en él, las pupilas, dilatadas como si hubiese tomado una droga o se encontrase en un lugar oscuro, cubrían casi todo el iris; era una mirada que parecía tacto, algo seco y pesado contra su rostro. Apretaba las mandíbulas. Posiblemente ni respiraba.

No, a la niña no. Eran voces de extraños. De adultos.

Yo sí la oigo, por las noches. Todas las noches.

Solo te lo imaginas.

Fue a acariciar su cabeza pero interrumpió el movimiento, dejó caer la mano para apoyarla en el borde de la mesa.

Si te digo que la oigo es que la oigo. Me habla. Pero yo tampoco sé lo que dice. Es como un soplo. Pasa de largo y ya no está. No se queda nunca. Y, cuando se va, tengo la impresión de estar sumergida en agua helada.

Al menos no llora.

No, no llora. Eso significa que a lo mejor está bien, ¿no?

Sí, supongo que sí, la niña está bien, donde sea que se encuentre.

Sara está tumbada en la cama con las palmas de las manos cruzadas sobre el vientre. Lleva cinco días sin salir del dormitorio salvo para ir al baño. Paul, cuando llega a casa después de trabajar o de alguno de sus largos paseos, lo primero que hace es entrar en la habitación y preguntarle cómo está. Sara lleva también cinco días sin responder a la pregunta. Se contemplan como si hablasen dos lenguas distintas, más bien, como si perteneciesen a dos especies distintas.

No había permitido que la médica entrase a examinarla. Gritó y aulló. Golpeó a Paul hasta que pudo cerrar la puerta tras ellos. No es que se dejase llevar por emociones incontroladas. Era una actuación, la manera más rápida y eficaz para que saliesen del dormitorio. Dejó la oreja pegada a la madera.

Es comprensible, dijo la médica. Dele tiempo. Pero si no mejora en unos días habrá que internarla. ¿Come algo?

Paul le dejaba el desayuno y las comidas sobre la mesilla. Cuando regresaba a buscarlos, los platos estaban vacíos. Al menos de eso no tenía que preocuparse. De todo lo demás sí: hacer la compra, trabajar –ahora reparando el tejado de un antiguo granero que querían convertir en taller–, vigilar a Sara, y todos los pequeños asuntos de bancos o seguros o impuestos. Limpiar la casa. Arreglar el grifo. Contestar, aún, a preguntas de la policía que, de repente, necesitaba otro dato: ¿llevaba una pulsera, un anillo, un colgante, pendientes? A veces, en medio de cualquiera de sus tareas, Paul se sobresaltaba porque se le pasaba por la cabeza que no había despertado a la niña o no había ido a recogerla al colegio. Entonces recordaba.

Sara no tenía esos momentos de olvido. Ni siquiera debía esforzarse para recordar. Como cada día, saca de la mesilla los dibujos de Ale. Soles amarillos y rojos (en los dibujos de Ale todos los días eran soleados), campos azules, cielos verdes, flores rojas y malvas como clavadas en la punta de tallos larguísimos. Lo normal en una niña de esa edad. También varios retratos de familia, cuerpos sin brazos pero sonrientes. Paul y Sara de un lado, ella un poco separada, pero no daba la impresión de aislamiento ni de soledad; quizá Ale veía a sus padres como una unidad, como si fuesen un solo ser con dos cabezas. Paul era siempre más oscuro y más grande, aunque los dos tenían la misma talla. Sara llevaba el pelo más largo en sus retratos que en la vida real, casi hasta la cintura. Ale también era desproporcionadamente grande, y menos sonriente que ellos, como si observara la escena más que estar en ella. Es la distancia de la artista, decía Paul.

Los retratos no cambiaron mucho en los últimos meses antes de su desaparición. Tan solo añadía algún detalle biográfico. Un pequeño amasijo de rayajos a sus pies fue identificado como Monchita. Unas líneas de colores que pretendían ser paralelas eran la cortina del bar. Una mujer que parece calva sentada en un extremo del folio, casi saliéndose de él, era la señora para la que trabajaba papá. El único detalle inquietante que encontraron un día fue el de una figura de hombre –llevaba pantalones y Ale era muy tradicional en la adjudicación de vestimenta– que levitaba sobre la familia. ¿Quién es, Ale?

Un amigo.

¿Cómo se llama?

No tiene nombre.

Todo el mundo tiene un nombre.

Pues él no.

¿Juegas con él?

Él ya no juega.

¿Es mayor?

No pudieron sacarle más. Casi todos los niños tienen amigos imaginarios, dijo Paul. Yo tenía uno, bueno, una; era niña. Cuando iba a recogerla a la escuela, Sara, durante un tiempo, examinó los alrededores por si veía un hombre con cara de pervertido rondando. Aunque ¿qué cara tiene un pervertido? Al repasar una vez más los dibujos, Sara se acuerda de Monchita; no podría decir la última vez que la había visto. Siente la tentación de ir a buscarla al cuarto de la niña pero no quiere abandonar el suyo. Abre el ordenador y busca en YouTube un concierto para violonchelo de Schumann. Se tumba en la cama a escucharlo.

Despierta con la saliva escurriéndole por una comisura y con un regusto amargo en la boca. Se quita los zapatos, se había tumbado con ellos, y pone el concierto desde el principio. Cierra los ojos. Necesita descansar, estar fuerte para lo que se avecina. Desearía dormir todo el día, a ser posible sin sueños. Querría que dormir fuese como morir y resucitar sin esfuerzo, sin acarrear lastres de un estado a otro. Ale contaba sueños tan vulgares que parecían salidos de la vida cotidiana, nada que pudiera denominarse surreal: escenas de colegio, del supermercado, de los vecinos.

A veces pienso que se los inventa sobre la marcha, le dijo a Paul, y que nos cuenta lo que ha visto durante el día. Qué niña más sosa tenemos. Y se rieron porque sabían que no era verdad.

Sara se levanta de la cama. La luz que entra por la ventana le está produciendo dolor de cabeza. Baja la persiana hasta que no queda ni una rendija. Ha perdido la noción del tiempo y no sabe si es por la mañana o por la tarde, más bien la mañana, pero no podría jurarlo. No llegan ruidos de la calle, así que quizá sea muy temprano. Se siente como en el interior de una cámara acorazada. Tantea en la mesilla para encontrar el plato que, en algún momento, Paul le habrá dejado, sigilosamente para no despertarla. Está vacío y el vaso también. No recuerda haber comido. A juzgar por los cubiertos y porque no hay taza, debe de haber sido la cena. ¿De qué noche?

Quizá Paul haya salido, echado la llave a la casa y la haya abandonado allí como los muebles o la vajilla, residuos de un pasado que no querría llevarse consigo. No podría reprochárselo. El pobre aún no sabe que tienen una segunda oportunidad, que la vida no está terminando sino comenzando. Se lo dirá si regresa. No puede dejarlo en la ignorancia. Le da mucha pena Paul. Se había esforzado tanto en hacerla feliz, al menos apaciguar esa tristeza que era un rasgo suyo casi tan persistente como la estatura o el color de sus ojos. Ya antes del accidente Paul era así: tan entregado a que ella y la niña estuviesen bien. Pero después aún más, de una manera casi agobiante. A todas horas sentía su mirada encima, como atento a posibles desarreglos. Ella fue la que salió peor parada, al menos físicamente. Dos costillas rotas, conmoción cerebral, los mareos, el tinnitus. Paul unas pocas contusiones. La niña nada. La protegió la silla para niños, una muy sólida que por suerte habían comprado días antes. Pero era irritante encontrarlo, cada vez que levantaba la cabeza, con su mirada a la vez inquisitiva y preocupada. ¿Qué síntomas esperaba? ¿Algún mal que aún no se había manifestado? Él decía que no se quedaría tranquilo hasta que desapareciesen los mareos. Pero los mareos habían desaparecido hacía tanto. Sara no está segura de si lo había callado para no hacerle cómplice del fraude o como una forma de venganza. Le hacía pagar así el accidente, su descuido, el susto por la niña, el daño causado. Se sentía mezquina, pero posponía la revelación.

Lo hará ahora. Ha llegado el momento. Se dispone a salir de la habitación para llamarle pero no lo hace; no se siente con fuerzas para levantarse. Esperará a que él mismo llegue con el desayuno. Ya no puede tardar. Si es que no se ha ido. Le sigue pareciendo una posibilidad. Que haya cogido el coche, tomado la carretera del pantano y dejado a sus espaldas ese pueblo terrible que los ha ido devorando y les ha arrancado todo. Todo. Solo que no es verdad. Tiene que decírselo: cariño, no ha ocurrido nada. Nos va a ir bien, ya lo verás.

Se siente alegre, con ganas de salir a la calle. Fantasea con ponerse un vestido ligero, peinarse por primera vez en días, quizá darse un poco de carmín. Después, más tarde, se dice. Vuelve a cerrar los ojos. No hay prisa. Se irán del pueblo, eso sí. A pesar de todo, no pueden seguir viviendo allí. A ella no le da miedo la oscuridad, nunca la ha temido. Le da más miedo la luz cegadora del pueblo, su violencia luminosa. Saldrán de ese lugar al que no debían haber ido. Con ayuda de la niña lo conseguirán. Tiene tantas ganas de oírla reír. Y Paul también reirá. No llevarán una vida desahogada, por lo menos durante un tiempo, hasta que vuelvan a enderezarse. Hasta que les vuelvan a crecer los brazos que les faltan en los dibujos de la niña, para alcanzar las cosas, cogerlas, guardarlas, atesorarlas.

Oye abrirse la puerta, después el silencio habitual de la espera. Paul intentando averiguar si está dormida. ¿Cómo te encuentras?, pregunta, y otra vez el cansancio en el que se siente sumergir cuando tiene que hablar; es como si la anegaran una falta de energía y un desinterés absolutos. Pero debe forzarse a hablar con él. Paul tiene derecho a saberlo.

Le hace un gesto con la mano, que él tarda en ver en la penumbra.

¿Puedo subir la persiana?

Como Sara no responde, solo la sube hasta abrir unas rendijas. Debe de oler a animal encerrado, piensa Sara. Hace días que no se asea, salvo porque en alguna ocasión se ha salpicado la cara con el agua que Paul le lleva, para despejarse y quitarse de encima la sensación de entumecimiento que tiene pegada a las mejillas y la frente.

¿Cómo estás?

Mejor. Bien, estoy bien.

Sonríe, aunque no sabe si Paul puede verlo.

¿Quieres que salgamos a dar un paseo?

¿Hoy no trabajas?

Es domingo.

Le resulta extraño eso de que sea domingo, que haya días distintos unos de otros. Para ella la vida se ha vuelto un fluido. No hay interrupciones ni cambios. Antes no, claro, antes vivir era una sucesión de acontecimientos, un rápido alternarse de principios y finales. Miraba el pasado y era como mirar una película antigua de cine mudo en la que todo transcurre a una velocidad superior a la normal, atravesado por constantes y ridículos saltitos. Se siente mejor ahora, en ese flotar como una astronauta que se ha soltado de la nave. No tiene miedo. Ya no tiene miedo de nada. La expresión de Paul, sin embargo, es de pavor congelado. Le tiende una mano y él la toma con cuidado, como si rozara a un animal dormido. Tira de él para que se siente a su lado.

Deberías salir de aquí, Sara. Los dos, deberíamos salir los dos. Tenemos que remontar esto, sobreponernos. Ya sé que es difícil, que nada será igual, pero la vida no se ha terminado. Y juntos podemos conseguirlo.

Sara le escucha consciente de que a él mismo esa sucesión de clichés le suena falsa. Le mira a los labios mientras habla y percibe un defecto en la sincronización: los sonidos y el movimiento de los labios no son simultáneos. Quizá Paul también siente que en su interior habita un extraño. A ella le había sucedido un tiempo; ya no. Y por eso le da pena su marido; sabe exactamente cómo es. Los fantasmas, si existiesen, también se sentirían así: por un lado serían conscientes de los movimientos de su cuerpo, ese pie que avanza, esa mano que se levanta, y también de que tenían una voz aunque no siempre pudieran escucharla los vivos, sentirían la propia existencia, que ocupaban un espacio, que estaban; y al mismo tiempo el vacío por dentro del cuerpo y ese entumecimiento de los miembros, como estar sumergidos en un aire muy frío; y la distancia de todo, tocar un mueble y no tocarlo, tocarse el rostro y no tocarlo, y el intenso deseo de recuperar el tacto.

Tengo que contarte algo.

Paul no reacciona.

¿Me oyes? Tengo que contarte algo.

Un tractor pasa por la calle llenando la habitación con su traqueteo. Hace tintinear el vaso sobre la mesilla. Paul se vuelca sobre la cama y queda en una postura casi fetal. No suelta la mano de Sara. Parece a punto de llorar.

Sara coge su otra mano, tira de ella hasta depositarla en su propio vientre. Aguarda. No hay prisa. La verdad se revela por sí misma. A ella también le había costado aceptarlo.

Qué silencio tan hermoso el de ese minuto, tan juntos los dos y tan separados del resto del mundo. Paul levanta ligeramente la cabeza como para discernir de dónde proviene un sonido. Titubea. Abre completamente la palma de la mano sobre el vientre de Sara. Se sienta a su lado.

Tu vientre, dice. Está vibrando.

Sara siente que algo en su interior crece, se expande, expulsa el vacío por completo.

No, mi amor. Está latiendo. Ale ha vuelto.

Agradecimientos

A mi madre, por haberme contado y seguir contándome tantas historias de V., el pueblo en el que nació y al que ha regresado. Si no me hubiera fascinado desde niño con sus narraciones, yo no habría descubierto la profundidad encerrada en acontecimientos en apariencia banales y, probablemente, no sería escritor.

A mi familia de V., que siempre me dio tanto cariño y que me mostró la posibilidad de la alegría en medio de vidas tan duras como las suyas.

A Joan Tarrida, una vez más, por su fe en mi trabajo y porque suele entender mejor que yo lo que he escrito.

A Blanca Navarro, por el tesón y el cariño con los que siempre brega para dar a conocer mis obras.

A Carina Pons, que acompaña mis libros desde hace casi treinta años (¡Carina, quién nos lo iba a decir!).

Y a Edurne Portela, que sabe encontrar la veta luminosa en mi oscuridad y me vuelve más inteligente, más humano, mejor escritor.

En San Bartolomé de Tormes,
del 29 de julio de 2021 al 18 de septiembre de 2023